Bruno Laberthier

Eifelfluten

ELV

EIFEL FLUTEN

ROMAN

Bruno Laberthier

ELV

Impressum

1. Auflage 2022

In der Verlagsgruppe Mainz

Printed in Germany

Eifeler Literaturverlag
Verlagsgruppe Mainz
Süsterfeldstraße 83
52072 Aachen
www.eifeler-literaturverlag.de

Gestaltung, Druck und Vertrieb:
Druck & Verlagshaus Mainz
Süsterfeldstraße 83
52072 Aachen
www.verlag-mainz.de

Lektorat:
Christoph Swiontek

Umschlaggestaltung:
Dietrich Betcher

Bildnachweis (Umschlag):
https://commons.wikimedia.org/wiki/File:Operation_Chastise_(8746348883).jpg

ISBN-10: 3-96123-050-1
ISBN-13: 978-3-96123-050-1

TEIL I

Wie bei einer Marionette, die der Puppenspieler nach der Vorstellung an den Haken hängt, zuckten seine Glieder noch eine Weile, dann pendelten sie aus in völlige Reglosigkeit. Der Kopf des Alten hing schräg in der Schlaufe und lief am Hals schnell dunkel an. Der Körper baumelte leblos über einem umgestürzten Holzstuhl. Unter den weit aufgerissenen Augen troff ein dünner Speichelfaden aus dem Mundwinkel auf das Revers der jägergrünen Cordjacke, genau zwischen das Knopfloch und die Anstecknadel mit den drei ineinander verwobenen Dreiecken.

Das Seil zog sich straff hoch zum Querbalken und von dort zu einem der Dachsparren. Den Valknut, mit dem es an dem Sparren befestigt war, musste ein Könner geknotet haben: fest genug, um das Gewicht des Alten zu tragen, und gleichzeitig so kunstvoll, dass die Dreiecke dem Kenner sofort in die Augen stachen.

Oder dem genauen Beobachter, der das nordische Symbol mit dem Zeichen am Aufschlag der Jacke des Toten verglich und sich fragen würde, warum beide identisch waren und was das alles zu bedeuten hatte.

Milchig schien das Sonnenlicht durch die blinden Fensterscheiben in den kleinen Gauben auf den Erhängten. Staub tänzelte um seine Füße.

»Ick sach mal so. Gut, dass wir die Härte hatten.« Schritte waren zu hören, die Stufe für Stufe die knarrende Holztreppe hinunterstiegen.

»Voran, kein Gequatsche«, gab eine andere Stimme zurück. Sie klang seltsam heiser und für einen Mann ungewöhnlich hoch.

»Der kommt uns nicht mehr in die Quere«, fiel eine dritte Stimme ein, diesmal die einer Frau. »Der arme alte Idiot. Unser Mohr …«

»Hat seene Schuldigkeit jetan«, lachte die tiefe Männerstimme dazwischen.

»Voran«, befahl die Fistelstimme. »Die Tür zusperren.« Das Knarren auf den Stufendielen setzte aus. »Na los schon.«

Schwere Schritte stampften die Stufen wieder herauf. Ein Mädchenkopf lugte durch den Türspalt in den Dachboden. Noch ein hastiger Blick, zur Sicherheit. Dann knallte die Holztür zu, das dumpfe *sschtock!* des Schubriegels war zu hören und wieder, jetzt gedämpft durch die geschlossene Tür, das Trampeln auf der Treppe.

»Und jetzt weiter«, hallte die helle Stimme herauf. »Wir sind noch nicht fertig.«

1

»Machst du Ölwechsel, oder was?«

Tim Rhiel riss das Gebrüll seines Kollegen Schmottlich aus den Feierabendgedanken. Schmottlich, die selbst ernannte Stimmungskanone des Vogelsang-Teams. Tim tat so, als hätte er ihn nicht gehört.

Mit seinem Quad war er an den offenen Panzerhallen vorbei auf den Besucherparkplatz der alten Nazi-Ordensburg gefahren und hatte sich und das Fahrzeug bis ganz vorne auf eine der Rampen bugsiert. Zurückgelehnt in seinen Sitz und die Arme hinter dem Kopf verschränkt, blinzelte er in die Aprilsonne, die vor ihm über Wollseifen, dem verlassenen Örtchen auf der anderen Seite des Neffgesbachtals, allmählich unterging.

»Die Bauern aus Morsbach und Herhahn kommen auch hierher«, schnaufte Schmottlich und schob seinen mächtigen Bauch über den Parkplatz bis vor die erste des halben Dutzends Panzerrampen, die die Belgier hier errichtet hatten: jede an die sieben Meter lang und vorne einen Meter zwanzig hoch mit einer Grube in der Mitte, die so breit war, dass Tim hier nur mit dem breiten Quad hochkam, aber nicht mit seinem Rollstuhl.

Verdammt, fluchte Tim leise vor sich hin, das war es dann mit der Stille und dem in Ruhe Grübeln.

»Mit ihren Treckern zockeln die nachts durch die Gräben, vorne an der Schranke vorbei«, dozierte Schmottlich und ging hinter Tims Quad mühsam in die Hocke. »Dann bocken sie die hier hoch und drehen die Schraube auf unter der Ölwanne. Oben wieder frisches Öl rein, auf den Messstab gucken, und flupp-di-wupp sind sie wieder weg. Und zwischen den Betonrampen haste dann den Salat.« Er keuchte und kroch auf allen vieren ein Stück vorwärts. »Siehst du, so wie hier«, presste er heraus. Ächzend wuchtete er sich zurück in die Höhe und hielt Tim triumphierend den Zeigefinger vor die Nase: die Spitze nass, schwarz und ölig.

»Das ist ein *Elektro*-Quad, Jürjen«, imitierte Tim den Zungenschlag, den sie bei Schmottlichs draufhatten. »Das braucht kein Ölwechsel.«

»Jetzt wo du's sagst, logo. Ein Elektro-Quad«, Schmottlich schlug sich theatralisch mit der flachen Hand vor die Stirn und grinste. »Und du bist der Graf Berghe von Trips von Vogelsang. Rhiel, the wheel.«

Tim verstand ›Rielsewiel‹.

»Der Seriensieger im Quadfahren bei die Paralympics.«

Schmottlich sagte ›Kwattfahn‹ und ›Paar Ulümpix‹.

Tim drehte den Kopf zur Seite, schob die Schirmmütze ein Stück nach oben und musste jetzt auch grinsen. »Und was ist dann *das* hier?«, wieder fuchtelte Schmottlich mit dem Zeigefinger vor Tims Nase. »Oder bist du das? Du selbst, mein ich!?«

»Ich?« Tim entschloss sich, das Spielchen mitzuspielen. Umso schneller würde er ihn loswerden.

»Guck mal sicherheitshalber nach, ob der Stöpsel noch drin ist«, feixte Schmottlich, »sonst ziehst du nachher eine Spur, wenn du wegfährst.«

»Ich pinkel doch kein Öl«, Tim beugte sich akrobatisch zur Seite hinunter zum Urinbeutel, der zwischen seinen Beinen mit einer Schlaufe in einem schmalen schwarzen Metallcase direkt auf der Getriebeverkleidung hing. »Aber wo du's gerade sagst, Schmotti«, schauspielerte er, »da ist tatsächlich was nicht in Ordnung. Kannst du mal an deinem Finger schnuppern, ob das nicht doch nach Pipi riecht?«

Angewidert starrte Schmottlich auf seinen Finger.

»Oder dran lecken, geht auch.«

»Sonst noch was?« Er wischte den schwarzen Schlamm an der Seite seiner Jeans ab. »Bah, was bist du eklig!«

Schmottlich wollte noch was loswerden, verkniff es sich aber und zog grußlos ab.

»Schönen Abend noch!«, schickte ihm Tim über den breiten Parkplatz hinterher. Dann drehte er sich um, schob die Schirmmütze in die Stirn und rutschte tiefer in den Sitz. Der kann das ab, dachte er. Außerdem tut das mal gut. Wenn einen sonst schon nichts aufheitert.

Der Grund für Tims schattige Gemütslage hatte einen Namen: Bruno Hüppauf.

Anfang siebzig, stur und ein bisschen schrullig: so ging Hüppauf bei den meisten durch. Geboren und aufgewachsen war er in Einruhr, wo er irgendwann in seiner Kindheit an die falschen Freunde geraten war. Das heißt, an den einen falschen Freund: Walter Lambertz, der bei seinen Eltern im Haus zur Miete gewohnt hatte. Um 1970 herum zog Hüppauf nach Rurberg, Lambertz war da gerade gestorben. Aus dem alten Fachwerkhaus am Ufer des heutigen Obersees, das ihm seine Eltern vermacht hatten, machte er ein Gästehaus. Damit war er nicht der einzige. Nach der zweiten Aufstauung der Rur hielt der Fremdenverkehr in Einruhr Einzug und viele der alten Schuppen und Ställe verwandelten sich in schmucke kleine Hotels und Pensionen.

Für Tim war Bruno Hüppauf nicht nur ein verschrobener alter Hausbesitzer, sondern ein ausgemachter Nazi. Und er war der mit dem Manuskript, auf das Tim so scharf war. Hüppauf hütete es wie einen Schatz und wollte es nicht rausrücken. Jedenfalls nicht an Tim.

»Ihr Interesse an Lambertz und am *Wehrhaften Volk* schön und gut«, hatte Hüppauf Tim vor einem halben Jahr wissen lassen. »Auch dass Ihnen der Mensch Walter Lambertz etwas bedeutet. Mir selbst ging es ein Leben lang nicht anders.«

Der Alte schwelgte eine Weile in seiner abgöttischen Bewunderung für den ehemaligen Vogelsang-Junker und Lehrer an der Adolf-Hitler-Schule: die Weitsicht und Kraft seiner Gedanken, die Widerständigkeit gegen den Zeitgeist nach dem Krieg, die Radikalität seiner Schlussfolgerungen, bla bla bla.

Dann kam der Fangschuss, erster Teil.

»Bloß wie anmaßend ist es, dass Sie mit Ihrer Verkrüppelung sich nur deswegen für ihn interessieren, weil er diesen Klumpfuß hatte?«

Hüppauf hatte das einen Moment lang wirken lassen, die Augen starr und streng auf Tim gerichtet, dem die Kinnlade herunterklappte.

»Lambertz hat seine Verwachsung nicht gestört«, nahm er den Faden wieder auf, »zeit seines Lebens ignoriert hat er sie. Nicht verdrängt und schon gar nicht in den Mittelpunkt seines Lebens gestellt: *ig-no-riert*, sage ich, um das Große denken zu können, den Neuen Menschen. Und um das hier zu schaffen.«

Mit der flachen Hand klopfte er auf den Stapel welken Papiers, der in eine Kladde eingebunden vor ihm auf dem Tisch lag. Dann setzte er an zum Fangschuss, Teil zwei: einer wilden Tirade gegen alles und jeden im Deutschland der Gegenwart.

»Und ich frage mich, was können *Sie* schaffen? Sie da in Ihrem Rollstuhl. Einer von denen, um die heutzutage mit ganz besonderer Hingabe herumscharwenzelt wird, in Vogelsang und sonst überall. Denen man es viel zu leicht macht, die man nicht fordert, so wie damals Lambertz noch. Was ist aus dieser Nation geworden, die nichts lieber tut als zu bemitleiden. Krüppel wie Sie oder die Horden von jungen Rotztürken, die sich nicht anpassen wollen! Die sich selbst bemitleiden und einem kommen mit ihrem Schuldkult!«

»Das mögen Sie so sehen«, hatte Tim irgendwann gesagt. »Darf ich dann auch nochmal? Für meinen Teil erklären, warum ich Sie aufgesucht habe, meine ich.«

Der Alte murrte etwas Unverständliches, Tim ließ sich davon nicht aufhalten.

»Vogelsang ist ein Ort, an dem der Körperkult der Nationalsozialisten und ihre Ideologie vom arischen Übermenschen unterrichtet, gelebt und in den Bauten Stein geworden ist. In diesem Ambiente arbeite ich, Tag für Tag, und das schwer verkrüppelt, wie Sie es nennen. An diesem Ort hat auch Walter Lambertz gelebt, und zwar ebenfalls mit einer Behinderung. Ihn und mich verbindet also etwas, und das ist es, was mich interessiert. Brennend. Es geht mir darum, ihn und den Ort da oben besser zu begreifen. Und dazu möchte ich mehr über ihn erfahren als das, was wir in Vogelsang in den Archiven haben. Dazu muss ich sein *Wehrhaftes Volk* einsehen.«

Tim hielt inne, überlegte, ob er noch etwas einwerfen sollte, und entschied sich dann: ja. Raus mit dem Köder.

»Dazu bin ich hergekommen und, wer weiß, um Lambertz' Schrift eines Tages aufzubereiten und herauszugeben. Um sie der Welt zugänglich zu machen, Hüppauf, verstehen Sie!?«

»Das hat damals schon nicht geklappt«, hatte Hüppauf mit unterdrücktem Zorn geantwortet. »Und was heißt überhaupt ›der Welt zugänglich machen‹!? Zum Gruseln ausstellen wollen Sie es, nur darum geht es. Verfälschen und in ein schiefes Licht rücken.«

»Gewähren Sie mir Einblick in das Manuskript, ja oder nein?«

Hüppauf sah ihn an, die Halsadern geschwollen und das Gesicht rot vor Wut. Oder vor Hass. Dann brachen alle Dämme.

»Raus mit Ihnen. Verschwinden Sie. Lassen Sie sich hier nie wieder blicken!« Hüppauf war aufgesprungen und hatte die Haustür aufgerissen.

Draußen lag Rurberg im Nebel da. Auch Tim hüllte er sofort ein, als er den Rollstuhl hektisch bis an den Gehweg kurbelte.

Tim erinnerte sich und blickte mit zusammengekniffenen Augen über das Tal auf die Gebäudeattrappen von Wollseifen. Ein mit Diffamierungen gespickter Rauswurf, so war im vergangenen Herbst ihr Treffen geendet. Kein Wunder, dass er es seitdem vermied, Hüppauf über den Weg zu laufen.

Und vorhin dann das Wiedersehen, unten bei den Sportanlagen von Vogelsang. Nur ein kurzer Moment, nicht mehr als ein Augenkontakt, aber der reichte. Hüppaufs Reaktion war eindeutig. Es war ein Erkennen, gefolgt von einem abschätzigen Blick. Dann wandte der Alte sich in aller Ruhe denen zu, die mit ihm die alte Ordensburg besuchten.

Tims Reaktion war weniger ruhig. Er hatte nur noch weggewollt von der Besuchergruppe, die er und die Volontärin bis vor die Turnhalle geführt hatten. Schnell rief er der Kollegin etwas zu, an das er sich schon Sekunden später nicht mehr erinnerte. Er gab Gas und lenkte das Quad auf den geteerten Weg, der nach oben zurück zu den Kameradschaftshäusern führte. Erst nachdem er die steile Zufahrtsstraße zur Hälfte erklommen hatte, kam er zur Besinnung, fuhr in den schmalen Pfad zum Sportplatz oberhalb der Turnhalle und blickte zurück. Da standen sie noch, die Volontärin mit der Besuchergruppe und weiter hinten, auf der Treppe an der Kopfseite des Schwimmbads, Bruno Hüppauf und die andere Gruppe. Jetzt erst nahm er wahr, was das für Typen waren.

Seitenscheitel oder raspelkurze Haare, dazu weiße Runenschrift auf schwarzen T-Shirts und Lederjacken: »Terre'Blanche se Dissipels, Suid-Afrika«, »Blood & Honour Philadelphia« und »Arizona Aryans.« Vor dem schmalen Fenster unter dem Schwimmbaddach drängelten sie sich, linsten hinein, imitierten die drei Männerfiguren auf dem Mosaik an der Hallenwand gegenüber und ließen sich von einer jungen Frau fotografieren. Breitbeinig und mit ausgestrecktem rechten Arm der Kerl links, die anderen beiden mit einer Andeutung von forschem Schritt, die sie zum Standbild erfrieren ließen. Dann lautes Gelächter, als die

Aufnahme im Kasten war und die drei sich wieder rührten. Bis hinüber zu Tim schallte es: »Now undress, and once more« von der Fotografin, »come on guys, show us you're real herrenmenschen« von einem Hänfling aus Südafrika. »Whose little herrenmensch was it that got a swastika tattoo?«, wieder aus Südafrika, nur bedeutend fetter als der Erste. »Dick's, who else!«, alberte Arizona zurück. Dann Schulterklopfen bei Dick und noch lauteres Gegröle, ehe Hüppauf dazwischen ging und auf die Treppe hoch zur Thingstätte deutete.

Na wunderbar, dachte Tim und spürte, wie sich erneut ein leiser Anflug von Panik in ihm breitmachte. Hier waren Rassisten aus aller Welt zu Gast in Deutschland. Sie posierten vor originalen Nazifassaden, amüsierten sich über ihre hakenkreuztätowierten Pipiherrenmännchen und folgten ihrem Führer, einem rüstigen Eifelnazi in Kniebundhose und Jägerrock. Ging das an?

Ging das an auf Vogelsang!?

»Nee, natürlich nicht. Da muss Vogelsang einschreiten und was tun. Hausrecht ausüben, Streife rufen, irgendwas«, meinte Marie. »Und die müssen vor allem Hüppauf mal eins zwischen die Hörner geben«, setzte sie entschlossen hinterher. »Erst gibt er den Ehren-Opa bei den Freien Nationalisten und jetzt auch noch Animateur in einem Vergnügungspark für Nazis aus aller Welt. So nicht!.«

Wenn es eine gab, die nachfühlen konnte, was Tim bedrückte, dann Marie Breuer. In Sachen Mode irgendwo zwischen *Emo* und *Goth* und beruflich hoffentlich eines Tages mal Schauspielerin, war sie mit ihren frischen einundzwanzig Jahren für Tim die Favoritin unter den Assistentinnen, die der Arbeiter Samariter Bund ihm zuwies. Marie kam aus Schleiden, absolvierte seit neun Monaten ein Freiwilliges Soziales Jahr und war nicht nur deswegen viel geerdeter, als es die gefühlten zwei Pfund Metall, die sie im Gesicht, um die Handgelenke und sonst wo mit sich herumschleppte, und die ständig wechselnden Haarfarben und Frisuren auf den ersten Blick vermuten ließen.

Heute waren ihre Haare pechschwarz und zum Dutt hochgetürmt, und würden es die nächsten Tage über auch bleiben. In der vorigen Woche waren noch Nordisch-Blond und dicke Zöpfe angesagt gewesen, um Hüppaufs Idealvorstellung von der jungen deutschnationalen Frau zu entsprechen. Nach ein paar freien Tagen trat sie heute wieder ihren Dienst an und hatte sich nach Tims Feierabend mit ihm auf Vogelsang verabredet, um ihn und sein Quad in den BTW zu verfrachten und hinunter nach Gemünd zu kutschieren, wo er ein kleines Häuschen direkt am Ufer der Urft bewohnte.

»*vogelsang ip* wird da nichts unternehmen«, meinte Tim später beim Abendessen. »Es ist schließlich nicht verboten, mit Blut-und-Ehre-T-Shirts herumzulaufen und sich gegenseitig auf dem Gelände zu fotografieren. Leider nicht.«

»Tim ….« Marie zögerte, fasste nach dem Rotweinglas, nahm einen Schluck und setzte nochmal an. »Sei ehrlich. Was dich bedrückt, ist Hüppauf. Der Alte ist das Problem, und nicht die Verwandlung von Vogelsang in eine internationale Rassistenbegegnungsstätte.« Sie sah ihm fest in die Augen. »Der Alte und seine Schrift. Das spukt dir im Kopf herum, immer noch!« Ihr Blick wurde bohrend. »Schlag dir diesen Text aus dem Kopf, Tim! Dann ist dir auch Hüppauf schnuppe mit seinem unmöglichen Auftritt vor dir …«

»Und dir!«

»Und mir, ja.« Marie griff nach den Papierservietten, hielt Tim eine hin, tupfte sich dann selbst den Mund ab. »Meinst du, du kannst dich irgendwann mal von deinem Projekt Walter Lambertz verabschieden?«

Tim knüllte die Serviette zusammen, wich ihrem Blick aus und sah eine Weile aus dem Fenster, sagte aber nichts.

»Es fällt dir schwer, ich weiß«, Marie stand auf und räumte die leeren Teller vom Tisch. »Dann mache ich einen Vorschlag. *Den* Vorschlag.« Sie drehte sich um und lachte Tim fröhlich in sein fragendes Gesicht. »Wir schmieren Hüppauf an. Wenn keiner sonst es tut, dann halt wir: du und ich, zusammen. Egal, was dabei rauskommt, ob sie ihn auf Eis legen oder nicht. Wenn ja, ist alles in Butter, weil man dann kaum mehr an die Unterlagen und Papiere kommt, die er daheim zurücklässt. Und wenn nicht, dann muss er eben erfahren, dass er angeschwärzt wurde. Beide Male ist klare Kante und du weißt mit Sicherheit, was sich sowieso schon abzeichnet: dass dir Hüppauf niemals Zugang zu diesem beschissenen *Wehrhaften Volk* gewähren wird.«

»Und gut ist!?« Tim blieb skeptisch. Immerhin schien ihn Maries Gedanke zu beschäftigen.

»Und gut wäre dann. Hoffentlich.«

»Womit willst du ihn denn anschmieren?«

»*Wir*, Tim«, Maries Stimme klang bestimmt. »Denk mal nur an das, was er mir so alles zugeraunt hat. Als ob das nicht reicht, um ganz schnell den Herrn Wachtmeister zu verständigen.«

»Also gut«, seufzte Tim. »Überzeugt. Ich bin dabei.«

»Du bist dabei, wowdy! Echt jetzt!?« Marie hatte noch ihre Zweifel.

»Ich, Tim Rhiel, bin dabei«, bekräftigte Tim. »Sogar mit Klarnamen.« Marie nickte langsam und zufrieden. »Und was ist mit dir«, legte Tim nach, »als wer machst du mit, als Marie Breuer? Oder Gudrun von Glasenapp?«

Marie lachte, packte Fruchtjoghurts auf den Tisch, kramte in der Küchenschublade nach kleinen Löffeln und schritt ans Fenster. Mit den Plastiklöffelchen klackerte sie eine Weile auf den Ringen an den Fingern ihrer linken Hand herum und dachte nach.

Ein bizarrer Auftritt war das gewesen als völkisches Mädel Gudrun bei Hüppauf vorige Woche. Tim war irgendwann mit der Idee gekommen, dass sie es nach seinem Rauswurf mal versuchen solle: ohne Rollstuhl und stattdessen mit der rechten rechten Gesinnung. Er musste Marie nicht lange überzeugen, zu ihrem Handy zu greifen, Hüppaufs Nummer zu wählen und einen Besuch zu vereinbaren. Wer an die Schauspielschule will, kann vorher gar nicht oft genug üben. Und ein bisschen Klischee konnte auch nicht schaden, also ›Gudrun‹ vorne und ein bisschen aristokratisch-militärischer Anstrich beim Familiennamen. Dazu die Haare eingeblondet, das Blech in Nasenflügel und Unterlippe abmontiert und zugekleistert, einen Faltenrock und eine Rüschenbluse angezogen und ab nach Rurberg, in die Höhle des Löwen.

Als Hüppauf die Haustür öffnete und sie misstrauisch musterte, war es vorbei mit der Leichtigkeit. Hoffentlich habe ich nicht überzogen mit meiner Maskerade, dachte Marie und ratterte ihren Text herunter. Hüppaufs Augenbrauen zogen sich in die Höhe: Die hier war neu in der Nordeifel, das behauptete sie jedenfalls, und kam auf Empfehlung der Kameradschaft Aachener Land vorbei, zum Antrittsbesuch sozusagen. Auch die in Stolberg und die Freien Nationalisten in Euskirchen hätten ihr einiges vorgeschwärmt von dem Altvorderen aus der Bewegung.

»Na, dann kommen Sie mal herein, Fräulein Gudrun«, das Eis schien gebrochen. Marie war erleichtert. Hüppauf trat zur Seite und bat sie ins Haus. Ein Opi wie aus dem Bilderbuch, wie er so dastand, das Kreuz durchgestreckt und noch erstaunlich gut beisammen für seine einundsiebzig Jahre. Das Haar zwar dünn und weiß, aber noch voll. Filzpantoffeln, eine Cordhose und eine längst fadenscheinige Strickjacke mit einer Anstecknadel am aufgeschlagenen Kragen, die aus merkwürdig ineinander verknoteten Dreiecken bestand.

Vermutlich keine Mitgliedsnadel der örtlichen Antifa, dachte Marie und lächelte schüchtern.

Dass sie die braunen Organisationen aus der Gegend erwähnte, die sie angeblich zu Hüppauf geschickt hatten, erwies sich als Sesam-öffne-dich. Der Alte brühte einen Filterkaffee auf, kramte Gebäck auf den Wohnzimmertisch und geriet in Plauderlaune. Marie musste das Biest nur noch füttern und ein wenig auf der Hut sein, sich nicht zu verplappern. Selbstverständlich kannte sie Axel Jäger und Silke Feisting, behauptete sie, als Hüppauf sich erkundigte, wen aus der Bewegung sie bereits getroffen hatte und ein paar Namen fallen ließ. »Auch den Belgier? Und die aus Mitteldeutschland?« Marie musste passen. Oder besser, sie wollte passen, damit das hier nicht zu auffällig wurde.

Und dann kamen sie zur Sache. Hüppauf selbst war es, der damit anfing. Vor ein paar Jahren seien die jungen Leute aus den Freien Kameradschaften auf ihn zugekommen und hätten sich nach Walter Lambertz erkundigt, dem Vordenker der heutigen Bewegung und Widerständler gegen den Gesinnungsterrorismus, dem das Land heute ausgesetzt sei. Ob es wirklich so war, wie Hüppauf behauptete, oder ob nicht vielmehr er selbst dem braunen Nachwuchs seinen Lambertz aufgeschwatzt hatte, war nicht herauszubekommen. Gemessen daran, wie er nach nicht mal fünf Minuten zu einer ausführlichen Eloge auf seinen geistigen Mentor ansetzte, war anzunehmen, dass er jedem, der es hören wollte oder auch nicht, mit seiner Lambertzpredigt kam.

Hüppaufs Besessenheit erleichterte Marie die Arbeit. Aus einem Wandtresor zauberte er die stockfleckige Kladde hervor, ungefähr zweihundert Seiten dick: *Wehrhaftes Volk. Ansichten eines nationalen Sozialisten*, las Marie auf dem Umschlag. Vorsichtig schlug er sie auf. Marie gab vor, brennend interessiert zu sein. Ihr Blick huschte über das Inhaltsverzeichnis: ›Junkerjahre‹, ›Lehrerjahre‹, ›Vertreibung aus Wollseifen‹ oder, weiter unten, ›Eifelfluten‹.

Hüppauf war das plötzlich zu viel. An seinen Gral, da ließ er niemanden heran: jedenfalls keine, die er erst seit ein paar Minuten kannte, »die in Euskirchen haben eine Fotokopie, Gudrun, wenden Sie sich einfach an den Kameraden Jäger.« Er klappte die Schrift wieder zu und ließ seine Hand demonstrativ auf dem Einbanddeckel ruhen.

»Dann werde ich mal den Axel fragen«, sagte Marie, »denn ich muss sagen, Sie haben mich mächtig neugierig gemacht.« Ob sonst noch jemand eine Kopie besitze, setzte sie neugierig hinterher, und Hüppauf rückte heraus mit einem für ihn kaum bedeutsamen, für Tim dagegen hochinteressanten Detail.

Die welken Blätter zwischen den Einbanddeckeln und die Fotokopie in Euskirchen seien genau genommen nicht die einzigen Ausfertigungen, meinte er. In seinem Haus in Einruhr, wo Lambertz bis zu seinem Tod gelebt hatte, könnten sich ein zweites Typoskript und ein paar Durchschläge befinden, die Lambertz angefertigt hatte, um mit seinen Gedanken bei Verlagen vorstellig zu werden. Hüppauf erzählte, wie er als junger Mann den dicken Umschlag zur Post hatte bringen dürfen und zusammen mit dem alten Lambertz gehofft hatte, dass die Schrift zum Druck angenommen und ein Erfolg werden würde. Irgendwann seien die Papierstapel mit einem knappen Ablehnungsschreiben wieder zurückgekommen. Ein Frust sei das gewesen, vor allem für Lambertz, der die Abschriften schließlich zusammen mit der Korrespondenz in den Keller gepackt habe, »und zwar in den unteren.« Und der nie mehr ein Wort über den missglückten Versuch verloren hatte, als Publizist in Erscheinung zu treten.

»Den unteren?«

»Den ursprünglichen. Das Haus in Einruhr liegt unten im Ort, nicht weit entfernt von der Rur. Als man den Obersee aufstaute, mussten sämtliche Gebäude, die in Ufernähe standen und nicht abgerissen wurden, ein Stockwerk nach oben versetzt werden. Auf den ursprünglichen Keller kam ein neuer drauf, in der Höhe des alten Erdgeschosses. Das neue Erdgeschoss wurde wiederum dort draufgesetzt, und so weiter.«

»Und der untere Keller ist erhalten geblieben als Tiefkeller …«

»Den es bei Wasserhochstand schon mal flutet, genau.«

»Und da lagern noch die Abschriften?«

»Wenn die Feuchtigkeit und die Hochwasser sie nicht längst zersetzt haben. Was ich annehme, wenn ich an die Schneeschmelzen im Frühjahr denke, oder an die Kanalisation, die unten am Ufer die Wassermassen nicht mehr gebändigt bekommt.«

»Dann ist das hier also doch das einzige noch erhaltene Exemplar«, hielt Marie mit gespieltem Bedauern fest und zeigte auf das Manuskript.

»Da können wir von ausgehen, Gudrun. Das Typoskript und die Abschriften sind wohl den Eifelfluten zum Opfer gefallen. Ironischerweise.«

Marie hakte nach, was er meinte. Weil eines der Kapitel so betitelt war, fragte sie, ›Eifelfluten‹?

Da habe sie wohl ganz genau hingeschaut, meinte Hüppauf. Aber richtig, ironisch sei es schon, wenn eine Schrift, in der von Eifelfluten die Rede ist, genau denen zum Opfer falle. Auch wenn es sich genau genommen nur um eine Abschrift handele.

Maries alias Gudruns Gesicht verzog sich zu einem einzigen Fragezeichen. Auf einmal war der Alte nicht mehr so handzahm und auskunftsfreudig wie noch zu Beginn. Im Gegenteil, so abrupt wie er damals auf Tim losgegangen und ihn herausgeschmissen hatte, so plötzlich änderte er auch jetzt den Tonfall, wurde laut und schwadronierte los. Marie kam es vor wie zusammenhangloses und wirres, dabei irgendwie bedrohliches Zeug. Nur dass Hüppauf es mit einem Brustton der Überzeugung herauskeifte, als wüsste er mehr über das Wann, das Wo und das genaue Wie hinter seinen kryptischen Andeutungen.

»Ein gigantischer Großputz wird das! Eine Säuberungsaktion, wie sie die Welt noch nicht gesehen hat ...!«

In seiner Erregung bemerkte er die feinen Speicheltropfen nicht, die aus seinem Mund jagten und auf Marie einprasselten. Die sagte kein Wort und hoffte, dass der Ausbruch schnell vorüber ging.

»… da wird einmal gnadenlos nass durchgewischt, *gnaden-los*, wie es sich gehört. Kein Stein bleibt da mehr auf dem anderen. Und verdient haben sie es, *alle* haben es verdient.« Er fuhr in die Höhe, fuchtelte mit beiden Armen in der Luft. »Nur verdient ist das, nur verdient und nichts anderes als verdient!« Puterrot und mit zitternden Händen wollte er weiter nachlegen, geriet aber allmählich aus der Puste. »Diese Besatzer, diese Inländerfeinde, diese … geeezüchtigt, jawohl!«

Dann implodierte Bruno Hüppauf. *Plop!*, sank er schlaff auf die Couch und rang nach Luft.

Holla die Waldfee, dachte Marie, was für ein Choleriker.

Und sie wusste nur zu genau, dass sie ihn auf den Veitstanz besser nicht ansprach, sondern so gut es ging bei der Sache blieb.

»Eines verraten Sie mir aber noch«, meinte sie verschwörerisch. »Nämlich, ob für den Großputz noch Reinigungskräfte gesucht werden.« Hüppauf keuchte immer noch.

»Fragen Sie die Anführer von der Putzkolonne«, japste er eine erstaunlich spritzige Antwort heraus.

»Und die finde ich wo?«

»Wo sagen Sie, kommen Sie nochmal her? Wer hat Sie zu mir geschickt?« Er richtete sich im Sitzen auf und drückte das Kreuz durch. »Na also.«

»Marie? Hallo!?«, Tim riss sie aus ihren Gedanken. »Scotty an Enterprise: Hier unten gibt's Joghurt!«

Mit einem Grinsen trat sie vom Fenster zu ihm hinüber, schubste ihm den Plastiklöffel auf den Tisch.

»Enterprise an Scotty, wie war nochmal die Frage?«

»Ob du dich als Marie Breuer oder Gudrun Glasenapp an der Verpfeifungsaktion beteiligen willst.«

Ach ja, die Verpfeifungsaktion. Die von Hüppauf, die Tim helfen sollte, sich von seiner Obsession mit Lambertz' Schrift zu lösen.

»Warum nicht eine E-Mail von der Glasenapp an die Polizei in Euskirchen?«

2

Kriminalinspektorin Franka Froitzheim galt seit dem Gewinn der Deutschen Juniorenmeisterschaft vor zehn Jahren als Deutschlands größtes Talent im Frauenringen. Ihre Vorgesetzten in Euskirchen stellten sie deswegen gerne aus als Vorzeigebeamtin, die in einer Vorzeigebehörde ihren Dienst verrichtet. Als sie sich vor zwei Monaten beim Training im Olympiastützpunkt in Köln das Knie verdreht hatte, stellten dieselben Vorgesetzten sie kalt: Innendienst und Schonung statt riskanter Einsätze als szenekundige Beamtin in Fußballstadien und bei ruppigen Fanclubs. Wo käme man sonst hin, wenn ein Hooligan der Güteklasse ›gewaltsuchend‹ sich dem Zugriff entzieht, sie über den Haufen rennt und die Eifel damit um Edelmetall bei Weltmeisterschaften und Olympischen Spielen bringt?

Die Begründung fand Franka Froitzheim noch plausibel, obwohl sie sich längst an die stramme Bandage ums Knie gewöhnt hatte und sich danach verzehrte, mal wieder Auslauf zu bekommen, in freier Wildbahn agieren zu können. Weniger Verständnis brachte sie auf für das, was man ihr stattdessen als Aufgabe zugewiesen hatte: »mal das Netz zu beobachten.« Also den lieben langen Tag im Internet zu surfen und auszukundschaften, in welchen Foren und in welchen Chatrooms sich ihre Klienten tummelten, verabredeten und dabei vielleicht die eine oder andere Straftat ausheckten.

Und ganz und gar nicht begreifen konnte sie, dass sie mit dem, was sie tat, im kompletten Apparat auf taube Ohren stieß: Wenn sie meinte, etwas gefunden zu haben, das lohnte, mal genauer durchleuchtet zu werden, oder wenn sie eines ihrer Dossiers aufsetzte, um das die Vorgesetzten sie anfangs gebeten hatten, blockten alle plötzlich ab. Von der Leitungsebene der Kreispolizeibehörde in Euskirchen über die Staatsanwälte in Bonn bis zu den Kontaktleuten in den Landes- und Bundesbehörden schoben sie sich gegenseitig die Zuständigkeit zu und wollten mit ihren Hinweisen nicht behelligt werden, geschweige denn ihre Dossiers lesen. In Alemannia Aachens Anhängerszene rumort es, weil Ultras und Rechte sich zunehmend spinnefeind sind und sogar die Fanbeauftragte mit ihrem Latein am Ende ist? »Leiten Sie es weiter an die Polizei in Aachen.« Eine Hooligankloppereі der erleseneren Sorte zwischen Mönchengladbachern und Anhängern des 1. FC Köln kündigt sich in der Gegend von Weilerswist an: Ort, Tag und Uhrzeit kursieren bereits. Anweisung für weiteres Vorgehen erbeten. »Wenn die sich unbedingt gegenseitig die Köpfe einschlagen wollen, wollen wir das verhindern?« Nachfrage: Sie meinen sicher, »*wie* wollen wir das verhindern.« Antwort: »Nein, nur: *wollen* wir das verhindern? Eine rhetorische Frage.«

Nicht nur die Achtundzwanzigjährige war von der demonstrativen Gleichgültigkeit frustriert, mit der die da oben auf das reagierten, was sie in ihrer unfreiwilligen Quarantäne produzierte und ihnen vorlegte. Angesäuert war auch Bülent Haspolat, den sein Hauptpraktikum zum Kommissaranwärter nach Euskirchen verschlagen hatte. Bülent hatte zu Beginn des zweiten Vierteljahres den Fehler begangen, zu laut und zu schnell ›hier‹ zu rufen, als jemand mit Ahnung von Computern und Internet gesucht wurde. Jetzt teilte er sich ein Dienstzimmer, eine Kaffeemaschine und einen Laserdrucker mit Franka Froitzheim.

»Bülle, was geht!?«

»Bülle war schon fleißig. Wie sich's gehört bei der Büllezei. Auf den Weltnetzseiten ist ordentlich Verkehr.« Weltnetzseiten, das war Neonazijargon für ›Internet‹. »Und was geht bei Franka Polente?«

»Die Polente kommt grad vom Arzt. Zwei, drei Wochen noch, dann kann ich wieder ins Training.«

»Freut mich für dich«, Bülent stand auf und schob ihr eine Laufmappe mit Ausdrucken auf den Schreibtisch. »Beim ersten Training bin ich dabei, persönliche Massage inklusive.«

»Wenn's der Mitarbeitermotivation dient, meinetwegen. Was ist das?« Sie zeigte auf die Mappe.

»*Bloodandhonour.com*, *1488landser.org* aus Belgien, *whitearyanwarriors.com*, Kanada, *witafrikaner.co.za*, die Widerstandsbewegung der Rassisten in Südafrika. Überall eindeutig Zweideutiges.«

»Schlagworte?«

»Eifel, Naturpark, Züchtigung, Säuberungsaktion«, ratterte Bülent herunter. »Lambertzen, Lambertzification, Lambertsen: je nach Sprache. Verabredungen, Treffpunkte, Veranstaltungen; *meeting points and events*. Anreise und Suche nach Unterkünften, *travel and accomodation*. Dazu Touristisches, *sights*, vor allem Vogelsang und die Rheinwiesenlager, die allerdings ausschließlich bei den Europäern. Den Amerikanern und Kanadiern sagt das entweder nichts oder sie sagen ›thanks, but no thanks‹. Immerhin waren das ja alliierte Kriegsgefangenenlager, da kommen viele Nordamerikanazis scheinbar in eine Zwickmühle.«

»Also das Übliche«, seufzte Franka Froitzheim vor der Kaffeemaschine.

»Das Übliche, ja, bloß schon wieder mehr. Der Verkehr wird dichter auf der rechten Spur vom Information-Highway.«

Die Kriminalinspektorin goss sich und Bülent einen Kaffee ein, ließ sich in ihren Bürostuhl fallen und sah die Papierausdrucke durch. Irgendwas war hier im Busch, ärgerte sie sich. Auf den Webseiten der rechten Fußballfanclubs und in den Foren der Hooliganszene hatte es angefangen, vor zwei Wochen war sie das erste Mal darauf gestoßen. Die User, wusste sie, waren zum Teil identisch mit der Belegschaft der Freien Kameradschaften, wo auf den Webseiten das gleiche dunkle Geraune zu beobachten war. ›Lambertzen‹, was sollte das sein? Und jetzt, je mehr man das Netz durchstöbert, kriechen sie aus allen Löchern und Ecken. Auf der ganzen Welt. Sie sagen sich an und freuen sich auf das Wiedersehen mit den deutschen Spießgesellen, die sie die *mop and bucket brigade* nennen: die Putzkolonne.

»Zum kotzen ist das«, mit der Faust hämmerte sie auf den Schreibtisch. »Ekelhaft.«

»Und kein Schwein interessiert es.«

»Doch, Bülle«, Franka Froitzheims Stimme wurde schneidend und scharf, »Heisterbach interessiert es, richtig brennend. Der Herr Hauptkommissar hat sich gestern tatsächlich herabgelassen, mein Memo zu lesen. Behauptet er jedenfalls. Wahrscheinlicher ist, dass jemand ihm gesteckt hat, was da drinsteht, und dass mich die Neonazikirmes langsam schwer nervt. Nach dem, was in Thüringen und Zwickau ans Licht gekommen ist, rechte Terrorzellen und so, müssten wir da ein Auge drauf haben, sagte er mir unten im Foyer gerade. Umso besser, dass du und ich gerade Zeit hätten, meinte er, und dass wir mal so ordentlich nachfassen sollen bei allem, was im Internet so abgeht.«

»Und?«

»Nix und. Auf einmal hatte er keine Zeit mehr. War mit Dütemeyer fast wieder durch die Tür, als ich ihn mir nochmal krallen konnte und gefragt habe, ob er da nicht Gefahr im Verzug sehe. Und was wir unternehmen sollten.«

»Und!?«

»Der liebe Herr Dütemeyer drängelte.«

»Kommissar Dütemeyer.« Bülent verdrehte die Augen.

»Genau der. Wird wieder nur das Übliche sein, hat er dem Chef souffliert. Dass die Braunen zur Geburtstagsfeier rüsten und sich danach alle wieder in sämtliche Winde verstreuen würden. Diesmal würde eben der *Widerstand West* die Party organisieren.«

»Geburtstagsfeier? Party?«

»Adolf Hitler wird am 20. April Hundertsechsundzwanzig.«

»Meint Dütemeyer. Und Heisterbach? Was meint der, was wir tun sollen?«

»Nix. ›Vermutlich hast du recht, Düte‹. Und: ›Bleiben Sie auf Empfang, Frau Froitzheim, und melden sich bei mir, wenn Sie meinen, dass wir trotzdem eingreifen müssen‹. Und weg war er.«

»Ist nicht zu fassen ...«

Stufe 1, Präsenz ausbauen.

Der junge Mann mit der Nickelbrille unter der blonden Scheitelfrisur richtete ein paar Worte an die Versammlung in der *Deutschen Eiche.* Zu Bier und Salzgebäck in Triskele-Form begrüßte er die »Vorhut« und »Erste Legion« zum »Aktivurlaub«, kam dann zur Einteilung in kleinere Gruppen. »Für die Kameraden aus Ventersdorp übersetzt Jean Mertens alles nochmal ins Flämische.«

Ein bulliger Riese mit Sommersprossen im rotwangigen Gesicht stand auf und hakte die Daumen rechts und links hinter die Gürtelschnalle, auf der unter der offenen Bomberjacke gut sichtbar *Gott mit uns* zu lesen war. Er nickte knapp in die Runde.

»Ihr Weißafrikaner habt hoffentlich keine Probleme mit Flämisch.«

Murren und Gelächter, dann wurde auch den vier Amerikanern eine Übersetzerin zugewiesen.

»Ich bitte euch um eins: Hört gut zu und fragt nach, wenn ihr etwas nicht verstanden habt oder nicht sicher seid. Von euch hängt der Erfolg der ersten Stufe ab. Ihr seid das erste, das dreckige Dutzend. Auf euch kommt es besonders an. Viel mehr als auf die, die in den nächsten Tagen hier eintreffen. Sieg Heil!«

*

In Rurberg an der Kante von Obersee und Rurtalsperre tauchten sie zuerst auf, flanierten die Seeuferstraße entlang und marschierten über den Eiserbach- und den Paulushofdamm auf die Kermeterseite. Sie packten ihre Ferngläser aus und sahen in den Ort zurück, hoben die Arme zu verabredeten Zeichen, die erwidert wurden von denen auf der anderen Seite, und telefonierten über Handy miteinander.

*

Zur gleichen Zeit führte ein halbes Dutzend Vollbärte dieselbe Inszenierung an der Staumauer oberhalb von Heimbach auf. Die Männer liefen in khakifarbenen Uniformen über den Fahrweg, gaben sich gegenseitig Zeichen und blinkten am helllichten Tag mit starken Taschenlampen einen Code in Richtung Hasenfeld, der sich mit keinem Morsealphabet entschlüsseln ließ.

*

Andere machten Ausflüge und wanderten in Simonskall den Westwall-Weg entlang. Sie präsentierten ihre Kurzhaarfrisuren, die Schriftzüge und Runen auf ihren T-Shirts und ihr festes Schuhwerk mit den hohen Schäften und weißen Schnürsenkeln in den Biergärten der Ausflugslokale oder bei Erbsensuppe und Trappistenbier auf der Besucherterrasse der Abtei Mariawald. In Nideggen und Heimbach sprachen sie die ersten Motorradfahrer der Saison auf ihre *motorbikes* made in Germany an.

*

Einer Polizeistreife fiel auf der B 265 oberhalb von Gemünd ein PKW auf, der selbst für Eifeler Verhältnisse viel zu schnell die Serpentinen hinaufkletterte. Der Wagen war gemietet, der Fahrer zeigte einen US-Führerschein vor, über die Stereoanlage im Auto lief *Kategorie C*, ›Fußballfest '98‹. Die anderen Insassen, ein junger Kanadier und zwei Deutsche, trugen schwarze T-Shirts: ›Staatsfeind Nr. 1‹, ›So sind wir‹ und ›A.C.A.B.‹ Sie taten abwechselnd teilnahmslos oder grölten den Text mit, »Hoch auf dem gelben Wagen, sitz ich beim Führer vorn«. Die beiden Polizeibeamten stutzten, notierten den Namen des Fahrers, kassierten das Knöllchen direkt ab und erzählten den Kollegen auf der Wache später von den vier Herren.

*

Im Wald zwischen Bad Münstereifel und Rodert brannte es. Anwohner entdeckten den Feuerschein in der Dämmerung und verständigten die Polizei. Diesmal war es nicht die *Wiking Jugend*, die in den Ruinen des Felsennests herumzündelte, vergangene völkische Zeiten beschwor und sich hemmungslos besoff. Diesmal waren es ältere Semester mit Vollbärten und Safarianzügen, die vor den massiven Betonklötzen, die einmal ein Führerhauptquartier waren, ein *Braai* veranstalten. Dicke Bratwurstschnecken brutzelten auf einem Grillrost, als die Beamten eintrafen, die Gesellschaft auflösten und Platzverweise aussprachen, nachdem sie die Personalien der Afrikaaner aufgenommen hatten.

*

Bonn, eine kleine Seitenstraße im nördlichen Teil des Zentrums. Zuerst betrat der Kamerad aus Belgien den Buchladen in dem eingeschossigen Flachbau, erkundigte sich nach Thilo Sarrazin, *Deutschland schafft sich ab*, und ob es das Buch in flämischer Übersetzung gebe. Die Bedienung hinter der Ladentheke verneinte. Dann kamen ein junger Mann und eine Frau dazu und fragten nach Bildbänden über die Waffen-SS. Der Belgier verfolgte amüsiert, wie die Verkäuferin wieder verneinte und die nächsten drei Kameraden in das Ladenlokal traten. *Mein Kampf* vom Führer, *do you have it on stock?* Die Verkäuferin, alleine mit einem halben Dutzend Kunden, die allesamt nach Rechtsausleger-Literatur verlangten, sagte, sie wolle im Lager nachsehen und verließ den Verkaufsraum, um einen Kollegen anzurufen und Hilfe oder Unterstützung anzufordern. Als sie in den Laden zurückkehrte, waren die sechs verschwunden. Der Flashmob fand nicht ohne Grund in genau diesem Buchladen statt. Eng verbunden mit dem Geschäft und seinen Betreibern, einem Kollektiv, war die Antifa Euskirchen/Eifel, die nicht lange fackelte und schon tags darauf in ihrem Blog über den Vorfall und die unerwünschte Kundschaft berichtete.

Die Nachricht an *poststelle.euskirchen@polizei.nrw.de* erreichte Bülent mit zwei Tagen Verzögerung. Die Kollegen in der Wache, wo die E-Mails zuerst eintrudeln und gelesen werden, hatten nichts mit ihr anfangen können und sie durch die gesamte Kreispolizeibehörde gereicht.

»Saubere Arbeit«, bemerkte der Kommissaranwärter bissig, »an diejenigen, die wirklich zuständig sind, leiten sie es zuletzt weiter.« Er schob eine Kopie der Mitteilung in Franka Froitzheims Postfach.

»Wieder was von der Antifa?«, brummelte die und zog sich das Mailprogramm vor die anderen auf den Bildschirm. »So lieb ich die auch habe. Es wird langsam ein bisschen viel. Den Neonazi-Quark beobachten *und* von denen ständig eingedeckt zu werden mit Hinweisen und Tipps ... schafft dich das nicht, Bülle?« Franka Froitzheim kam die Antifa ein bisschen vor wie der zudringliche Hausmeister am Tatort, der ›ich meine es ja nur gut‹ und ›mir ist da noch was eingefallen‹ sagt, und den keiner mehr eingefangen kriegt, wenn er einmal loslegt.

»Nö.«

»Was, nö!? Also, ich bin drauf und dran, denen zu schreiben, dass sie lieber erst mal filtern, was sie ...«

»Nicht von der Antifa«, ging Bülent dazwischen. »Das mein ich mit ›nö‹. Als Absender ist eine Gudrun von Glasenapp angegeben. Merkwürdiger Name ...«

»Und merkwürdiger Inhalt. Will uns da jemand zum Besten halten?«

»Sei nicht so empfindlich, Franka. Hier wird nur jemand ganz harmlos angeschwärzt, wenn du mich fragst.«

»Bruno Hüppauf, Bülle. Ist dir der Name schon mal untergekommen in den Foren?«

»Nochmal nö. Alles andere ist bekanntes Programm. ›Säuberungsaktion‹, ›nass durchwischen‹, ›sauber spritzen‹. Nur Bruno Hüppauf hab ich noch nirgendwo gelesen. Das ist aber nicht das wirklich Interessante …«

»Sondern Lambertz.« Mit dem Zeigefinger rieb Franka Froitzheim sich die Oberlippe, dann den rechten Nasenflügel, dann den anderen. »Walter Lambertz, *der. Das* Lambertzen«, sie schnippte mit den Fingern. »Bülle, ich glaube, wir sollten da mal nachhaken.«

»Was hält meine Wickie davon, wenn ich der Freifrau von Glasenapp mal ne Antwortmail schreibe!?«

»Frag sie nach Wohnort, Adresse, Alter. Und sobald sie antwortet, lade sie vor.«

»Haben wir eine Handhabe für sowas?«

»Okay, dann lade sie *ein*. Nicht *vor*.«

Also doch die Antifa, war Franka Froitzheims erster Gedanke, als es klopfte und zuerst ein Mittdreißiger im Rollstuhl und dann eine junge Dame das Dienstzimmer betraten. Bülent war fasziniert von dem Silbertand, der aus der Frau stak und an ihr herumhing. Er hörte nicht richtig zu, als Marie sich vorstellte und danach in zwei Sätzen erklärte, dass der Name Gudrun von Glasenapp nur Tarnung gewesen und sie diejenige sei, die hinter der Maskerade steckte.

»Mein Name ist Froitzheim und das ist der Kollege Haspolat«, half die Kriminalinspektorin aus. »Hast du das mitgekriegt, Kollege? Frau Glasenapp heißt in Wahrheit Breuer.«

»Und Sie«, Bülent sortierte sich, »sind der Herr, warten Sie, Hüppauf und heißen in Wirklichkeit …!?«

Mit Büßerstimme flüsterte Tim seinen Namen.

»Und nur Tim Rhiel. Wirklich!«

Marie berichtete, was es auf sich hatte mit Bruno Hüppauf und ihrer Nachricht an die Polizei.

»Selbst wenn wir's wollten«, flötete Bülent nach Maries Beichtstunde. »Wir dürfen Sie als Denunzianten gar nicht bei dem von Ihnen Denunzierten denunzieren. Da hätten Sie den alten Herrn schon ins CC setzen müssen, bei Ihrer E-Mail an uns. Oder sieht der Praktikant das falsch, Frau Froitzheim?«

»Nee, das sieht er vollkommen richtig. Und für üble Nachrede oder Verleumdung sind die Gerichte zuständig, nicht wir«, sekundierte Franka Froitzheim.

Tim sah Marie an, und Marie Tim. Na klasse, sagten sich ihre Mienen, was haben wir denn da für einen bescheuerten Plan ausgeheckt!?

»Tja, ist vielleicht auch besser so.« Marie fand die Sprache zuerst wieder.

»Allerdings habe ich gerade beschlossen, Sie für etwas anderes einzuspannen, Herr Rhiel. *Für* etwas und *als* jemanden.«

Franka Froitzheim wuchtete sich energisch aus ihrem Bürostuhl und trat vor den Rolli, beugte sich vor und sah Tim in die Augen, stützte sich mit der Linken auf die eine der beiden Armlehnen und pochte ihm mit Zeige- und Mittelfinger der anderen Hand auf sein Brustbein. »Und zwar als Lambertz-Experten! Genau so einer fehlt uns hier nämlich. Wir haben keinen blassen Schimmer, was gemeint ist, wenn aus einem *Nomen proprium* ein *Verbum* wird …«

»Nochmal zum Mitschreiben«, schaltete sich Bülent ein. Marie musste lachen, auch Tim fing an zu grinsen.

»Wenn aus einem Eigennamen ein Tu-Wort wird, Kollege. Wie bei ›Lambertz‹ zu ›lambertzen‹.«

Franka Froitzheim erzählte von den Aktivitäten auf den Weltnetzseiten, die sich im Norden von Aachen über Düren und Pulheim bis nach Leverkusen und im Süden die Mosel entlang von Trier bis nach Koblenz spannten und in denen verdächtig oft die Rede war von einem mysteriösen Lambertzen, dazu seit Anfang der Woche von ›Lambertzbombern‹, von ›Tonnage spazieren fahren‹, ›Dynamitfischen‹ und ›Heimbach, Hausen und Blens auszetteln‹.

»Da stimmt was nicht, da braut sich was zusammen, und wir wissen nicht was«, schloss sie. »Allenfalls wann, und das auch nur mit Fragezeichen: 20. April, also in einer Woche. Die ganze Gegend ist scheinbar schon voller Neonazis. Aus der ganzen Welt kommen sie hierher gepilgert.«

Tim dachte an die Begegnung mit Hüppauf in Vogelsang Anfang der Woche, an dessen seltsam arroganten und herablassenden Blick und an die Typen, die er im Schlepptau gehabt hatte. Dann erzählte er, was es mit dem Namen Lambertz auf sich hatte.

»Was haben Sie vor, Frau Froitzheim?«

»Ich mag mich vertun, aber Hüppauf könnte uns weiterhelfen. Und da er kaum gewillt sein wird, es freiwillig zu tun, sollten wir ein wenig nachhelfen. Mit einem Durchsuchungsbeschluss. Was meinst du, Kollege?«

»Wie willst du den erwirken? Und wo, bei wem?« Bülent klang eher verzweifelt als erheitert. »Das ist aussichtslos. Nee, nicht bloß aussichtslos. Das ist ausgeschlossen!«

»Heute ist Freitag, lass mich überlegen. Wer von der Staatsanwaltschaft sitzt am Wochenende in der Bereitschaft?« Sie klickte sich auf ihrem Computerbildschirm durch ein paar Seiten, holte tief Luft und atmete langsam aus. »Carola Knittel, okay«, sprach sie mehr mit sich selbst als zu den anderen. »Kenne ich zwar nicht, aber das muss nichts heißen. Knittel hört sich schon mal gut an, die deutsche Meisterin in der Klasse bis 55 Kilo heißt auch so.«

Bülent schob seine Augenbrauen in die Höhe, Marie und Tim zogen ihre fragend zusammen.

»Die Kollegin Froitzheim ringt, müssen Sie wissen«, erklärte der Kommissaranwärter, als er den verdutzten Blick der beiden bemerkte. »Manchmal mit sich selbst, nach Feierabend gegen andere.«

3

An Samstagabenden schmeckte Leonie Schumpeter das Pils im *Stüffje* in Einruhr am besten. Samstag war Bettenwechsel, was für ihre Ferienwohnung in der Hochsaison hieß: acht Betten frisch beziehen, die gebrauchten Bezüge waschen, die Küche putzen und den Wohnraum saugen, den Kühlschrank ausräumen und das Bad scheuern. Danach ein Frischgezapftes, ein Schwatz mit den anderen Kneipengästen und ein wenig Tratsch über Klätschjüppchen oder Schmock, den größten Intriganten des Ortes, dem gerade die zweite Frau weggelaufen war. Gab es etwas, das einen besser entspannte und runterkommen ließ? Nicht wirklich.

Heute war das anders. Der Bettenwechsel hatte Gäste in ihre Ferienwohnung geschwemmt, die Leonie Schumpeter gründlich die Stimmung vermiesten. Als die Reservierung übers Internet bei ihr eintraf, dachte sie noch: Simbabwe und Paraguay, das ist ja mal eine interessante Kombination. Sie erinnerte sich, dass in den beiden Ländern zwei ziemlich finstere Gestalten an der Macht waren: der eine weiß und schon tot, der andere nicht weiß und noch nicht tot. Aber, hatte sie gedacht, die Leute, die da gebucht haben, werden mir schon zeigen, dass ich dumme Gans nur voller Vorurteile stecke.

Und dann das: drei kräftige blonde Kotzbrocken, Vater und zwei Söhne, denen Robert Mugabe die Farm weggenommen hatte und die jetzt den bewaffneten Kampf gegen das schwarze Rattenpack und die Rückeroberung ihrer Farmen vorbereiteten. Und ein Haufen Ableger aus der *Colonia Dignidad*, mit deutschen Wurzeln und braundeutscher Gesinnung wie die meisten, die die Siedlung in Chile mitgegründet hatten. Als es mit Pinochet und seinen Schergen politisch zu Ende ging und unklar war, wo die

Nachfolger politisch standen, wechselten sie kurzerhand das Land und machten sich davon, rüber nach Paraguay.

»Komm mir bloß nicht mit denen«, blaffte sie Albrecht Wollgarten an, als er sie auf die internationalen Gäste ansprach. »Die aus Afrika sehen aus, als hätte Vogelsang den Betrieb wiederaufgenommen. Zäh wie Leder, hart wie Kruppstahl, dazu semmelblond und blauäugig.«

Albrecht nickte, schwang sich herum und orderte zwei frische Pils. Dann fiel sein Blick auf die Kneipentür.

»Und jetzt fallen sie hier ein«, raunte er dunkel, als er sah, wer das *Stüffje* betrat.

Bruno Hüppauf nickte knapp und wortlos zum Tresen herüber. Wenigstens die Tageszeit hätte er sagen können, dachte sich Leonie, die ansonsten froh war, dass der Alte und seine Begleiter sich an einen Tisch in der hintersten Ecke der Kneipe niederließen und die Köpfe zusammensteckten.

»Die schon wieder.« Marlene, die sich im *Stüffje* ihr Studium erkellnerte, lehnte sich über den Tresen und musterte die fünf jungen Leute, die sich um Hüppauf scharten. »Was sind das eigentlich für welche?«

»Sieht man das nicht?« Leonie deutete auf die schwarzgewichsten Knobelbecher mit den weißen Schnürsenkeln, die drei der jungen Kerle an den Füßen hatten, und die Thor-Steinar-Jacken, die das Mädchen und der schmächtige vierte Mann trugen.

»Ich glaube, da ist mal ein ernstes Wort mit dem Alten fällig«, sagte Albrecht. »Die fünf hat er in seinem Gästehaus untergebracht.«

»Echt!?« Marlene zog die Brauen in die Höhe.

Albrecht nickte. Als Bausachverständiger überprüfte er zweimal im Jahr die Statik der ufernahen Gebäude. Dem Quintett war er bei der Frühjahrskontrolle von Hüppaufs Haus begegnet.

»Der Hänfling neben Bruno hat das Sagen, die anderen sind eher von der maulfaulen Sorte.«

»Maulfaule Sorte, aha«, meinte Leonie.

»Jedenfalls spricht immer nur der eine, und die anderen tun, was er sagt.«

Leonie sah wieder zu dem Tisch herüber. Auch jetzt redete der Schmale auf Hüppauf und die anderen ein. Mit raschen Handbewegungen unterstrich er seine Worte und deutete abwechselnd auf die fünf anderen und einen imaginären Plan, den er vorher mit ein paar Gesten auf dem Wirtshaustisch ausgebreitet hatte.

»Da könntest du Recht haben, Ali«, entgegnete sie. »Der Kuchen spricht und die Krümel müssen schweigen.«

»Bloß, dass die sonst nicht in dem Fummel durch den Ort rennen«, meinte Albrecht. »Da tragen sie zivil.«

»Die kommen bestimmt direkt von der Schicht.« Leonie nippte an ihrer Pilstulpe. »Keine Zeit zum Umziehen.«

»Wo schieben die bitteschön Schicht?« Albrecht kratzte sich am Kinn. »Da ist doch was im Busch!«

In der Ecke stand Hüppauf auf, quetschte sich hinter dem Tisch hervor, kam auf den Tresen zu und orderte sechs Bier. Mit unsicherem Blick schielte er zu Leonie und Albrecht herüber, sah dann wieder in eine andere Richtung. Ganz klar, dachte sich Leonie, der hat was zu verbergen. Oder ein schlechtes Gewissen. Oder beides.

»Bruno, was soll der Scheiß?« Albrecht griff sein Frischgezapftes und stellte sich Hüppauf in den Weg, der zurück an seinen Tisch schlurfte.

»Was willst du«, brummte der Alte. »Lass mich in Frieden!«

»Einruhr ist nazibefreite Zone, verstanden!? Nicht national befreit, nazibefreit! Und das wird's auch bleiben. Mach dass deine Pimpfe wieder abrücken und sich hier nicht mehr blicken lassen, sonst ziehen wir andere Saiten auf!«

»Leck mich«, giftete Hüppauf und setzte sich gerade wieder in Bewegung, als die Eingangstür aufflog und Leonies blonde Feriengäste den Schankraum betraten. Der

Alte strahlte über das ganze Gesicht, als er den Farmer und seine beiden Söhne erblickte. Er zeigte auf den Tisch mit den anderen und bestellte Bier nach. Dann baute er sich vor Albrecht auf.

»War noch was!?«, raunte er. »Nein, oder!?«

Albrechts Kaumuskeln mahlten, er sagte aber nichts. Auch Leonie verkniff sich eine Bemerkung und rang sich einen knappen Gruß in Richtung ihrer Gäste ab.

»Leck mich!«, zischte Hüppauf wieder. Diesmal klang es nicht nur giftig, sondern triumphierend.

Zurück an seinem Tisch, machte er ein paar abfällige Gesten in Richtung Leonie und Albrecht. Wahrscheinlich hatten seine Spießgesellen wissen wollen, wer die beiden waren.

Die drei aus Simbabwe mieden den Blickkontakt mit Leonie, ihrer Ferienhauswirtin, als sie das *Stüffje* eine Stunde später verließen. Nur der Schmale mit der Nickelbrille hinterließ einen Gruß. An Albrecht gewandt, spreizte er Daumen, Zeige- und Mittelfinger auseinander und hielt sie ihm mit ausgestrecktem Arm entgegen.

»Gute Nacht«, presste er hervor. Seine Stimme war ein einziges Kieksen. »Und schließen Sie gut ab. Man kann nachts nie wissen.«

Albrecht packte den Burschen am Arm.

»Pass mal gut auf, Freundchen«, setzte er an. Weiter kam er nicht. Der Kräftigste von den Burschen ging dazwischen, baute sich vor Albrecht auf und versetzte ihm einen deftigen Stoß in die Seite. Dann hob er den Zeigefinger und schwang ihn wie ein Metronom vor Albrechts Augen hin und her.

»Nu mol schön wieder aufn Hogger mit dir.« Albrecht war zu perplex, um nicht aus einem Reflex heraus genau das zu tun, was das Muskelpaket von ihm verlangte. »So ist brav. Schön sitzenbleiben und *gor* nüscht mehr sagen.« Das Metronom hörte auf zu ticken, stattdessen legte sich der Finger in die Horizontale. Die Spitze zeigte genau auf die Stelle zwischen Albrechts Augen. »Sonst muss ich nochmol wiedergommen.«

Der Daumen fuhr aus, reckte sich kurz über den gestreckten Zeigefinger in die Höhe, schnappte dann zurück in die Faust.

Stufe 2, Köder auslegen

»Ich begrüße auch die neu Hinzugekommenen. Südamerika hat entsandt, aus Ungarn sind Kameraden dazu gestoßen und das südliche Afrika hat Verstärkung erhalten.« Die Nickelbrille schob sich über den blassen Bäckchen in die Höhe, als der Blonde zufrieden grinste. »Wir waren nicht untätig, die Vorhut hat ordentlich vorgelegt. Man merkt, wir sind in der Gegend präsent und werden wahrgenommen. Die Blogs quellen über, die Herren Wachtmeister verstärken ihre Streifen, es gibt rund um unsere Heldengedenkorte verstärkt Verkehrskontrollen und auch unsere Freunde von der Antifa haben inzwischen richtig Schaum vor dem Mund. Für alle, die mit dem Begriff nichts anfangen können: Antifa, das sind die, die sich als Erste für einen ausgedehnten Erholungsurlaub im KZ eignen, wenn es soweit ist.«

Im Saal machte sich Heiterkeit breit. Zuletzt lachten auch die, denen man es übersetzen musste.

»Jetzt ist es Zeit für die zweite Stufe. In den nächsten Tagen legen wir ein paar Köder aus. Keine leichte Aufgabe, das Ganze muss so koordiniert sein, dass denen, für die wir sie auslegen, nichts entgeht. Dauer der Maßnahme: bis weit in die kommende Woche hinein, wenn nötig bis Freitag. Dann zur Logistik. Alles ist soweit vorbereitet. Die Wegbeschreibungen zu den Höfen und Scheunen, in denen ihr das Material abholt, werden euch die Kameraden Feisting, Mertens und Behrend-Wolff gleich aushändigen. Dito die Karten mit den Einsatzorten und den genauen Zeiten. Wenn Fragen aufkommen sollten, raus damit. Die Kameraden stehen euch zur Verfügung. Wichtig ist, die

Liste mit den Führerscheinen für Lastkraftwagen zu aktualisieren. Dazu die mit Bootsführerscheinen. Ich denke, damit sind wir bis Mittag durch. Danach bietet Kamerad Hüppauf einen weiteren Rundgang durch die Ordensburg an. Für alle, die sie noch nicht gesehen haben oder beim ersten Mal nicht genug bekommen konnten. Nicht vergessen, wer an dem Sonntagsspaziergang nach Vogelsang teilnimmt, soll sich die Nadel ans Revers heften. Auch in Stufe Zwei schaden die Maßnahmen aus Stufe Eins nicht. Präsenz zeigen, und Einigkeit. Und eisernen Willen. In diesem Sinn. Sieg Heil!«

*

Der militärgrüne alte Magirus ächzte die schmale Bundesstraße entlang bis Einruhr, von dort nahm er die Uferstraße nach Rurberg. Die Tarnnetze auf der Ladeklappe verbargen die Fracht. Vor den Staumauern würden sie die Camouflage herunterziehen und den Blick freigeben auf die Fässer. Der junge Bursche aus Simbabwe hatte sichtlich Spaß, am Steuer eines echten deutschen Militärlasters zu sitzen. Original Drittes Reich, hatte ihm Behrend-Wolff vorgeflunkert, angeblich war der LKW sogar in Grozny und Leningrad gewesen. Hin und wieder zurück, durch die klirrende Kälte, dazu die Einschüsse über der Hinterachse. Tatsächlich hatte der Laster am Heck kleine Beulen und Stellen mit abgesprungenem Lack, die stammten jedoch von Milchkannen, Leitern und Zementsäcken. Der Magirus hatte in den sechziger Jahren einer Nordeifeler Milchgenossenschaft und dann, als die Milchkannen durch Tankfahrzeuge ersetzt worden waren, einem Bauunternehmer aus der Gegend von Hillesheim gehört. Sein H-Kennzeichen, hatte Behrend-Wolff dem blonden Burschen aus Afrika weisgemacht, stehe immer noch für Hitler.

Der Farmersohn glaubte jedes Wort. Die zwei aus Arizona und das halbe Dutzend Paraguayer, die an beiden Seiten auf der Ladefläche hockten und mit Gewehrattrappen im Anschlag die Fracht bewachten, mussten über seine Naivität grinsen. Mit seinen Fahrkünsten kamen sie nicht so gut klar. Schon auf der ausgebauten Uferstraße scherte der LKW mehrfach auf die Gegenfahrbahn aus. Auf der schmalen Asphaltstraße mitten auf dem Paulushofdamm gab der Bursche, der aus Simbabwe nur Linksverkehr gewohnt war, schließlich auf. Spaziergänger, Kurgäste aus Gemünd und eine kleine Wandergruppe beobachteten die befremdliche Szene. Was hatte ein Militärlaster mit einem Dutzend Metallfässern und acht bewaffneten Männern auf der Pritsche an einem Sonntagvormittag auf dem Staudamm zu suchen? Auch die Männer auf dem alten Fahrzeug wirkten einen Augenblick lang ratlos, dann tauschten sie den Fahrer gegen einen von denen auf der Ladefläche aus. Ein Wanderer zückte sein Fernglas und besah sich den neuen Fahrer genauer. Dessen Haare waren auf Stoppellänge kurzgeschoren. Eine dicke Hautwulst über dem Kragen der schwarzen Kapuzenjacke war unübersehbar. »Arizona Aryans« stand da zweimal: als verzerrte Tätowierung auf der Nackenwurst und in weißer Runenschrift auf der Jacke. Der Lastwagen zuckelte weiter, auf den Hauptdamm oberhalb von Heimbach zu, wo bereits eine Polizeistreife wartete und die Paraguayer, den anderen Amerikaner und den Simbabwer aufforderte, die Ladefläche unverzüglich zu verlassen. Auch den Damm durfte der Magirus nicht passieren. Dessen Fahrbahn war für Fahrzeuge seines Gewichts nicht zugelassen.

*

Flussaufwärts vor Dedenborn lag die Fischzucht des Hemmersbachgehöfts. Ein Zufluss der Rur speiste die drei Teiche. Der vordere und mittlere waren randvoll; den hinteren hatte Hemmersbach im Winter zugeschottet und erst in der letzten Woche wieder befüllt. Zwei Afrikaaner in beigefarbenen Tarnanzügen begleiteten das Muskelpaket und den schmächtigen Mann mit der hellen Stimme. Hemmersbach ließ sie auf den Hof.

»Die nimmst du wieder ab«, sprach der Anführer und zeigte auf die Valknutnadel an Hemmersbachs vor Speck glänzendem Jackenaufschlag. »Du kennt deine Legende.«

Aus dem Kofferraum des 4x4 wuchteten sie einen Behälter von der Größe und Form einer kleinen Mülltonne auf eine Sackkarre und fuhren sie bis an den Rand des dritten Teichs. »Ruf an!«, befahl der Wortführer, dann gingen er, die Südafrikaner und der stämmige Ostdeutsche in Deckung. Als die Sirenen des Einsatzwagens zu hören waren, lösten sie die Detonation aus und verschwanden mit ihrem Geländewagen in die andere Richtung. Die Explosion riss ein ordentliches Stück der Teicheinfassung ein. Hätten sie die Tonne an der Seite zu dem mittleren Teich gezündet, der schmale Damm zwischen beiden Gewässern hätte der Wucht der Explosion nicht standgehalten.

*

Der Anleger in Schwammenauel wimmelte vor Passagieren, die auf das Ausflugsschiff warteten, als das Schnellboot auftauchte und in Sichtweite des Ufers die Geschwindigkeit drosselte, dann zum Stehen kam und eine junge Frau den Motor einklappte. Zwei Männer bückten sich und machten sich unterhalb der Bordwand zu schaffen. Sie hievten eine rostige graue Boje in die Höhe und schleppten sie mühsam zum Heck. Einer der Ausflügler gab später zu Protokoll, er habe mitbekommen, dass die Kommandos, die sich die drei auf dem Boot zuriefen, in englischer Sprache erfolgten. Das schwere rostige Ding warfen die Männer ins Wasser, wobei sich herausstellte, dass es gar keine Boje war. Sie ging sofort unter.

*

Als die Polizei eintraf, spulte Hemmersbach seine Rolle routiniert ab. Am helllichten Tag seien sie gekommen, hätten in aller Seelenruhe die Tonne im letzten der Fischteiche platziert und Deckung gesucht. »Test, Test, Test«, habe der eine gebrüllt. Hemmersbach selbst rannte an der Futterscheuer vorbei auf die Teiche zu und wollte wissen, was los war. »Weg da, du Schwachkopf!«, habe ihm der Kräftige entgegengebrüllt, dann sei das Ding hochgegangen. Als er merkte, dass ihm nichts passiert war, sei er ins Haus zurück, um die Polizei zu rufen. In der Zeit hätten die Nazis sich aus dem Staub gemacht.

»Nazis?«, fragte der Streifenbeamte.

»Nazis«, antwortete Hemmersbach. »Wissen Sie, es gibt zwei große Fischzuchten hier in der Gegend. Und mein Konkurrent ist einer von diesen freien Kameraden. Seit Monaten läuft das hier wie auf Sizilien. Bislang waren es nur Worte, jetzt machen sie das erste Mal ernst.«

Der zweite Polizist verzog das Gesicht.

»Was der eine gerufen hat, sind Sie sich da sicher? Das mit dem Test meine ich.« Hemmersbach nickte und auch der andere Polizist legte die Stirn in Falten. Die Spurensicherung kommt wenn nötig auch sonntags raus, antwortete er auf die Frage des Fischzüchters, wie es nun weitergehe. »Und ich glaube, es wäre mal nötig.«

*

Mit einem echten Magyaren, der ein Wams mit Zierknöpfen aus Silber und darüber einen breiten Schnäuzer trug, hatte Dütemeyer es noch nie zu tun gehabt. Der Montagmorgen geht ja gut los, dachte er und überflog die Personalien des Ungarn, auf den Urlauber an der Staumauer der Rurtalsperre aufmerksam geworden waren, als er angeblich eine Tonne an einem langen Seil in den See herabgleiten ließ. Deutsch verstand der Mann nicht, also stand Dütemeyer vor der Entscheidung, entweder einen Dolmetscher aufzutun und nach Euskirchen zu lotsen oder den Ungarn wieder laufenzulassen. Er tendierte dazu, den Mann vom Haken zu nehmen und zurück ins frische Wasser der Freiheit zu werfen, als sein Blick auf die Kurzberichte der Kollegen von der Streife fiel, die ihm routinemäßig nach seinem freien Wochenende auf dem Bildschirm angezeigt wurden. Von mehreren versenkten Tonnen war da die Rede; eine davon war sogar in einem Fischzuchtbetrieb hochgegangen. Dütemeyer geriet ins Grübeln und versuchte es erst auf Englisch, dann mit Französisch. Was zurückkam, war ein verschmitzt grinsendes Gesicht mit glänzend roten Bäckchen und ein entschiedenes Schulterzucken.

Die fehlenden Fremdsprachenkenntnisse entschieden die Sache. Dütemeyer wünschte dem Ungarn noch einen schönen Aufenthalt in der Eifel.

Franka Froitzheim stürmte mit dem Durchsuchungsbeschluss ins Büro und scheuchte Bülent Haspolat von seinem Bildschirm auf.

»Es geht los«, wedelte sie mit dem Papier in der Luft, »fahr runter und mach dich fertig. Wir müssen raus zu Hüppauf.«

»Und kein Briefing zum Wochenbeginn? Auf den Weltnetzseiten war ordentlich was los …«

»Das erzählst du mir auf der Fahrt.«

»Was ist mit Tim Rhiel und seiner Marie?«

»Meinetwegen. Weil du es bist. Ruf sie an und sag ihnen, dass wir vorher vorbeikommen.«

Draußen auf dem Parkplatz streikte ihr Dienstwagen.

»Wo ein Bülle ist, ist auch ein Weg«, meinte der Kommissaranwärter und zeigte auf die Streifenwagen ein paar Meter weiter. Franka zuckte ratlos mit den Achseln. Ein ziviles Ersatzfahrzeug würde auf die Schnelle nicht aufzutreiben sein.

»Das Blaulicht und die Sirene bleiben aus, verstanden!?«, sagte sie und verschwand im Gebäude, um Schlüssel und Papiere aufzutreiben. Bülent sah ihr nach wie ein Dreijähriger, dem der Lutscher vor seinen Augen weggeschnappt wird. Fünf Minuten später waren sie auf dem Weg nach Gemünd. Marie empfing sie an der Wohnungstür.

Bülent grinste sie an. »Du und Herr Rhiel, ihr fahrt in seinem Transporter nach Einruhr«, schlug er Franka vor. »Und ich zeige Fräulein Breuer, wie ein echtes Polizeiauto von innen aussieht.«

»Hatte ich auch überlegt«, blockte Franka ab, »bloß dass ich mit meinem Knie noch nicht wieder hinters Steuer darf. Schon vergessen!?«

»Dann zeige ich Fräulein Breuer *und* Herrn Rhiel, was ein Polizeiauto zu bieten hat, und du nimmst ein Taxi. Wie wär's damit?«

»Noch so ein Vorschlag, und ich rufe *dir* ein Taxi.« Franka schüttelte den Kopf. »Das Polizeiauto zeige *ich* dem Fräulein Breuer. Und der Herr Rhiel führt dich aus und zeigt dir den Kurpark.«

»Das Fräulein Breuer soll den Wagen fahren!?«

»Wieso nicht? Das machen Sie sonst doch auch«, zwinkerte Franka in Maries Richtung. »Geben wir dem Kind einen anderen Namen, und gut ist. Individuelle Versehrtenassistenz oder so.«

»Und Freifrau von Glasenapp soll dann wieder bei Hüppauf vorstellig werden, oder wie hast du dir das gedacht?« Bülent stemmte die Fäuste in die Seite.

»Lassen Sie sich von meinem Kollegen nicht ins Bockshorn jagen, Marie. Ich glaube, den treiben gerade niedere Motive um. Wenn wir beide in Rurberg ankommen, bleiben Sie selbstverständlich im Wagen. Ich gehe ohnehin davon aus, dass wir den Herrn in seinem Zuhause nicht antreffen. Wenn stimmt, was der finstere Herr Haspolat im Internet beobachtet hat, dann mimt der alte Mann heute den Führer und zeigt seinen Kameraden den Eifelteil des Westwalls. Was uns nur recht sein kann. Ich hätte dann meine Pflicht getan und versucht, ihm den Beschluss unter die Nase zu halten. Und wir hätten freie Bahn für die Durchsuchung des zweiten Kellers in Einruhr.«

»Und wie willst du da reinkommen?.« Bülent klang ein wenig verzweifelt, weil seine Kollegin auf alles eine Antwort hatte.

»Lass das mal meine Sorge sein, Bülle«, sagte sie auch jetzt. »Ich kenne da wen.«

4

»Dass Sie den Silberblauen mit den Rallyestreifen nehmen, um mich abzuholen, hätte ich nicht erwartet«, scherzte Albrecht Wollgarten. »Was liegt gegen mich vor?«

»Nichts, der zivile 5er musste zur Werkstatt.« Franka Froitzheim stellte ihre Begleiterin vor und erläuterte kurz die Umstände, die sie und Marie Breuer in einem Streifenwagen nach Einruhr geführt hatten. »Ich hoffe, wir können Sie davon überzeugen, dass wir ansonsten noch alle an der Latte haben.«

»Das werden wir sehen«, schmunzelte Albrecht und packte zwei Stabtaschenlampen in die Werkzeugtasche. Er griff nach seinem Schlüsselbund und zog die Haustüre hinter sich zu. »Trotzdem, runter zu Hüppaufs Gästehaus fahren wir mit meinem. Steigen sie ein, ich erkläre Ihnen unterwegs, wieso.«

Unten am Wasser standen die ersten Sträucher und ein paar späte Krokusse in Blüte. Auch Osterglocken säumten den Uferweg, den sie ein Stück einwärts gingen, um von hinten durch ein Jägerzauntor das Grundstück zu betreten. Albrechts Ratschlag, so vorsichtig und unerkannt wie möglich zu bleiben, fand Frankas volle Zustimmung. Dem Rudel Rechter, die Hüppauf in seinem Haus als Dauergäste einquartiert hatte und von denen ihr der Bauingenieur erzählte, wollte sie nicht unbedingt begegnen. Aus Prinzip nicht, und erst recht nicht aus Taktik. Denn konnte sie sagen, ob man denen nicht ohnehin früher oder später begegnen würde? Da war es besser, wenn man einander noch eine Weile unbekannt blieb.

Über eine schmale Betontreppe gelangten sie an eine morsche Holztür. Albrecht kramte in der Werkzeugtasche und fischte einen Passepartout-Schlüssel für das rostige Vorhängeschloss heraus. Modriger Kellergeruch schlug ihnen entgegen, als sie durch die Tür schritten und ihre Augen an das Halbdunkel gewöhnten. Die niedrige Decke war aus rohem Betonguss, großflächig aufgespannt zwischen Eisenträgern voller Flugrost. Albrecht fingerte nach dem schwarzen Drehschalter neben der Tür und klackte eine vergitterte Deckenlampe an.

»Keller Nummer Eins. Vor der Aufstauung des Sees war hier das Erdgeschoss«, sagte er. Korrodierte Stahlregale kauerten sich an die Wände, von denen der Putz in dicken Flecken abgefallen war. Leere Einmachgläser und verquollene Pappkartons mit Pils- und Kölschgläsern stapelten sich in den Regalen. Töpfe und Pfannen standen daneben, die niemand eingepackt und keiner nach dem letzten Gebrauch sauber gemacht hatte. Zwischen den Regalen erkannte Franka alte Fenstereinfassungen, die mit dicken rohen Brettern von innen verbarrikadiert waren. Unten zogen sie sich bis auf zwei Fußbreit zum Kellerboden hinunter, als hätten hier vor der Flutung Zwerge gewohnt. Am gegenüberliegenden Ende erahnte sie den Rahmen der alten Haustüre. Auch durch sie passten allenfalls Kleinwüchsige. Die dicken Butzenscheiben waren blind und mit Spinnweben überzogen. Stützpfeiler standen mitten im Raum, jeweils drei in zwei Reihen, weiß gekälkt und mit rostigen Eisennägeln durchstoßen, an denen gerahmte Fotografien hingen: Ansichten von Einruhr vor der Aufstauung, wie es sich gemütlich an den Hang schmiegt. Die Rurbrücke, die Mühle am Flusslauf unterhalb der Brücke, der kleine Marktplatz unten im Dorf. Eine Versammlung, Menschen in geordneten Reihen, gehisste Hakenkreuz-Fahnen, die aus sämtlichen Fenstern hängen. Eine Vorderansicht des Gebäudes in Farbe, damals noch um ein Geschoss niedriger. Auch auf diesem Bild die roten Fetzen mit dem weißen Kreis und dem abgeknickten schwarzen Kreuz in der Mitte. Dass es damals schon Farbaufnahmen gab, sinnierte Franka. Ein Vermögen muss die gekostet haben.

Albrecht drückte Marie eine Taschenlampe in die Hand und schritt auf eine Falltür zwischen den mittleren beiden Stützpfeilern zu. An der Eisenkette hob er die schwere Holzklappe in die Höhe und stülpte das letzte Glied der Kette auf einen Haken im nächsten Stützpfeiler. Seitlich von der anderthalb Meter langen Klappe entdeckte Franka zwei Bimssteinreihen mit brüchigen Mörtelfugen: Reste einer Innenmauer, die man hatte stehen lassen, als aus dem Erdgeschoss ein Keller wurde und man den engen Schnitt der alten Stuben aufgegeben hatte.

»Die Treppe in den zweiten Keller ist rutschig und steil.« Albrecht stieg als erster hinab und leuchtete von unten die Lehmstufen an. »Licht hat es hier unten keins, also Vorsicht. Schritt für Schritt, schön langsam.«

Das erste, was Franka in dem Tiefkeller wahrnahm, war wieder der Geruch. Wenn es vorher feucht, aber nicht nass und noch erträglich gewesen war, hatte man hier das Gefühl, in tote Algen einzutauchen. Dann gewöhnten sich die Augen an die totale Finsternis, aus denen die Lichtkegel der Taschenlampen den Blick auf glitschiges Grün bis knapp unter die Zementdecke und schlammige Pfützen auf dem Lehmboden freimeißelten. Ein kurzer Schauer fuhr ihr über den Rücken. Albrecht bemerkte es, denn auch Marie zog die Schultern zusammen und klemmte die Hand des freien Arms unter die Achseln des anderen.

»Acht bis maximal zehn Grad«, sagte er. »Das aber das ganze Jahr über, es sei denn, es hat Dauerfrost.«

»Taugt nicht wirklich als Partykeller«, antwortete Franka und sah sich um.

»Kommt drauf an«, steuerte Marie bei. »Jedenfalls ist's schön gruftig. Genau das Richtige für meine Toten Goten.«

Albrecht leuchtete ihr mit der Stablampe ins Gesicht. Ein Lichtstrahl gewordenes, stirnrunzelndes Nachfragen.

»Marie meint die Gothicszene«, half Franka aus. »Und jetzt leuchten Sie mir dieses feuchte Grab mal aus.«

Der Tiefkeller hatte nicht die Ausmaße des ersten. Allenfalls halb so groß war er, dafür waren seine Wände dick mit Schalbeton eingekleidet. Statiker hatten jedes einzelne Haus abnehmen müssen, erklärte Albrecht, während er sich langsam im Kreis drehte und den Schein der Lampe über morsche Holzkisten, ein vollkommen verrostetes Eisenregal, einen uralten Nierentisch mit Resopalplatte und ein halbes Dutzend ineinander gestapelte Gartenstühle mit Rückenlehnen aus geflochtenem Plastikband gleiten ließ. Immerhin liegt hier die Last von vier weiteren Stockwerken auf, fuhr er fort, da musste ordentlich abgefangen werden. Dazu das Hochwasser. In ufernahen Häusern stehen die Tiefkeller manchmal wochenlang unter Wasser, wenn die Rur hohen Pegel kriegt und sich alles am Wehr in Rurberg staut. Sogar die Gebäude weiter oben haben dann nasse Füße.

»Man sieht's am frischen Grün an den Wänden«, murmelte Franka und deutete auf die Holzkisten. »Haben Sie einen Kuhfuß dabei?«

»Kuhfuß nicht.« Albrecht kramte wieder in der Werkzeugtasche. »Aber Schraubenzieher dürfte reichen, die Latten von der Box sind weich wie Pappe.«

Er reichte Franka die Taschenlampe, ging vor der Kiste in die Knie und setzte den Hebel an.

»Na wer sagt es denn«, kam es in dem Augenblick aus der anderen Ecke. Vor dem Eisenregal drehte sich Marie um und leuchtete sich von unten mit der Lampe ins Gesicht. »Doktor Caligari macht das Rennen.« Sie stellte die Taschenlampe aufrecht auf den Regalboden, nahm eine offene Blechschachtel herunter und griff mit einer Hand vorsichtig hinein. »Durchnässt bis unten hin.« Sie zog die Hand zurück und wischte sich die Finger trocken. »Wie eine vollgepisste Babywindel.«

»Na klasse.« Franka klang halb erfreut und halb enttäuscht. Anders als Albrecht ahnte sie, was Marie da in der Hand hielt.

»Was hat sie?«, keuchte der.

»Eine Kiste voll nasser Pappmaché«, nahm Marie der Kriminalinspektorin die Antwort ab. »Immerhin, die Schrift vorne drauf kann man noch lesen.«

»Und da steht ›Wehrhaftes Volk‹«, übernahm Franka wieder. Marie nickte.

»Mit Schreibmaschine«, sagte sie.

Hauptkommissar Heisterbach machten die Neonaziaktivitäten in der Gegend zu schaffen, die er zu Memos verarbeitet in seiner Berichtsmappe vorfand. Von Tag zu Tag wurden es mehr. Die Kreispolizeibehörde Euskirchen würde irgendwann reagieren müssen, wusste er, und versuchte Franka Froitzheim in ihrem Büro zu erreichen. Als niemand abnahm und auch Haspolat nirgends aufzutreiben war, resignierte er und begnügte sich mit Dütemeyer.

Dessen Haltung zum geballten Auftauchen von Neofaschisten und den Duftmarken, die sie mit ihren Mätzchen vom Tonnenversenken bis zum Fischteichsprengen setzten, war Heisterbach ziemlich klar. Alles halb so wild, du siehst Gespenster, das macht doch nur Arbeit, würde Dütemeyer meckern. Also gab er ihm gar nicht erst die Gelegenheit, den Mund aufzumachen, sondern wies ihn an, sich mit jeder einzelnen Polizeiwache im Kreis und den Polizeibehörden in den Nachbarkreisen in Verbindung zu setzen und Rapporte über verdächtige Aktivitäten einzufordern. Er selbst würde sondieren, welche zusätzlichen Kontingente an Polizeibeamten zur Abstellung zur Verfügung stünden, sollte der rechte Auftrieb weiter gehen und es zu neuen Ordnungswidrigkeiten kommen. Auch die Staatsanwälte würde er kontaktieren, für alle Fälle.

Dütemeyer schnitt ein Gesicht und zog ab. Bis Dienstschluss habe er Bericht zu erstatten, rief ihm Heisterbach hinterher und versuchte es wieder auf Franka Froitzheims Handy. Diesmal mit mehr Erfolg.

Warum sie sich trotz ihrer Schonung in irgendwelchen Gewölben in Einruhr herumtrieb, wo sie kein Netz hatte, und warum sie dazu einen Streifenwagen zweckentfremden musste, würde sie ihm etwas ausführlicher zu erklären haben.

Franka drückte den Anruf weg, nachdem Heisterbach ihr zugebellt hatte, dass er sie um punkt fünfzehn Uhr in seinem Büro erwartete. Sie machte ein Gesicht wie sieben Tage Sauwetter und stapfte wütend durch den kleinen ungepflegten Garten auf das Jägerzauntörchen zu. Endlich schnallen es die da oben auch, schäumte sie, und jetzt muss alles ruck-zuck gehen. Albrecht und Marie standen auf dem Uferweg und warteten. Dann nahm ihr Marie das Blechkistchen ab und Albrecht hielt das Tor auf, das eine Feder an den Scharnieren wieder zuschnappen ließ.

Franka trat hindurch und blickte sich routinemäßig noch einmal um. Auf der Polizeischule trichtern sie es einem so ein. Bei Vorstößen die Augen nach vorne und zur Seite, bei Abzug umdrehen und nach hinten sichern.

Die Fassade des Gästehauses hatte eine Druckstrahlreinigung nötig, dachte sie beim Blick zurück, und die alten Holzfensterrahmen in den beiden Obergeschossen eine Lage frischen Lack. Einladend sah das nicht aus. Wahrscheinlich zog es durch die Ritzen zwischen Rahmen und Einfassung rein, dicht schienen die jedenfalls nicht mehr zu sein. Sonst würden die Gardinen und Vorhänge einfach nur starr da hängen und sich nicht bewegen.

Oder schwang sich die graue Gardine hinter dem mittleren Fenster zurück in die Ruhe, weil sie genau in dem Augenblick jemand zugezogen hatte?

Ach Blödsinn, sagte sie sich. Die richten uns auf der Schule ab und wir haben danach den Salat. Bei jedem Blick nach hinten meinst du was zu sehen. Dabei ist da nichts, gar nichts.

»Na klasse.« Marie klang entrüstet, als sie mit Franka wieder im Streifenwagen saß. »Wir steigen da runter, durchstöbern die Keller, und zwei Stockwerke über uns hausen die Faschos!«

»Wer sagt das?«

»Wollgarten meinte das, vorhin als Sie beim Telefonieren waren. Als er Hüppauf deswegen in der Kneipe zur Rede stellen wollte, hatten die ihn gleich auf dem Kieker.«

»Das behauptet er?« Franka blieb skeptisch. »Im Internet haben die Kameraden Verzeichnisse mit freien Unterkünften rund um die Talsperre angelegt. Hüppaufs Haus war nicht dabei, ich habe es überprüft. Und jetzt sollen auf einmal welche in seiner schmucken Bude wohnen?«

»Bei wem sonst, wenn nicht bei ihm.«

Einen Moment schwiegen sie beide.

»Keine Bange, Marie. Die waren sicher auf Achse, als wir unten rein sind«, meinte Franka schließlich. »Hüppauf war schließlich auch nicht zuhause. Und ansonsten … behalten wir es lieber für uns.«

»Heißt?«

»Dass Hüppauf den Durchsuchungsbeschluss für seinen Tiefkeller erst mal nicht zu sehen bekommt.«

»Dürfen Sie das?« Marie sah sie stirnrunzelnd an. Die Silberringe in ihren Augenbrauen hoben sich in Richtung Pony.

»Dürfen ist das falsche Wort«, antwortete Franka. »*Sollten* wäre besser. Ein staatsanwaltlicher Durchsuchungsbeschluss, noch dazu wegen Gefahr in Verzug, sollte den Betroffenen umgehend erreichen. Andererseits, ein bisschen Verzögerung wird schon gehen. Zur Not schiebe ich es auf die viele Arbeit gerade. Hauptsache, wir haben das hier.«

Sie klopfte auf die Seite des Kistchens, das sie in einer Plastiktüte verpackt auf ihrem Schoß liegen hatte.

»So hilft uns das nicht. Sobald wir es herausheben, reißt es durch oder wird zu einem Haufen Matsch.«

Tim legte die Stirn in Falten und überlegte. Das Kistchen stand vor ihm auf dem Küchentisch wie eine Monstranz, in der der Leib Christi zwar nicht anzufassen, aber wenigstens zu bestaunen war. Zum Glück hatte Hüppauf das Typoskript in einer stabilen Metallschachtel aufbewahrt. Ohne die Hülle wäre es nicht nur längst verwittert, sondern hätte sich in den regelmäßigen Hochwassern und der ständigen Feuchte im Tiefkeller in seine Einzelteile aufgelöst.

»Tee noch wer?«, fragte Marie in die bedrückende Stille hinein.

Bülent Haspolat ließ sich nicht zweimal bitten, Franka schüttelte den Kopf.

»Was würde man in Vogelsang machen, wenn plötzlich in einem Kellergewölbe die Tagebücher von Adolf Hitler auftauchten«, fragte sie. »In so einem Zustand, meine ich.«

»Als erstes den STERN anrufen.« Tims Brauen entspannten sich für einen Moment. Weder Bülent noch Marie begriffen, worauf er anspielte. »Im Ernst, für sowas haben wir keine eigene Technik. Allenfalls hätten wir jemanden, der einen ersten Blick draufwerfen und dann sagen könnte, wie weiter.«

»Wäre es da nicht sinnvoll, diesem Jemand mal unseren Gral zu zeigen?«

»Montags hat er frei«, antwortete Tim. »Aber vielleicht erreiche ich ihn zuhause.«

Eine halbe Stunde später saß Schmottlich mit am Tisch und ließ sich von Marie Mariawalder Erbsensuppe aus der Dose vorsetzen. Seinem sonnigen Gemüt ließ er freien Lauf, was nicht nur Franka sofort anstrengend fand. Warum er sich die Spezialität aus dem Trappistenkloster entgehen lasse, wollte Schmottlich von Bülent wissen. Der besah sich die dicken Scheiben Schweinswurst, die in der grünen Brühe schwammen, und ließ den Dicken aus Vogelsang wissen, dass er Erbsen aus religiösen Gründen verschmähe. Danach klinkte er sich für den Rest der Unterhaltung aus.

Schmottlich verzog den Mund, schob den Eintopfteller beiseite und besah sich den Packen zusammengeklumpter Papierbögen. Das sehe alles schlimmer aus, als es ist, tat er kund. Heutzutage vollbrächten Restauratoren wahre Wunderdinge, schob er hinterher. Gerade bei Papier gehe da immer noch was. Wenn man jahrhundertealte Dokumente aus der Einsturzgrube vom Kölner Stadtarchiv selbst nach Wochen unter Wasser gerettet bekommt, dann sollte es hier auch einen Versuch wert sein.

»Ich empfehle die in der Abtei Brauweiler, vorzügliche Arbeit machen die. Köln ist immer noch überlastet.«

»Du kannst uns da sicher was vermitteln«, schmeichelte Tim seinem Kollegen, »oder, Schmotti!?«

»Schepp mir nochmal eine Kelle aus, Marie. Und dann sehen wir weiter.«

»Ihre Mätzchen schmecken mir überhaupt nicht, Frau Froitzheim.«

Hauptkommissar Heisterbach war sauer, als Franka mit gehöriger Verspätung und Bülent Haspolat im Schlepptau in seinem Büro aufkreuzte. Nicht nur für die Zweckentfremdung des Streifenwagens und ihre Spritztour nach Gemünd und an den Obersee wollte er eine Erklärung, sondern auch für den Durchsuchungsbeschluss, den sie nicht mit ihm abgestimmt hatte. Und warum er von anderen und nicht von ihr von den zahlreichen Neonazis in der Gegend erfahren hatte.

»Es beruhigt mich, dass Sie den Ernst der Lage erkennen«, war alles, was Franka zu der letzten Vorhaltung sagte.

»Was soll das heißen?«, blaffte Heisterbach. Franka blieb sachlich.

»Ich kann Ihnen auch nicht sagen, was die im Schilde führen«, sagte sie. »Im Netz gibt es Andeutungen und Anspielungen, ja. Leider alles sehr kryptisch.«

»Was ist daran kryptisch, wenn die erst von Dynamitfischen schwafeln und danach ein Fischteich in die Luft geht?«, gab Heisterbach kontra. »Wenn von Tonnage spazieren fahren die Rede ist, und sie dann Metallfässer durch die Gegend kutschieren?«

»Wie bitte?«, stutzte Franka. Daran war nichts mehr kryptisch. Sie überlegte und sah ihren Vorgesetzten herausfordernd an. »Wenn sich über das Wochenende so viel getan hat, dann gibt es sicher auch schon eine Auflösung für das, was als ›Lambertzen‹ durch die rechten Foren geistert.«

»Der Kollege Dütemeyer arbeitet mir noch zu«, entgegnete Heisterbach. »Und durch das hier bin ich auch noch nicht durch.« Er deutete auf die Berichtsmappe vor sich auf dem Schreibtisch. »Kann sein, dass da was über Ihr Lambertzen steht. Bislang ist mir nichts dergleichen aufgefallen.«

»Dann will ich mal versuchen, mich zu rechtfertigen für die Mätzchen, wie Sie es nennen.«

Bülent reichte ihr die Blechkiste, die sie genau auf die Berichtsmappe vor Heisterbachs Bauch platzierte. »Das hier könnte uns weiterhelfen«

»Eine dreckige Kiste voll mit aufgeweichtem Papier?«

»Eine Kiste aufgeweichtes Papier«, echote Franka.

»Ansichten eines nationalen Sozialisten«, entzifferte Heisterbach auf dem Titelblatt. »Von Walter Lambertz.« Er fasste sich an die Nasenspitze, kratze sich an der Wange. »Dann mal raus mit der Sprache«, sagte er schließlich.

Eine Viertelstunde später hatte Bülent Haspolat eine Dienstreisegenehmigung für eine Überführungsfahrt mit einem Fremdfahrzeug in der Hand.

Franka gab am Telefon den Startschuss.

»Bülent bringt Sie in Ihrem BTW nach Brauweiler, Tim, und zwar heute Abend noch. Der Arbeiter Samariter Bund ist eingeweiht und mit Vogelsang habe ich auch gesprochen. Die haben Sie für die kommenden Tage freigestellt.«

»Marie kommt auch mit?«

»In der Papierrestaurierung in Brauweiler wird Sie jemand vom ASB Erft übernehmen. Das geht nicht anders. Marie bleibt solange in Gemünd und macht Bereitschaft.«

Tim sagte nichts.

»Aber sie fährt wenigstens mit hin und macht die Übergabe«, schob Franka hinterher.

Bülent neben ihr setzte das breiteste Grinsen auf, das sein Repertoire hergab.

5

Bruno Hüppauf öffnete die Tür und lud die jungen Kameraden in sein Wohnzimmer ein. Er fühlte sich geschmeichelt, dass ihn gleich drei zur Morgenlage an Tag Minus Drei in Rurberg abholten.

Keine zwei Sätze brauchte Axel Jäger, um ihm die Illusion zu nehmen. Mit ernster Miene sekundierten ihm das Mädel und der Kraftprotz aus dem Osten, als Jäger den Alten mit seiner Fistelstimme in den Senkel stellte.

»Auf deinem Grundstück treiben sich Fremde rum, Kamerad Hüppauf«, keilte er. »Toralf hat sie gestern beobachtet und Fotos gemacht.«

Hüppauf starrte entgeistert auf die Papierabzüge, die Silke Feisting ihm hinhielt. Oberperspektive, eine Frau schreitet mit dem Rücken zur Kamera über die Gartenwiese auf den Jägerzaun zu, an dem eine zweite junge Frau wartet, deren Züge Hüppauf sofort erkannte.

Dann packte das Muskelpaket ihn am Kragen, schob unsanft sein Kinn in die Höhe und zwang ihn, dem Anführer der kleinen Gruppe direkt in die Augen zu sehen.

»Und jetzt die Preisfrage, Kamerad Hüppauf«, zischte der. »Was soll der Scheiß? *Wer sind die Schicksen?* Was schnüffeln die in deinem Keller rum, direkt unter unseren Zimmern?«

Hüppauf schluckte und zitterte am ganzen Körper. Den Mund bekam er nicht auf, so perplex machte ihn die Attacke, die aus heiterem Himmel gegen ihn geritten wurde. Den Wortführer brachte das erst recht in Rage.

»Wir reißen uns alle gerade den Arsch auf. Mächtig den Arsch auf. Mertens und ich waren bis vier Uhr früh in Belgien. Morgen Nacht steigt die Aktion Zettel. Und in deinem Gästehaus fallen sie uns in den Rücken!« Lauernd wie ein Raubtier marschierte er einmal um den Alten herum. »Du weißt, alter Kamerad«, fistelte er spöttisch, »was auf Sabotage steht.«

Hüppauf ergriff die Flucht nach vorn. Er sagte, was er wusste und wen er auf den Fotos erkannte.

»Sieh mal einer an«, raunzte Axel Jäger. Er nahm die Nickelbrille herunter und klappte sie seelenruhig zusammen. »Gudrun von Glasenapp. Bisschen viel Tand im Gesicht für eine von uns. Findest du nicht?«

Ein ansatzloser Stüber, wenig platziert und nicht sehr fest, erwischte Bruno Hüppauf in der Seite. Der Kräftige hielt ihn aufrecht, sonst wäre er aus Verblüffung über den Schlag weggeknickt.

»Und warum erzählt uns der Kamerad Hüppauf nichts, wenn jemand vollkommen Fremdes bei ihm aufkreuzt und sich als eine von uns ausgibt?«

Der nächste Stüber traf den Alten in der Magengrube.

»Ich warne dich, Freundchen.« Die Fistelstimme drehte sich weg, murmelte etwas von loslassen und ließ sich in einen Sessel fallen. Die beiden anderen taten es ihm gleich. Nur Hüppauf blieb stehen, wie vor einem Tribunal.

Dann kamen sie zu einem Entschluss.

Hüppauf hatte keine Wahl, er würde mitspielen müssen.

Die Nacht war eine einzige Katastrophe. Die fremde Umgebung in Brauweiler und das Bett machten Tim mehr zu schaffen, als er erwartet hatte. Dazu das Kopfkino, in dem es eine Mitternachtsvorstellung gab und das ihn stundenlang nicht zur Ruhe kommen ließ. Auf einmal tauchte er wieder in das ein, wovon er sich in den letzten Wochen mühsam freigemacht hatte: seine Privatobsession mit dem Pamphlet des versehrten Walter Lambertz. Die Aussicht, das *Wehrhafte Volk* einsehen zu können, war plötzlich wieder da.

Das deutete jedenfalls der Chefrestaurator an, dem Bülent Haspolat am Abend den Klumpen Papier samt Blechhülle in die Hände gedrückt hatte. Ein knapper Kennerblick, keine drei Sekunden, ein paar Fragen zum Fundort, zur mutmaßlichen Dauer der Durchnässung und zur Art der Feuchtigkeit – »Salzwasser, Wasserdampf? Innenwandschimmel? Flusswasser? Das ist gut, und dann noch aus der Eifel, da hat es Trinkwasserqualität« – dann hatte er seine Prognose verkündet: »Kriegen wir wieder hin, es dauert nur seine Zeit.«

Irgendwann zwischen drei und vier Uhr war Tim mürbe geworden und in einen unruhigen, wenig erholsamen Schlaf gefallen. Um halb acht ging der Wecker, und sofort war alles wieder präsent. Walter Lambertz, wie er auf dem einzigen Bild, das sie in Vogelsang von ihm hatten, in Uniform dasteht und den Betrachter scharf anschaut, unten an der Thingstätte mit der gewaltigen Ordensburg im Hintergrund. Den Betrachter, der Tim war. Wie er Tim ansieht, ihm fest ins Gesicht und durch seine Augen hindurch in den Kopf sieht, wie er sich dort einnistet. Wie aus einem Mann auf einer ausgeblichenen Schwarzweißfotografie eine Schimäre wird, die ihm durchs Hirn geistert und ihm ständig etwas einredet. Es geht auch anders, flüstert die Stimme, Vogelsang nimmt mich an, den klumpfüßigen Walter Lambertz. Der Nationalsozialismus trifft eine harte Auswahl, doch er bleibt gerecht und ernennt seine Junker nach einer einzigen Richtlinie: nur die Besten für Führung und Unterweisung. Dass sie sich hart zu machen und körperlich zu stählen haben, gehört dazu. Erstes Kriterium aber sind und bleiben die Kraft und der Wille zu führen. Die natürliche Autorität.

Bist du auch der Beste für Führung und Unterweisung deiner Besuchergruppen, Rhiel?, fragt die Stimme im Kopf hinterlistig. Und wie verschaffst du dir Tag für Tag aufs Neue deine Autorität?

Und dann blendet sich eine zweite Stimme dazu. Hüppauf mischt sich ein, als Bauchredner von Lambertz, als sein Medium.

Sie wird dir verschafft, nicht wahr, raunt die zweite Stimme. Und sie ist damit keine natürliche Autorität mehr, sondern eine gnadenhalber verliehene Befugnis. Eine Leih- und Aushilfsautorität wie die einer Politesse, die Strafzettel unter Scheibenwischer klemmen darf.

Du auf deinem Quad da oben in der alten Ordensburg. Wie erbärmlich …

»Noch einen Kaffee, Herr Rhiel?«

Sein Betreuer riss ihn jäh aus dem Tagtraum. Lächelnd hielt er ihm die volle Glaskanne über die Tasse.

»Danke«, antwortete Tim. Der junge Mann bekam die doppelte Bedeutung nicht mit. Danke, dass du dich im richtigen Moment eingemischt hast mit deiner Frage, meinte Tim eigentlich. Sonst hätten sich die dumpfen Gedanken weiter breitgemacht. Wieder breitgemacht.

»Stattdessen was anderes, Herr Rhiel?«

»Tim. Bitte.«

»Noch was anderes, Tim?«

»Nein. Ich glaube, wir sollten auch langsam los.«

Stufe 3: Auszetteln

»Wir hatten eine lange Nacht und es gab ein kleines Störfeuer, das uns aber nicht weiter aufregen muss. Alles geklärt, alles gelöscht.« Axel Jäger griff sich am Bügel seiner Nickelbrille vorbei an den Schopf und prüfte den Sitz seines Scheitels. Eine Geste, die er mechanisch ausführte: unbewusst, sie gehörte zu seinem Repertoire. Niemand ahnte, dass die Handbewegung Teil einer Geheimsprache war, die Jäger selbst nicht beherrschte. Ich fühle mich unbehaglich, drückte sie aus, ich bin mir meiner Sache nicht ganz sicher.

»Die Vorbereitungen zum Lambertzen laufen planmäßig«, fand er zurück in die Spur. »Kamerad Jean Mertens und ich hatten gestern Gelegenheit, uns persönlich davon zu überzeugen. Planmäßig verlief auch das Eintreffen der letzten Gemeldeten. Jetzt, wo alle da sind, werden wir den nächsten Schritt gehen.«

Jäger blickte in die Gesichter derer, die vor ihm an den Wirtshaustischen saßen und aufmerksam seinen Worten lauschten. Keiner wusste genau, was ihn am Tag Minus Drei erwartete, wo er gebraucht werden würde, welcher Einsatz ihm zugedacht war. Gespannt nippten sie an ihren Filterkaffees, die ihnen der Wirt persönlich vorsetzte. Die selbstgebackenen Brötchen mit dem Valknut aus Mohn und Sesam rührte vor Entgegennahme des Tagesplans und der Zuteilung in Kommandos niemand an. Auch die Spezialität des Hauses, frischer Aufschnitt mit dem Knotensymbol in der Mitte, und die zu Hakenkreuzen ausgestanzten Butterportionen blieben unangetastet.

»Über den Tag stehen weiterhin Aktionen an. Präsenz zeigen und eine LKW-Parade von Heimbach über Mariawald und Gemünd nach Vogelsang. Die Abstellungen dafür habt ihr erhalten. Übrigens, damit sich niemand wundert: Kamerad Hüppauf wird nicht mit von der Partie sein. Er lässt sich entschuldigen, wir mussten ihn kurzfristig mit einer anderen Aufgabe betreuen.«

Lauernd ließ er den Blick durch die Reihen schweifen. Niemand wollte Genaueres wissen. Jäger beruhigte das. Immerhin hatte es der Alte bei den Kameraden aus dem Ausland inzwischen zu einiger Beliebtheit gebracht mit seinen launigen Führungen durch die Ordensburg.

»Am Tag Minus Drei brauchen wir euch alle für ein einziges Kommando«, fuhr er fort. »Alle einhundertzwanzig. Die Kameradin Feisting und die Kameraden Mertens und Behrend-Wolff erläutern euch die Details. Bereitet euch vor, es wird auf maximale Konzentration ankommen, und das in aller Frühe. Kein einziges Flugblatt darf an die Falschen geraten. Ich wiederhole: kein einziges! Die Ortspläne mit den Straßennamen und den Hausnummern, die ihr zu versorgen habt, werden jetzt verteilt. Dazu Stellplatzregister auf den Campingplätzen. Wir bilden sechzig Tandems. Völkisch-internationale

Doppel, wenn ihr so wollt. Jeweils ein Deutscher zusammen mit einem Weltkameraden. An die Deutschen ergeht der Appell, sich der Verantwortung bewusst zu werden, die ihr in den Tandems tragt. Ihr als Muttersprachler, ihr als diejenigen, die sich in deutschen Siedlungen rasch zu orientieren wissen, auch wenn es ortsfremdes Gebiet ist, und auch bei Dunkelheit. Für euch ist der Appell Befehl. Kein einziges Flugblatt darf im falschen Briefkasten landen, an der falschen Wohnwagentür kleben oder unter der falschen Haustür durchgeschoben werden!«

Toralf Ronneburg trug dicke Pappkartons in den Saal, gleich vier Stück auf einmal. Er stapelte sie neben den Tisch und holte die nächsten vier. Auf der Seite der Kartons stand der Name der Druckerei, dazu mit schwarzem Filzstift »Aktion Zettel, Lieferung zum 17.4.«

Dass die Werkstatt eines Papierrestaurators etwas von einem Leichenkeller hatte, war Tim nicht klar. Neugierig musterte er die mächtigen Röhren, in die man die beschädigten Dokumente hineinschob wie Tote in die Kältekammer eines Pathologischen Instituts.

»Oder von einem Computertomografen«, meinte die Assistentin, die ihn und seinen Rollstuhl durch den geräumigen Saal zum Verschlag des Chefrestaurators geleitete. »Immerhin retten wir hier Kunstschätze, und lagern sie nicht bloß zwischen, bis sie entsorgt werden.«

»Retten und bewahren, erhalten, wiederherstellen. Alles«, sekundierte ihr der Chef und zog sich einen weißen Kittel über. »Wir verstehen uns als Sanitäter, nicht als Bestatter. Kommen Sie mit.«

Tim rollte hinter ihm her auf einen der schweren Röhrenschränke zu. Durch ein untertellergroßes Bullauge sah er in das Innere der Kammer. Wie im Krematorium, dachte er, innen drin der Sarg und Feuer frei. Den Gedanken behielt er für sich.

»Erkennen Sie Ihr Dokument dort vorne auf der mittleren Horde?«, fragte der Restaurator neben ihm. Tim starrte auf einen DIN A4-Stapel, knapp anderthalb Zentimeter dick, der auf einem Wannengitter lag. »Ich habe gestern Abend noch mit der Sublimation begonnen.«

Sublimation, erfuhr Tim, das Zauberwort und großer Trick in einem. Was sie bei der Gefriertrocknung ausnutzen, erklärte ihm der Restaurator, ist eine simple Eigenschaft von Stoffen. Besser, ihre Fähigkeit: dass sie je nach Temperatur ihren Aggregatzustand ändern können. Chemieunterricht, siebte Klasse. Wasser tritt bei null Grad Celsius vom flüssigen in den festen Zustand über. Es friert zu Eis. Bei hundert Grad wird flüssiges Wasser gasförmig, es verdampft. Die Zauberkiste hier schafft es, das Wasser in dem durchfeuchteten Typoskript mit einem Mal vom festen in den gasförmigen Zustand übergehen zu lassen. Oder eben sublimieren zu lassen. Dafür wird das vollgesogene Papierdokument zunächst eingefroren auf minus sechzig Grad, mindestens. Aus der Flüssigkeit, also hier den Flusswasserresten, werden Eiskristalle. Dann wird die Temperatur nochmal weiter gesenkt, ein Vakuum wird angelegt und die Kristalle wandeln sich nach und nach in Wasserdampf, der sich an Kondensatoren niederschlägt.

»Das sind die Rohrschlangen, die Sie über und neben dem Lyophilisat sehen.«

»Lyophilisat?«

»Fachchinesisch für Ihren Klumpen Papier, wenn er mal zu Ende gefriergetrocknet und das Wasser in sich losgeworden ist.«

»Und an den Schlangen …!?«

»Nimmt der Wasserdampf, der aus dem Papier entweicht, wieder einen festen Aggregatzustand an. Wird wieder zu Eis, kondensiert. Auch siebtes Schuljahr, würde ich meinen.«

»Wie bei den Gefriertruhen im Supermarkt?«

»So in etwa.«

Tim nickte. Das war alles rasend interessant, und eine kostenlose Nachhilfestunde in Naturwissenschaften bekommt man nicht alle Tage. Aber dafür war er nicht hier.

»Und jetzt die Preisfrage«, kam er auf den Punkt.

»Wie lange das dauert?« Der Restaurator zog die Hände aus den Kitteltaschen und faltete sie. »Kommt drauf an. Wir haben ein paar Stellschrauben, an denen wir drehen können. Zum Beispiel den Druck, den wir da drinnen haben.« Mit dem Kopf zeigte er auf die Sichtluke. »Oder wie gründlich Sie es haben müssen. Bei empfindlichen Lyophilisaten und besonders wertvollen alten Dokumenten trocknen wir in der Regel nach und bearbeiten sie am Ende noch mit Gasen, wegen der Bakterien, die ziemlich kälteresistent sein können. Aber das ist hier wohl eher nicht der Fall.«

»Nicht unbedingt. Es reicht, dass ich die einzelnen Seiten umblättern und einsehen kann.«

»Wenn uns die Papierqualität keinen Streich spielt, dürfte sich alles entziffern lassen.«

»Und jetzt nochmal zurück zur Preisfrage«, drängelte Tim.

»Die Primärtrocknung, also nur die Sublimation, ohne die Nachbearbeitung, dauert zwischen vierundzwanzig und zweiundsiebzig Stunden«, bekam er zu hören.

»Zweiundsiebzig ist zu lang.«

»Wir sind hier leider nicht auf dem Basar. Nur einen Tag lang, das ist ausgeschlossen, wenn nicht nachgetrocknet wird. Da bleibt zu viel Feuchtigkeit haften. Zwei ganze Tage sind riskant, aber mal schauen. Also frühestens morgen um diese Zeit.«

»Dann blieben uns sechsunddreißig Stunden«, grübelte Tim. »Verdammt knapp.«

Sein Gegenüber legte den Kopf schief und sah ihn fragend an. Tim bemerkte es.

»Ach nichts«, sagte er. »Es ist so, ich muss auch die Stunden zählen. Nur leider rückwärts.«

Heisterbach hatte schon wieder keine Zeit. Dütemeyer fütterte ihn stündlich mit neuen Hinweisen aus den Polizeiwachen im Kreis, allmählich verloren sie beide den Überblick und Heisterbach wurde mit jeder neuen Meldung nervöser. Seine Gedanken kreisten längst um die logistischen Herausforderungen, die ein weiterer Anstieg an Meldungen und schließlich die Eskalation der Situation, mit der er inzwischen fest rechnete, mit sich bringen würde. Wer, wenn nicht er selbst, hatte sich im Fall der Fälle um ausreichend Verpflegung für die Bereitschaftspolizisten zu kümmern, ging es ihm durch den Kopf. Wer hatte die Bereitstellung von Räumlichkeiten für Einsatzkommandos zu organisieren, überlegte er und begann, sich die Finger wund zu telefonieren. Dazu die Gespräche mit der Staatsanwaltschaft, wo längst nicht alle seiner Meinung waren und sich weigerten, die Berichte aus dem Dreieck Euskirchen, Schleiden und Simmerath an den Staatsschutz weiterzuleiten.

»Sie machen das schon richtig«, hatte er Franka das Wort abgeschnitten, als die in sein Büro gestürmt kam und ihm nicht nur Bericht erstatten wollte über den Transport des Typoskripts nach Brauweiler.

Sondern auch über den Anruf, den Marie Breuer erhalten hatte.

»Ich weiß, ich kann mich auf Sie verlassen«, hatte er sie wieder hinaus komplimentiert. »Im Moment haben wir nicht die Zeit für eine ausführliche Koordination. Nehmen Sie es mir nicht übel, und sehen Sie es als Chance, Frau Froitzheim. Bewähren Sie sich. Ich verspreche Ihnen, wenn das alles hier vorüber ist, wird es Ihnen nicht zum Nachteil gereichen.«

Heisterbach war ihr noch nie zuvor derart gehetzt vorgekommen. Und ehrlich gesagt, auch noch nie so überfordert. »Nur passen Sie auf sich auf«, immerhin, daran dachte er noch, »und überanstrengen Sie sich nicht. Körperlich, meine ich. Ich will eines Tages neben Ihnen stehen, wenn der Innenminister Sie für Ihre Goldmedaille ehrt.« Was als bübisches Augenzwinkern gemeint war, entgleiste ihm und wurde zur Grimasse.

Dann halt nicht, entrüstete sich Franka. Dann eben auf eigene Faust. Sein grünes Licht habe ich ja.

Schüchtern drückte Marie die Klinke zu dem Büroverschlag in der Kreispolizeibehörde herunter und schob sich hinein. Für die Fahrt von Gemünd nach Euskirchen hatte sie auf Anraten Frankas ein Taxi genommen. Die nickte ihr jetzt zu. Bülent sprang auf und schob ihr einen Stuhl hin.

Der Anruf am Morgen hatte sie kalt erwischt. Nicht im Traum hatte sie damit gerechnet, dass Hüppauf sich ihre Handynummer notiert hatte, als sie ihn nach Tims fehlgeschlagenem Besuch angerufen und um ein Treffen gebeten hatte.

»Der wird sich die Nummer nicht extra notiert haben, sondern die Anrufliste seines Festnetzapparats durchgegangen sein«, sagte Bülent. »Was wollte er?«

»Mich sehen.«

»Und was hast du geantwortet?«

»Zuerst gar nichts.« Maries Finger fummelten an den Ringen in ihrer linken Augenbraue, drehten sie hin und her. Das war ihr Tick, wenn sie ratlos war und nicht weiterwusste. »Alles ging rasend schnell. Was er sagte und was in meinem Kopf abging, lief parallel.«

»Heißt?«

»Dass in mir ständig zwei Tonspuren liefen, die mir nicht viel Zeit gelassen haben, etwas Vernünftiges zu antworten. Hast du Rindviech dich gerade mit vollem Namen gemeldet, während er mich fragt, wie es mir geht. Nein, nur mit ›hallo‹, und er will wissen, ob ich der Putzkolonne inzwischen beigetreten sei. Denk dran, für den heißt du Gudrun von Glasenapp, und er: Sie hatten es bei Ihrem Besuch damals erwähnt, deswegen höre ich nochmal nach. Es gibt ein paar Probleme, ein paar Kameraden mussten absagen, deswegen sei der ursprüngliche Plan ins Rutschen geraten.«

Franka biss sich auf die Lippen.

»Ziemlich fadenscheinig, wenn ihr mich fragt«, bemerkte sie. »Und dann wollte er dich sehen?«

»Er sagte, sie brauchten jetzt dringend Ersatz, sonst sei der Erfolg der Aktion in Gefahr. Er sei beauftragt worden, die Reserve zu mobilisieren. So hat er es genannt, die Reserve mobilisieren. Morgen wolle er mich sehen, Treffpunkt Einruhr, an seinem Gästehaus.«

»Und?«, bohrte Bülent nach.

»Nichts ›und‹. Klingt interessant, habe ich geantwortet. Und dass ich erst was anderes dafür absagen müsse. Um Zeit zu gewinnen habe ich das gesagt. Am Nachmittag würde ich zurückrufen.«

»Für meinen Geschmack plaudert Hüppauf zu sehr aus dem Nähkästchen«, überlegte Franka. »Der Plan kommt ins Rutschen, es gibt Probleme mit der Putzkolonne. Das ist nie und nimmer im Sinn von denen, die die Fäden wirklich in der Hand halten.«

»Oder sie haben ihn genauso angewiesen«, warf Bülent ein. »Und der Anruf bei Marie gehört zu ihrer Öffentlichkeitsarbeit wie die Lastwagenparaden und Teichexplosionen.«

Franka geriet ins Grübeln.

»Oder das«, meinte sie schließlich. »Kann auch sein, Bülle.« Dann musterte sie Marie, schätzte ab, was ihr zuzumuten war. »So oder so, wir hätten damit einen Faden in der Hand. Und das passiert dieser Tage nicht allzu oft. Ich setze eine Notiz für Heisterbach auf und schlage vor, Marie geht auf das Angebot ein.«

»Und wir geben dir Feuerschutz.« Bülent strahlte. »Das heißt, wenn du willst.«

Marie mied seinen Blick und sah aus dem Fenster. Dann antwortete sie mit einem leisen Nicken.

»Ich bin dabei«, sagte sie. »Auch wenn's Zeit und Nerven kostet.«

»Nerven versteh ich. Aber wieso Zeit?«

Marie quittierte Bülents Einwurf mit Kopfschütteln.

»Hast du eine Ahnung«, zischte sie. »Alleine die Haare. Tönen, Zöpfe flechten …«

»Helf ich dir!«, strahlte Bülent wieder. »Und die Aluverpackung nehm ich auch mit ab, wenn du willst. Die Piercings meine ich.«

Er lachte verschmitzt und auch Marie musste grinsen.

6

Die Zeitungsträger waren die ersten, denen die merkwürdigen Handzettel auffielen, die man in Hausen, Blens und Heimbach in die Briefkästen gestopft hatte. Sie fischten sie um halb fünf in der Frühe aus den Zeitungsrollen, weil sie den Einschub der abonnierten Tageszeitung blockierten. Danach fielen sie den Frühaufstehern auf den Campingplätzen zwischen den kleinen Rurdörfern unterhalb des Stausees auf. Bis auf den Namen des Ortes waren die Handzettel identisch. Einen Briefkopf hatten sie nicht, nur das Symbol der ineinander verschlungenen Dreiecke war oben aufgedruckt.

Volksgenossen!

Der Freitag wird ein besonderer Tag.
Hausen wird ausgewischt.
Ihr seid dringend aufgerufen, an diesem Tag schon in aller Frühe auf der Höhe zu sein.
Verlasst das Heim zeitig.
Begebt euch in Sicherheit, verlasst das Tal der Rur.
Sonst kommt es zur Züchtigung auch für euch.
Heil dem Führer zu seinem Geburtstag!

Um sechs Uhr hatte die Wache in Heimbach eines der Exemplare auf dem Schreibtisch liegen. Hauptkommissar Heisterbach erfuhr um acht Uhr von der nächtlichen Aktion und schickte einen Streifenwagen durch die Straßen der betroffenen Orte, der die Anwohner und Camper über Lautsprecher um Hinweise bat. Wer jemanden beim Einwerfen oder Anbringen der Handzettel beobachtet hatte, solle Kontakt mit der Polizei aufnehmen. Über Radio ergänzte die Polizei den Aufruf. Alle, die die bedrohliche

Post erhalten hatten, sollten sich melden. Denn rasch gab es Anzeichen dafür, dass nicht jeder Haushalt mit der rechtsextremen Nachricht versorgt worden war.

Ausländer, Migranten und alle, die einen fremd klingenden Nachnamen auf dem Klingelschild hatten, hatten keine Warnung bekommen. Das Gleiche galt für Wohnwagen, die durch Aufkleber oder gehisste Fahnen verrieten, dass ihre Besitzer aus dem Ausland kamen oder noch nicht lange in Deutschland lebten.

Niemand konnte sich einen Reim darauf machen, wovor die Botschaft genau warnte. Der Leitungsstab der von Heisterbach eingerichteten Einsatzgruppe ging von einem terroristischen Hintergrund aus, gerechnet wurde mit einem Sprengstoffanschlag in den betroffenen Ortschaften.

Um die Mittagszeit zogen die ersten Kontingente angeforderter Zusatzkräfte durch die Straßen von Blens und Hausen, den beiden kleineren Orten. Aus Rücksicht auf die Tagesbesucher und Touristen hielten sie sich im Straßenbild von Heimbach zurück. Lediglich auf einer Wiese am Ortausgang, oberhalb des Zentrums in Richtung Vlatten, ließ Heisterbach eine provisorische Einsatzzentrale aus Zelten und Mannschaftswagen einrichten.

Stufe 4: Belgienfahrer

»Aktion Zettel war ein Erfolg«, krähte Axel Jäger in den Saal. »Die ersten Einwohner wurden vernommen und gerade haben es unsere Postwurfsendungen auch ins Radio geschafft. In vollem Wortlaut haben sie die Botschaft verlesen. Die Antifa kocht und will Mahnwachen aufstellen. Stellt euch das vor! In Heimbach und den anderen Käffern wollen sie sich zeigen. Und sie kündigen an, solange dazubleiben, bis der Spuk vorbei ist. Das nenne ich ein Versprechen! Wir werden sie jedenfalls nicht davon abhalten.«

Aus den ersten Reihen, wo die einheimischen Aktivisten saßen, kroch ein Lachen durch den Saal.

»Sondern wir werden sie gleich mit auswischen!« Jäger hob die Stimme, kam aber kaum an gegen die anschwellende Heiterkeit. »Bevor es soweit ist, stehen für heute zwei wichtige Kommandos an. Zum einen Präsenz zeigen in den ausgezettelten Ortschaften. Ein paar von euch werden nähere Bekanntschaft mit der Polizei machen. Möglich, dass für den einen oder anderen dabei eine Nacht hinter Gittern herausspringt. Das kann passieren, wenn jemand euch wiedererkennt, die Polizei verständigt und die euch festnehmen. Der Kamerad hier neben mir leitet das Kommando und wird euch einteilen.« Jäger zeigte zur Seite auf Jörn Behrend-Wolff. »Bei Verhaftungen sorgt er dafür, dass ihr Rechtsbeistand erhaltet und wieder freigepaukt werdet. Wichtig ist, dass ihr alles abstreitet. Alle anderen reisen mit Kamerad Mertens nach Belgien.«

Das Kommando der Belgienfahrer, erläuterte er, nehme teil an den letzten Vorbereitungen für das Lambertzen. Die Fässer mit dem Sprengstoff seien eingetroffen und müssten verladen werden.

»Jedes von den dicken Rollköfferchen wiegt an die sechstausend Kilo. Unsere belgische Reisegruppe sollte also ordentlich gefrühstückt haben und muss auch sonst groß und stark sein.«

Dann verkündete er einsilbig, dass Toralf Ronneburg, Silke Feisting und er selbst weder an dem einen noch dem anderen Kommando teilnehmen würden.

An Tims schlechter Laune konnte das beschauliche Brauweiler so wenig ändern wie die Erinnerung an das Weinlokal, in das ihn der ASB-Betreuer aus Pulheim am Abend vorher ausgeführt hatte. Gute Küche, aber fürchterliche Snobs am Tisch nebenan und kein einziges Bier auf der Getränkekarte. Zum Sodbrennen nach zu viel Wein und einer zweiten ruhelosen Nacht in Folge gesellte sich am Morgen Maries knappe Textnachricht, dass sich Hüppauf bei ihr gemeldet habe und mit ihr treffen wolle. Tim riet ihr ab, doch sie antwortete nur, dass sie sich nach Abstimmung mit Franka Froitzheim anders entschieden hatte.

Von da an waren der saure Magen und die Müdigkeit nicht die einzigen Gründe für seine miese Stimmung. Hinzu kam ein Gefühl der Ohnmacht.

In der Trockenkammer der Abteiwerkstatt schlummerte das Typoskript weiter vor sich hin. Durch das Sichtglas erkannte Tim einen Kranz Eiskristalle, die den Rand des Deckblatts einfassten, als sei der Stoß Papier darunter eine Packung Tiefkühlspinat. Die Kristalle mussten erst weg, brummte der Restaurator und wandte sich an eine junge Frau aus Köln, die in einer anderen Sache, aber mit derselben Absicht nach Brauweiler gekommen war. Auch sie brauchte Nachhilfe in Sublimationstrocknung.

»Ihr Lyophilisat wird vierundzwanzig, vielleicht dreißig Stunden brauchen«, meinte er zu ihr. »Frau Kommissar hin oder her. Der hier wartet auch schon ungeduldig auf seins.« Der Restaurator zeigte mit dem Kopf in Tims Richtung.

»Nicht Kommissarin«, sagte die Frau. »Profilerin. Und den einen Tag überstehe ich schon irgendwie.«

»Frau Profilerin«, korrigierte sich ihr Gegenüber. Es klang, als wolle er sie abwimmeln. »Und für Sie«, drehte er sich in Tims Richtung, »habe ich gute Nachrichten. Oder sagen wir so, mein Pech ist Ihr Glück. Für die Frau Profilerin darf ich nämlich eine Nachtschicht einlegen. Der Laden hier muss also offenbleiben. Wenn Ihr Dokument bis morgen früh einigermaßen trocken ist, können Sie mir wieder Gesellschaft leisten und ganz brav und leise ihre Nase in die Seiten stecken.«

»Das nenne ich ein Angebot«, antwortete Tim. »Vielen Dank«, nickte er der Frau aus Köln zu, »Frau …!?«

»Montizquierdo-Gíl.«

»Vielen Dank. Um wie viel Uhr meinen Sie, ist es soweit?«, wandte er sich wieder an den Restaurator.

»Schaffen Sie es, mich acht Stunden lang in Frieden zu lassen?«

»Hand drauf. Um halb sieben bin ich wieder hier.«

Zeit genug, um ein wenig den verlorenen Schlaf aufzuholen, dachte Tim und wuchtete den Rolli in Richtung Ausgang.

Albrecht Wollgarten mühte sich gedankenverloren den halben Kilometer vom Caféshop zurück zu seinem Haus im oberen Einruhr. Den zweiten Keller unter dem kleinen Laden hatte er der jährlichen Inspektion unterzogen, was halb so lange gedauert hatte wie der Plausch mit Sabine, der Besitzerin, und den anderen Verkäuferinnen. Beim Verabschieden war Leonie aufgekreuzt, und mit ihr ein anderes Thema. *Das* Thema. Die Glatzen mit den Springerstiefeln und ihre Freunde aus Paraguay, Simbabwe, den USA und Ungarn.

In aller Frühe hatten sie sich am Tag davor aufgemacht, erzählte Leonie, und waren erst abends zurückgekehrt. Auch in der letzten Nacht seien sie auf Achse gewesen. Dann, mutmaßte Albrecht, waren die das in Heimbach und den anderen Dörfern gewesen. Die mit den Handzetteln. Ob sie kein Radio höre, fragte er erstaunt.

Leonie war einen Moment lang konsterniert und schüttelte wortlos den Kopf.

»Wir sollen jeden Verdacht melden«, riet Albrecht.

»Ich übernehme das«, verabschiedete sich Leonie.

Vor Albrechts Haus stand ein fremder Kombi mit Euskirchener Kennzeichen. Als er seine Werkzeugtasche auf dem Mäuerchen abstellte und das Garagentor aufschloss, öffneten sich die Türen des Fahrzeugs. Drei auf einmal. Der Fahrer und die Frau mit den Zöpfen waren ihm fremd. Nur die Dritte erkannte er wieder.

»Willkommen zurück in Einruhr«, begrüßte er sie. »Dieses Mal nicht mit dem Einsatzwagen. Was treibt sie diesmal her, Frau Froitzheim?«

»Lachen Sie nicht«, antwortete Franka. »Marie hat gleich ein Rendezvous mit Bruno Hüppauf.«

Erst jetzt erkannte Albrecht die junge Frau wieder. Franka erklärte ihm den Grund für Maries Maskerade.

»Ganz ohne Folklore geht es nicht, wie!?«, amüsierte er sich. Eine Strickjacke über der weißen Bluse, ein erdfarbener Rock und Kniebundstrümpfe: Marie sah aus wie ein Nachwuchssternchen aus dem Musikantenstadl. »Ein Rendezvous mit Hüppauf, sagen Sie? Bei ihm in seinem Neonazinest? Na, ich kann mir Angenehmeres vorstellen.«

»Ich mir auch, und Marie geht es nicht anders. Deswegen haben wir Verstärkung mitgebracht. Darf ich vorstellen, mein Kollege Bülent Haspolat. Den würde ich gerne auf Abruf halten und bei Ihnen zwischenparken.«

Albrecht zog eine Braue hoch und musterte den Kommissaranwärter.

»Keine Sorge«, sagte Franka, »er ist stubenrein und macht auch sonst, was man ihm sagt.«

»Kann er zuhören?«, fragte Albrecht gespielt skeptisch.

»Herrn Haspolat nennt man auch das Ohr vom Bosporus.«

Bülent grinste finster und spielte das Spielchen mit. Er hob den Zeigefinger und wackelte mit beiden Ohren.

»Na dann, hereinspaziert Herr Hasenplatt.«

»Haspolat.«

»Herr Haspolat. Unsere freien Nationalen und die Kameraden aus aller Welt waren gestern Nacht umtriebig. Das, was vorhin im Radio kam, das waren die. Meine alte Schulfreundin Leonie ist gerade zur Wache und meldet es. Aber doppelt genäht hält besser. Ich schütte Ihnen einen Kaffee auf und dann leihen Sie mir Ihre superbewegliche Hörmuschel und nehmen es auf, okay!?«

Bülent schob sich an Marie heran, umarmte sie scheu und flüsterte ihr etwas ins Ohr. Dann folgte er Albrecht ins Haus.

Bruno Hüppauf trat von einem Bein auf das andere, rieb sich die Hände und wirkte auch sonst nicht so, wie Marie ihn beim ersten Mal kennengelernt hatte. Der alte Mann, der auf der schmalen Eingangstreppe vor seinem Gästehaus auf sie wartete, war nervös und unsicher. Keine Spur mehr von dem unbeherrschten Choleriker, den sie in Erinnerung hatte.

»Dich lasse ich hier raus«, hatte Franka sie aus dem Wagen verabschiedet. »Ich komme nach und suche mir unten am Wasser ein Plätzchen.«

»Am Wasser?«

»Am Zaun vor dem Hintereingang.«

Marie hatte zögerlich genickt, der Kommissarin in die Augen geschaut und sich auf die Lippe gebissen. Dann hatte sie die Beifahrertür aufgeschlagen und sich aus dem Sitz gewuchtet.

Im ersten Stock verschwand das Fernglas hinter der Gardine.

»Det is die eine«, meinte einer. »Die Nietengöre von aufm Foto.«

»Kaum wiederzuerkennen«, diesmal eine Frauenstimme, »ohne das Lametta.«

»Und die andere sitzt am Steuer«, fistelte ein anderer. »Behalte sie im Auge, die darf uns nicht entwischen.«

Unten hob Hüppauf die Hand und winkte Marie zu sich.

»Schön, dass ich Sie wiedersehe.« Es klang gekünstelt. Unruhig wanderten seine Augen über Maries Schulter, fuhren über den engen Bürgersteig und die leere Straße. Niemand zu sehen, beruhigte er sich. Wenigstens das.

Marie vermied es, ihm ins Gesicht zu sehen.

»Warum haben Sie mich herkommen lassen?«, fragte sie und stieg die drei Stufen zu ihm hinauf. Unten neben der Treppe fiel ihr eine halb vergrabene alte Haustür mit Butzenscheiben auf. Das musste die aus dem oberen Keller sein.

Hüppauf schluckte vor Aufregung. Sein Atem ging auf einmal schneller und rasselte hörbar in den Bronchien.

Er stierte Marie an. Ein Blackout, er hatte den Faden verloren.

»Weil …« Hilflos sah er um sich, drehte sich dann zur Seite. »Gudrun von Glasenapp ist hier!«, rief er in das Dunkel der Diele hinter sich. Es klang nicht wie eine Ankündigung, und schon gar nicht erfreut. Sondern abgesprochen, wie eine Parole.

Franka parkte den Wagen auf dem großen Parkplatz vor der Rurbrücke, zog ein Ticket und knöpfte sich die Jeansjacke zu. Bis zur Rückseite von Hüppaufs Gästehaus waren es keine zweihundert Meter. Ein rascher Blick zurück, wieder der Reflex aus ihrer Zeit in der Polizeischule. Wie vorgestern schon, und wieder genau hier. Nichts und niemand zu sehen. Sie steuerte auf eine morsche Bank zu, zwischen sich nur den Obersee und auf der anderen Seite den Anfang des Jägerzauns. Ein Stück weiter vorne, in Höhe des Gartentors, bewegte sich etwas. Dazu ein Geräusch, ein Jammern und Quietschen. Vorsichtig setzte sie sich wieder in Bewegung, die Fäuste in den Jackentaschen geballt.

Im Inneren des Gästehauses erschienen zwei Gestalten auf dem Absatz des Holztreppenhauses. Ohne Eile kamen sie von hinten auf Hüppauf zu. Eine Frau und ein junger Kerl. Axel Jäger trug Reiterstiefel und einen Trenchcoat, dazu Nickelbrille und Seitenscheitel. Marie erstarrte. Er sah genauso aus wie auf den Aufnahmen der Freien Netze und Kameradschaftsseiten, die sie vor ihrem ersten Auftritt als Gudrun von Glasenapp durchforstet hatte.

»Unsere Verstärkung, nehme ich an.« Jäger schob beide Fäuste in die Seiten, drückte theatralisch das Kreuz durch und baute sich vor Marie auf. Dann zuckte seine flache Hand in die Höhe und federte neben seinem Kopf in die Senkrechte. »Heil Hitler!«

Unsicher sah Marie zu Hüppauf herüber, der ihrem Blick auswich.

»Kamerad Hüppauf hat Sie herbestellt, damit wir Sie einweisen.« Jäger wippte auf den Zehenspitzen und sah auffordernd zur Seite. Die junge Frau neben ihm trat einen Schritt vor und stand jetzt direkt neben ihm. »Verlieren wir keine Zeit!«

Ein Mann schoss draußen den Treppenabsatz herauf, drückte Hüppauf unsanft zur Seite und stellte sich hinter Marie. Sie drehte sich um. Anders als der schmächtige Jäger war der hier durchtrainiert und zwei Köpfe größer als sie.

Die Frau neben Jäger machte den Auftakt, eine schallende Ohrfeige. Dann packte der Riese Marie von hinten und hob sie in die Höhe. Jäger zog eine Rolle Paketband hervor, riss einen Streifen auf und biss ihn mit den Zähnen ab. Marie begann sich zu wehren, schrie und schlug und trat um sich, bis die zweite Ohrfeige sie mit einer Wucht traf, die sie verstummen ließ. Einen Moment lang hing sie regungslos in den Armen des Riesen. Jäger nutzte die Gelegenheit und klebte ihr den Streifen über den Mund.

»Dann wollen wir mal«, knurrte er und wandte sich an Hüppauf. »Worauf wartest du?«

Der Alte starrte ihn ungläubig an. Dann verschwand er im Schankraum und kam mit einem alten Schlüssel zurück.

»Na also.« Jäger riss ihm den Schlüssel aus der Hand. »Du wartest hier, bis wir zurück sind.«

Franka ging vor dem Gartentor in die Knie und betrachtete das rostige Scharnier. Entwarnung, dachte sie, das quietschende Geräusch kam von dem Eisenteil, auch wenn es ihr vorgestern, bei der Bergung des Typoskripts, nicht aufgefallen war. Sie richtete sich wieder auf und lief unruhig den Uferweg auf und ab. Hoffentlich ging drinnen alles glatt. Bei Hüppauf wusste sie nach dem, was Marie und Tim ihr erzählt hatten, nie. Wenn er Probleme bereitete, war sie auf sich und ihre Geistesgegenwart angewiesen

– vorausgesetzt, sie bekam hier draußen von Problemen überhaupt etwas mit. Den Durchsuchungsbeschluss, den sie immer noch nicht überreicht hatte, würde sie zücken und hoffen, ihn damit zu überrumpeln. Und sie würde Bülent verständigen, als Verstärkung.

»Vorn aufm Weg schiebt sie Schmiere«, presste der Riese heraus, während er Marie um die Hauswand auf die Wiese schleppte. »Soll ick?«

Jäger blieb stehen, schob die Hand heraus und hielt die anderen damit zurück. Er lugte zwischen den Sträuchern und Büschen zum Obersee. Schließlich nickte er.

»Dann müsst ihr det hier übernehmen«, sagte der andere und ließ Marie in das hohe Gras fallen.

Als Franka sich umdrehte und den kräftigen Mann entdeckte, der ihr auf dem Weg folgte, hielt sie ihn mit seinem teilnahmslosen Blick für einen harmlosen Passanten. Doch kaum war er auf ihrer Höhe, schnellte seine Faust hervor und schlug auf sie ein.

Mit Übergriffen aus dem Nichts hatte sie gelernt umzugehen. Der Hieb an ihren Schädel schmerzte, doch als Kampfsportlerin war sie so etwas gewohnt. Anders als die meisten kippte sie nicht weg und hielt sich auf den Beinen, ihre Sinne waren plötzlich hellwach. Wo kriege ich den besten Hebel, schoss ihr durch den Kopf, als der andere zum nächsten Schlag ausholte. Sie versuchte es mit einem Griff an den Jackenärmel und setzte zu einem Wurf an. Das Gewicht ihres Gegenübers und sein Muskelbau ließen sie scheitern. Der Kerl steht voll im Training, dachte sie. Also an die Beine, schoss es ihr durch den Kopf, eine Fußsichel. Sie musste ihr Körpergewicht verlagern, auf ihren verletzten Fuß zu stehen kommen und mit dem anderen die Sichel ansetzten. Das Manöver dauerte zu lange. Der zweite Hieb ging schräg auf ihre Stirn nieder und sie sank weg.

Am Fuß der Betontreppe kam sie wieder zu sich. Es waren drei, einer mit Mantel und hohen Stiefeln, eine Frau und der Kräftige, der sie hierher geschleppt hatte. Marie hockte neben ihr, die Augen starrten sie flehend an. Einen breiten Streifen Paketband hatten sie ihr über den Mund geklebt. Der mit dem Mantel entriegelte das Vorhängeschloss, sah sich um und befahl der Frau, frisches Klebeband und Paketkordel aus dem Haus zu holen.

Franka schrie auf. Ehe Marie und sie im Tiefkeller verschwanden, und solange sie selbst noch nicht geknebelt war, musste sie sich bemerkbar machen.

Sie schrie.

Nichts tat sich, niemand reagierte. Fassungslos starrte Marie auf die Pranke, die über Franka ausholte und so oft auf ihren Schädel niederging, bis sie das Bewusstsein verlor.

Dann trat auch Marie weg.

»Hüppauf, du bist ein Idiot.« Axel Jäger schnurrte die Kordel durch seine linke Faust, griff um und wiederholte das Spiel mit der rechten. »Deine Gudrun hat dich ordentlich zum Besten gehalten. Und die andere ist eine Polizistin.«

Er knallte Frankas Dienstmarke auf den abgewetzten Tresen. Die anderen beiden standen neben ihm, die Arme verschränkt, den Blick starr auf den Alten gerichtet. Jäger warf der Frau die Kordel zu. »Schau, ob sie lang genug ist«, wies er sie an. Die Frau schüttelte den Kopf. »Wenn nicht, im oberen Keller hängen Hanfseile.«

Die junge Frau schnappte nach dem Schlüssel für das Vorhängeschloss, den Jäger ihr zuwarf, und verschwand. Hüppauf schluckte, sein Blick sprang hektisch zwischen der Tür zum Schankraum und dem Anführer des Kommandos hin und her.

»Vergiss es«, erriet Jäger seine Gedanken. »Eine falsche Bewegung, und der Kamerad Ronneburg drückt dir den Kehlkopf in die Gurgel.« Er hob seine Brille vom Gesicht und hielt einen der Bügel nachdenklich an die Unterlippe. »Das willst du uns doch nicht weismachen, oder, Hüppauf? Dass die Bullen deinen Tiefkeller filzen und du von all dem keinen Schimmer hast?«

Hüppauf begann zu zittern. Seinen Verdacht, dass das Mädchen und die Polizistin wegen des Typoskripts in den Keller eingedrungen waren, hatte er Jäger und den anderen schon am Morgen vorher bei ihrem Überraschungsbesuch mitgeteilt.

Na und, hatte er zur Antwort gekriegt, was schert uns der Grund, den sie hatten. *Dass* sie schnüffeln, war das Schlimme. Es kam ihnen in die Quere, es störte.

Also zitterte er nur und sagte nichts.

»Ich glaube, wir machen uns dann doch die Mühe und erweitern das Unternehmen Züchtigung ein wenig«, raunte Jäger. »Das verstehst du schon«, er sah dem Alten grinsend ins Gesicht, »dass wir unseren Kameraden Bruno Hüppauf so schnell wie möglich aus dem Schaufenster nehmen müssen.«

Jäger stemmte die Hände in die Seite, schlich um den Alten herum und verpasste ihm einen Schlag in die Nieren.

»Weißt du, die Polizistin da unten hatte einen Autoschlüssel bei sich. Einen Funkschlüssel. Kamerad Ronneburg ist einmal damit über den Parkplatz, und zack, leuchteten die Blinker. Also ist er zu dem Wagen hin und hat sich umgesehen. Und was findet er in der Konsole zwischen den Sitzen? Einen Namen und eine Adresse findet er, auf einem Notizblock.«

Hüppauf war konsterniert, sein Gesicht war kreidebleich und er merkte, wie ihm schwindelig wurde. Die reimten sich hier Dinge zusammen, die unmöglich zusammengehörten. Und sie wendeten alles gegen ihn. Er sackte zusammen.

Der Kräftige fing seinen Fall auf und holte ihn mit ein paar Ohrfeigen zurück.

»Wo ist die Wiesentalstraße?«, knurrte ihn Jäger an. »Letzte Chance, Mann! Wie steckt der Querulant mit drin?«

Dann trat Hüppauf weg.

»Sehr kunstvoll.« Jäger nahm den Strick in die Hand und betrachtete die Dreiecke. »Tragt ihr ihn alleine? Oder muss ich mit anpacken?«

»Ick mach det schon«, brummte der Kräftige und schwang sich Hüppaufs leblosen Körper über die Schulter. »Wo jeht die Reise hin?«

»Auf den Dachboden.«

Maries Augen hatten sich an das schummerige Licht gewöhnt. Sie war an einen der alten Gartenstühle im Tiefkeller gefesselt und Franka an den anderen. Die Arme hatten sie auf den Rücken legen müssen, die dünne Kordel schnitt ihnen an den Handgelenken ins Fleisch.

Franka kam nur langsam zu sich, schlug die Augen auf und wieder zu. Miteinander reden konnten sie nicht, das Paketband war so stramm geklebt, dass sie darunter nicht mal die Lippen auseinander bekamen.

Ob sie dasselbe denkt wie ich, fragte sich Marie. Dass wir hier unten lebendig begraben sind. Dass uns die feuchte Kälte bald zusetzen wird. Oder der Obersee, dessen Spiegel seit vorgestern gestiegen war und den modrigen Lehmboden unter Wasser setzte. Ein paar Zentimeter nur, aber das reichte, um sich noch elender zu fühlen.

Dass alles jetzt auf Bülent ankam.

Franka hatten sie die Dienstwaffe und ihre Marke abgeknöpft. Wenn ihr euch benehmt und wir mit allem durch sind, sorgen wir dafür, dass sie euch finden. Marie erinnerte sich, so hatte die Kanalratte mit der Nickelbrille gesprochen und dabei ihr Kinn mit dem Zeigefinger in die Höhe gehoben. Volksgenossinnen eliminiert man nicht, hatte er gesagt. Sondern gibt ihnen vorher die Gelegenheit, sich zu besinnen und zu ändern.

»Der Tiefkeller als Besserungsanstalt.« Dazu sein hämisches Lachen.

Dann waren sie auf und davon. Der Kräftige hatte die eiserne Falltür über ihnen in den Rahmen fallen lassen und mit etwas beschwert, wahrscheinlich den losen Ziegelsteinen, die im oberen Keller herumlagen. Seitdem war es totenstill.

»Keine Spielchen, Wollgarten!«

Jäger sah, wie Albrecht die Schublade aufriss und nach einem Messer griff. Er ließ seinen Kameraden von der Leine. Der stürzte sich auf Albrecht, knebelte ihn mit einem Handtuch und verpasste ihm einen kräftigen Haken in die Seite. Albrecht krümmte sich und stolperte zurück zur Küchenbank.

»Jetzt den Kanaken!«

Bülent hatte das Auftauchen der drei Neonazis vollkommen unvorbereitet getroffen. Nicht einmal seine Dienstpistole kam ihm in den Sinn. Der Schläger hatte mit ihm noch leichteres Spiel als mit Albrecht. Er entwaffnete ihn mit einem Handgriff, durchsuchte seine Kleidung und presste ihm ebenfalls ein Handtuch in die Mundhöhle.

»Und Polizist ist er auch noch.« Jäger sah von Bülents Ausweis auf und schnippte mit den Fingern. »Eigentlich haben wir für Ungeziefer wie dich überhaupt nichts übrig. Schon gar nicht … Zeit.« Er drehte sich zur Seite und sah in das fragende Augenpaar der jungen Frau, die sich wie in Hüppaufs Gästehaus neben ihm postiert hatte. Dann schaute er in das gespannte Gesicht des Muskelpakets.

»Ich hätte da eine hübsche Idee«, säuselte er, angeregt von den Blicken seiner beiden Komplizen. »Schlicht, und trotzdem nicht trivial. Eine Dienstpistole, die sich harmonisch in die Hand eines notorischen Querulanten schmiegt. Ein fein herbeigeführter Polizistenmord. Die Beweislast wäre erdrückend, Fingerabdrücke lügen nicht.«

»Hört sich janz wie een Plan an«, zischte das Kraftpaket. »Soll ick?«

»Was meinst du«, Jäger wandte sich der Frau neben ihm zu. »Soll er?«

»Wenn die Luft rein ist«, nickte die. »Ich übernehme die Haustür. Auf mein Pfeifen!«

»Auf dein Pfeifen«, nickte Jäger.

Albrecht riss die Augen auf, Schweiß trat ihm auf die Stirn. In Bülents Gesicht spiegelten sich Panik und Todesangst. Der Knebel schluckte seinen Schrei, dimmte ihn zu einem ohnmächtigen Vibrieren des Kehlkopfs. Albrecht trat nach Kräften um sich und rammte dem Angreifer den Ellenbogen in die Seite. Der reagierte mit einem Handkantenschlag in seinen Nacken.

Albrecht wurde schwarz vor Augen. Er bekam nicht mit, wie Jäger Bülents Dienstwaffe mit einem Stofftaschentuch sauber scheuerte und sie weiterreichte. Er bekam nicht mit, wie das Monster sie ihm in die rechte Hand zwängte, den Zeigefinger durch den Ring am Abzug quetschte und seine Faust mit beiden Händen umklammert hielt.

Er bekam nicht mit, wie der Klammergriff des Monsters seine Faust langsam in die Höhe hob.

Bülent starrte auf den Lauf seiner Pistole, hypnotisiert von den beiden kleinen Löchern und aus irgendeinem Grund plötzlich sicher, dass das, was er hier erlebte, nur ein böser Traum war.

Dann kam der Pfiff, schrill und kurz, und der Schuss.

Aus Bülents Stirn quälte sich ein Blutstropfen. Ein zweiter trat hinzu, als Albrecht nach einer gefühlten Ewigkeit zu sich kam und benommen um sich blickte.

Niemand war mehr in der Küche. Nur er selbst und der tote Kommissaranwärter vor ihm auf dem Fußboden.

Ungläubig und vollkommen regungslos starrte er die Leiche an. Dann holte ihn der Schock ein und ließ ihn erneut wegtreten.

TEIL II

»Und du meinst, da ist was faul?«

»Wie käme ich dazu?«, erwiderte Tim in seinem Rollstuhl bissig. »Literatur darf das.«

Er schob das Schwarzweißbild mit dem Trauerflor oben rechts zur Seite. Marie, als Goth.

»Es wird Wirkung entfalten.« Lola sah aus dem Fenster.

»O ja«, spöttelte Tim. »Mehr Wirkung als die Wirklichkeit.«

Sein Blick hatte es in sich. Das Urfttal war ein einziger Wintertraum.

»Und wir haben uns zur selben Zeit, als deine Marie und die Kollegin Froitzheim im Tiefkeller eingesperrt wurden, das erste Mal unterhalten …«

Tim sah die Profilerin aus den Augenwinkeln an. In Brauweiler in der Abtei, sann er nach, kurz bevor er sich über das Typoskript hermachen konnte.

»Es ist zum kotzen. Nur zum kotzen.«

»Ich kann verstehen, dass es dich nicht tröstet, dass Marie hier drin weiterlebt.« Lola klopfte mit den Fingerknöcheln auf die Druckfahnen. Eifelfluten stand dick auf der ersten Seite, und ein paar Zeilen darunter, mittig gesetzt wie der Titel: Dokumentarthriller.

»Es regt mich auf!« Tim platzte der Kragen. »Weil es mich verhöhnt.«

»Lass uns schauen, was wir machen können«, sagte Lola. Sie zog das Teeei heraus, kippte Kandiszucker in die Tasse und brachte sie Tim.

Der wuchtete den Rollstuhl herum und nahm sie ihr ab.

7

Am Mittwochnachmittag war Tim aus seinem Schlaf erwacht. Er beschloss, seinem Betreuer für den Rest des Tages frei zu geben und schaute sich im Ortskern von Brauweiler um. Vor einer kleinen Buchhandlung halfen ihm drei Verkäuferinnen aus seinem Rollstuhl und bugsierten ihn die Treppenstufen hinauf ins Innere. Sie hielten einen angeregten Plausch mit ihm, hatten aber keine Titel auf Lager, in denen er mehr über die Geheimwissenschaft der Papiertrocknung erfahren konnte. Im Café Heyartz um die Ecke gönnte er sich ein Stück Torte und einen starken doppelten Espresso: das musste reichen für den Abend und die kommende Nacht.

Dann rollerte er über die Hauptstraße zur Abtei und über den Prälaturhof zur Papierrestaurierung. Vor der Tür stand die kleine Profilerin aus Köln, die ihm der Chefrestaurator am Morgen vorgestellt hatte, und rauchte ein Zigarillo.

»Bereit für die Nachtschicht?«, fragte sie neugierig.

»Wenn Sie es sind«, entgegnete Tim.

Sie lachte, sah auf die Uhr und schüttelte den Kopf.

»Ich muss am frühen Abend zurück in Köln sein.«

»Schade. Ein wenig fachlichen Beistand hätte ich gebrauchen können.«

»Muss ich das verstehen?«

Tim kratzte sich am Kopf und überlegte, wie viel er von seiner Mission erzählen sollte. Dann gab er sich einen Ruck, schnorrte ein Zigarillo und erzählte, was ihn nach Brauweiler geführt hatte.

»Klingt aufregend«, meinte die Profilerin, als er seine Ausführungen beendet hatte. »Ob und wie ich Ihnen behilflich sein kann, müssen wir sehen. Selbstverständlich kann ich den Kollegen in Euskirchen nicht ins Handwerk pfuschen.

Aber fragen kostet nichts. Also sprechen Sie mich gerne an, wenn ich morgen früh wieder hier eintrudele.«

»Und wenn ich dann noch wach bin«, meinte Tim trocken. »Aber danke für das Angebot. Darf ich fragen, was Sie da drinnen trocknen lassen?«

»Fragen dürfen Sie.« Sie nahm einen Zug und atmete den Rauch in die laue Abendluft aus. In ihrem schmalen Cordjäckchen, der Blue Jeans und den Espandrils sah sie nicht aus wie eine, die ihr Büro im Polizeipräsidium in Köln-Kalk hat. Tim grübelte an ihrem Namen entlang, in welche Schublade er sie stecken sollte. Eine energische Reiseleiterin, die den Touristen aus Lateinamerika die Domstadt zeigt. Oder eine forsche Dozentin für Spanisch.

»Nur allzu viel antworten darf ich Ihnen nicht«, riss sie ihn aus seinen nutzlosen Überlegungen.

»Dienstgeheimnis, was?« Tim stopfte den Stummel seines Zigarillos in den Sand des Standaschenbechers.

»Ich lasse eine Akte aufbereiten.«

Verblüfft sah Tim auf. Wenn das nicht nach einer Ausnahme vom Schweigegelübde klang. Er wurde neugierig, was es mit der Andeutung auf sich hatte: Vertuschungen und Ungereimtheiten? Ein wichtiger Hinweis, der sich auf den Seiten verbirgt, wie bei Lambertz und seinem Typoskript?

»Technisch ist das eine anspruchsvolle Angelegenheit«, enttäuschte sie seine Erwartung. »Akten legt man nicht für die Ewigkeit an, selbst in bundesdeutschen Beamtenstuben nicht. Für die Durchschläge verwendete man bis zur Digitalisierung der Behörden leichtes Papier, dreißig Gramm der Quadratmeter. Wenn das eine Zeitlang im Schmutzwasser liegt und Sie darauf Fingerabdrücke ausfindig machen wollen, brauchen Sie einen wie unseren Daniel Düsentrieb.«

»Im Schmutzwasser?«

»Sagt Ihnen das alte Polizeipräsidium am Waidmarkt in Köln etwas?«

»Steht das noch?« Tim schöpfte erneut Hoffnung.

»Angeblich nicht mehr lange. Und Sie wissen, was sich schräg gegenüber auf der anderen Straßenseite befindet … naja, befand?«

»Das Stadtarchiv?«

Die Profilerin fuhr den Zeigefinger aus und hielt ihn ausgestreckt in Tims Gesicht. »Bingo. Und jetzt zusammenzählen. Akte, altes Polizeipräsidium, Stadtarchiv, Schmutzwasser … na?«

Tim musste nicht lange überlegen.

»Wie kommt eine Akte aus einem ausrangierten Polizeipräsidium in die Einsturzgrube«, fragte er.

Der ausgestreckte Zeigefinger fuhr zurück und platzierte sich vor den Lippen der Profilerin.

»Das ist die Preisfrage. Und noch viel mehr frage ich mich, wie die Akte da wieder rauskam. Aber egal. Das Ding ist jedenfalls irgendwann auf meinem Schreibtisch gelandet, pitschnass. Und muss jetzt trockengelegt werden.«

Bis hierher und nicht weiter, signalisierte der Finger vor ihrem Mund. Tim verstand und grinste.

»Klingt spannend«, sagte er.

»Nicht so spannend wie das mit Ihrer Schrift.« Auch die Profilerin drückte ihr Zigarillo aus. »Eine aktuelle Bedrohungslage ist ein anderes Kaliber als ein Altfall. Morgen wissen Sie hoffentlich mehr!«

»Das hoffe ich auch.«

»Dann sind wir ja schon zwei, die in Hoffnung sind. Ich muss los.«

Sie trippelte die Stufen herunter, drehte sich um und winkte keck. Tim lachte und winkte zurück.

Leonie Schumpeter wunderte sich über die sperrangelweit offenstehende Haustür. Vorsichtig trat sie näher, spähte in den Flur und schob sich über die Schwelle. Niemand antwortete, als sie ängstlich Albrechts Namen rief.

Den ganzen Nachmittag hatte sie auf dem Gang des Polizeireviers warten müssen, bis einer der Beamten sich Zeit für sie genommen hatte. Er und seine Kollegen seien in den letzten Stunden ständig angefordert worden, entschuldigte er sich, wegen der mysteriösen Flugblätter. Auf jeden Anruf hin mussten sie raus zur Aufnahme, lautete die Order aus Euskirchen, die mit den Dienststellen in der Nordeifel und im Aachener Land abgestimmt war.

»Dann haben Sie ja Glück, dass ich Sie nicht angerufen habe, sondern direkt selbst gekommen bin«, hatte Leonie entgegnet und den Polizisten mit ihrer Beobachtung aus der letzten Nacht überrascht. Leere Betten und vom Abend bis zum Morgengrauen kein einziges Geräusch in der Ferienwohnung, das sei sicher auch in Simbabwe und Paraguay nicht die Regel.

»Endlich mal was Handfestes«, hatte der Polizist geantwortet und ein Kurzprotokoll über den Vorfall angelegt. Am nächsten Morgen würde jemand vorbeikommen und sich ihre Feriengäste mal genauer ansehen. »Vorausgesetzt, es findet sich jemand, der Zeit hat.«

Jetzt schlich Leonie sich langsam und geräuschlos durch den Flur. Die Küchentür am Ende des Gangs war einen Spalt weit offen, Sonnenlicht drang durch den Schlitz in den Flur und warf einen scharfen hellen Keil auf den Holzfußboden. Niemand war zu hören, auch in der Küche nicht. Leonie fasste nach dem Griff und schob die Tür behutsam auf. Das Geräusch der Scharniere erschreckte sie, obwohl sie genau wusste, dass die Tür zu Albrechts Küche knarrte.

Als sie gegen das grelle Sonnenlicht die beiden leblosen Körper erkannte, schlug sie die Hände vor den Mund und machte einen Satz zurück in den Flur.

Sie riss sich zusammen, schob die Tür wieder auf und trat näher, auf die zwei Männer zu. Einer davon war Albrecht, in der rechten Hand hielt er eine Pistole. Dem anderen, den sie nicht kannte, rann ein dunkelroter Faden

Blut die Stirn herab in die Augenhöhle. Albrecht hatte die Augen geschlossen.

Leonie zwang sich, genau hinzusehen. In Albrechts Brustkorb pumpte es, stellte sie fest. Er lebte also. Nur bei Bewusstsein war er nicht.

»Er durfte nicht bei Bewusstsein sein.«

»Du meinst, weil Franka Froitzheim und deine Marie sonst zwangsläufig gefunden worden wären?«

»Zwangsläufig wäre das falsche Wort.«

»Und das richtige ist?«

»Rechtzeitig. Sonst würde es an Glaubwürdigkeit fehlen.«

Lola umfasste ihre Teetasse mit beiden Händen und blickte über Tims Schulter auf die schneebedeckten Hänge auf der anderen Uferseite.

»Die Glaubwürdigkeit eines Thrillers«, murmelte sie.

»Die Glaubwürdigkeit eines Thrillers. Hübscher Titel für einen Meta-Roman.«

Tims Finger trommelten auf den Stapel mit den Druckfahnen.

»Für einen Meta-Roman, sagst du?«

»Einen Roman, der von einem Roman handelt.«

Tim fühlte sich wie in der Weihnachtsbäckerei seiner Großmutter. Ungeduldig starrte er auf den Stapel welken Papiers in der Trocknungstrommel wie damals auf die Plätzchen auf dem heißen Backblech, die langsam die Farbe wechselten – und damit den Aggregatzustand von Teig. Aus zähflüssig wurde in Omas Ofen bissfest. Hier wurde aus klitschnass allmählich klamm. So klamm, dass es den mit Schreibmaschine getippten Seiten nicht schadete, wenn man sie vorsichtig voneinander löste wie das feine Deckpapier von Abziehbildchen, die sich Kinder auf die Unterarme klebten und mit denen man Ostereier verzierte.

»Was hat es eigentlich mit den Akten auf sich, die die Ermittlerin aus Köln Ihnen aufs Auge gedrückt hat?« Tim fragte aus Neugier und um sich die Zeit zu vertreiben. Beim Chefrestaurator geriet er damit an den Falschen.

»Darf ich Ihnen nicht auf die Nase binden.«

Auch die kurze Unterhaltung mit der Profilerin half ihm nicht weiter, von der er wusste, dass die Akte aus dem alten Kölner Polizeipräsidium stammte und man sie aus der Wassergrube des eingestürzten Stadtarchivs geborgen hatte. Der Restaurator sah ihn nur schräg an und schüttelte mit dem Kopf.

»Sie kriegen gleich Ihren Schnuller, und danach lassen Sie mich meine Arbeit machen«, meinte er. »Es ist ohnehin schon kompliziert genug, das Ding zu trocknen und dabei gleichzeitig vaporisiertes Fingerabdruckpulver aufzutragen. Und damit verrate ich schon wieder viel mehr, als ich eigentlich sollte.«

»Bleibt ja unter uns. Mein Typoskript wäre dann soweit, meinen Sie?«

»Ihr Typoskript vielleicht noch nicht. Aber ich. Machen wir die Trommel auf und geben Ihnen Ihr Spielzeug. Und Sie versprechen mir, bis Mitternacht keine Unterbrechungen mehr, keine Frage, nichts. Und nach Mitternacht dasselbe.«

Tim nickte und rollerte an die Riesenröhre mit den Gitterträgern, auf denen der Packen Papier lagerte und inzwischen deutlich dunkler geworden war.

»Schön weiß bleichen können wir es Ihnen leider nicht«, bemerkte der Restaurator Tims skeptischen Blick und langte nach dem Bügel unter dem Bullauge. Ein Ruck, und kalter klammer Eisgeruch schlug Tim entgegen. Mit weißen Stoffhandschuhen griff der Chef in die Röhre, zog den Träger heraus, beugte sich über das Papier und schnüffelte daran wie ein Konditor, der sein Feingebäck begutachtet. »Dürfte reichen«, kommentierte er knapp und hob den Papierstapel vorsichtig herab. Er trug ihn zu einem der schweren Holzbänke und legte ihn auf ein blütenweißes Stück Baumwollstoff.

»Vorsichtig abziehen, Blatt für Blatt, und dann hinlegen. Erst die Vorderseite zwei Minuten in Ruhe liegen lassen, dann umdrehen, damit die letzten Rückstände verdunsten.«

Tim zog sich an eines der Fenster zum Hof zurück, kramte sein Handy hervor und versuchte, Franka Froitzheim Bescheid zu geben, dass es losgehen konnte mit der Lektüre. Niemand nahm ab. Er drückte Frankas Nummer weg und wählte die von Marie. Auch kein Erfolg. Nachdenklich klappte er den Deckel des Handys zu und steigerte sich einen Augenblick lang in eine leichte Panik. War was schiefgegangen bei dem Treffen mit Hüppauf? Waren die beiden in Schwierigkeiten?

Das konnte eigentlich nicht sein, beruhigte er sich wieder. Immerhin hatten sie sich zu dritt nach Einruhr aufgemacht, der junge Kommissaranwärter war auch dabei. Das konnte überhaupt nicht sein.

Er schob seinen Rolli zurück an die Holzbank, zog die beiden Handschuhe über, die ihm der Restaurator wortlos hingelegt hatte, und hob vorsichtig die Ecke des Deckblatts an. Auf der zweiten Seite fand er das Inhaltsverzeichnis. ›Junkerjahre‹, ›Lehrerjahre‹, ›Vertreibung aus Wollseifen‹ …

Der Vibrationsalarm ihres Handys, den sie durch den festen Jeansstoff ihrer Hosentasche spürte, hatte ihr kurz Mut gemacht. Dann verstummte das leise Summen und ließ sie zurücksinken in stumpfe Gleichmut.

Mit der Dunkelheit kam die Nachtkühle. Marie zitterte am ganzen Körper, und wieder stiegen ihr Tränen in die

Augen. Paniktränen, Todesangsttränen. Langsam kullerten sie die Wangen hinab, begleitet von einem Schluchzen, das vom Klebeband über ihren Lippen erstickt wurde. Die Kräfte, spürte sie, begannen sie zu verlassen. Wenn nicht bald ein Wunder geschah und jemand sie in ihrem Kellergefängnis entdeckte, würde sie wegtreten und danach nicht mehr zu sich kommen. Halb fürchtete sie das, halb fing sie an, es zu hoffen.

Von Franka hatte sie nichts mehr vernommen, seit es schwarz geworden war in dem Verlies. Anfangs hatte die Kommissarin ihr noch zugeblinzelt und versucht, ihr mit den paar spärlichen Gesten, die ihr die Fesseln und der Knebel erlaubten, Mut zu machen.

Franka überspielte damit das elendige Gefühl, schuld zu sein an dem Zustand, in dem beide sich jetzt befanden. Muntere sie auf, redete sie sich ein, du bist die Ältere, die Verantwortliche – die, von der erwartet wird, dass sie was tut. Also tu was und versuch, ihr Mut zu machen.

Dann wurde sie selbst mutlos, schlagartig. Verzweiflung kroch in ihr hoch, als sie das Mobiltelefon in der Jackentasche spürte. Auf lautlos hatte sie es geschaltet, vorsichtshalber. Der Anrufer hatte wenig Geduld und brach den Anruf bald ab. Ohnmächtig und hilflos hockte sie da, die Unterarme längst taub von der strammen Fesselung. Als sie endlich das Gefühl hatte, es sei dunkel genug, brach es aus ihr heraus. Auch sie weinte, lautlos und heftig. Dann fiel sie in einen merkwürdig tiefen, apathischen Schlaf. Die modrige Kühle der Nacht nahm sie nicht mehr wahr.

Ich erinnere mich an die Ausritte über die Dreiborner Höhe bei Sonnenaufgang, auf die mich die Kameraden regelmäßig mitnahmen, wenn ich versprach, ihnen die Hefte zu führen und die Zusammenhänge zwischen Rasse, Volk und den Anspruch auf Raum für die von Natur aus Überlegenen zu erläutern. Was folgte, waren kleine Nachhilfestunden, denn nicht alle Kameraden begriffen sogleich, was den Nationalsozialismus einzigartig machte und warum gerade jetzt und gerade hier, in Deutschland, seine Zeit gekommen war. Früher als eigentlich vorgesehen nahm ich die Rolle des Unterweisers wahr und machte Erfahrungen, die mir in den Lehrerjahren wertvoller und wertvoller wurden. Im Gegenzug dafür hievten sie mich nach der Rast zurück in den Sattel und es ging zurück zur Ordensburg. Ab zehn Uhr standen wieder Vorträge auf dem Programm, gehalten von Gastdozenten und streng überwacht von unseren Volkslehrgangsleitern. Ich betrat das Gemeinschaftshaus mit dem guten Gefühl, meine Kameraden nach bestem Wissen und Gewissen auf das Vortragsthema vorbereitet zu haben […]

Und dann kam der Krieg. Drei wunderbare Junkerjahre endeten mit dem Angriff der Pimocken auf die Westerplatte in der deutschen Stadt Danzig. Auf Vogelsang änderte sich alles. Die Junkerkameraden zogen ab, einige zuerst zu ihren Frauen, die talentierteren unter ihnen machten Karriere in den eroberten Gebieten. Die meisten wurden eingezogen und an die Front geschickt. Die Wehrmacht übernahm die Ordensburg und quartierte Soldaten ein.

Nur mein persönliches Schicksal sollte weiterhin mit dem von Vogelsang verknüpft bleiben. Gesinnungsfest, dabei mit einer herausragenden Auffassungsgabe versehen und ein ausgezeichneter Pädagoge sei ich, hieß es in meinem Lehrgangszeugnis. Zur weiteren Verwendung im Schuldienst unbedingt empfohlen, stand da. Und dann hieß es, dass die Ordensburg eine Adolf-Hitler-Schule bekommen solle. Reichsjugendführer von Schirach und Doktor Ley setzten durch, dass die Wehrmacht Vogelsang nicht zur Gänze übernahm, sondern die Anlage zugleich Schulungsstätte bleiben sollte. Ich war selig. Aus meiner Berufung durfte tatsächlich mein Beruf werden, und das auch noch am alten, liebgewordenen Ort. Mit dem Dienstantrittsbefehl erhielt ich die Aufforderung, in Wollseifen Quartier zu nehmen. Das bedeutete, dass nur eine kleine Talsenke zwischen meinem privaten Heim und der Heimstatt meines Geistes lag. Jeden Morgen würde ich von nun an das Neffgesbachtal durchschreiten, und jeden Abend durch die schmale Schlucht zurückkehren, mühsam und kraftraubend für jemanden wie mich, aber dennoch mit stolzgeschwellter Brust und in Gedanken bei meinem Unterricht und der Frage, wie sich unsere Bestimmung als Volk und Rasse wohl am gründlichsten in die Köpfe der jungen Menschen pflanzen ließ.

So begannen meine Lehrerjahre.

Hauptkommissar Heisterbach fiel in seinen Bürosessel und ließ die Arme an den Seiten herunterbaumeln. Dass ihn die Logistik für die inzwischen drei Hundertschaften Bereitschaftspolizisten so in Anspruch nehmen würde, hatte er genauso wenig erwartet wie die ausbleibende Unterstützung durch die übergeordneten Behörden. Um alles hatte er sich selbst zu kümmern, vom Catering für die Beamten bis zum Stromanschluss für die provisorischen Unterkünfte auf der Wiese am Ortseingang von Heimbach. Den kompletten Nachmittag hatte das gekostet.

Sein Team war ihm keine große Hilfe, im Gegenteil. Die Flure und Büros in der Kreispolizeibehörde Euskirchen waren leer und verwaist; offenbar war alles im Einsatz oder ging Spuren nach wie die Froitzheim. Der einzige, der sich ab und zu blicken ließ, war Dütemeyer. Natürlich, wer sonst. Wenn einer es verstand, sich geschickt wegzuducken, dann er. Dütemeyer machte konsequent Dienst nach Vorschrift. Zu einem einzigen Außeneinsatz war er ausgerückt und hatte gleich eine ausgedehnte Mittagspause drangehängt, so lange blieb er verschwunden. Ansonsten kürzte er die Meldungen aus den Polizeidienststellen und Wachstuben zu Memos. Das war alles, was von ihm kam.

Wenn man vom Teufel spricht, dachte Heisterbach, als es klopfte und Dütemeyer seinen Kopf durch den Türspalt steckte.

»Sitzt du gut?«, raunte er.

»Sitzen ja, gut nicht. Und auch nicht lange. Wenn ich deine Visage sehe, könnte ich nämlich in die Luft gehen«, brauste Heisterbach auf. »Alle sind sie auf den Beinen, nur Dieter Dütemeyer gießt die Blümchen auf seinem Fensterbrett.«

»Nun mach mal halblang«, kam es zurück. »Es war doch eine klare Ansage von dir, Berichte bündeln. Sag mir an, was ich sonst machen soll. Und stell mich nicht so blöd in den Senkel!«

»Ist ja gut«, ruderte Heisterbach zurück.

Unaufgefordert nahm sich Dütemeyer einen Stuhl und platzierte ihn vor dem Schreibtisch seines Vorgesetzten.

»Es gibt ein Problem«, meinte er ernst.

»Raus damit ... verdammte Scheiße!« Das Telefon klingelte. Heisterbach drückte den Anruf kurzentschlossen weg, als er die Nummer erkannte. Der Einsatzleiter in Heimbach. Wahrscheinlich fehlte der Bereitschaft noch das Klopapier.

»Haspolat wurde erschossen.«

Heisterbach starrte ihn an, sein Gesichtsausdruck ein einziges Fragezeichen. Dütemeyer glaubte, ihm auf die Sprünge helfen zu müssen.

»Unser Kommissaranwärter«, sagte er. »Der Türke.«

Heisterbach stutzte. Haspolat, Kommissaranwärter, Türke: ob das alles sei, was ihm zu einem Kollegen einfalle, raunzte er Dütemeyer an. Dann erst begriff er, was Dütemeyer ihm gerade gesagt hatte.

»Erschossen, sagst du?«

Dütemeyer besah sich seine Fingernägel und nickte.

»In Einruhr«, sagte er, »bei einem Albrecht Wollgarten. Was Bülent da zu suchen hatte, keine Ahnung. Vermutlich weiß die Froitzheim mehr, aber die ist abgetaucht.« Er räusperte sich. »Frau Froitzheim, meine ich. Kommissarin, Ringerin, Deutsche«, schob er hinterher, doch Heisterbach hatte sich jetzt im Griff.

»Irgendwelche Hinweise? Die Spurensicherung ist da?«, fragte er Routinefragen und überspielte den Schock, unter dem er stand.

»Mir ist nichts gemeldet worden«, antwortete Dütemeyer lapidar. »Soll sich Frau Froitzheim …?«

»Die ist doch nicht zu greifen, sagst du. Außerdem hat sie zu tun und es wäre auch sonst keine gute Idee, ihr das aufs Auge zu drücken.« Heisterbachs Stimme wurde lauernd. »Nein, Düte, unsere Kommissarin, Ringerin, Deutsche lassen wir damit mal in Ruhe.«

Dütemeyer wurde unbehaglich; er ahnte, was jetzt kam und sah hektisch auf seine Armbanduhr.

»Nach acht schon«, sagte er anspielungsreich, doch Heisterbach war nicht danach, abzuwarten und die Entscheidung bis zum nächsten Morgen zu vertragen.

»Du kriegst den Zuschlag!«, verkündete er.

Dütemeyer wollte etwas einwenden, als wieder das Telefon ging. Diesmal nahm Heisterbach ab und entschied sich, Dütemeyer mit seinem Protest am ausgestreckten Arm verhungern zu lassen. Dem Einsatzleiter in Heimbach setzte er geduldig auseinander, wie die Abmachung mit dem Technischen Hilfswerk lautete: Strom, Lichtanlagen, Radiatoren – das war es. Dixie-Klos fielen in die Zuständigkeit der Staffelleitung.

Nach einer Viertelstunde stand Dütemeyer auf und verließ Heisterbachs Büro. Mit einer kleinen Wut betrat er sein Büro. Keine fünf Minuten später verließ er es wieder, spähte kurz auf die Uhr und schloss ab. Sich aufzuregen brachte ja doch nichts, sagte er sich, und: morgen ist auch noch ein Tag.

8

Die Belgienfahrer stießen als letzte dazu. Sie hatten sich alle Mühe gegeben mit der schnellen Verladung der Fässer und dem Einhaken in die Rotationsvorrichtungen, bei dem ein hagerer blasser Schwede, den niemand von ihnen vorher zu Gesicht bekommen hatte, penibel Aufsicht führte. Auf der Rückfahrt, kurz vor Schleiden, geriet ihr Konvoi in eine Straßensperre. Dick eingepackte Einsatzkräfte mit schweren weißen Helmen an den Gürtelschnallen nahmen sich alle Zeit der Welt und filzten jedes Fahrzeug einzeln.

In Schleiden selbst hatte sich die Antifa positioniert, zwei Dutzend Aktivisten in schwarzen Kapuzenpullovern erwarteten sie vor dem Wirtshaus, in dem der Tag mit einer Manöverkritik ausklingen sollte. Das fehlte noch, eine Keilerei mit den Zecken, dachte Jean Mertens und hielt die Kameraden an, sich nicht provozieren zu lassen. Die meisten gehorchten, nur einer der Simbabwer und ein kräftiger Südafrikaner ließen sich hinreißen und rauften zurück. Erst als sich Toralf Ronneburg vor dem Wirtshaus zeigte, löste sich das Handgemenge auf.

Drinnen begrüßte Axel Jäger die Nachzügler. Sein Blick war stechend und klar, er wirkte entschlossener als sonst. Es laufe nach wie vor alles nach Plan, hielt er in einer kurzen Ansprache fest. Sogar das überregionale Fernsehen sei aufmerksam geworden und habe angefangen zu berichten. Oberhalb von Heimbach habe sich die deutschenfeindliche Ordnungsmacht eingenistet, dreihundert Einsatzkräfte. Die Polizei in der gesamten Region sei in Alarmbereitschaft versetzt worden. Und sie ist dabei offenkundig überfordert, setzte er grinsend hinterher. Zeit für Stufe fünf, kündigte er an. Die Ruhe vor dem Sturm. Keine großen Aktionen, nur Nadelstiche. Und das sozusagen im Schichtdienst, damit alle Gelegenheit bekommen, sich auszuruhen für den großen Auftritt am Morgen des übernächsten Tages.

»Bevor ich es vergesse«, schloss Jäger seine Rede, »Kamerad Hüppauf musste sich heute zurückziehen und wird bis auf weiteres ausfallen. Sein Kreislauf, der Blutdruck, ein altes Leiden. Bedauerlich, aber nicht zu ändern. Er hat sich in Behandlung begeben und lässt euch Grüße ausrichten.« In das anschwellende Gemurmel hinein griff Jäger nach seinem Steinkrug. Seine helle Stimme überschlug sich, als er versuchte, die Unruhe im Saal zu übertönen. »Trinken wir auf den Kameraden Hüppauf.«

Am Verhalten meiner Schüler merkte ich, wie es um das Durchhaltevermögen des gesamten Volkes bestellt war. Nicht eben gut. Umso erfreuter und geradezu euphorisch wurde ich, als der Führer im Winter ´44 die Rundstedt-Offensive befahl. Ganz in der Nähe hatte er persönlich Quartier genommen, erfuhr ich später, um den Schlag gegen die Amerikaner zu leiten und sie von unserem völkischen Boden zu vertreiben. Auch auf der Ordensburg wimmelte es plötzlich von deutschen Soldaten; an Unterricht war wochenlang nicht zu denken […]

Der Befreiungsschlag gelang, doch fehlte es an Ausdauer. Wenige Wochen später stellten unsere tapferen Soldaten die alliierten Verbrecher im Hürtgenwald. Eine Schlacht von unglaublichem Ausmaß, auf dreißig Kilometern Breite und mehr krachte und knirschte es aus Haubitzen und Panzerrohren. Doch sie war vergebens. Wenige Tage später fiel Vogelsang. Ich erlebte es in meiner kleinen Kammer in einem der Kameradschaftshäuser, die man mir nach der Evakuierung Wollseifens eingerichtet hatte, und fiel in dumpfes Grübeln.

Der Führer ging unter, und mit ihm das Reich.

Ich wollte es nicht glauben […]

Die Rückkehr nach Wollseifen geschah im Sommer und sollte nicht von Dauer sein. Die Briten hatten im

Ort das Sagen. Sie nahmen sich jeden einzelnen von uns vor und sortierten die Blutgruppentätowierten aus. Ein Winter verging, und ein Frühjahr. Am 13. August '46 verkündeten Aushänge, dass der gesamte Ort zu räumen sei. Einen Militärübungsplatz wollten sie aus Wollseifen machen. St. Rochus würde zur Zielscheibe für Churchills Mörser und Granaten.

Entschlossen waren sie, die Tommies, entschlossen und konsequent. In weniger als drei Wochen mussten wir raus. Am 1. September wurde aus Wollseifen ein Geisterdorf.

Die Konsequenz, mit der sie uns von der Dreiborner Höhe verjagten, beschäftigte mich auch in Einruhr, wo ich im Haus einer alteingesessenen volksdeutschen Familie Wohnung nahm. Ich begann, die Briten und ihre Konsequenz zu bewundern. Schon in den letzten Wochen des Kriegs hatten sie zielstrebig und im besten Sinn unnachgiebig gehandelt, als sie mit ingenieursmäßiger Präzision Feuerstürme in unseren Städten entfachten.

Und mein Volk hatte sich als unfähig erwiesen, mit der gleichen Entschlossenheit dagegenzuhalten. Ein unerträglicher Gedanke war das für einen Ordensburgjunker und Lehrer wie mich: dass einen ausgerechnet die Engländer lehrten, was es hieß, Härte zu zeigen.

Albrecht Wollgarten atmete flach, aber regelmäßig. Leonie Schumpeter beruhigte das. In einen Besucherstuhl gedrückt, hielt sie seit Stunden an seinem Krankenbett Wache. Niemand sonst war aufgetaucht, also hatte der diensthabende Arzt knapp genickt, als Leonie sich als Nachbarin und alte Schulfreundin vorstellte und darum bat, die Nacht an der Seite des Bewusstlosen verbringen zu dürfen.

Die Apparate klickerten und tickten. Leonie gaben sie den Takt vor, an dem entlang sie jetzt, kurz vor Mitternacht, immer wieder kurz einnickte. Lebensgefahr bestehe keine mehr, hatte ihr der Arzt versichert. Doch wann es soweit sei und Albrecht wieder zu sich käme, könne er nicht vorhersagen. Irgendwann zwischen ›jeden Moment‹ und ›in ein paar Tagen‹.

Insgeheim hoffte sie, dass es bald passierte, noch in dieser Nacht. Albrecht würde staunen, wenn er die Augen aufschlug und als erstes sie wahrnahm. Unrecht würde es ihm nicht sein, sie an seinem Bett zu erblicken. Dann, noch ehe sie die Ärzte rief, würde sie ihn nach der Pistole fragen, die er in der Hand gehalten hatte, als sie ihn neben dem Toten in seinem Haus fand. Was das zu bedeuten hatte, würde sie wissen wollen. Wenn er sich sträubte, würde sie in ihre Handtasche greifen und ihm die Waffe zeigen.

Sie schob sich leise und vorsichtig aus dem Stuhl, stand auf und drückte ihren Rücken durch. Ein Kaffee würde ihr guttun, sagte sie sich und schlich die Treppen zur Cafeteria herunter.

Neben dem Kaffeeautomaten lief ein Fernseher ohne Ton. Sie warf einen Blick auf die Wiederholung der *Aktuellen Stunde*. In Heimbach hatten sie drei Hundertschaften zusammengezogen, las sie den Text unter einer Karte der Nordeifel. Die Neonazis hielten die Gegend nach wie vor auf Trab.

Sie griff nach dem heißen Plastikbecher und fühlte sich erleichtert, jetzt nicht daheim sein zu müssen. Zwei Nächte noch, dann war Bettenwechsel und das rassistische Gesindel aus Afrika und Südamerika würde wieder abziehen, sagte sie sich.

Albrechts Atmen wurde tiefer und er seufzte, als sie sich wieder zu ihm ans Bett setzte. Dann senkte sich sein Brustkorb und seine Lungen pumpten mit der alten, flachen Regelmäßigkeit weiter.

»Was stört dich diesmal?«

»Erstens ist es schlecht geschrieben. Langweilig. Die alte Schulfreundin wacht am Bett des

Bewusstlosen, das ist alles.«

»Und wir wissen, wo die Tatwaffe abgeblieben ist, mit der Bülent erschossen wurde.«

»Na und? Eine Sandkastenliebe als kleines Kammerspiel, mehr nicht. Sie will ihm imponieren, wenn er wieder wach ist. Oder ihn ein bisschen erpressen. Schau her, was du an mir hast. Die Knarre habe ich verschwinden lassen, ehe die Bullen sie in deinen Händen finden konnten. Ich bleibe dabei, langweilig und gestelzt.«

»Und zweitens?«

»Keine Beschreibung des Ortes, geschweige denn ein Name. Keine Soundso-Klinik in Simmerath, keine Uniklinik in Aachen, kein Marien-Hospital in Euskirchen, nichts. Stattdessen nur Andeutungen. Eine Krankenstation und eine Cafeteria, die nachts geschlossen hat. Das kann überall sein und nirgendwo. Ich frage mich, ist das Absicht.«

»Meinst du nicht, du liest da was rein?«

Tims Augäpfel hüpften, sein Blick wanderte zwischen den Druckfahnen und der kleinen Deutschspanierin neben ihm hin und her. Entweder verunsicherte ihn die Frage, oder er war drauf und dran, sich über Lolas Einwurf aufzuregen.

»Gehen wir doch einfach mal davon aus«, brachte er bestimmt heraus, »dass das mit der Anonymität des Ortes Absicht ist. Ein Text sagt immer gleichzeitig das, was er sagen will, und lässt im Dunkeln, was er nicht zur Sprache bringen möchte. Ziehst du mit?« Lola zuckte mit den Schultern und hob die Augenbrauen. Schließlich nickte sie. »Und? Welche Frage stellt sich dann?«

»Diejenige nach den verbliebenen Möglichkeiten, den nicht genannten Ort dennoch herauszufinden. Zum Beispiel jedes Krankenhaus, das in Frage käme, abzuklappern.«

Tim lächelte.

»Du gehst da polizeitaktisch ran«, sagte er, »wie auch sonst. Ich meine etwas anderes. Für mich stellt sich die Frage, was wird aufgedeckt, wenn schon nicht der Ort. Was wird als gültig beschrieben, als Fakt?«

»Ich verstehe nicht, was du meinst.«

»Wenn ich's mir recht überlege, ist die Passage vielleicht doch nicht so nichtssagend. Behauptet wird, dass es einen bewusstlosen Wollgarten gibt. Dessen Namen habe ich in der ganzen Zeit nie gehört. Nicht von Franka Froitzheim, nicht von Bülent, und auch von Marie nicht, die immerhin mit dabei war, als er sie angeblich in den Tiefkeller geführt hat, um das Typoskript herauszuholen. Erst in der Story taucht er auf, die von einem extra dafür angeheuerten Auftragsschriftsteller verfasst wurde, der für seine Recherchen nicht nur mit uns beiden gesprochen hat. Das Gleiche gilt für eine Leonie Schumpeter, die sich aus alten Gefühlen für Wollgarten an sein Krankenbett hockt. Damit haben wir zwei Figuren, die zumindest mir nicht bekannt sind.« Tim kratzte sich am Kinn und grübelte. »Zwei Personen, die gar nicht existieren. Oder zwei Personen, die es tatsächlich gibt und die ich nur noch nicht kenne. Die man aber leicht ausfindig machen könnte.«

»Weil es ein Doku-Roman ist?«

»Weil es eine Geschichte ist, die auf wahren Ereignissen beruht, genau. Wenn es Wollgarten und die Schumpeter gibt, haben beide in diesem Moment ebenfalls die Druckfahnen auf dem Tisch liegen.«

Lola zückte ihr Smartphone und durchstöberte die Telefonauskunft. Unter ›Leonie Schumpeter‹ ließ sich nichts finden, was aber noch nichts heißen musste.

Dafür gab es einen Albrecht Wollgarten in der Wiesentalstraße in Einruhr.

Das Typoskript war inzwischen so gründlich entfeuchtet, dass sich die Blätter leicht vom Stapel abheben ließen und auf der Stoffunterlage von selbst ausglätteten. Tim hatte sich eine Strategie zurechtgelegt, mit der er die Lektüre beschleunigte. Immer wenn er mit dem einen Blatt durch war, zog er vorsichtig das übernächste ab und legte so eine Seite auf Vorrat an, um den Lesefluss nicht zu unterbrechen.

Um kurz vor Mitternacht hatte er sich zur Hälfte durchgekämpft. Walter Lambertz' Jahre als Junker auf Vogelsang und Lehrer an der Adolf Hitler-Schule, die man nach Kriegsbeginn auf der Ordensburg eingerichtet hatte, waren für ihn eine einzige Enttäuschung. Nicht nur, dass er auf keinen Hinweis stieß, der das düstere Neonazi-Gehabe in der Nordeifel näher zu erklären vermochte. Auch Tims privates Interesse an der Schrift, das rasch wieder aufgeflackert war, blieb seltsam unbefriedigt. Lambertz ging nur selten und wenn, dann lediglich indirekt auf sein Handicap ein, und man musste schon zwischen den Zeilen lesen, um herauszufinden, was es ihm trotz allem ermöglichte, ein Dasein unter lauter körpergestählten Männern mit blauen Augen und blondem Haar fristen zu dürfen. Es war in Wirklichkeit nicht weit her mit der Intelligenz der meisten Junker, so schlicht lautete die Antwort. Und Lambertz, der vergleichsweise viel auf dem Kasten hatte, spachtelte die Defizite der anderen zu. Führte ihnen die Rapporthefte, wiederholte den Unterrichtsstoff mit ihnen, bereitete sie auf die Prüfungen vor. Im Gegenzug hielten die begriffsstutzigen Zuchthengste offenbar ihre schützende Hand über Walter Lambertz, den klugen Krüppel. Eine Symbiose eben.

Tim genehmigte sich im Prälaturhof eine Prise frische Luft. Der Chefrestaurator hatte ihm wortlos einen Becher Kaffee hingehalten und sich dann an seinen Arbeitstisch zurückgezogen. Tim schwante auf einmal, dass das hier auch in einem gigantischen Fehlschlag enden konnte. Dass nichts im *Wehrhaften Volk* stand, was von Bedeutung sein konnte für das, was die Rechten planten. Und dass die sich nur den Namen ausgeliehen hatten, wie andere Extremisten und Terrorgruppen auch, um ihr Vorhaben zu benennen. Als Kommando Walter Lambertz.

Er schlürfte den restlichen Kaffee aus und rollte sich wieder an seinen Tisch. Das nächste Kapitel machte auf mit einer nicht enden wollenden Reflexion auf die späten Vierziger und Fünfziger Jahre. Amerika bestimmte, wo es lang ging in Deutschland. Das Volk war systematisch seines Stolzes und seiner Wehrhaftigkeit beraubt. Schuldkomplexe seien ihm eingeredet worden und gleichzeitig wurde es eingelullt. Spielfilme und Radiounterhaltung, eine riesengroße Industrie und ein einziges Komplott gegen den Verstand und die Fähigkeit, sich seiner zu bedienen. Lambertz wurde hobbyphilosophisch und kam mit der deutschen Denkertradition. Kant vor allem, aber auch die Kritische Theorie. Dass Adorno zu denen zählte, die Seinesgleichen, als sie noch an der Macht waren, in Gaskammern vernichtet und zu Asche verbrannt hatten, kam ihm entweder nicht in den Sinn oder er verschwieg es.

Tim gähnte und zwang sich dann, weiterzulesen. ›Eifelfluten‹ lautete der Titel des nächsten Abschnitts.

Sören Persson hatte die erste Schicht übernommen und kauerte missmutig in der Maschine. Um halb zwei würde er den anderen wecken, einen Buren aus Südafrika, von dem er nicht wusste, was er an Steuerknüppelerfahrung mitbrachte. Seine eigene Ausbildung bei der schwedischen Luftwaffe erschien ihm im Zweifel solider als die Kenntnisse eines Buschfliegers, der sich zwar mit riskanten Anflügen auf Graspisten auskannte, aber bislang nur Leichtflugzeuge gelenkt hatte. Urlaubsgäste in den Krüger Nationalpark und auf ihre Lodges zu transportieren war das eine. Die Mission in der folgenden Nacht das andere. Allein die drei Brummer hier waren sechzehnmal so schwer wie die Propellermaschinen, mit denen er die Touristen in Sechserpacks durch die Gegend schaukelte.

Persson wuchtete sich in den Stand, knipste die Stabtaschenlampe an und duckte sich in den Rumpf der Maschine. An der Rotationsvorrichtung vorbei zwängte er sich auf den Hinterausgang zu, klappte die Flugzeugtür auf und trat ins Freie. Er zündete sich eine Zigarette an und rauchte. Der Flugplatz war leer und totenstill, zwei Fallschirmspringermaschinen standen auf der anderen Seite der Piste, die Windhose hing schlaff am Mast neben der kleinen Baracke für die Flugaufsicht.

Wie Jäger es geschafft hatte, den dicken Vögeln hier eine Landeerlaubnis zu verschaffen, weiß der Himmel. Wahrscheinlich hat er die historische Karte gespielt und den Belgiern etwas vorgemacht von wegen Flugschau irgendwo in der Nähe und drei Tage zwischenparken, nur drei Tage, dann würden die Mühlen wieder verschwinden. Jedenfalls hatte er, Persson, vor vier Tagen das Okay erhalten und für sich eine stattliche Prämie ausgehandelt, für die angeblich irgendwelche Nationalen aus dem deutschen Industrieadel geradestanden. Dann war er von Malmö nach Warwick gereist, um seine Lancaster in Empfang zu nehmen und rüber nach Elsenborn zu fliegen. Die anderen Maschinen waren einen Tag später eingetroffen, ein ziemlich steifer Norddeutscher und der alte R.A.F.-Veteran Higgins hatten sie hergeflogen.

Er sah auf seine Armbanduhr, viertel vor drei. Morgen um die Zeit, sinnierte er, würden sie sich langsam fertig machen. Was dann kam, war zwar bis ins Detail geplant, aber man konnte nie wissen. Er hoffte, dass er die Kiste sicher wieder auf den Boden brachte. Er würde den Buren ausschalten, aus der Kanzel klettern, den deutschen Sicherheitskräften um den Hals fallen und ihnen das Rührstück vom schuldlosen Piloten vorspielen. Was die anderen beiden vorhatten und wie sie mit den Co-Piloten klarkamen, die der junge Kerl mit der Fistelstimme ihnen zugeteilt hatte, wusste er nicht. Es ging ihn auch nichts an.

Er schnippte den Zigarettenstummel ins Gras, kletterte zurück in den Bauch des Fliegers und rüttelte den bärtigen Alten in seinem Khakianzug wach. »My turn to take a nap, Willem.«

»Geht keiner ran.« Lola zog die Stirn in Falten und starrte durch das Holzfenster auf die verschneite Wiese, die sich zur Urft herunterzog. Amseln balgten sich um den frischen Meisenknödel, den Tim an einem der Holzpfosten vor der schmalen Terrasse aufgeknüpft hatte. Auf der gegenüberliegenden Uferseite schippte jemand Schnee. »Anrufbeantworter. Soll ich eine Nachricht hinterlassen?«

Tim zuckte mit den Schultern. Also drückte Lola den Anruf weg und setzte sich wieder auf die Eckbank. »Für ein Phantom hat Albrecht Wollgarten eine angenehme Stimme«, hielt sie fest. »Wenn er das Band denn selbst besprochen hat.«

»Ich will dich da in nichts reinziehen«, entgegnete Tim. Dass Lola sich nach Gemünd aufgemacht hatte, um die Druckfahnen mit ihm zusammen durchzugehen, war nicht selbstverständlich. Also zögerte er. »Du hast in Köln genug am Hals.«

»Erstens ist heute Samstag«, nahm sie ihm den Wind aus den Segeln. »Und zweitens ist seit gestern auf der Sache mit dem Aktenfund in der Einsturzgrube der Deckel drauf. Mein heimlicher Aktenwühler hat klein beigegeben und über seinen Anwalt mitteilen lassen, dass er auf einen Indizienprozess verzichtet.«

»Du hast ihn überführt?«

»Sagen wir so, ich hab's wasserdicht. Du hast es ja selbst gelesen, die Fingerabdrücke auf den Durchschlägen hatte die Restauration in Brauweiler so gut herausgearbeitet, dass ein einfacher Abgleich möglich war. Fehlte also nur eine Gegenprobe, und die habe ich mir aus dem Mülleimer von Gregor Quasten besorgt.«

»Quasten? Der Quasten?«

»Stadtdirektor a.D. Quasten, genau der. Am Ende war es ein weggeworfener Aludeckel von einem Joghurtbecher, und ich hatte ihn am Wickel.«

»Junge Junge. Ein Stadtdirektor persönlich macht sich die Finger schmutzig. Da muss der Einsatz gestimmt haben. Aber gratuliere.« Tim schnalzte mit der Zunge. »Was sagt die Familie des Bespitzelten? Kommt von denen keine Klage?«

»Die von Werths? Kann ich mir nicht vorstellen.«

»Du meinst, das geht alles seinen kölschen Weg?«

»Die von Werths und die Obrigkeit werden Gras über die Sache wachsen lassen. Es ist schließlich im Interesse aller.«

»Und wie kam die Akte in die Grube?«

Mit dem Zeigefinger schob Lola die Druckfahnen in die Mitte des Tisches.

»Jedenfalls nicht so, wie es hier drinsteht. Von wegen nach dem Einsturz des Gebäudes reingeworfen. Von Werths Akte war bereits zum Zeitpunkt des Einsturzes im Stadtarchiv. Mit drin, meine ich. Unser Aktenspitzel und seine Komplizen aus dem Polizeipräsidium waren wohl der Meinung, da sei sie am sichersten aufgehoben. Zwar noch vorhanden und jederzeit einsehbar, aber vor den neugierigen Blicken von solchen wie mir verborgen. Also hat die Akte die Straßenseite gewechselt und wanderte vom Präsidium ins Historische Stadtarchiv. Mit Antrag auf vorläufige Archivierung im Bestand der Familie von Werth und allem drum und dran.«

Tim nickte zufrieden. »Und wie immer darfst du mir all das eigentlich gar nicht erzählen.«

Lola grinste.

»Sagen wir, es ist ein Interessenkonflikt«, antwortete sie. »Denn manchmal möchte ich die Welt schon wissen lassen, was für tolle Arbeit ich so mache.«

»Und dafür ein freies Wochenende verdient hast.«

»Das und noch viel mehr. Die komplette nächste Woche kann ich Überstunden abfeiern, wenn ich will.«

»Und, willst du?«

Lola sagte nichts, fingerte sich ein Zigarillo aus dem Blechetui, stand auf und verschwand auf der schmalen Terrasse. Eine Viertelstunde dauerte es, dann schob sich die Tür wieder auf und ein Schwall eisig klarer Luft zog in die Stube.

»Was hältst du davon«, meinte Lola entschlossen, »wenn wir uns in Einruhr bei diesem Wollgarten mal umsehen?«

9

Unter Adenauer verliert das Land den letzten Rest von Anstand. Die Amis mit ihrer Re-Education-Politik haben ganze Arbeit geleistet. Das Volk redet sich mittlerweile selber ein, dass es sich schämen und schuldig fühlen müsse für etwas, das notwendig und unumgänglich gewesen war, wenn man neuen Lebensraum schaffen wollte. Prozesse werden angestrengt und verdiente Kameraden verunglimpft von Juden und ihren Winkeladvokaten. Am qualvollsten ist aber der Kotau Adenauers vor dem Iwan, um unsere Soldaten aus der Kriegsgefangenschaft in den sibirischen Lagern zu erlösen. Fast ein Jahrzehnt haben die Kameraden dort verbracht, für Volk und Führer haben sie gekämpft und sind dem Feind in die Hände gefallen. Und jetzt macht ein deutscher Bundeskanzler (es dreht sich mir alles um, wenn ich das Wort schreibe) den Kommunisten in Moskau den Hof. Verkehrte Welt, werden unsere Frontkämpfer denken. Was ist in der Zwischenzeit alles schiefgelaufen? Wo ist unser Waffenstolz hin? Niemand von ihnen wird sich nach der Heimkehr zurechtfinden in diesem kastrierten Land.

Es waren solche Gedanken, die mir durch den Kopf gingen, als ich vor Wochen von der Hubertushöhe aus herunter zur Staumauer lief, entrüstet und ohne darauf zu achten, wie der Weg mir zusetzte. Meine krummen Beine spürte ich erst wieder, als ich endlich auf der Mauerkrone stand. In der halben Stunde, die ich zur Wiedererlangung meiner Kräfte benötigte, saß ich zuerst auf einer Bank an der Talseite und blickte auf die Dächer der Ortschaften unter mir. Einst wohnten dort nur und ausschließlich Einheimische: Bauern und Knechte, die entweder eingezogen wurden und im Krieg ihr Leben ließen, oder zum Volkssturm gehörten und von den einrückenden Amerikanern massakriert wurden. Heute hausen dort Hinzugezogene. Nicht nur, aber auch. Solche, die von woanders gekommen sind, Flüchtlinge oder Vertriebene, und es sich bequem gemacht haben im Versorgungsdeutschland. Verweichlichte Brut! Überall stellen sie die Bürgermeister und ihre Adenauerpartei hat in sämtlichen Gemeinderäten die Mehrheit. Mich packte wieder die kalte Wut, ich wandte mich ab und kreuzte die Pflastersteinstraße.

Auf der anderen Seite sah ich die Wassermassen, die sich durch Schneeschmelze und ergiebigen Regen bis unter die Krone aufgestaut hatten. Der Anblick der kühlen, ruhigen Stauseefläche beruhigte mich. Dann drehte ich mich um, schaute wieder zurück auf das Tal und spürte auf einmal den Druck der Wassermassen in meinem Rücken. Ich fühle es mit meinem Körper, oder meinte es zu fühlen. Wie das Wasser sich gegen die Staumauer presste und direkt unter mir eine unglaubliche Kraft entfaltete, die findige Ingenieure in Turbinen auffingen.

Und ich schaute immer noch in das Tal, auf die Häuser, die Ortschaften.

Plötzlich war ein neuer Gedanke da und verdrängte die Trübsal, die mir mein geisteslahm gewordenes Volk bereitete.

Und schnell sortierte sich alles. Erinnerungsfetzen aus dem Krieg fanden zusammen mit etwas, das in die Zukunft gerichtet war oder aus der Zukunft kam. Auch die mir stets seltsam gebliebene Hochachtung für die Briten und ihre unnachgiebige Kriegsführung fiel mir wieder ein und erhielt umgehend einen Grund. Ich entsann einen Plan, den ich in meiner Vorstellung an Gleichgesinnte aus späteren Generationen richtete: in der Hoffnung auf ein zukünftig wieder wehrhaftes Volk.

Die Staumauer sollte bis auf die Fundamente gesprengt werden, so dass es die Ortschaften rurabwärts flutete, reinwusch, mit einem Schlag auslöschte.

Den gesamten Rückweg verbrachte ich in einem Zustand äußerster Erregung und Euphorie. Die Schmerzen, die das ewige Hinkebein mir verursachten, nahm ich nicht wahr. Zurück in Einruhr, feilte ich weiter an dem imaginären Vorhaben […]

Die Grundablassrohre der Rurtalsperre waren im Februar ´45 gesprengt worden, um die amerikanischen Horden auf ihrem Vormarsch aufzuhalten. Auf Vogelsang in der Adolf Hitler-Schule hatten wir davon nichts mitbekommen, kein Sterbenswörtchen über die Maßnahme drang durch in die Ordensburg, und niemand hatte die Detonation gehört. Das komplette untere Rurtal hatte bis in die Dürener Gegend unter Wasser gestanden, und das obwohl der Abfluss nur durch wenige geborstene Rohrleitungen erfolgte.

Wie würde es aussehen, wenn es mit einem Mal die komplette Staumauer wegreißt? Mit welcher zerstörerischen Kraft würden sich die Eifelfluten dann ins Tal ergießen? […]

Ich erinnerte mich an die Anschläge auf Talsperren in Mitteldeutschland. Unter den auf Vogelsang stationierten Wehrmachtssoldaten hatten Gerüchte die Runde gemacht, dass britische Geschwader die Staumauern angeflogen und sie durch Bombenabwürfe großflächig aufgerissen hatten. Damals auf der Ordensburg war ich dem wehrkraftzersetzenden Gerede nicht nachgegangen. Jetzt interessierte es mich umso mehr. Hatte es diese Angriffe tatsächlich gegeben? Wie sind die Tommies es angegangen, gab es eine besondere Technik? Mir erschien nur ein niedriger Anflug von der Talseite her denkbar. Doch wie trifft man einen mehrere Meter dicken Betonwall in der nötigen Tiefe, um ihn einstürzen zu lassen, und gleichzeitig aus so großer Höhe, damit der Bomber nicht an ihm zerschellt? Oder flogen sie die Angriffe mit großem Geschwader, nahmen eine große Zahl von Fehlabwürfen in Kauf und luden die zigfache

Tonnage von dem ab, was zur Sprengung der Staumauer nötig gewesen wäre?

Die Lösung war eine andere. Der Anflug erfolgte von der Wasserseite, erfuhr ich von Augenzeugen der Angriffe, deren Erinnerungsberichte ich in der Gemeindebücherei fand. Kurz vor der Mauer wurden Rollbomben abgeworfen, die auf der Wasseroberfläche ihrem Ziel entgegen tänzelten, dort aufprallten und in die Tiefe absanken, wo sie detonierten. »Operation Chastise« nannten die Briten den Terrorangriff: Unternehmen Züchtigung.

Wieder vibrierte das Handy und riss Marie aus dem Dämmerzustand. So muss es sein, wenn du tot bist. Ihr Denken setzte ein, als sie die Augen öffnete und wahrnahm, dass die Wirklichkeit sich um keinen Deut verändert hatte. Immer noch fror sie erbärmlich, und saß immer noch gefesselt in einem nassen Kellerverlies. Die Dunkelheit war perfekt. Nur die kleine Bewegung in ihrer Hosentasche war da, wie ein Lebenszeichen der Welt. Noch bin ich da, schien es zu sagen und wirkte wie ein tragisches Missverständnis. Noch bin ich da, sagte das vibrierende Handy, dabei wäre sie es, die genau das mitzuteilen hatte: Gerade bin ich aufgerüttelt worden und merke: Noch bin ich da. Hört mich denn niemand?

Als sei es eine Antwort, hörte die Vibration auf. Nein, keiner weiß von dir und deiner misslichen Lage, durchfuhr es sie. Es klang höhnisch in ihrem wirren kalten Kopf, obwohl es nicht klang.

Dann ruckelte das Handy in Frankas Jackentasche. Marie nahm das schwache Surren wahr, oder auch nicht, ehe sie zurückfiel in den Dämmer.

Keiner der beiden ging ran, wieder nicht. Frustriert rammte Tim die Faust auf die Arbeitsplatte und stöhnte laut auf. Der Chefrestaurator ein paar Tische weiter quittierte dies mit einem bösen Blick.

»Ruhe im Puff«, meckerte er. »Sonst lesen Sie vor der Tür weiter. Hören Sie mich?«

»Jetzt machen Sie mal halblang und hören *mir* zu«, keilte Tim zurück. Er zog die Handschuhe von den Fingern, murmelte eine Entschuldigung und schob sich von der Holzbank weg. »Nur zwei Minuten«, flehte er, »bitte!«

Der Restaurator begriff nicht, was den jungen Mann im Rollstuhl so aus der Fassung brachte. Tim riss sich zusammen und zwang sich, ihm die Zusammenhänge geduldig darzulegen. Ein paar Zwischenfragen und Unterbrechungen dauerte es, dann hatte der Mann im weißen Laborkittel überrissen, worum es ging und was auf dem Spiel stand.

Die Bombardierung einer Eifeltalsperre als Komplott von Rechtsaußen, Tarnname *Unternehmen Züchtigung*. In ziemlich genau vierundzwanzig Stunden würde es soweit sein. Die Idee stammte aus den Erinnerungen eines alten Nazis, die als handfeuchtes Typoskript auf der Holzbank neben ihm lagen. Und der junge Bursche war dem Anschlagsplan soeben auf die Spur gekommen und wusste nicht mehr weiter, nachdem weder eine Kriminalinspektorin in Euskirchen noch seine in alles eingeweihte Betreuerin ans Telefon gegangen waren.

»Wir können es bei der Polizei hier in Brauweiler versuchen«, schlug der Restaurator schließlich vor, schaufelte frisches Kaffeemehl in den Papierfilter und stellte die Maschine an. Tim überlegte.

»Ich bin mir nicht sicher, wie viele von unserer Spur wissen. Und wie ich es der Brauweiler Polizei beibiegen soll. Wie, und ob überhaupt.«

»Jetzt wird's aber verwegen«, meinte der Mann im Kittel kurz angebunden. »Ein Undercoveragent, und das in meiner bescheidenen Werkstatt«, lästerte er.

Tim ließ sich diesmal nicht aus der Ruhe bringen. Da war nichts von wegen Geheimhaltung, erläuterte er, die Sache wurde einfach nur auf kleiner Flamme gekocht. Die

Euskirchener Polizei hat alle Hände voll zu tun mit dem Spuk, den eine Handvoll Neonazis seit ein paar Tagen in der Gegend veranstalten. Deswegen haben sie einer jungen Kommissarin und ihrem Hilfssheriff, die seit längerem ein Auge auf die rechtsextreme Szene haben, freie Hand gegeben. Und die hatten vorher ihn, Tim, mit in ihr Boot geholt, weil er als einziger was anzufangen wusste mit den Anspielungen aus rechten Foren.

»Und die erreichen Sie jetzt nicht«, schlussfolgerte der Restaurator.

»Entweder das, oder ich habe keine Nummer.« Tim dachte an Bülent.

»Aber ich verstehe. Das ist keine Geschichte, die man einem diensthabenden Landkölner Nachtschichtpolizisten einfach mal so verkaufen kann, zudem noch mit *der* Dringlichkeit. Und schon gar nicht ohne einen Nachweis, dass Sie kein Aufschneider oder Spinner sind.«

Tim spürte ein bitteres Ziehen im Hals. Der Mann hatte den Finger in die Wunde gelegt. Ihm fehlte jetzt, wo die Sache heiß und dringend wurde und er niemanden erreichte, der für ihn einstehen konnte, jegliche Legitimation.

»Ich nehme den Kaffee mit raus, danke«, sagte er und rollte zur Werkstatttür. Er musste an die frische Luft, überlegen wie weiter. Draußen graute der Morgen.

Leonie Schumpeter weckte der sanfte Lärm, den die Schritte und Wortwechsel der Krankenschwestern und Pfleger auf dem Stationsflur verursachten. Die Tagschicht rückte an und löste den Nachtpfleger ab. Albrecht Wollgarten zuckte mit den Lippen, als hätte auch ihn der Auftrieb auf dem Gang vor seinem Krankenzimmer aus dem tiefen in ein leichteres Koma zurückgeholt.

Über dem Saum des kleinen Waldes vor der Klinik hob sich die Sonne in die Höhe; fasziniert sah Leonie dem Schauspiel durch das Fenster zu. Die Frühschicht riss sie aus den Gedanken: frische Betten, Morgentoilette. Leonie wurde vor die Tür gebeten. Sie nickte, griff nach Albrechts rechter Hand und drückte sanft seine Finger. Vielleicht spürte er es. Dann verschwand sie. Gegen Mittag, nahm sie sich vor, würde sie zurück sein und weiter an seinem Bett wachen. Vorher musste sie in der Ferienwohnung nach dem Rechten sehen, und danach zur Wache in Simmerath, wo sie heute hoffentlich mehr Zeit haben würden, um ihre Aussage aufzunehmen und sich um den Überfall zu kümmern.

Nur von der Pistole, die sie in Albrechts Hand gefunden hatte und seit gestern mit sich herumtrug, würde sie nichts erzählen. Albrecht tat ihr unendlich leid, so wie er die Nacht über in seinem Koma dagelegen hatte. Den konnte sie nicht belasten mit etwas, wovon sie sich selbst nicht im Klaren war, was es zu bedeuten hatte.

Ob er mit der Waffe auch geschossen hatte?

Warum hätte er schießen *sollen*? Andererseits würde die Polizei es ihm zur Last legen, wenn sie erfuhr, dass er eine Kleinwaffe in der Hand gehalten hatte, als Leonie ihn fand. Nein, das musste nicht sein. Auch wenn sie Albrechts Version der Dinge noch nicht kannte: das musste nicht sein.

Also änderte sie ihren Plan.

In der Wiesentalstraße öffnete niemand.

Tim löste die Bremse an seinem Rollstuhl, ihm graute vor der Rückfahrt mit dem Quad und er schwor sich, beim nächsten Mal Lolas Angebot anzunehmen und auf ihrem Beifahrersitz Platz zu nehmen. Bei dem dichten Schneefall, der kurz vor der Abbiegung nach Vogelsang eingesetzt und die Straßen bis herunter nach Einruhr in Nullkommanichts in eine einzige weiße Rinne verwandelt hatte, würde das wie eine Bobfahrt durch einen Eiskanal werden.

Lola hatte in ihrem winzigen SEAT wenigstens ein Dach über dem Kopf, eine Windschutzscheibe vor sich und eine Heizung, die leidlich gut funktionierte. Das war bei so einem Wetter Gold wert, auch wenn sie vor lauter Rollstuhl, für den sie die hintere Sitzbank freigeräumt und den Beifahrersitz nach vorne geklappt hatte, beim Blick in den Rückspiegel die Straße hinter sich nur in Ausschnitten erkennen konnte.

Jetzt hob sie den Arm und drückte nochmal auf den Klingelknopf, das vierte Mal bereits. Nichts rührte sich hinter den Glasschlitzen in der Tür, durch die der Blick in einen schmalen Flur fiel, an dessen Ende die Tür zur Küche sein musste: So jedenfalls lautete die Schilderung in den ›Eifelfluten‹-Fahnen, kurz bevor Leonie Schumpeter dort den toten Bülent Haspolat und den bewusstlosen Albrecht Wollgarten entdeckte.

»Komm, das hat keinen Sinn. Der ist nicht da.« Tim rollerte einen halben Meter nach hinten, zurück in das Schneetreiben.

Lola zog ihre Wollmütze auf, drehte sich wortlos von der Tür weg und schob den Kragen ihres Mantels in die Höhe, als auch sie in das Flockengestöber trat.

Eine Frau stand mit einem Schneeschieber auf dem Bürgersteig und erwartete sie.

»Da ist keiner«, sagte sie.

»Wer sind Sie?«, fragte Lola.

»Ich tippe auf Nachbarin«, raunte ihr Tim aus dem Rolli zu.

»Und Schneeschipperin im Winter und im Herbst Laubkehrerin, wenn er nicht da ist«, ergänzte die Frau, als hätte sie Tims Worte mitgekriegt oder ihm von den Lippen abgelesen. Die Mittfünfzigerin schob sich heran und legte den Zeigefinger verschwörerisch auf die Lippen. »Der Albrecht weiß nicht, dass ich bei ihm kehre.« Der Finger zeigte auf die breite Grundstücksfront mit dem Carport. »Soll er auch nicht«, schob sie bissig hinterher, »sonst käm er am Ende noch auf die Idee, mal danke zu sagen.«

»Woher wissen, Sie, dass niemand im Haus ist?«

Die behandschuhten Hände der Frau zeigten auf den leeren Carport.

»Da parkt normalerweise sein Caravan.«

»Haben Sie zufällig eine Ahnung, wo wir ihn finden können? Wo er steckt?«

»Null. Und wer sind Sie?«

»Eigentlich Polizei«, antwortete Lola, »zumindest ich. Aber hergekommen sind wir beide eher privat.«

»Muss ich das verstehen?«, gab die Frau zurück und sah Tim mitleidig an, wie er in seinem Rollstuhl kauerte und fror. »Muss oder nicht muss, ich will«, beschloss sie. »Kommen Sie auf einen Schlag mit rein ins Warme, hier draußen friert man ja an.«

Mit dem Holzgriff ihres Schiebers zeigte sie auf die angelehnte Haustür am Nachbarhaus.

»Ich bin Helga von Maltzheimer.«

Ein redseliges Stück Nordeifel, dachte Lola, als sie und Tim bei ihr in der Küche hockten und Kaffee schlürften. Die von Maltzheimers, bekamen sie ungefragt aufgetischt, lebten seit dem 16. Jahrhundert im Ort, früher gehörte ihnen eine Mühle am Oberlauf der Rur. Den Luxus, ein Künstlerinnenleben führen zu können, verdankte Helga von Maltzheimer ihrem Großvater, einem Bauingenieur, der beim Bau der

Talsperren und der Aufstauung des Rursees mitgewirkt hatte. Da war genug hängen geblieben, das geräumige Haus zum Beispiel. Außerdem hatte sie in eine kleine Schmiede investiert, mit Amboss und Esse und allem Drum und Dran. Im Anbau im Garten, unterhalb der steilen Wiese, die sich bis hoch an den Waldrand zog, hatte sie ihr Atelier. Und in der Garageneinfahrt stellte sie im Sommer ihre Skulpturen aus: einfach das Tor hoch. Die Eifelsteigwanderer wussten die Abwechslung zu schätzen und bewunderten die Kunstwerke.

»Aber das interessiert Sie sicher nur am Rand«, beendete sie nach einer Viertelstunde ihren Monolog. »Sie sind wegen Albrecht hergekommen, sagen Sie?«

»So ist es, und vertrackt ist es außerdem.« Lola erwähnte den Dokumentarthriller, in dem Wollgarten, sie und Tim vorkommen und von dem sie soeben einen Ausdruck zum Gegenlesen zugeschickt bekommen hatten. »Ein Albrecht Wollgarten ist Herrn Rhiel vor einem dreiviertel Jahr, als das mit den Neonazis und der Staumauersprengung war, nicht untergekommen. Und das, obwohl er ihn nach der Version des Romans eigentlich hätte kennen müssen. Zumindest vom Namen.«

Helga von Maltzheimer machte große Augen unter ihrem rostrot gefärbten Pony.

»Das Eifelfluten«, platzte es aus ihr, »und da hat Albrecht mit zu tun gehabt?«

Lola hob die Schultern und erklärte ihr die restlichen Zusammenhänge. Dass der Entdecker des Komplotts hinter dem Anschlag höchstpersönlich hier mit am Tisch sitze. Dass Tim damals eng mit den zuständigen Ermittlern aus

Euskirchen zusammengearbeitet hatte, und dass die ihrerseits mit demjenigen kooperierten, dem das Haus nebenan gehörte: So stand es jedenfalls in dem besagten Doku-Thriller, den ein extra dafür bezahlter Schriftsteller aus den Ereignissen im vergangenen Frühjahr verfasst hatte.

Zwischen Tims damaligen Wissensstand und dem, was in dem Thriller behauptet wird, klaffe eine Lücke, und die trägt den Namen Albrecht Wollgarten.

»Nach dem, was ich in den Druckfahnen gelesen habe, war nebenan ganz schön was los«, schaltete Tim sich ein. »Die Neonazis haben Ihrem Nachbarn einen Besuch abgestattet, heißt es. Einen erschossenen Jungkommissar haben sie hinterlassen und Albrecht Wollgarten dann die Tatwaffe in die Hand gedrückt, ehe sie ihn ins Koma prügelten.«

Helga von Maltzheimer schüttelte den Kopf.

»Und dann kamen der Notarzt und die Spurensicherung, und die Nachbarn wurden als allererstes befragt, was?«, sagte sie. »Da muss ich Sie enttäuschen. Das hätte ich mitbekommen. Und für Albrecht gilt dasselbe.«

»Sie meinen«, setzte Lola hinterher, »Wollgarten wurde nicht bewusstlos geprügelt?«

»Jedenfalls nicht in seinem Haus. Wie gesagt, das hätte ich mitbekommen.«

»Einen Toten hat man nebenan auch nicht rausgeholt?«

»Auch ein Leichenwagen wäre mir aufgefallen.«

»Da geht immer noch keiner ran.« Tim klang nicht mehr ganz so niedergeschlagen wie vor seiner Morgenzigarette an der frischen Luft. »Wenigstens habe ich jetzt eine Idee, an wen ich mich wenden kann.«

»Das hört sich doch gut an«, murmelte der Restaurator, ohne bei der Sache zu sein. Seine Konzentration galt einer dünnen Schicht Fingerabdruckpulver auf der immer noch klammfeuchten Akte aus Köln. Vorsichtig hob er sie in die Höhe und schaute aus spitzem Winkel auf die Oberfläche mit dem Pulver. Dann legte er den Papierklumpen zurück auf die Werkbank und schob eine Rotlichtlampe darüber. »Auf jeden Fall klingt es besser als unsere Dorfpolizisten.«

Er verschwand mit wehenden Kittelschößen in einem kleinen Büroraum. Tim lugte auf den schmalen Stapel Durchschlagpapier unter dem Infrarotlicht. *Malte von Werth*, las er, und *Stadt Köln, Personalwesen.*

»Und jetzt husch-husch, wieder auf Sicherheitsabstand«, motzte der Restaurator, der urplötzlich hinter Tim stand, ein Telefon in der Hand. »Sonst wende *ich* mich an die Herren Streifenhörnchen.« Unsanft zog er Tims Rolli von der Bank fort, zog einen Schemel heran und ließ sich darauf nieder. »Na los schon, ab in die Ecke mit Ihnen und schämen.« Dann kramte er nach einer Telefonnummer und tippte sie in den Apparat.

»Hier ist der Spurensicherer Ihres Vertrauens«, säuselte er, als endlich jemand abnahm. »Einen wunderschönen guten Morgen wünsche ich. Wie heißt es so schön, der frühe Vogel fängt den Wurm. Ihre Akte wäre dann soweit, und ich würde gerne in die Heia. Wann können Sie hier sein?«

Eine Dreiviertelstunde später stand Dolores Montizquierdo-Gíl mit Schlaf in den Augen, einem Styroporbecher Cappuccino in der Rechten und einem vorläufigen Bericht in der linken Hand im Prälaturhof in Brauweiler und rauchte das erste Zigarillo des Tages. Der Restaurator sprang an ihr vorbei, verabschiedete sich und steuerte auf seinen Wagen zu, ehe er innehielt.

»Die Aufnahme brauchen Sie ja auch«, meinte er und zückte den Schlüssel. »Und während Sie sich da einarbeiten«, er tippte auf die Blätter in ihrem Arm, »babysitten Sie mir doch bitte meinen Übernachtungsgast, bis die von der Tagschicht da sind.«

»Ein entzückendes Amtshilfeersuchen ist das«, maulte die Profilerin. Sie drückte ihr Zigarillo aus und folgt ihm zurück in die Werkstatt.

»Hat er was gefunden in seiner Nazischrift?«

»Hat er. Und er weiß nicht so recht weiter.« Der Restaurator drückte ihr eine Vergrößerung der Fingerabdrücke in die Hand, die er auf dem Aktendeckel gefunden hatte. »Sie kommen gerade richtig. Hinten durch an der Werkbank sitzt er und grübelt.« Verschwörerisch beugte er sich vor. »Unter uns«, raunte er ihr zu, »das klingt nach einem ziemlich dicken Fisch. Da ist auch für Sie was zu holen. Nur Eile hat es.«

»Ich bin auf sowas weder scharf noch spezialisiert«, gab Dolores Montizquierdo-Gil zurück.

»Hören Sie es sich trotzdem mal an. Mir zuliebe«, grinste der Restaurator linkisch. »Für die eine Nacht, die ich Ihnen geschenkt habe, sind Sie mir schließlich was schuldig.«

Dann war er endgültig durch die Tür.

»So einen gibt es auch in freundlicher«, bemerkte Tim, der sich lautlos herangerollert hatte, das Typoskript in einer Einschlagmappe auf dem Schoss. »Den Papierfriseur meine ich. Der klingelt Sie in aller Herrgottsfrühe aus dem Bett.«

»Immerhin hat er seinen Job erledigt und ich kann weitermachen«, kam von der Profilerin zurück. »Ihre Nacht war auch halbwegs ergiebig, erzählt mir der Friseur.« Sie zeigte auf die Mappe auf seinem Schoß.

»Schon mal von einer *Operation Chastise* gehört?« Tim nahm die Einladung an.

»Operation was?«

»Operation Züchtigung. Die steht morgen früh an, genau um diese Zeit. In einer Neuauflage. Oder besser, in deutscher Übersetzung. Wegen des großen Erfolgs.«

»Na los schon.« Dolores Montizquierdo-Gíl warf einen Blick auf ihre Armbanduhr und gab sich einen Ruck. »Was hat es mit dieser Operation auf sich, wo brennt es, wie kann ich helfen?«

Tim brachte sie auf den Stand.

»Kennen Sie sich aus bei der Kripo Euskirchen?«, fragte er.

»Nicht wirklich, warum?«

»Weil die zuständig sind. Und weil Franka Froitzheim da arbeitet.«

»Wie wäre es mit anrufen und durchfragen?«

Als Antwort zückte Tim sein Handy aus der Hemdtasche und reichte es ihr.

»Einen Anruf von der Kripo Köln nimmt man in Euskirchen ernster«, sagte er. »Mich würden die sofort unter Wichtigtuerverdacht stellen.«

Fünf Minuten dauerte es, dann gaben sie auf.

»Wieder Warteschleife?«, fragte Tim. Dolores Montizquierdo-Gíl nickte.

»Erst heißt es, lange läuten lassen, Hauptkommissar Heisterbach ist normalerweise einer von den Frühen. Und dann stellen sie mich durch ins Nichts.«

»Dann versuchen wir jetzt mal was anderes.« Tim klopfte sich mit beiden Händen auf die Knie. »Sagt Ihnen Carola Knittel was?«

»Noch nicht.«

»Staatsanwaltschaft Bonn. Wirklich noch nie gehört?«

»Wirklich noch nie gehört. Was soll ich damit anfangen?«

Tim erklärte ihr, woher er den Namen hatte: Franka hatte ihn fallengelassen, als sie ihn und Marie zu sich in die Kreispolizei geladen hatte. Carola Knittel hatte Franka vor ein paar Tagen den Durchsuchungsbeschluss für Hüppaufs Tiefkeller ausgestellt, ohne viel Aufhebens zu machen. Sie müsste also noch auf dem Stand sein. Und sie dürfte ein ganz besonderes Interesse daran haben, die drohende Katastrophe zu verhindern.

»Ich weiß, es ist mächtig früh am Tag, und ich weiß, dass es wahnsinnig klingt. Irgendwo stehen Bomberflugzeuge bereit«, legte Tim los, nachdem es Dolores Montizquierdo-Gíl gelungen war, die Durchwahl der Staatsanwältin herauszufinden und sie um diese Uhrzeit an den Apparat zu bekommen. »Die mysteriösen Lambertzbomber, von denen Ihnen Frau Froitzheim erzählt hat. Ich weiß seit heute Nacht, was die Glatzen damit vorhaben. Die Staumauer der Rurtalsperre wollen sie knacken.«

Dolores Montizquierdo-Gíl hörte mit und schüttelte ungläubig den Kopf. Was mochte sich die Staatsanwältin denken, fragte sie sich und zückte ihr Smartphone, um zu recherchieren. Die Talsperrenmauer hat auf der Höhe des Stausees eine Breite von fast dreißig Metern, las sie auf den Seiten des Wasserverbands Eifel-Rur. Da ein Loch hineinzusprengen, ist mit konventionellen Bomben unmöglich.

Und eine Fußbreite von dreihundert Metern hat das Ding. Unter Wasser, wo es keiner sieht, gibt es einen Sockel von einem Drittelkilometer. Wie soll das gehen?

»Lambertz ging von einer weniger breiten Staumauer aus«, erklärte Tim ihr vor dem Stehaschenbecher, an dem er auf seinen Betreuer wartete. »Als ihm die Idee mit dem Angriff kam, gab es die zweite Staustufe mitsamt Obersee noch nicht. Die Mauer war niedriger und die Schüttung unterhalb des Wasserspiegels noch nicht so breit wie heute. Die Frage ist, was hat sich in den sechzig Jahren getan in punkto Sprengkraft von Kompaktbomben.«

Dolores Montizquierdo-Gíl musterte ihn skeptisch.

»Die Frage ist vor allem«, sagte sie, »hat die Knittel Sie für voll genommen.«

»Zumindest für so voll, dass sie den roten Knopf drücken wird.«

Tim löste die Bremse und wuchtete den Rolli über das Kopfsteinpflaster des Hofes zum Tor an der Hauptstraße. Dolores Montizquierdo-Gíl folgte ihm. Sie hielt die Ausdrucke, die ihr der Restaurator in die Hand gedrückt hatte, mit beiden Armen umschlossen und dachte nach.

»Hat sie einen?«, fragte sie, als Tim auf die kleine Rampe am Heck des BTW-Transporters zusteuerte, den sein FSJler direkt vor der Abtei geparkt hatte. »Einen roten Knopf, meine ich.«

»Hat sie. Bleibt abzuwarten, ob er funktioniert.«

»Und wie weiter?«, drängte Dolores Montizquierdo-Gíl.

»Auch rote Knöpfe hätten Dienstwege, meinte sie. Zuerst geht es zum Oberstaatsanwalt, der die Dringlichkeit hoffentlich genauso einschätzt. Dann wird ganz oben angeklopft. Einsatzkommandos, Luftwaffe in Alarmbereitschaft und der Sprung raus aus der Nordeifel. Schließlich könnten die neuen Nazis ihre Bomber überall starten. Die Dinger haben Reichweite.«

»Ich meine, wie geht es weiter mit Ihnen, Herr Rhiel?«

»Mit mir geht es weiter nach Bonn, um mit Frau Knittel die Köpfe zusammenzustecken und herauszufinden, was mit Marie und Franka Froitzheim ist. Wollen Sie mitkommen?.«

Dolores Montizquierdo-Gíl überlegte einen Augenblick. Was sich hier zusammenbraute, hatte sie ohne Zweifel gepackt. Andererseits lief in ihrem eigenen Fall die Uhr rückwärts. Die Fingerabdrücke auf der Akte aus der Einsturzgrube alleine waren nichts wert und sie brauchte eine Gegenprobe von demjenigen, der sie heimlich und ohne es zu dürfen eingesehen hatte. Nur so würde sie den Zusammenhang zwischen der Degradierung von Malte von Werth und dem Aufstieg eines Oberregierungsrats innerhalb des Verwaltungsapparats der Stadt Köln beweisen können. Trotz fehlender Qualifikation, so ihre Theorie, hatte Mister X den Mann auf den Posten des Amtsleiters für Zentrale Vergabe bugsiert. Und, so ihre Theorie weiter, es gab jemanden, der mehr als alle anderen in Frage kam für die Rolle des Mister X.

»Vielen Dank«, schüttelte sie den Kopf. »Aber ich muss jetzt erst mal zurück nach Köln. Hier, meine Nummer.« Sie reichte Tim eine ihrer privaten Visitenkarten. »Wenn ich von dort aus was tun kann, oder wenn sonst was ist: durchklingeln!«

»Ich nehme Sie beim Wort. Kann je nachdem schnell gehen!«

»Ich bin auf Empfang«, versicherte Dolores Montizquierdo-Gíl. Dann schloss der FSJler die Hecktüren hinter Tims Rolli.

10

Maries Handgelenke waren taub und sie spürte die Finger nicht mehr, als das Kratzen im Hals sie aus ihrem Dämmerzustand riss. Die feuchte Kälte setzte ihren Bronchien zu, doch der stramme Knebel in ihrem Mund dämpfte das Husten zu einem heiseren Gebell.

Durch den schmalen Schlitz unter der Kellerdecke drang ein Streifen fahles Morgenlicht zu ihr und tauchte alles in ein schwächliches, schmutziges Grün. Die Konturen von Franka Froitzheim schälten sich heraus, gefesselt an ihren ausrangierten Gartenstuhl. Marie kam die Polizistin vor wie eine Wasserleiche, die man zusammen mit ihr auf den Boden eines brackigen Gewässers herabgedrückt hatte und die nun langsam zurück in das Zwielicht aufstieg, reglos und gespenstisch.

Wieder ging das Handy, vibrierte in ihrer Hosentasche, gab dann auf und rührte sich nicht mehr. Mit aller Kraft hielt sie die Augen geöffnet und wartete auf den zweiten Versuch, ehe sie wieder wegtrat und es bei Franka summte.

Irgendwann, schoss es ihr durch den Kopf, werden sie die Handys orten. Jeder Anruf machte Mut, auch wenn sie ihn nicht beantworten konnte, und holte sie für einen Augenblick aus ihrer Verzweiflung. Dann wurde sie wieder niedergeschlagen, spürte ihre Kraft schwinden und zog es vor, sich erneut in das kalte Zwischenreich des Halbschlafs zurückzuziehen, wo es weniger schmerzte als im wachen Zustand.

Keine dreihundert Meter weiter setzte sich Leonie Schumpeter in ihren Smart Roadster und fuhr den Hang hinunter in Richtung Rurbrücke. Die Pistole hatte sie auf den Beifahrersitz gelegt und mit einer Zeitung abgedeckt. Die Knarre war zu nichts nutze, fand sie, im Gegenteil.

Sie würde Albrecht belasten, wenn die Polizei sie in die Finger bekam. Also musste sie verschwinden.

Auf der anderen Seite der Brücke, dort wo die Straße sich den Obersee entlang schlängelt nach Rurberg und Simmerath, hielt sie an und schaute im Rückspiegel, ob ihr jemand gefolgt war. Dann nahm sie den Gang heraus, zog die Handbremse an, riss die Tür auf, sprang heraus und lief die Böschung herab bis an das Ufer. Drüben, ihr genau gegenüber, lag Einruhr und rührte sich nicht.

Der Uferweg, der vom Parkplatz an Hüppaufs Gästehaus vorbei zum Seeschwimmbad führte, war verwaist.

Ideal, dachte sie, besser kann die Gelegenheit nicht sein, und schleuderte die Waffe von sich. Ein paar Meter vom Ufer entfernt klatschte sie auf und versank sofort.

»Und wie Sie uns weitergeholfen haben«, sagte Lola. Helga von Maltzheimer äugte skeptisch, nickte und begleitete sie und Tim zur Haustür. »Schließlich wissen wir, wo wir weiter anzusetzen haben. Kein Albrecht Wollgarten ist auch was.«

»Jedenfalls keiner, der zuhause war, als es hier in Einruhr hoch her ging«, sekundierte Tim. »Oder hoch her gegangen sein soll.«

»Ich denke«, übernahm Lola wieder, »wir müssen die eine oder andere Romanfigur mal genauer unter die Lupe nehmen.«

Helga von Maltzheimer öffnete ihnen die Tür. Das Schneegestöber hatte nachgelassen; nur ein paar dicke Flocken wirbelten noch durch die Luft. Tim zog den Rolli vorne hoch und hob sich damit über die Schwelle. Lola folgte ihm.

»Wo wir schon mal dabei sind«, überlegte sie laut und kam das Stück zur Haustür nochmal zurück. »Leonie Schumpeter. Sagt Ihnen der Name was?«

Helge von Maltzheimer zuckte mit den Schultern. »Hier aus Einruhr?«

»Sie vermietet Ferienwohnungen«, nickte Lola.

»Ich fürchte«, antwortete die andere kühl, »das tut sie nur in der Fantasie Ihres Schriftstellers. Die Wiesentalstraße runter gibt es die Ferienwohnung von der Iris, und unten am Wasser ein paar, die Hüpgens zum Beispiel. «

»Keine Leonie Schumpeter also«, unterbrach Lola sie. »Überrascht uns das noch?«, fragte sie in Tims Richtung.

»Nicht wirklich«, sagte der. »Ich habe das Gefühl, da warten jede Menge Hausaufgaben auf uns.«

»Das sehe ich ähnlich.« Lola zuckte mit den Schultern. »Machen Sie's gut, Frau von Maltzheimer!«

»Zu mir oder zu mir«, fragte Tim, als sie seinen Rollstuhl in ihrem Kofferraum verstaut hatten und er auf sein Quad stieg.

»Du meinst …?«

»Gemünd oder Vogelsang.«

»Warum zeigst du mir nicht mal dein Büro?«

Der weißgekälkte Raum über dem Adlerhof war vollgestellt mit Bücherstapeln, Pappkisten und Regalen mit Fernleihen aus Universitätsbibliotheken. Tim bahnte sich einen Weg an den schmalen Schreibtisch und zog den Vorhang vor dem Fenster auf. Lola bot sich ein überwältigender Blick über das talseitige Areal der ehemaligen Ordensburg. Das Schneetreiben hatte aufgehört, die Wolken waren aufgebrochen und machten der Nachmittagswintersonne Platz. Die Urfttalsperre lag wie ein fetter, satter Wurm in einem Bett aus dickem Mehl. Die Oberfläche des Stausees spiegelte postkartenblau das Sonnenlicht.

»Keine Leonie Schumpeter«, riss Tim sie aus den Gedanken, »und Albrecht Wollgarten macht sich rar. Von den Figuren, die uns weiterhelfen könnten, bleiben nicht mehr viele übrig.« Er dachte an Marie, von der ein gerahmtes Foto direkt unter seiner Schreibtischlampe stand.

»Ich sehe zwei Möglichkeiten«, stieg Lola mit ein. »Entweder den Autoren selbst aufstöbern und mit ein paar Fragen bedrängen. Oder einen nach dem anderen abgrasen von denen, die in seinem Dokumentarthriller namentlich vorkommen und was Genaueres wissen könnten.«

»Du meinst, die Euskirchener?«

»Die jedenfalls eher als eine Carola Knittel.«

»Aha?«

»Ich fürchte, der haben sie die Druckfahnen auch nur pro forma zugeschickt, damit sie sich als involvierte Staatsanwältin nicht übergangen fühlt.«

»Dann man los.«

Gleich beim ersten Kandidaten hatten sie Glück. Hauptkommissar Heisterbach schob samstagnachmittags Dienst. Er ging ans Telefon und lud Lola und Tim ein, bei ihm in der Kreispolizeibehörde vorbeizuschauen. Ja, die Druckfahnen habe er auch erhalten, die lägen sogar direkt vor ihm auf dem Schreibtisch. Nur hineingesehen hatte er noch nicht.

»Dann tun Sie uns doch den Gefallen und schauen Sie sich den Schluss des ersten Teils mal an«, meinte Lola geistesgegenwärtig. »Die letzten Seiten reichen, da wo Frau Froitzheim und

Marie Breuer in den Tiefkeller gesperrt werden und man Bruno Hüppauf auf dem Dachboden aufknüpft. Achten Sie bitte auf das Ende, hat das so stattgefunden? Wir sind in ungefähr einer Stunde da.«

Tim streifte sich die Jacke über.

»Ich fahr bei dir mit«, beantwortete er Lolas fragenden Blick. »Komm, machen wir los. Ich bin gespannt auf diesen Heisterbach!«

Stufe 5: Nadelstiche

Von Einruhr aus kam der alte Militärmagirus nochmal zum Einsatz. Zwei Ungarn, drei Südafrikaner und ein Amerikaner hockten zusammen mit Silke Feisting auf der Ladefläche. Sie hielten jeder einen Blecheimer mit Amaranthpulver gegriffen und benahmen sich auf dem Weg von Einruhr nach Woffelsbach ausnahmsweise so unauffällig wie möglich. Am Bootsanleger öffneten sie die Heckklappe, sprangen herunter und schleppten die Eimer zu dem wendigen kleinen Sportboot, das mit tuckerndem Außenbordmotor auf sie wartete. Sie verstauten das Pulver unter dem Polstersitz des Bootsführers und warteten das Signal des Postens auf der Hubertushöhe ab, wo Jörn Behrend-Wolff den besten Blick auf die Insel Schwammenauel und das Kermeterufer, den Anleger Eschauel und die Fahrroute des Ausflugsschiffs hatte.

Der Morgenwind hat sich gelegt, gab Behrend-Wolff mit dem Handy durch, die Wasseroberfläche kräuselte sich nicht mehr und war glatt. Das Zehn-Uhr-Schiff ab Schwammenauel sollte es werden. Bis auf Silke Feisting kletterten alle wieder auf die Pritsche des Lastwagens, machten sich auf den Weg nach Schmidt und von dort herab bis zur Staumauer.

*

Dort bot sich ihnen ein ungewöhnliches Bild. Frühe Ausflügler und Tagestouristen saßen in den Freiluftcafés vor dem Hotel Seehof und beobachteten mit einer Mischung aus Besorgnis und Sensationslust, wie eine halbe Hundertschaft Polizisten in Kampfmontur die Staumauer von der Kermeterseite und von Hasenfeld aus abriegelte und die Kameraden auf der Mauerkrone einschloss, die dort Parolen riefen. Mit dem Magirus fuhren sie langsam auf die Zufahrtsstraße zur Staumauer, passierten den Besucherparkplatz und hielten schließlich vor der Wand aus Einsatzkräften. Von der Ladefläche blickten sie über mattgraue Polizeihelme hinweg. Als sie die anderen auf der Mauerkrone entdeckten, schaltete einer das Megafon ein, grüßte die Weltkameraden und ließ sie wissen, dass alles bereit sei für das Wasserzeichen.

Ein paar Jubelrufe und ein Sprechchor kamen als Antwort von der Staumauer zurück. Dann trat einer aus der Menge der Kameraden hervor und näherte sich den Polizisten an der Nordseite der Mauer. Es war Axel Jäger.

Dass es keinerlei Handhabe für eine Einkesselung gab, brüllte er mit seiner Fistelstimme der Phalanx aus dick vermummten Einsatzkräften entgegen. Dann forderte er den Einsatzleiter auf, den Weg freizumachen, um ihn und seine Kameraden zum Schiffsanleger durchzulassen. Wenn sie das Schiff um zehn Uhr wegen der Polizeisperre verpassten, hätte das Konsequenzen, drohte er und hielt dem Einsatzleiter fünf Gruppenkarten für jeweils zehn Personen unter die Nase: ausgestellt von der Rursee-Schifffahrt KG und gültig für eine einfache Fahrt bis Kermeterufer.

Oben auf der Hubertushöhe drückte Jörn Behrend-Wolff den Anruf der Journalistin von der *Aachener Zeitung* weg. Vor zwei Stunden hatte er die Lokalredaktion angerufen und ihr von dem Spektakel erzählt, das es um kurz nach zehn Uhr vom Aussichtspunkt aus zu bestaunen gab; gerade hatte sie zurückgerufen, weil sie sich zwischen Nideggen und Schmidt verfahren hatte und nach dem Weg fragte. Richtung Scheidbaum und von dort zu Fuß, hatte er ihr auf die Sprünge geholfen, und: beeilen Sie sich, in einer Viertelstunde ist es soweit. Dann verließ er den Aussichtspunkt durch den schmalen Waldsaum. Auf dem Weg zur Straße kamen ihm schon die anderen beiden entgegen. Die WDR Lokalzeit hatte auf Verdacht einen Kameramann und eine Reporterin geschickt.

*

In Woffelsbach legte das Motorboot ab und zog um Eschauel herum auf die freie Stauseefläche zwischen dem Aussichtspunkt und der Insel Schwammenauel zu. Wenige hundert Meter weiter östlich legte auch das Ausflugsschiff ab. An Bord waren die zahlreichen Weltkameraden, die nach Axel Jägers energischer Ansprache den Polizeikordon unbehelligt hatten passieren können und von der Staumauer zum Schiffsanleger aufgebrochen waren. Auch die Handvoll Aktivisten mit dem Magirus hatte sich rechtzeitig zum Anleger begeben und das Schiff betreten.

Auf der Hubertushöhe hatten die Journalisten Stellung bezogen und bekamen mit, wie eine Frau ein Pulver aus einem Motorboot in den Stausee kippte. Das Boot fuhr vor ihren Augen in gerader Linie auf das Ufer direkt unter dem Aussichtspunkt zu und zog in seinem Kielwasser einen rostbraunen Strich hinter sich her.

Silke Feisting hob den Eimer mit dem Amaranthpulver an und das Boot drehte ab. Es steuerte die Insel Schwammenauel an, wendete scharf und fuhr auf die Mitte des ersten Farbstrichs zu. Wieder ließ Feisting Pulver in den See rinnen, und wieder zog das Boot einen farbigen Strich durch den tiefblauen See. Zwanzig Sekunden später hatte es ein Kreuz in den Stausee gezeichnet; der Kameramann hatte alles aufgezeichnet, als sich von links der Ausflugsdampfer näherte und ein Großteil seiner Passagiere in lauten Jubel ausbrach. Das Motorboot hatte nun das schwierigste Manöver vor sich: im Kreis die vier Enden der zwei sich kreuzenden Linienmarkierungen ansteuern und die Haken in den See zeichnen. Im rechten Winkel von den Enden abgehend, nicht zu kurz und möglichst gleichlang.

Es kam halbwegs hin, auch vom Timing her. Das Ausflugsschiff passierte das Hakenkreuz im See genau in dem Augenblick, als der letzte Amaranthpulverstrich gezogen war; die Passagiere hatten sich an der Steuerbordseite versammelt, hoben die Arme zum deutschen Gruß und stimmten feixend ein Lied an. Um welches es sich handelte, konnte der Kameramann auf der Hubertushöhe nicht erkennen, der die Szene festhielt und bis zum Nachmittag soweit bearbeitet haben würde, dass sie sendebereit war. Bei einer provokanten Aktion wie der hier, spekulierte er, würden auch andere Medien zugreifen und berichten: und er war es, der die spektakulären Bilder eingefangen hatte.

»Sie singen ein Geburtstagsständchen«, raunte eine der Journalistinnen der Kollegin zu. »Hören Sie's?«

So überraschend und plötzlich, wie sie begonnen hatte, endete die Aktion. Das Ausflugsschiff steuerte den Anleger Eschauel an, seine Passagiere feierten lautstark den Steuermann und Silke Feisting in dem Motorboot. Die winkten zurück und drehten ab. Unter der Oberfläche des Sees verwischte das Hakenkreuz allmählich, verlor seine Kontur und Farbe, dann verschwand es ganz.

Carola Knittel war das genaue Gegenteil einer Kampfsportlerin. Tim war überrascht, als er auf dem Flur der Bonner Staatsanwaltschaft auf die schlanke, großgewachsene Blondine zurollte. Franka hatte sie damals kontaktiert, erinnerte er sich, weil sie den Nachnamen mit einer Deutschen Meisterin im Ringen teilte. Jetzt merkte er, wie sehr dieser kleine Erinnerungsfetzen seine Erwartung an die Staatsanwältin geprägt hatte.

»Noch bin ich hier bei uns ein kleines Licht«, unterbrach sie seine Gedanken. »Den roten Knopf bei den richtigen Leuten zu drücken, ist gar nicht so einfach. Selbst bei Frau Froitzheims Dienststelle ist es schwierig. Ihr Chef hat alle Hände voll zu tun mit der Koordination von Einsatzkommandos und Außeneinsätzen an der Talsperre. In den

Stausee haben sie ein Hakenkreuz gemalt, hieß es. Also musste er raus und sich vor Ort ein Bild machen.«

Tim kräuselte die Stirn. Ein Hakenkreuz in den See gemalt, so so. Noch eine Provokation, oder vielmehr: noch so ein Ablenkungsmanöver. Die Burschen stellten es clever an, das musste er ihnen lassen; sie hielten die Polizei und Einsatzkräfte auf Trab und verhinderten damit, dass sie dem ganz großen Knall auf die Spur kamen, der heute Nacht bevorstand.

»Und weiter oben«, fragte Tim, »beim Polizeipräsidium zum Beispiel?«

»Ich warte auf einen Rückruf. Immer noch. In der Zwischenzeit habe ich eine andere Strippe gezogen. Vermutlich ist die erfolgversprechender.« Sie erklärte, was sie meinte. Einer ihrer Kommilitonen aus dem Jurastudium hatte es zum Staatssekretär im Innenministerium in Düsseldorf gebracht, zu dem hatte sie sich durchstellen lassen und war auch sofort verbunden worden. »Marc McElliott war genauso vor den Kopf geschlagen wie ich heute früh, als Sie sich bei mir meldeten. Und er hat mir versprochen, sich zu kümmern und seine Ministerin anzubohren, sobald wir etwas einreichen, das er vorlegen kann.«

»Wir sollen auf die Schnelle ein Dossier schreiben, oder was!?«

»Schaffen wir nicht, nie und nimmer. Ich dachte an einen Auszug aus dem Typoskript von diesem Altnazi. *Den* Auszug.«

»Einscannen und ab nach Düsseldorf damit!«, drängte Tim.

Es dauerte keine Viertelstunde bis der Dienstapparat klingelte. McElliott war dran und wollte sich rückversichern, bevor er bei der Ministerin hereinschneite und Alarm schlug. Carola Knittel schaltete das Videotelefon ein und schob ihren Schreibtischstuhl zur Seite, damit auch Tim in den Ausschnitt rücken konnte, den der Staatssekretär in seinem Büro auf den Bildschirm bekam.

Tim schilderte ihm in kurzen Sätzen, wie er an Lambertz' Typoskript gelangt und schließlich darin fündig geworden war.

»Wehrhaftes Volk, meine Fresse!«, schnarrte es aus der Landeshauptstadt. »Sie haben es in einem Tiefkeller geborgen, sagen Sie!?«

»Nicht ich persönlich«, gab Tim zurück. »Dafür ist ein Rollstuhl dann doch zu unpraktisch.« Er wollte gerade ausholen und auf Franka und Marie zu sprechen kommen, als Carola Knittel dazwischen ging.

»Die Wahnsinnsidee von wegen Eifelfluten, dazu die vielen Neonazi-Aufläufe in der gesamten Nordeifel. Marc, zähl bitte eins und eins zusammen. Da braut sich was zusammen und ich fresse einen Besen, wenn es sich nicht pünktlich zum 20. April entlädt.«

»Also morgen«, grübelte der Staatssekretär.

»In aller Herrgottsfrühe«, setzte Carla Knittel nach.

»Uns bleiben achtzehn Stunden«, wieder der andere.

»Maximal. Eher weniger. Von jetzt an gerechnet wären achtzehn Stunden kurz vor sechs am Morgen. Dann ist es Mitte April schon hell und die Lambertzbomber sind längst unterwegs.«

»Ich bin gleich bei der Ministerin drin und greife sie mir. Du hältst dich bereit, Carola. Sie bitte auch, Herr ...?«

»Rhiel«, half ihm Tim auf die Sprünge.

Es dauerte keine halbe Stunde, bis Anrufe aus Wiesbaden, Düsseldorf und Berlin bei Staatsanwältin Knittel eintrudelten.

Endlich nahm man die Bedrohung wahr. Und ernst.

11

Leonie Schumpeter war bedient. Der Polizist auf der Wache in Simmerath war kurz angebunden und faselte etwas von einem Zeichen im Stausee, das Kräfte binde. Dann komplimentierte er sie mit dem Hinweis hinaus, es lieber gleich bei der Kreispolizeibehörde in Euskirchen zu versuchen. Heisterbach laute der Name des Hauptkommissars, bei dem alle Fäden zusammenliefen und der für jeden sachdienlichen Hinweis zu den Umständen des Todes von Kollege Haspolat dankbar sei. Kopfschüttelnd verließ Leonie die Wache und fuhr in ihrem Smart über Schmidt und Nideggen nach Euskirchen.

Als sie sich zu den Büros der Kreispolizeileitung durchgefragt hatte, meinte sie, im Märchen vom Hasen und Igel gelandet zu sein: mit ihr als Häsin, die von hier nach da hetzt, nur um herauszufinden, dass überall schon jemand auf sie wartet und sie in die nächste Schleife schickt. Hauptkommissar Heisterbach, sagte man ihr, sei außer Haus bei einem Einsatz an der Talsperre. Wann er zurückkomme, könne man nicht sagen.

Leonie platzte der Kragen. In Euskirchen, auf dem Flur vor den Büros machte sie ihrem Ärger Luft.

»Jetzt mal halb lang«, redete plötzlich jemand auf sie ein. »Machen Sie nicht so einen Zirkus. Wer sind Sie und was haben Sie hier drin zu suchen?«

Leonie unterdrückte ihre Wut und stellte sich und ihr Anliegen kurz vor. Der Mann wies ihr den Weg zu seinem Büro. Kommissar Dütemeyer, stand auf dem Schild neben der Tür.

»Sie waren wirklich die erste am Tatort?« Dütemeyers Stimme klang ungläubig. »Sie schickt der Himmel.«

»Wieso?«, fragte Leonie zurück.

Weil er, Dieter Dütemeyer, derjenige war, der sich eigentlich um den Mord an seinem jungen Kollegen zu kümmern hatte.

»Eigentlich?«, hakte Leonie nach.

»Bei einem Polizistenmord geht jedem von uns die Krawatte auf. Normalerweise machen wir dann richtig Betrieb. Nur läuft es diesmal nicht normal. Erstens bin ich auf mich alleine gestellt, wo üblicherweise eine SOKO eingerichtet wird. Mindestens eine SOKO. Zweitens kriege ich seit Tagen Berichte und Hinweise aus sämtlichen Dienststellen in der Nordeifel rein und muss daraus Lageberichte stricken. Wegen der Neonazis, die die Gegend unsicher machen. Davon haben Sie bestimmt gehört.«

»Habe ich«, nickte Leonie. »In meiner Ferienwohnung haben sie sich auch eingenistet.«

»Kurz, ich bin schlicht und einfach überlastet«, überging Dütemeyer ihren Einwurf. »Und deswegen noch nicht dazu gekommen, mich intensiver um den Mord an unserem Kollegen zu kümmern.«

»Sie wissen schon«, konterte Leonie spitz, »dass da noch wer anderes in Mitleidenschaft gezogen wurde?«

»Sie meinen den Hausbesitzer?«

»Albrecht Wollgarten. Ein alter Freund von mir. Ein guter Freund.« Sie erzählte ihm von der Nacht, die sie zwischen Hoffen und Bangen an seinem Krankenbett verbracht hatte.

»Dann legen Sie mal los«, forderte Dütemeyer sie auf. »Sie sahen die offene Haustür, schoben sie auf, gingen hinein, kamen in die Küche und sahen die beiden, unseren Mann und ihren Albrecht Wollgarten, auf der Bank sitzen?«

»In sich zusammengesackt, beide. Dann fiel mir das Blut im Gesicht des jungen Mannes auf. Was hat der hier zu suchen, fragte ich mich, wer ist das überhaupt. Auf den Gedanken, dass es sich um einen Polizisten handelt, wäre ich im Leben nicht gekommen. Albrecht hatte nie irgendwas mit der Polizei zu tun gehabt.«

Dütemeyer baute mit den ausgestreckten Fingern seiner Hände ein Spitzdach und überlegte. Franka Froitzheim und Bülent Haspolat waren auf irgendeiner Spur gewesen, das hatte Heisterbach ihm hastig gesteckt. Irgendetwas mit den Rechtsextremen und einem Manuskript, wenn er das richtig verstanden hatte. Haspolat war inzwischen tot und die Froitzheim nach wie vor abgetaucht. Wie vom Erdboden verschluckt. Und diesen Wollgarten hatte es auch erwischt, der lag seitdem im Koma.

Was spielte der für eine Rolle, was war Wollgarten für einer?

»Was unser Kommissaranwärter bei Ihrem Bekannten genau zu suchen hatte, kann ich Ihnen nicht sagen«, sagte er schließlich. »Ohne Grund wird er aber nicht dort gewesen sein.« Seine Stimme klang gereizt und provokant. »Was es war, wird schon noch ans Licht kommen in der nächsten Zeit.«

»Unterstellen Sie Albrecht da gerade was?«, ging Leonie auf die Provokation ein.

Dütemeyer gab keine Antwort. Er wuchtete sich in die Höhe und suchte in der Ablage hinter seinem Schreibtisch den Kurzbericht der Streife aus Rurberg, die nach Einruhr an den Tatort gerufen worden war.

»Mitnichten«, sagte er endlich, während er den Bericht überflog. »Unterstellen wäre das falsche Wort. Ich muss nur in alle Richtungen überlegen und darf nichts ausschließen. Hatte Ihr Albrecht Wollgarten Erfahrung mit Schusswaffen, wissen Sie das?«

Leonie schluckte. Eine Weile blieb sie stumm und überlegte hektisch, was darauf die beste Antwort war.

»Nicht, dass ich wüsste«, meinte sie.

Dann hatte sie Dütemeyers düstere Andeutung mit ihrer kleinen Manipulation des Tatorts und dem Beseitigen der Pistole abgeglichen. Und sie wusste, was sie sagen konnte, ohne sich zu kompromittieren.

»Im Bericht der Kollegen, die Sie in das Haus von Herrn Wollgarten gerufen haben, ist von einem leeren Halfter bei unserem Kommissaranwärter die Rede«, drängelte Dütemeyer. »Mit anderen Worten, seine Dienstpistole war verschwunden. *Ist* verschwunden.«

»Bringen wir das doch mal zusammen und schauen, ob es passt«, entgegnete Leonie, jetzt wieder souverän. »Albrecht bemächtigt sich der Pistole Ihres Kollegen. Ohne dass der Widerstand leistet, versteht sich, denn Kampfspuren oder so was Ähnliches sind mir nicht aufgefallen als ich reinkam. Dann erschießt er den Mann, lässt die Waffe verschwinden, vergräbt sie im Garten, schmeißt sie fort, was weiß ich. Passt das? Und dann gibt er sich selbst dermaßen einen über den Schädel, dass er das Bewusstsein verliert. Passt das auch noch? Mit der bloßen Hand malträtiert Albrecht sich ins Koma. Das auch noch. Na?«

»Passt nicht zusammen«, meinte Dütemeyer nüchtern. »War ja nur eine Frage.«

»Schauen Sie lieber nach rechts!«, setzte Leonie resolut hinterher. »Die Neonazis, die sich bei uns in Einruhr rumtreiben, hatten Albrecht schon einmal auf dem Kieker. In der Kneipe hatten sie ihn zwischen, eine unmissverständliche Warnung inklusive.«

»Wir schauen auch nach rechts«, antwortete Dütemeyer. »Keine Sorge. Und nichts für ungut.« Er sah auf seine Armbanduhr. »Gleich Mittag«, sagte er versöhnlich. »Wollen wir Ihre Zeugenaussage gleich aufnehmen oder darf ich Sie zuerst zum Mittagessen einladen?«

»Wieso nicht«, schlug Leonie ein. »Einen Happen würde ich vertragen.«

»Bis um zwei sind wir durch mit allem«, versicherte Dütemeyer. »Mit ein bisschen Glück trudelt auch Hauptkommissar Heisterbach bis dahin ein. Wenn an der Talsperre Ruhe ist, meine ich. Kann durchaus sein, dass er auch ein paar Fragen an Sie hat.«

»Ich dachte, der hat alle Hände voll zu tun mit den Faschos?«

»Das mit der Rauferei in der Kneipe und der Drohung gegen Ihren Albrecht Wollgarten wird ihn sicher interessieren.«

Heisterbach war die Höflichkeit in Person. Zuvorkommend war er aus seinem Büro auf den Parkplatz gekommen, hatte Tims Klapprollstuhl aus Lolas SEAT gewuchtet, aufgefaltet, und die Türen zur Kreispolizeibehörde aufgehalten. Jetzt federte er sich in seinen Bürosessel und kam direkt zur Sache.

»Als Sie vorhin aus Vogelsang anriefen und mich baten, mir die Druckfahnen vorzunehmen, bin ich neugierig geworden. Da stimmt was nicht.«

»Sie meinen die Szene, als Leonie Schumpeter die Küche betritt und die beiden Opfer findet«, fragte Lola. Heisterbach nickte.

»Ich hatte damals alle Hände voll zu tun mit der Koordination der Einsatzkräfte in Heimbach und den ganzen Fehlalarmen und falschen Spuren, die uns die Drecksäcke gelegt haben«, erklärte er. »Das vorweg, damit uns allen klar ist, der Heisterbach müsste sich eigentlich nochmal über die Akten beugen, um sich zu vergewissern. So aber würde ich sagen, der Name der Frau kommt mir komisch vor. Den habe ich vorher nie gehört.«

»Diese Frau ist uns auch aufgestoßen«, meinte Tim. »Am Tag nach dem Mord wären Sie ihr um ein Haar begegnet, heißt es in den Fahnen. Kommissar Dütemeyer soll ihre Zeugenaussage aufgenommen haben, als Sie nach Heimbach gerufen wurden wegen des Hakenkreuzes im Stausee.«

»Davon hat Düte mir nie was erzählt«, überlegte Heisterbach. »Was allerdings hinkommt, ist das mit den Außeneinsätzen. Den Vormittag über war ich in Heimbach, und mittags erhielt ich die Nachricht, dass sich Düsseldorf und Wiesbaden eingeschaltet hatten, mit Alarmstufe Rot und allem. Mein Büro hat mich an dem Tag nicht mehr gesehen.«

»Arbeitet der Kollege Dütemeyer noch bei Ihnen?«, wollte Lola wissen. Heisterbach verneinte.

»Wissen Sie, wohin man ihn abgezogen hat?«

»Vermutlich irgendwie die Treppe hinauf«, sagte Heisterbach. »Wo er genau gelandet ist, weiß ich nicht. Das heißt, ich habe es nicht mehr erfahren. Er wurde von heute auf morgen versetzt. Ohne Abschied. Dafür mit Personalakte und allem. Auf denen klebt das rote C.«

»C für ›classified‹«, erklärte Lola.

»Also unter Verschluss«, hielt Tim fest. »Prächtig.«

»Soweit wir wissen, stimmt an der Geschichte noch etwas anderes nicht«, setzte Lola neu an. »Das Haus in der Wiesentalstraße war nicht der Ort, an dem der junge Kommissaranwärter ums Leben gekommen ist. Wir kommen gerade von dort. Eine Nachbarin hat uns versichert, dass der Besitzer des Hauses zur Tatzeit gar nicht daheim war.«

»Sie meinen den Wollgarten«, Heisterbach klopfte mit den Knöcheln auf die Druckfahnen vor sich auf dem Tisch, »der hier drin von dem Nazischläger bewusstlos geprügelt wird und dem sie Bülents Dienstwaffe in die Hand drücken?«

»Den meine ich, Albrecht Wollgarten. Einen Rettungswagen oder Polizei, die den Tatort sichert, hat die Frau auch nicht gesehen. Selbst wenn man berücksichtigt, dass es in den Dienststellen drunter und drüber ging: da wäre zumindest eine kleine Delegation ausgerückt. RTW und Spurensicherung inklusive Zinksarg-Duett, plus wenigstens eine Streife. Stattdessen erweckt die Erzählung den Eindruck, als seien alle so überfordert gewesen, dass sogar ein Polizistenmord hinten anzustehen hat.«

Heisterbach kratzte sich nachdenklich am Kinn.

»Fällt das vielleicht unter schriftstellerische Freiheit?«, fragte er.

»Sie meinen, dass Wollgarten in Wirklichkeit nicht zuhause war, im Text aber an seinem Küchentisch neben einem toten Nachwuchskommissar ins Koma geprügelt wird?« Tim schüttelte den Kopf. »Nicht bei den Spielregeln. Alles hat so und nicht anders stattgefunden, hieß es ausdrücklich. Bis hin zu den Figuren muss alles authentisch sein. So hat der Verlagschef mir das verklickert, als er mit seiner Dokuthriller-Idee ankam.«

»So war es bei mir auch«, sinnierte Heisterbach. »Vor allem der Kerl aus dem Ministerium hat das x-mal betont. Dass alles so dargestellt werden muss, wie es stattgefunden hat. Kein bisschen mehr, kein bisschen weniger, kein bisschen anders.«

»Bei Ihnen war jemand aus dem Ministerium dabei?« Tim war verblüfft. Ihn hatten nur der Verleger und der Auftragsschriftsteller aufgesucht, dessen Namen er vorher noch nie gehört hatte.

»Damit mir danach keiner was kann, hieß es«, antwortete Heisterbach. »Als Kriminalbeamter muss ich vorsichtig sein mit dem, was ich über so eine Sache an Dritte rausgebe. Erst recht, wenn es um Neonazis geht. Sowas zieht sofort Kreise.«

»Als die zu mir kamen, waren sie auch zu dritt«, erinnerte sich Lola. Tim sah sie erstaunt an. »Nur kurz, am Anfang«, fing sie ihn ein. »Ein paar erklärende Worte hat der Typ losgelassen, dann war er wieder durch die Tür und hat mich mit den beiden Literaturheinis alleingelassen. Wenn Herr Heisterbach es nicht angesprochen hätte, ich hätte es längst vergessen.«

»Dann sollten wir mal schauen, was man uns zum Thema Tatort im Mordfall Bülent Haspolat ins Intra-Archiv gestellt hat.« Heisterbach schob seinen Sessel an die Schreibtischkante und bewegte die Maus auf dem Pad neben sich.

»Was man Ihnen ins Archiv gestellt hat? Soll das heißen, Sie erinnern sich nicht mehr an die Aufklärung des Falles?«, bemerkte Tim.

»Euskirchen war außen vor, Herr Rhiel. Und zwar komplett. Das BKA hat uns nach der Eifelflutnacht den Fall aus der Hand geschlagen. Genauso wie den mit meiner Kriminalinspektorin und der jungen Dame, die man später in dem Tiefkeller gefunden hat. Die ganz hohen Tiere haben zusammengehockt und das entschieden.«

»McElliott und sein Stab?«, fragte Tim.

»Mich hat unsere Landrätin in Kenntnis gesetzt. Wochen später hieß es, der Fall Haspolat sei aufgeklärt, und Anklage könne nicht mehr erhoben werden. Bei Froitzheim und Breuer würde es auf das Gleiche hinauslaufen, hieß es, auch wenn da die Umstände andere waren. Kein Mord, meinten sie damit, sondern allenfalls ein Tötungsdelikt. Ich habe offen gestanden nie Einblick in das genommen, was die uns zum Mitlesen hingeworfen haben. Diese Ermittlungsbrosamen habe ich mir erspart.« Heisterbach klapperte ein paar Befehle in die Tastatur, wartete und murmelte »Mordfall Bülent Haspolat, solange wie das dauert, Freunde, mir schwant da was.«

»Das heißt, Sie kommen an keine Ermittlungsberichte ran, keine Fotos vom Tatort, keine einzige dokumentierte Zeugenaussage?« Tim stutzte. »Was ist, wenn neue Erkenntnisse auftauchen? Wenn man den Fall nochmal aufrollen will? Oder muss?«

»Nur auf besonderen Antrag, und nur über ganz oben. Verfassungsschutz, BKA, Ministerien«, klärte Heisterbach ihn auf.

»Entzückend«, pfiff Tim durch die Zähne.

»Na, was sag ich.« Vor Heisterbachs Augen spuckte das Intra-Archiv die ersten Dokumente aus. »Nur Eckdaten und Belangloses. Da können wir uns genauso gut die Zeitungen von damals vornehmen und nachlesen, was an die Presse raus ging. Mehr steht hier auch nicht drin. ›Tatortbeschreibung‹, warten Sie«, er drehte den Bildschirm, so dass sie zu dritt auf den Scan aus der Akte sehen konnten. Wiesentalstraße 36 stand da: die Adresse von Albrecht Wollgarten.

Tim und Lola sahen sich stumm an. Einer sagt hier nicht die Wahrheit, schoss es ihnen durch den Kopf. Entweder die gute Helga von Maltzheimer oder diese Tatortbeschreibung.

Heisterbach flippte durch die restlichen Dokumente.

»Stopp, warten Sie!«, rief Tim, als er die zweite Seite der Asservatenliste aufschlagen wollte. »Gehen Sie bitte nochmal zurück!«

»Was gibt es? An die Asservate kommen wir nicht ran, die sind mit unter Verschluss.«

»Ich sehe was, was du nicht siehst«, raunte Tim in Lolas Richtung, als der Hauptkommissar die erste Seite zurück auf den Schirm holte.

»Und das ist schwarz und hat einen Abzug und ein kleines Kaliber«, kam es von Lola zurück. »Volltreffer. Herr Heisterbach, wem würden Sie mehr Glaubwürdigkeit attestieren? Einer Mordfallakte aus dem Polizeiarchiv, egal wie bruchstückhaft die ist, oder einem Dokumentarthriller?«

»Reden Sie nicht um den Brei herum. Der Akte natürlich. Was haben Sie entdeckt, das Ihre vier Augäpfel so hervortreten lässt?«

»Die Spurensicherung hat Bülent Haspolats Dienstpistole am Tatort sichergestellt«, sagte Lola.

»Na und?«

»Jetzt liegt das Ding irgendwo in einer Asservatenkammer.«

»Was ist daran besonders?« Heisterbach wurde ungeduldig.

»Dass es nicht auf dem Grund des Obersees im Schlick steckt.«

»Lesen Sie die Fahnen, Herr Hauptkommissar«, sagte Tim zu Heisterbach. »Dann wird Ihnen klar, was Frau Montizquierdo-Gíl gerade gemeint hat.«

»Wissen Sie was?« Heisterbach schnellte nach vorne, tatkräftig und plötzlich entschlossen. »Sie lesen die Fahnen.«

»Ich?«, haspelte Tim.

»Mir vor. Während ich weiter wühle.«

TEIL III

12

Operation Züchtigung. Auch was die Wahl des Codenamens für die Aktion anging, bewiesen die Briten Geschmack. Meinem jungen Freund Bruno, dem zwölfjährigen Sohn meiner Vermieter, erläuterte ich die Abwurftechnik am Ufer des vor kurzem aufgestauten Obersees. Ich ließ ihn flache Kieselsteine sammeln und über die Wasseroberfläche schleudern. Bruno hatte rasch raus, wie man sie tänzeln lässt. Die Kiesel nutzten den Vortrieb des Wurfes aus und hinterließen dort, wo sie das Wasser berührten, eine Kette von konzentrischen Kreisen.

Für den Vortrieb bei den Sprengungen der Möhnetalsperre und der Staumauer am Edersee sorgten die Bomberflugzeuge selbst. Ihre Nutzlast, die Bomben, klinkte der Munitionsmeister aus geringer Höhe aus. Anders als die Kiesel waren die Bomben nicht von flacher Form. Also musste eine Technik her, die dafür sorgte, dass die klobigen Tonnenbomben die Oberfläche nicht durchstießen und untergingen, sondern in eine Vorwärtsbewegung gerieten. Man versetzte sie noch an Bord der Bomber in heftige Rotation, ehe man sie abwarf. Sie drehten sich um die eigene Längsachse, rollten gegenläufig zur Flugrichtung der Bomber, prallten auf dem Wasser auf und hoben wieder ab, machten dabei Meter und bewegten sich auf die Staumauer zu, deren Krone die Bomber überflogen. Hier war ihr Flug zu Ende, sie schlugen gegen die Mauer und sanken in die Tiefe, ehe ein Zeitzünder die Detonation auslöste.

Mit Bruno unternahm ich einen Ausflug an die Möhnetalsperre. Drei Tage waren wir unterwegs, die Zugverbindungen waren schlecht und die Pension auf Gäste wie uns nicht eingerichtet. Bruno faszinierte der Stausee so wenig wie die Kiesel, die er auch hier ins Wasser schleuderte. Nichts war anders als an der Rurtalsperre. Auch hier hatte es einen gestauten Flußlauf, ein flaches Ufer und eine hohe Staumauer. Selbst die Kiesel sprangen im selben Winkel wie zuhause in die Luft, wenn sie das Wasser berührten.

Mich schlug die Talsperre dagegen in ihren Bann. Im Gasthaus traf ich Frauen und Alte, die den britischen Terrorangriff miterlebt hatten. Sie zeigten mir Bilder von der Zerstörung, die sie heimlich geschossen hatten. Ein gewaltiger Trichter war aus der Staumauer herausgesprengt worden, durch den die Wassermassen ins Tal gestürzt waren.

Es müsste machbar sein, sinnierte ich, mehr als nur einen tiefen Trichter aus der Mauer zu schlagen. Beim Eifelfluten sollte die gesamte Mauer beseitigt werden. Und das schlagartig.

Marc McElliott blätterte sich vorsichtig durch das Typoskript. Zuerst überflog er nochmal das ›Eifelfluten‹-Kapitel, das er bereits von dem Scan kannte, den Tim und Staatsanwältin Knittel ihm aus Bonn geschickt hatten. Dann fiel sein Blick auf einen Ausschnitt, in dem die Technik der Bombardierung ausführlich beschrieben wurde.

Tim und Carola Knittel waren in einem geräumigen Transporter von Bonn nach Düsseldorf gebracht worden, mit Polizeieskorte und einem extra abgestellten Pfleger aus dem Bundeswehrkrankenhaus als Betreuer. Tims FSJler fügte sich in sein Schicksal und fuhr den BTW leer nach Brauweiler zurück.

In Düsseldorf hatte McElliott von seiner Ministerin die Leitung sämtlicher Maßnahmen übertragen bekommen, die zur Vereitlung eines Terroranschlags auf die Staumauer der Rurtalsperre erforderlich waren. Außerdem war er in Absprache mit dem BKA und dem Verteidigungs- und Innenministerium in Berlin verantwortlich für die Koordination des Krisenstabes und der notwendigen Schritte auf Bundesebene. Jetzt fasste er sich an die Stirn und schüttelte den Kopf.

»Lambertz heißt der Schwachmat, sagen Sie?«

»Und Lambertzbomber heißen die Flugzeuge mit den Rollbomben«, antwortete Tim.

McElliott ließ Tim und Carola Knittel den Vortritt, als sie den kleinen Konferenzraum betraten, in dem bereits ein Dutzend Männer und eine Dame saßen und auf Anweisungen warteten. Eine kurze Vorstellung des jungen Manns im Rollstuhl und der Staatsanwältin, ein knapper Abriss über die Verdachtsmomente, die sich aus Lambertz' *Wehrhaftem Volk* ergaben, dann bat der Staatssekretär um Vorschläge, wie man der Gefährdung Herr werden konnte.

Die Polizeipräsidentin aus Bonn ergriff als erste das Wort. Selbstverständlich gehöre zuerst die Polizeihundertschaft vor Ort konsultiert. Die säßen seit gestern in Heimbach und würden in Hase-und-Igel-Spielchen verheizt. Dabei kennen sie sich bestens aus mit Gefährdungslagen und könnten genauer als alle anderen einschätzen, was sich wann und wie anbahnt. Den Einsatzleiter könne sie in zwei Minuten ans Telefon bekommen, sagte sie fordernd.

McElliott nickte und war drauf und dran, ihrem Vorschlag zuzustimmen, als Tim sich einschaltete.

»Das würde sicher nicht schaden. Aber es ist, wenn Sie mich fragen, nur der zweitbeste Einstieg.« Der Polizeichefin fiel die Kinnlade herunter. »Besser wäre es, das Wissen anzuzapfen, über das wir bereits verfügen. Sicher verfügen, meine ich. Über die Hintermänner zum Beispiel.«

»Wer ist *wir*?«, blaffte die Bonnerin zurück. »Meinen Sie etwa sich selbst? Was hat sich ein Spazierfahrer auf einer Nazi-Burg in die Ermittlungen der Polizei einzumischen?«

»Hat er natürlich nicht«, entgegnete Tim seelenruhig. »Dann aber, irgendwann vor ein paar Tagen, *wurde* ich eingemischt.« Er holte aus und berichtete von der Einladung zur Kreispolizei, von Franka Froitzheim und Bülent Haspolat und deren Streifengängen in den rechtsextremen Ecken des Internets, von Bruno Hüppauf und den drei, vier Namen, die sie als Rädelsführer und Mitläufer der Freien Kameradschaften identifiziert hatten.

»Und Sie meinen, Axel Jäger ist der Anführer?«, bohrte ein anderer nach. McElliott hatte den Jeansträger vorgestellt als Vertreter des BKA. Sein sachlicher Ton half, die Atmosphäre zu entspannen.

»Ich halte es für sehr wahrscheinlich«, antwortete Tim. »Genaueres dürfte aus Hüppauf selbst herauszubekommen sein. Vor allem aber«, sein Schlucken geriet unfreiwillig zu einer kleinen Kunstpause, »müsste Frau Froitzheim das einschätzen können, die den Faschos auf den Zahn fühlen sollte. Bloß ist die seit gestern wie vom Erdboden verschluckt, zusammen mit meiner Betreuerin Marie Breuer.«

Tim holte aus und erzählte von Hüppaufs Anruf bei Marie alias Gudrun von Glasenapp, von der Einladung in sein Gästehaus in Einruhr und seinen vergeblichen Versuchen, Marie und Franka Froitzheim telefonisch zu erreichen.

»Ich denke, dass sich das von selbst klärt«, unterbrach McElliott, als Tim eine Suche nach den beiden Vermissten anregen wollte. »Die tauchen schon wieder auf. Im Augenblick haben wir andere Probleme, auf die wir uns konzentrieren müssen.«

»Ich kenne den Heisterbach.« Der Kölner Amtskollege der Bonner Polizeichefin ging das Adressbuch seines Handys durch und wählte eine Nummer. Zwei Minuten später wusste die Runde, dass Tim die Wahrheit gesagt hatte. Und sie erfuhr, dass Bülent Haspolat bei dem Einsatz in Einruhr ums Leben gekommen war.

»Das ändert alles!« Die Bonnerin witterte Morgenluft und schaltete sich ein. »Das nimmt von uns keiner so hin. Ich hoffe sehr, dass Sie das auch so sehen.«

»Als erstes«, übernahm ein Anzugträger aus dem Bundesinnenministerium das Wort, »das Gästehaus von diesem Hüppauf filzen, dazu sein Wohnhaus in Rurberg. Herr Rhiel hat Recht, wir müssen den Alten finden und singen lassen. Zweitens, TKÜ bei Axel Jäger und den anderen üblichen Verdächtigen. Vielleicht fallen Herrn Rhiel noch andere Namen ein als der von Silke Feisting. Und dann ran an die Mobilfunkanbieter und die Überwachung hochziehen: mit wem sie telefoniert haben, wer sie anruft, wem sie Textnachrichten schreiben. Drittens sollten wir auf alles gefasst sein. Wirklich auf alles. Einem Luftangriff auf die Staumauer begegnet man am besten präventiv, wenn die Flugzeuge noch am Boden sind. Sollten wir nicht rechtzeitig herausbekommen, wo sie auf ihren Einsatz warten, gibt es zwei Möglichkeiten.«

»Flugabwehrsysteme Boden-Luft«, schaltete sich der Vertreter des Verteidigungsministeriums ein. »Dazu müssten wir umgehend Marschbefehl erteilen, der nächstgelegene Standort für die Lafetten liegt mehr als einhundert Kilometer entfernt. Im Konvoi sind die nicht besonders schnell *und* die Dinger müssen an der Talsperre erst mal aufgefaltet werden«

»Dann verlieren wir keine Zeit.«

»Und die zweite Möglichkeit?« fragte McElliott. Außer ihm und Tim schien allen klar zu sein, was gemeint war.

»Abfangjäger«, antwortete der Mann aus dem Verteidigungsministerium. »Die sind in ständiger Alarmbereitschaft und überall in Deutschland in maximal fünf Minuten am Zielobjekt.«

»Wo wollen Sie die herkriegen?« McElliott war irritiert von der Selbstverständlichkeit, mit der alle im Stab diese Maßnahme in Betracht zogen.

»Am nächsten dran ist Nörvenich zwischen Düren und Köln. Quasi um die Ecke.«

»Ich fürchte«, sagte Dütemeyer, »der Kollege Hauptkommissar wird sich nicht mehr blicken lassen.« Er legte den

Hörer zurück auf die Gabel und sah in Leonies fragendes Gesicht.

»Ist was passiert?«

»Er ist in einen Hagelschauer geraten«, meinte Dütemeyer kryptisch, stellte das Diensttelefon auf Rufumleitung und fuhr seinen Rechner herunter. Leonies Aussage hatte er mit steigendem Interesse zu Protokoll genommen und irgendwann beschlossen, sich diesen Albrecht Wollgarten mal genauer anzusehen. Jetzt sah Leonie ihn fragend an. »Keine Sorge, nicht was Sie meinen, kein Unwetter. Eher im übertragenen Sinn. Die Behörden nehmen den Nazikarneval rund um die Talsperre plötzlich ernst. So ernst, dass Alarmstufe Rot ausgegeben worden ist. Hauptkommissar Heisterbach hat in Heimbach alle Hände voll zu tun, um aus einem Provisorium für Polizeieinsatzkräfte ein voll funktionsfähiges Krisenzentrum zu machen. Bis spätnachmittags muss das hochgezogen sein, meint er, dann kommen Bundespolizei und BKA und Geheimdienst und wer noch alles.« Dütemeyer grinste geheimnistuerisch. »Bis dahin muss er ranklotzen.«

Und danach wird er platt wie eine Flunder sein, dachte er bei sich.

»War es das?«, holte ihn Leonie zurück aus seinen Gedanken.

»Nicht unbedingt.« Dütemeyer erhob sich. »Kommt auf Sie an, und darauf, was Sie noch vorhaben.«

»Ich werde wieder ins Krankenhaus fahren, warum?«

»Dann war es das noch nicht. Denn wir haben denselben Weg.«

Entspannt lag Persson im Gras, einen Halm zwischen den Lippen. Es roch nach Flugbenzin, ein paar Fallschirmspringer sprenkelten den leicht bewölkten Himmel.

Der Schwede war der einzige, der die Ruhe weg hatte. Die anderen legten eine hektische Betriebsamkeit an den Tag und versuchten mehr schlecht als recht, ihre wachsende Anspannung zu bekämpfen. Sogar Higgins, der die Stunden und Minuten vor einem Kampfeinsatz aus dem Effeff kannte, ließ sich anstecken und pflaumte den Co-Piloten an, den Mertens und Jäger für ihn und seine Lancaster ausgesucht hatten.

Persson amüsierte das. Natürlich war der Kerl mit seinen paar-und-zwanzig Jahren und seinem Pilotenschein für einmotorige Leichtflugzeuge nochmal eine ganze Ecke grüner hinter den Ohren als sein Buschflieger Willem. Aber wozu aufregen, jetzt war es eh zu spät.

Der dritte Pilot wartete noch auf die Ankunft seines Co-Piloten. Mit dem Buren aus Südafrika hatte er sich vor drei Stunden in den Jeep geschwungen und war nach Norden in die niederländische Provinz Limburg gefahren, um von der Belgacom in ein holländisches Netz zu wechseln und vor allem in eine andere Funkzelle zu kommen. Jäger hatte sich von ihm anrufen lassen und ihm mitgeteilt, dass die Linienmaschine seines Nebenmanns im Cockpit Verspätung habe. Eine halbe Stunde laut Flight Tracker, mehr nicht. Am Flughafen Hahn würde eine Kameradin auf ihn warten und direkt nach Elsenborn bringen. Ich weiß, es ist knapp, hatte Jäger eingeräumt, dafür ist er der erfahrenste von allen Co-Piloten. Spanische Luftwaffe, und einen ordentlichen Stammbaum habe er auch. Sein Großvater sei der einzige Falangist gewesen, der einen Platz in der Kanzel ergattern konnte und ein Reichsdeutsches Flugzeug steuern durfte, als Hitler mit der Luftbrücke von Marokko nach Spanien General Franco in den Sattel geholfen hatte.

»Was helfen mir die Meriten von seinem Opa«, meckerte der Pilot, der sich jetzt neben Persson ins Gras hockte. »Ich brauche den Burschen, und zwar hier und jetzt.«

»Mach dir keinen Stress und konzentrier dich auf das Wesentliche«, sagte Persson. Ob der auch seine eigenen Pläne hatte, wenn die Tönnchen erst mal abgeworfen waren, fragte er sich und musterte ihn von der Seite.

»Für mich ist das Wesentliche, dass der Spaniole endlich hier aufkreuzt«, meckerte der andere weiter, sah zur

Seite und bemerkte Perssons prüfenden Blick. »Schuldigung«, murmelte er.

Persson war sich sicher, der fährt kein eigenes Programm. Der nicht.

Stufe 5, Fortsetzung: Nadelstiche

Später Nachmittag. Von Schevenhütte aus marschierte eine Rotte durch das Wehebachtal flussaufwärts, am Joaswerk und den Fischteichen vorbei. Die andere Rotte nahm den Umweg entlang der L 25 und die breiten Schneisen im Mischwald.

Hemmersbach, der die erste Rotte anführte, taxierte mit fachmännischem Blick die Fischbecken. Hier wäre ein kleines Fanal auch nicht schlecht, überlegte er und malte sich aus, wie die Herrschaften in den Einsatzstäben anfangen würden zu kombinieren. War da neulich nicht schon was mit einer Detonation in einem Fischzuchtbetrieb gewesen, würden sie überlegen. Und sofort alle möglichen Zusammenhänge sehen, nein: konstruieren. Das würde ihre Kräfte mindestens genauso binden wie das, was gleich ein Stück weiter vorne passierte.

Die andere Rotte führte Jörn Behrend-Wolff an, dem bis dahin die Aufgabe zugefallen war, als Rechtsbeistand für die Weltkameraden und ihre Bagatellvergehen zur Verfügung zu stehen. Am Morgen hatte er die erste Aktion am Tag Minus Eins begleitet und die Presse verständigt. Auch für die zweite Aktion des Tages hatte Axel Jäger ihn eingeteilt.

Über eine Lichtung ging es auf eine Schranke zu, an der breiten Überlaufrinne vorbei und auf die Krone der Staumauer der Wehebachtalsperre zu. Der Ablassturm vor ihnen, gute achtzig Meter vom Ufer entfernt, sah aus wie ein Flughafentower. Kein schlechter Gedanke, dachte Behrend-Wolff, so eine Anflughilfe für die Lambertzbomber, und das direkt vor der Staumauer.

Von der gegenüberliegenden Seite zog die andere Rotte gerade den Asphaltweg zur Mauerkrone hoch. Behrend-Wolff erkannte Hemmersbach, der den Zug zusammen mit den verrückten Amerikanern anführte. Direkt dahinter versuchte der Einfaltspinsel mit ihnen Schritt zu halten, der Farmersohn aus dem alten Rhodesien. Diesmal hatten sie ihm weisgemacht, dass sich in der Gegend hartnäckig die Legende vom Bernsteinzimmer halte, das sich unter dem Grund der Talsperre in einer Betonkammer befinde. Durch einen Stollengang am Boden des Ablaufturms gebe es einen Zugang zu dem Verlies, hatten sie ihm vorgeflunkert, und nach und nach seien die versteckten Schätze über das Dach des Turmes abtransportiert worden: in nächtlichen Geheimaktionen, und mit Hubschraubern. Der junge Kerl glaubte ihnen aufs Wort und konnte es kaum abwarten, die Talsperre und den Turm zu Gesicht zu bekommen.

Hemmersbach und Behrend-Wolff trafen sich genau in der Mitte der Staumauer, winkelten die Arme an und ließen die flache rechte Hand hochschnellen. Dann gaben sie den anderen den Befehl, einen Kreis als Sichtschutz zu bilden, die Rucksäcke abzusetzen und das Material hervorzuholen: gut dreißig Stangen Dynamit. Hemmersbach trat an das Mauergeländer und sah die teerbeschichtete Aufschüttung herunter auf das Wasser. Er entdeckte zuerst einen einzelnen Karpfen, dann ein Paar und schließlich einen ganzen Schwarm, die sich an der hellen, warmen Mauer mit ihren breiten Mäulern über den kargen Algenbewuchs hermachten.

»Bestens«, meinte er zufrieden zu Behrend-Wolff, während die anderen die Stangen zusammenbanden.

»Dann rufe ich an«, gab Behrend-Wolff zurück und zückte sein Mobiltelefon.

Zwei Minuten später detonierte die erste Ladung.

»An der Wehebachtalsperre gab es einen lauten Knall«, gab Behrend-Wolff durch, als bei der Polizei endlich jemand abnahm.

Die Druckwelle der Explosion tötete ein Dutzend Karpfen. Jetzt trieben sie regungslos an der Wasseroberfläche, die Körper zur Seite gekippt.

Dann detonierte die zweite Ladung und kostete nochmal einem halben Dutzend Fische das Leben.

Die Neonazis warteten vor dem Aussichtsturm an einer der Mauerseiten auf das Eintreffen der Polizei, die sich von Langerwehe aus auf den Weg machte.

Als die Streife eintraf, stellte Hemmersbach sich vor, nannte seinen Beruf und führte die beiden Beamten an die Stelle, an der sich jemand mitten in einer Wasserschutzzone an den Fischen vergangen hatte.

»Unfassbar, oder?«, beendete er seine Ausführungen. Hinter ihm rückten die anderen in Zweierreihen zusammen und marschierten im Gleichschritt über die Staumauer auf die Tosbeckenrinne zu. Hemmersbach schloss sich an und Behrend-Wolff übernahm es, den Beamten zu versichern, dass die Abrückenden alle nur Zufallszeugen gewesen seien und es keinerlei rechtliche Handhabe gebe, sie hier festzuhalten, solange die Möglichkeit bestand, sie in den kommenden Tagen zur Aussage auf eine Polizeidienststelle vorzuladen.

Dann zog auch er ab, unbehelligt von den beiden Polizisten, die sich über Funk mit der Einsatzzentrale in Heimbach in Verbindung setzten. Seit Mittag gehe es drunter und drüber, hieß es von dort, Alarmstufe Rot. Sollte es sich tatsächlich um eine Straftat von Rechtsextremen gehandelt haben, dann bitte alles aufnehmen, Spuren sichern und an die Kreispolizeibehörde Euskirchen weiterleiten. Die habe für Meldungen dieser Art die Zuständigkeit, einfach durchfragen.

Kommissar Dütemeyer, zu dem die Polizisten sich durchstellen ließen, war mehr als kurz angebunden. Er sei nicht im Büro, sondern in einem Krankenhaus, um sich nach dem Zustand eines Patienten zu erkundigen, den die Rechten am Tag zuvor übel zugerichtet hatten. Und er habe nicht viel Zeit, ein kurzer schriftlicher Bericht zu seinen Händen müsse fürs Erste genügen. Also machten die beiden Polizisten Bilder von den toten Karpfen an der Stauseeoberfläche und rückten wieder ab.

Heisterbach hatte die Schreibtischlampe eingeschaltet, draußen dämmerte es. Der Hauptkommissar saß vor dem Computer und stöberte auf den Seiten des Intra-Archivs nach einem Schlüssel für die Asservatenkennzeichnungen, die den Beweisstücken auf der Liste des Mordfalls Bülent Haspolat zugeordnet war. Lola war in die Stadt gefahren und suchte eine Imbissbude, weil allen dreien der Magen in den Kniekehlen hing. Tim las laut aus den Druckfahnen vor.

»Dütemeyer hatte mir eine Kurznachricht geschickt«, meinte Heisterbach, als Tim an die Stelle mit dem Dynamitfischen in der Wehebachtalsperre gelangte. »Wenn es da nicht schwarz auf weiß drinstünde und mir wieder auf die Sprünge geholfen hätte, glauben Sie mir, ich hätte es komplett vergessen.«

»Das heißt, es hat sich tatsächlich so zugetragen?«, fragte Tim.

»Ich erinnere mich an die Nachricht, ja. Die Arschlöcher wollten auf Nummer Sicher gehen mit ihren Provokationen und Ablenkungsmanövern.«

»Und Dütemeyer war auch nicht im Büro, sondern bei Wollgarten?«

»Wenn es da so drinsteht.«

Tim kratzte sich am Kinn und grübelte.

»Kennen Sie Wollgarten eigentlich?«, fragte er schließlich. »Ich meine, mehr als nur vom Namen. Haben Sie ihn mal leibhaftig zu sehen bekommen?«

»Negativ«, antwortete Heisterbach. »Warum fragen Sie?«

»Naja, später im Text heißt es irgendwo, dass er nach Euskirchen vorgeladen wurde, um ihm als Rekonvaleszenten die Fahrt nach Wiesbaden zu ersparen. Er sollte Jäger, Ronneburg und Feisting auf Bildern identifizieren.«

»Ich will nicht ausschließen, dass er mal hier war. Über den Weg gelaufen ist er mir nicht. Ansonsten«, zögerte Heisterbach, »werden vielleicht mal Augenzeugen bei einem Bruch oder einer Fahrerflucht zur Fotoidentifikation in eine Polizeibehörde vorgeladen. Aber ganz bestimmt keine Tatzeugen bei einem Polizistenmord, dessen Aufklärung die ganz oben an sich reißen.«

Merkwürdig, dachte Tim bei sich.

Merkwürdig, war auch Lolas Kommentar, als sie mit einer Plastiktüte voll Currywurst, Pommes frites, Softdrinks und Gyros das Büro betrat.

»Was gibt's sonst?«, fragte sie zwischen zwei Bissen in ihre Pita. »Fündig geworden bei der Pistole?«

»Das BKA hat in der Tat den Daumen drauf«, brummte Heisterbach kauend. »Die Verschlüsselungshinweise sind fünfzehnstellig, dazu kommt ein diskretes WI in einer Buchstabenkombination zwischen der vierten und elften Stelle, das müsste eigentlich eindeutig sein.«

»WI für Wiesbaden?«, schaltete Tim sich ein.

»Wie auf den Autokennzeichen«, nickte Heisterbach. »Schlechte Aussichten, da ran zu kommen.«

»Kommt ganz drauf an«, warf Lola ein. »Beim BKA durfte ich letztes Jahr noch die Nachhaltigkeit der Einlagerungstechniken evaluieren.«

»Die Nachhaltigkeit der Einlagerungstechniken, schau an.« Heisterbach runzelte die Stirn. »Klingt wie eine Verschwendung von Steuergeldern.«

»Macht aber Sinn«, hielt Lola dagegen. »Wenn zum Beispiel ein Asservat später nochmal unter die Lupe genommen werden muss, weil jemand den Fall aufrollt oder sich im Nachhinein die Beweislage ändert. Die in Wiesbaden haben sogar Geld für richtig teure Technologien, das Neueste vom Neuen.«

»Heißt?«, hakte Tim nach.

»Dass mein Gutachten entsprechend ausfiel«, gab Lola zurück. »Die präparieren ihre Asservate so, dass man für Oberflächenspuren das eigentliche Beweisstück im Grunde gar nicht mehr braucht. Sowas kann wichtig sein bei Gegenständen, die mit der Zeit ihre Form verändern und unbrauchbar werden. Zum Beispiel, weil sie schrumpfen oder austrocknen. Eine clevere Sache!«

»Und wie soll das gehen?«, schaltete Heisterbach sich ein. »Wenn das Originalasservat nicht mehr gebraucht wird, wie Sie sagen, ziehen die dann eine Kopie?«

»Kompliment, Herr Kollege«, sagte Lola. »Auch den Beitrag in den Kriminalforensischen Blättern gelesen?«

»Nee, nur geraten. Wie zieht man von einer Dienstpistole bitteschön eine Kopie?«

»Indem man sie einscannt. Mit Oberflächenspuren und allem, die Software dafür heißt NanoTrace©. Und indem man den Scan, wenn nötig, ausdruckt. Mit einem 3-D-Drucker.«

»Die Digitialisierung der Asservatenkammer«, staunte Tim. »Sowas wünsche ich mir für unser Ordensburgarchiv auch.«

»Schön und gut«, sagte Heisterbach. »Hilft uns aber nicht wirklich weiter.«

»Auch wieder wahr.«

»Also mal Tacheles.« Heisterbach nahm den Ball in die Hand. »Sie beide gehen davon aus, dass mit diesem Dokumentar-Roman etwas faul ist. Richtig faul, meine ich, und nicht nur fantasievoll umgedichtet wie der Verbleib von Haspolats Pistole oder das mit der sonderbaren Leonie Schumpeter. Mehr noch, Sie haben den Eindruck, dass da Absicht hinter steckt.«

»Frau Montizquierdo-Gíl und ich halten das für möglich, ja.« Tim sah Heisterbach fragend an. »Und Sie?«

»Was motiviert Sie«, fragte der Hauptkommissar zurück. »Der Tod Ihrer Betreuerin?«

Tim nickte.

»Die wahren Umstände, die zu Maries Tod geführt haben. Und nicht nur zu ihrem.«

Heisterbach kapierte sofort, brauchte aber einen Moment, um in sich zu gehen.

»Punkt für Sie«, sagte er. »Also gut, ich bin dabei. Allerdings nur im Nebenberuf, wenn Sie verstehen, was ich meine. Die Hauptarbeit müssen Sie beide übernehmen.«

»Tim und ich haben uns ein paar Tage gegeben für den Job«, sprang Lola ein. »Wenn es läuft, dann maximal bis Ende nächster Woche. Solange kann ich mich in Köln ausklinken.«

»Viel haben wir nicht in der Hand«, Heisterbach klang auf einmal entschlossen. »Wie legen wir los?«

Tim und Lola sahen einander an.

»Indem wir uns systematisch über das nicht Viele hermachen«, schlug Lola vor. »Wenn das hier offizielle Ermittlungen wären, interessierte mich in erster Linie der Verbleib von Wollgarten. Dazu die Familienangehörigen der Toten. Außer uns waren das die einzigen, die erstens noch nicht von der Bildfläche verschwunden sind, zweitens ein Interesse an der Wahrheit haben und die es drittens wirklich gibt.«

»Das wäre das Polizeitaktische«, setzte Tim hinterher. »Das kann reichen, muss aber nicht. Wir brauchen noch eine Kompetenz.«

»Er meint lesen«, nahm Lola Heisterbachs Frage vorweg. »Genau lesen und dann das Gelesene mit dem vergleichen, was wir inzwischen so herausfinden.«

Tim ließ dazu die Druckfahnen wie ein Daumenkino durch die Finger schnurren.

»Na gut«, sagte Heisterbach. »Die Hinterbliebenen teilen wir uns auf, vielleicht haben wir ja Glück. Herr Rhiel, Sie übernehmen die von Marie Breuer. Frau Montizquierdo-Gíl und ich kümmern uns um die anderen. Ich klemme mich außerdem mal hinter diesen Wollgarten. Und beschäftige mich mit dieser anderen Kompetenz.«

»Lesen?«

»Die ganze Nacht durch, wenn es nötig ist. Legen Sie was rein in die Druckfahnen, damit ich weiß, wo ich einsteigen muss.«

Tim markierte die Stelle mit dem Kassenbon aus der Imbissbude.

»Dann viel Spaß mit unserer ersten Begegnung«, sagte er. »Ich weiß noch, wie hundemüde ich damals war, dreißig Stunden ohne ein Auge zuzumachen. Davon steht da kein Wort drin …«

13

»Wenn einer damit klarkommt, dann Hauptkommissar Heisterbach«, sprach der Einsatzleiter in Heimbach in die Webcam am oberen Rand seines Bildschirms. Das BKA ist immer besonders skeptisch, wusste er, und auch beim Krisenstab in Düsseldorf wollte Überzeugungsarbeit geleistet werden. »Die TKÜ ist bei ihm und Herrn Dengeldein in den besten Händen, glauben Sie mir.«

»Unser Dengeldein ist eingetroffen? Gut, dann kommt hier unser Okay.« Über das Videotelefon klang McElliott abgekämpft und müde. »Wer übernimmt den Einsatzast in Rurberg?«

»Wir fahren es im Tandem.« Der Einsatzleiter zwängte sich in die Montur, rückte vor dem Schlüsselbein das Mikro zurecht und steckte den Knopf ins Ohr. »Jeweils einer vom BKA und einer von der Bundespolizei. Für Rurberg sind Mönninghoff und Frau Schneider zugeteilt. Den Ast in Einruhr übernehmen Wenzel und ich.«

»Dann viel Erfolg.«

Kurzes Stühlerücken vor der Kamera, dann saß Heisterbach vor dem Schirm. Er stellte sich und Dipl. Ing. Carl-Moritz Dengeldein vom zuständigen IT-Dezernat des LKA Düsseldorf vor und legte los.

»Die Mobilfunkanbieter haben uns bei sämtlichen Verdächtigen, die namentlich bekannt sind und aus der Gegend stammen, draufgeschaltet und Gesprächsmitschnitte der letzten zweiundsiebzig Stunden geliefert. Alles was länger her ist, wird automatisch gelöscht, aber das muss uns nicht weiter stören.«

»Wir sind unter anderem bei Axel Jäger, Silke Feisting, Jean Mertens, Jörn Behrend-Wolff und zwei Dutzend anderen auf dem Stand«, ergänzte der IT-Fachmann Dengeldein. »Was wir noch nicht haben, sind Zugang und Aufzeichnungen von den Neonazis aus dem Ausland. Da müssen wir erst die Namen herausfinden, und das geht leider nur über die Ochsentour. Wir klappern jede Pension und jedes Hotel in der Gegend ab und fragen nach Gästen, die in Frage kommen.«

»Alle, die wir bis jetzt am Wickel haben, sind in Funkzellen in der Nordeifel lokalisiert worden«, übernahm Heisterbach wieder. »Das ist wohlgemerkt Stand jetzt. In den letzten Tagen gab es immer wieder Wanderungen von der einen Zelle zur anderen, das aber nur bis in einen Umkreis von dreißig Kilometern. Dann bricht regelmäßig die Ortung zusammen und setzt erst Stunden später wieder ein. Vermutlich nehmen sie die SIM-Karten aus ihren Geräten, wenn sie auf Achse sind.«

»Was haben Sie sonst herausbekommen?«, wollte einer aus dem Stab wissen. »Benutzen sie Codes?«

»Sie kommunizieren meistens untereinander«, wieder Dengeldein, »und zwar in Klartext. Die Aktion von heute früh etwa, das mit dem Hakenkreuz im Stausee, ließ sich erstaunlich einfach über die Verbindungen rekonstruieren. Nebenbei erkennt man bei der Datensichtung, was das für Präzisionsfanatiker sind. Der Zeitpunkt des Ablegens des Ausflugschiffs, der Beginn der Färbeaktion im Stausee und die Anrufe bei der Presse waren per Mobiltelefon exakt aufeinander abgestimmt.«

»Und sonst? Kommunizieren sie auch über das Gebiet der Rurtalsperre hinaus?«

»Über Euskirchen hat mich vor ein paar Minuten eine Nachricht erreicht«, übernahm Heisterbach. »Wir gehen dem gerade nach. Ein paar Neonazis sind zum Dynamitfischen ausgerückt, interessanterweise an einer anderen Talsperre. Behrend-Wolff hat den Abschluss der Aktion an Jäger durchgegeben.«

»Ich meinte, *richtig* weit weg«, drängelte der Mann in Düsseldorf. »Andere Bundesländer, Ausland?«

»Wenig. Und nichts, was einen sinnvollen Zusammenhang ergibt. Jäger bekam am Nachmittag einen Anruf aus der Gegend von Maastricht. Von wem genau, wissen wir nicht. Es ging um einen verspäteten Flug.«

»Wollen die ihr Lambertzbomben jetzt verschieben?«, wunderte sich McElliott. Die anderen schwiegen.

»Eine Linienmaschine«, ergänzte Dengeldein, »die auf dem Flughafen Hahn landen soll. Von dort kam vor einer Viertelstunde eine SMS bei Jäger rein von einer anderen noch nicht identifizierten Person. ›Co3 gelandet, jetzt auf dem Weg zu LB3‹, hieß es in der Textnachricht.

»LB 3«, grübelte der Mann vom Verteidigungsministerium neben McElliott laut.

Ein Anzugträger drängelte sich von hinten ins Bild und stellte sich vor als Vertreter des Innenministeriums.

»Lambertzbomber Nummer Drei«, sagte er. »Was sonst?«

»Die wollen mit drei Kisten angreifen? Kann ich mir nicht vorstellen«, winkte der vom Militär ab. Sein Gesichtsausdruck verriet das genaue Gegenteil: dass er es sehr wohl für möglich hielt.

»Das ist doch Stochern im Nebel«, meinte ein anderer.

»Es fällt noch nicht in ein Muster.« Heisterbach nickte nachdenklich. »Limburg in Holland, Hahn im Hunsrück, die Wehebachtalsperre oben bei Stolberg. Das passt nicht zusammen.«

»Auch weil uns das Ortungsprogramm keine Bewegungsprofile liefert«, schaltet Dengeldein sich ein. »Oder nicht liefern kann, keine Ahnung. Der Absender der SMS aus Hahn hat Jägers Antwort noch abgewartet, danach war er nicht mehr zu lokalisieren. Auf dem Zubringer zur A 61 haben wir ihn verloren.«

»Bleiben Sie dran und liefern *Sie* uns das Muster.« McElliotts Kommentar sollte motivieren, klang aber wie eine Forderung. »Bevor ich es vergesse«, setzte er hinterher, »ich habe hier einen jungen Mann, der hat noch was für Sie.«

Der Staatssekretär erhob sich, zog sich in eine Ecke zurück und steckte mit den anderen Stabsmitgliedern die

Köpfe zusammen. Tim und Carola Knittel nahmen seinen Platz ein, und Tim stellte sich vor. Heisterbach erinnerte sich an den Vogelsang-Mitarbeiter, von dem der Hinweis kam, dass der Schlüssel zu allem, was die internationale Rechte in diesen Tagen in der Nordeifel veranstaltete, in dem Typoskript zu suchen sei.

»Seit gestern Mittag versucht Herr Rhiel vergebens, Franka Froitzheim anzurufen«, klinkte sich die Staatsanwältin ein. Tim und sie wussten, dass es Carola Knittel war, die den Hauptkommissar eher dazu bewegen konnte, die TKÜ ein wenig auszudehnen. »Ich weiß, Sie haben bis über beide Ohren zu tun. Andererseits sind wir sehr beunruhigt und wissen, dass Sie das an jedem anderen Tag außer heute auch wären.« Sie legte eine Kunstpause ein. »Und auch an seine Betreuerin kommt Herr Rhiel nicht mehr heran, nachdem sie sich mit Zustimmung von Frau Froitzheim nochmal mit Bruno Hüppauf treffen wollte.«

»Sie treffen da einen wunden Punkt«, gestand Heisterbach, »einen sehr wunden.«

Er brachte Tim und Carola Knittel auf den neuesten Stand. Tim stockte der Atem, als er erfuhr, dass Bülent bei dem Einsatz in Einruhr ums Leben gekommen war.

»Und das Schlimme ist, ich habe keine Zeit, mich vernünftig darum zu kümmern.«

»Gib mir die Handynummern«, ging Dengeldein dazwischen.

Fünf Minuten später hatte er die Anbieter der beiden Anschlüsse herausgefunden und angewiesen, dass keine der aufgezeichneten Verbindungen der letzten drei Tage gelöscht wurde. Die Telekommunikationsunternehmen sagten zu, ihm die Gespräche und Nachrichten zuzustellen.

Es dauerte keine Viertelstunde und er bekam eine Liste zugeschickt.

Seit zweiunddreißig Stunden hatten weder Franka Froitzheim noch Marie Breuer Anrufe getätigt oder entgegengenommen.

Unter den entgangenen Anrufen waren die von Tim; auf Maries Sprachbox hatte außerdem ihr Vater eine Nachricht hinterlassen und sich besorgt erkundigt, wo sie sich befinde und ob alles in Ordnung sei.

Dann trudelte das Ergebnis der Funkzellenortung ein, die Dengeldein bei den zuständigen Kriminalämtern angefordert hatte. Weder bei Marie noch bei Franka Froitzheim ließ sich herausfinden, wo sich ihre Mobiltelefone im Augenblick befanden.

»Es kann beim heutigen Stand der Batterietechnik eigentlich nicht sein, erst recht nicht bei zwei Telefonen auf einmal«, erklärte Dengeldein einem zusehends alarmierten Heisterbach und den beiden anderen, die ihm mit versteinerter Miene über Videotelefon zuhörten. »Aber wie es aussieht, ist bei beiden der Akku komplett leer. Als lägen sie in einem Gefrierfach.«

»Und wo uns die Scheiße sowieso schon um die Ohren fliegt«, grätschte Heisterbach rein, »kommt hier gerade eine frische Textnachricht von Axel Jäger reingeflattert.« Er deutete auf etwas, das außerhalb des Bildausschnitts lag, und hob es vor die Webcam. Tim und die Knittel lasen auf einem Display die SMS von Jäger.

Alle die Karte raus, stand da. *Abtauchen sofort. Per Flüsterpost auch an die Weltkameraden! HH*

»Sie sind uns auf die Schliche gekommen«, raunte der verdutzte Dengeldein.

»Oder mein Freund der Einsatzleiter hat sie soeben entdeckt«, antwortete Heisterbach lakonisch. »Entdeckt und aufgescheucht.«

Toralf Ronneburg hielt als einziger die Stellung im Jägerhauptquartier, wie die Kameraden Hüppaufs Gästehaus in Einruhr längst nannten. Jörn Behrend-Wolff war noch in Schevenhütte an der Wehebachtalsperre, und Jäger selbst hatte es am liebsten, wenn er an der frischen Luft war, um die Fäden zusammenzuhalten, die bei ihm zusammenliefen: an der frischen Luft und unbeobachtet. Jean Mertens zog sich ebenfalls zurück. Seine Gedanken kreisten um den Flugplatz in Belgien, wo der letzte Co-Pilot immer noch nicht eingetroffen war. Auch Silke Feisting zog es vor, den Tag Minus Eins woanders zu verbringen. Bis zum Zapfenstreich und zur letzten Lage auf dem Gehöft von Hemmersbachs Fischzuchtbetrieb hatte sie sich ausgeklinkt und besuchte ihre Eltern.

Am Nachmittag hatte Ronneburg einen alten Liegestuhl in den wildwuchernden Garten gestellt, sein Smartphone hervorgekramt und sich in eine Partie *Westwall* vertieft. Die Wolken hatten sich aufgelockert und ließen ein paar Sonnenstrahlen durch, doch der eigentliche Grund für seinen Umzug ins Freie war der Tote, der auf dem Dachboden baumelte und der, glaubte er, bereits zu riechen begann. Das und sein Wissen um die beiden Frauen im Tiefkeller, die es inzwischen auch hinter sich haben dürften, verleideten ihm das Hausinnere.

Er schaute auf seine Armbanduhr. Noch vier Stunden, dann würde er abrücken und das Quartier aufgeben. Mit zugekniffenen Nasenflügeln würde er sich durch das Treppenhaus in den ersten Stock schlagen und die Sachen heruntertragen: dick aufgeblähte Rucksäcke, vollgepackte Umhängetaschen, Plastiktüten mit den Resten ihrer Verpflegung, Jägers Aktenkoffer und das Case für den Laptop.

Hinter den Büschen am Jägerzaun bewegte sich etwas. Ronneburg schob sich in die Senkrechte und ließ den Blick konzentriert den Uferweg entlang schweifen. Olivgrün schimmerte es zwischen den Zweigen durch.

Er sprang auf, verschwand hinter der Hauswand und streifte auf den Vordereingang zu.

Auch dort hatten sich Männer in Polizeiuniformen postiert. Er hörte, wie einer von ihnen in sein Schultermikrofon sprach und die Anweisung gab, auf sein Kommando zu warten.

Ihm blieb nichts anders übrig, als sich fest an die Hauswand zu schmiegen und so lautlos wie möglich zurück in Richtung Garten zu verschwinden. An der Ecke zur Rückseite hielt er inne. Einen Schritt weiter, und er würde ins Blickfeld der Polizisten auf dem Uferweg geraten. Vorsichtig schob er den Kopf vor und sah, wie sie sich hinter der Hecke besprachen, die Hüppauf seit Ewigkeiten nicht mehr getrimmt hatte und die ihm jetzt den nötigen Sichtschutz gab. Kurzentschlossen rannte er an der modrigen Treppe zum Keller vorbei und erreichte die andere Ecke der Hausrückseite.

Sein Sprint blieb unbemerkt.

Erleichtert atmete er auf und schlug sich durch die Büsche an der Seitenwand vor bis an die gepflasterte Straße. Auch die Polizisten am Hauseingang schienen nicht mitzukriegen, wie er aus dem Unterholz auf den Gehweg sprang. Ab hier war er ein ganz normaler Passant, und nicht mehr auf der Flucht.

Als er außer Hörweite war, rief er Axel Jäger an.

»Objekt aufgeben!«, blaffte der.

»Hab ick schon. Wie jesacht. Wat looft mit die Klamotten?«

»Ich sagte, Objekt aufgeben.« Jäger hohe Stimme überschlug sich. »Und weitere Weisung abwarten.«

Zwei Minuten später erreichte ihn Jägers Textnachricht. Pflichtschuldig deaktivierte er sein Smartphone, nahm außerdem den Akku heraus. Dann machte er sich auf den Weg zum *Stüffje*, betrat die Kneipe und erwischte die Paraguayer, den alten Farmer aus Simbabwe und einen seiner Söhne. Er forderte sie auf, die Handys auszuschalten.

»Jägerbefehl!«, erklärte er.

»Wenzel, Sie und Ihre Männer nehmen sich den hinteren Bereich vor. Laut Google Earth hat es da nur Gras, also vermutlich keine Tür ins Gebäudeinnere. Dafür einen Kellerzugang!«

»Wir sind am Einsatzort. Geben Sie Zeichen, wenn's losgeht.«

»Legen Sie los, sobald Sie das Explosionsgeräusch hören. Wir sprengen die Eingangstür auf.«

Das Kommando stürmte den Schankraum, besetzte den verwaisten ersten Stock und stieß dann zum Speicher vor. Hüppaufs Leiche hing steif in der Seilschlaufe, das Gesicht blau angelaufen und zu einer Grimasse verzerrt, die mit Eintritt der Leichenstarre ausgehärtet war. Der Valknut prangte über ihm an der Dachsparre und blieb zuerst unbemerkt. Dann zeigte einer aus dem Kommando auf den kunstvoll geschlungenen Knoten, der sich auch am Revers des Toten wiederfand, und klärte die Kollegen auf. Nordische Mythologie, sagte er, irgend so eine Nazisymbolscheiße.

»Das nenne ich mal einen doppelten Nazimord«, hielt der Einsatzleiter fest. »Von Nazis, an einem Nazi.«

Er verständigte über Funk die Leiter des anderen Astes in Rurberg. Bruno Hüppauf, teilte er ihnen mit, würden sie dort nicht mehr antreffen.

Wenzels Männern gelang im Keller kein so spektakulärer Fund. In der stickigen Luft des oberen Kellers ließen sie den Schein der auf ihren Maschinenpistolen montierten Kaltlichtlampen über alte Gartenstühle, ausrangiertes Gasthausinventar und immer wieder dicke Spinnennetze zucken. Sie nahmen den Raum in Beschlag und hatten keine Mühe, ihn und sich gegenseitig zu sichern: Nebenräume und Zimmerwände gab es keine. Einzig die verwitterten Stützpfeiler standen ihren Blicken im Weg, ließen sich aber mit einem Schritt zur Seite aus dem Sichtfeld räumen.

Die Aktion war entsprechend schnell beendet. Niemandem, weder Wenzel noch seinen Leuten, kam sie oberflächlich vor. Vielleicht lag es an der nachlassenden Konzentration, am unweigerlich einsetzenden Loslassen nach der Anspannung, dass keiner der Leute beim Anblick des Stahlregals stutzig wurde, das hinter einem Stützpfeiler mitten unter alten Ziegelsteinen auf einer schweren Falltür stand.

So blieb der Zugang zum Tiefkeller, in dem Franka Froitzheim mit hohen Kehllauten versuchte, auf sich aufmerksam zu machen, unentdeckt.

Als über ihr wieder Ruhe einkehrte, traten der geknebelten Kriminalinspektorin Tränen in die Augen. Verwaschen schaute sie in der Düsternis zu Marie Breuer hinüber, die reglos in ihren Fesseln hing. Dann trockneten ihre Tränen und sie sah genauer hin. Der Brustkorb der jungen Frau bewegte sich nicht mehr.

Franka Froitzheim ertrug den Anblick nicht. Sie flüchtete sich zurück in den dämmrigen Schlaf, der sie wie kalter Nebel umhüllte und ein letztes Mal einholte.

»Wir wissen darüber nur vom Hörensagen«, meinte Adelheid Breuer schroff, als Tim sie am Sonntagnachmittag anrief und ihr von dem Doku-Roman erzählte. »Kommt unsere Marie auch darin vor?«

Tim wurde unwohl. Sich bei den Breuers zu melden, hatte ihn einiges an Überwindung gekostet. Immerhin war er es gewesen, der ihre Tochter in den ganzen Strudel hineingezogen hatte. Maries Eltern konnte er kaum glaubhaft machen, wie oft er sich im letzten Dreivierteljahr Selbstvorwürfe gemacht hatte. Und dann diese Frage ...

Ja, er hatte zugelassen, dass dieser Auftragsschriftsteller ihn bei seiner Recherche über Marie regelrecht ausquetschte. Und er hatte stillschweigend gebilligt, dass der Kerl es in seinem Text verwendete.

»Sie war zu nah an den Geschehnissen dran, an der ganzen Aufklärung und allem, um sie außen vor zu lassen«, gestand er und fühlte sich elend. »Vielleicht kann man erreichen, dass ihr das Buch gewidmet wird. Ihr und den beiden Polizisten, die ums Leben kamen.«

»Vielleicht kann man erreichen, dass es überhaupt nicht erscheint«, gab Maries Mutter giftig zurück. Tim starrte aus dem Fenster, den Hörer zwischen den Kiefer und das Schulterblatt geklemmt, und streute sich Zucker in die Tasse Tee vor sich auf dem schmalen Küchentisch. Meinetwegen auch das, warum nicht, sinnierte er.

»In meinem Sinn wäre das«, gab er zur Antwort, »vor allem, wenn sich herausstellt, dass das eine oder andere absichtlich verkehrt dargestellt wird.« Er erzählte Maries Mutter von den Ungereimtheiten, die ihm bei der Lektüre der Druckfahnen aufgefallen waren.

»Wissen Sie noch, was los war, bevor man ihre Leiche fand?«, fragte die Mutter nach einer Weile. »Polizei, Politiker und Behördenchefs, alle sonnten sich im Licht ihres Erfolgs. Pressekonferenzen und Sondersendungen, eine nach der anderen, und ein Affe eitler als der andere. Niemanden kümmerte es, was mit unserer Marie war. Niemanden. Mein Mann hat alles versucht, das gesamte Wochenende über. Nichts. Und ich habe es auch versucht. Resultat, nichts!«

Ihre Verzweiflung war mit Händen zu greifen. Warum erzählt sie mir das alles nochmal, fragte Tim sich. Dabei kannte er die Antwort, oder meinte sie zu kennen. Geteiltes Leid ist halbes Leid, auch im Nachhinein, wenn alles wieder hochkommt.

»Ich weiß«, brachte er heraus. »Mir ging es in meinem goldenen Käfig in Düsseldorf nicht viel besser. Und am Tag danach dasselbe. Alle machten sie schon einen Haken an die Sache und ließen sich für ihr Eingreifen feiern.«

»Dann kam der Montag«, fuhr sie fort. Es klang nicht so, als hätte sie gerade zugehört. »Man hatte dieses Haus in Einruhr in der Nacht ein zweites Mal unter die Lupe genommen. Routinemäßig, hieß es. Und gründlicher. Dabei stießen sie auf den Tiefkeller.«

Und sie fanden Maries Leiche, dachte Tim. Er nahm sich vor, gefasst und geduldig all dem zuzuhören, was jetzt kommen würde. Es war etwas, das er genau kannte, weil er es gewesen war, der es in die Wege geleitet hatte. Und es war etwas, das länger dauern würde.

»Da muss es doch eigentlich schon beim ersten Mal aufgefallen sein«, enttäuschte Maries Mutter seine Erwartung.

»Was hätte da auffallen müssen?« Tim war einen Augenblick lang aus der Spur.

»Sie suchen doch nach Ungereimtheiten in diesem Machwerk, sagen Sie. Hier wäre eine!«

»Ja und … was?«, stotterte Tim.

»Es waren drei Leichen, die sie da unten gefunden haben. Drei. Marie, die von dieser Inspektorin und noch eine.«

»Woher …?«

»Ich das weiß? Wir hatten noch am selben Nachmittag das Vergnügen, Marie in der Gerichtsmedizin in Aachen zu identifizieren. Und da lagen sie, zu dritt nebeneinander. Den Mann haben sie irgendwann weggekarrt, noch während wir dastanden und uns die Augen ausheulten.«

»Der dritte Tote war ein Mann?«

»Würde ich meinen. Oder binden die den Toten die Preisschilder mit den Namen nur zum Spaß an die Zehen?«

Tim fing sich allmählich wieder. Das mit den Namensschildchen konnte er nicht glauben. Es klang zu sehr nach schlechtem Fernsehkrimi.

»Wenn ich es doch sage«, kam es resolut zurück. »Marie und die andere Frau trugen keine, nur dieser Mann. Auch von der Körpergröße war das, was da unter dem Leichentuch lag, keine Frau.«

»Das ist ein Ding«, stöhnte Tim.

»Und es hieß Litzenhoff, das Ding«, setzte Maries Mutter trocken hinterher. »Manfred von Litzenhoff.«

»Sie sind sich da ganz sicher?«

»Ich hab's mir genau gemerkt, weil ich es mir genau merken wollte«, antwortete Maries Mutter. »Und ich hab's mir genau merken wollen, weil ich mich da drinnen ablenken musste. Sonst wäre ich im nächsten Moment zusammengebrochen.«

14

Um kurz nach achtzehn Uhr verließ Leonie Schumpeter das Krankenhaus und fuhr zurück nach Einruhr, um eine schnelle Dusche zu nehmen und sich frische Sachen anzuziehen. Auch der Kommissar aus Euskirchen, der sie zum Parkplatz begleitete, stieg in seinen Wagen und gab Gas.

Die Warterei war nicht sein Ding gewesen. Leonie dachte an sein fahriges Marschieren über die Flure vor der Krankenstation. Die Ärzte hatten eine Weile geduldet, dass er sich ihnen ständig in den Weg stellte und wissen wollte, ob man den Patienten nicht langsam aus seinem Koma herausholen könne, schließlich sei er in einer akuten Gefahrenlage ein wichtiger Zeuge. Dann ignorierten sie ihn, bis einer durchgriff und ihn an die frische Luft setzen wollte: Handys seien in der gesamten Klinik verboten. Dütemeyer fügte sich und Leonie hatte den Eindruck, dass er innerlich kochte.

In ihrer Ferienwohnung erwartete sie eine Überraschung. Auf dem Tischchen im Gang zu den Gästezimmern lag ein Umschlag mit Geldscheinen. Leonie zählte nach, es war exakt der Betrag, den die Paraguayer und die drei Männer aus Afrika ihr für die Übernachtungen schuldeten: die kommende Nacht inbegriffen. Die aber, so schien es, würden sie nicht in Anspruch nehmen. Die Herrschaften hatten sich selbst ausgecheckt und waren abgereist. Nicht unbedingt Hals über Kopf, dafür hatten sie alles zu ordentlich hinterlassen. Die Türschlüssel fand Leonie im Briefkasten.

Beim Namen des Toten merkte Heisterbach auf. Bruno Hüppauf, das war der Altnazi, dem Franka Froitzheim und der arme Teufel Haspolat auf den Fersen gewesen waren. Dass man ihn auf dem Dachboden seines eigenen Hauses aufgeknüpft vorgefunden hatte, war ein überraschendes Detail. Mehr aber auch nicht. Er wird ihnen im Weg gestanden haben, räsonierte Heisterbach, also hat Jäger dafür gesorgt, dass er beiseitegeschafft wurde.

Viel wichtiger waren die gepackten Rucksäcke und Taschen, die das Einsatzkommando im ersten Stock des Gästehauses gefunden hatte. Der Stab in Düsseldorf ordnete ungeduldig eine Durchsuchung an. Heisterbach steckte es durch nach Einruhr.

Toralf Ronneburg wurde das Risiko zu groß, mit den Weltkameraden und ihrem Gepäck im *Stüffje* zu hocken und auf die hereinbrechende Nacht zu warten, während keine zweihundert Meter weiter ein SEK das Gästehaus auf den Kopf stellte und über kurz oder lang auf die Hinterlassenschaften unter dem Dach und im Tiefkeller stoßen würde. Er wies die anderen an, ihre Rechnungen zu begleichen, dann verließen sie die Kneipe und gingen zu Fuß in Richtung Rurbrücke. Ronneburg überwachte den Abzug, er zog sich die Kapuze tief ins Gesicht und steuerte den Fernsprecher neben der Post an. Die erste Taxizentrale, die er erreichte, war die in Gemünd. Zwanzig Minuten würde das Großraumtaxi brauchen. Ronneburg bestellte es zu einem kleinen Gasthof nach Erkensruhr, dann begab er sich zu den anderen und scheuchte sie mit ihren Rollkoffern und Armeerucksäcken in das drei Kilometer entfernte Dorf.

»Nichts«, gab der Einsatzleiter in Einruhr gegen halb sieben per Funk durch. »Keine Papiere, keine Dokumente, keine sonstigen Datenträger. Nur unverfängliche Reiseutensilien, Kleidung oder Waschzeug.«

Heisterbach gab es über das Videotelefon durch nach Düsseldorf.

»Sagen Sie dem Einsatzleiter, dass er und seine Leute einpacken können«, kam von McElliott enttäuscht zurück. »Und dann klinken Sie sich mal aus, Heisterbach. Verschnaufen Sie, Dengeldein hält solange die Stellung.«

»Ernsthaft?« Heisterbach klang verdutzt, aber alles andere als unwillig.

»Schauen Sie sich um«, McElliott trat zur Seite und gab den Blick frei auf die anderen Stabsmitglieder. Ein paar hatten ihre Füße auf den Tisch gelegt, andere saßen mit gelockerten Krawatten und hochgekrempelten Hemdärmeln da und kneteten sich die Augen. Im Hintergrund saß der junge Bursche aus Vogelsang in seinem Rollstuhl, die Augen fest geschlossen und den Kopf zur Seite geneigt. »Wir laden unsere Batterien zwischendurch auch auf. Also machen Sie schon. Die Nacht wird noch lang, fürchte ich.«

»Von Litzenhoff, so so.« Lola überlegte. »Von einem Namensschild hat der sanfte Riese nichts gesagt.«

Sie war von ihrem Besuch bei Frankas Vater zurückgekehrt, beeindruckt von der Statur des ehemaligen Meisterringers. Jetzt goss sie in Tims kleiner Küche frischen Tee auf.

»Der sanfte Riese«, murmelte Tim und stellte sich einen breitschultrigen Mann vor, den Franka angehimmelt und dem sie als Ringerin nachgeeifert hatte.

»Sanft wie ein Lämmchen«, bekräftigte Lola.

»Ihm ist der dritte Tote also auch aufgefallen«, hielt Tim fest. »Dann ist da wohl tatsächlich was dran. Er hat seine Tochter alleine identifiziert?«

»Die Mutter war fertig mit den Nerven«, nickte Lola. »Er war alleine, und noch vor den Breuers dran. Die hatten vor der Gerichtsmedizin gewartet, bis er rauskam, und seien so kreidebleich gewesen wie er selbst. Daran hat er erkannt, dass es auch Eltern waren, die für einen makabren Tausch gekommen waren.«

»Für einen makabren Tausch?«

»Er sagte, du gibst den Behörden, die dich hinbestellt haben, Gewissheit. Und kriegst dafür Gewissheit zurück. Mit dem Unterschied, dass die Gewissheit für die immer willkommener ist als die für dich.«

»Meine Fresse.« Tim nickte anerkennend. »Ein Mann mit Tiefgang.«

»Kann man nicht anders sagen. Aber jetzt mal du.«

Tim ließ sich nicht zweimal bitten. Auch ohne Heisterbach zu kontaktieren, den er sonntagmittags nicht stören wollte, fiel seine Recherche ergiebig aus. Nach dem Telefonat mit Maries Mutter hatten ein paar Klicks im Internet genügt, und er wusste, wo er den Namen schon einmal gehört hatte.

Manfred von Litzenhoff war ein Neonazi aus dem Südharz.

Das erste Mal in der digitalen Öffentlichkeit aufgetaucht war er in den frühen Zweitausendern, da hatte er bei einer Gedenkveranstaltung für Luftkriegsopfer des Zweiten Weltkriegs in Nordhausen Flugblätter mit der Überschrift ›Bombenholocaust‹ verteilt und rechtsextreme Parolen gegrölt. Danach trat er der Thüringer NPD bei und stieg zum Regionalvorsitzenden auf. In dieser Zeit hatte er sein Profil betont flach gehalten, und als der NSU im November 2011 aufflog, wurde es endgültig ruhig um ihn. Nachdem Böhnhardt und Mundlos in ihrem Wohnmobil zu Tode gekommen waren, gab es keinen einzigen Hinweis mehr auf von Litzenhoff: jedenfalls keinen, dem Tim bei seiner raschen Recherche begegnet wäre. Seinen Facebook-Account hatte er behalten, ohne neue Einträge zu hinterlassen oder woanders zu posten. Das gleiche Bild in den anderen sozialen Medien; auch bei XING hatte er sich offenbar Wochen nach der Enttarnung des NSU ausgeklinkt und seine Seite als eine Art digitale Karteileiche hinterlassen. Ob absichtlich oder nicht, hatte er dort ein Foto von sich eingestellt.

»Jetzt erklär mir mal, wie das zusammenpasst.« Den Ausdruck des Porträtfotos in der Hand, legte Lola die Stirn in Falten. »Die sperren unsere beiden mit so einem in den Tiefkeller. Mit einem mutmaßlichen Gewaltnazi, einem von ihrer Brut! Und dann lassen sie alle drei vor die Hunde gehen. Was soll das?«

»Ich kann mir auch keinen Reim drauf machen. Vielleicht wollte Litzenhoff aussteigen oder das Eifelfluten in letzter Minute auffliegen lassen. Irgendeinen Grund werden Jäger und seine Leute schon gehabt haben.«

»Und wieder stimmt das nicht mit dem überein, was in den Fahnen steht.«

»Der Thriller ist ein einziges Cover-Up«, nickte Tim nachdenklich. »Was hältst du davon, wenn wir die Herren Kolporteure mal wissen lassen, dass wir wissen, was wir wissen?«

»Den Schreiberling und seinen Verlag anfunken? Willst du schlafende Hunde wecken? Kommt nicht in Frage, dafür ist es viel zu früh, die lassen wir schön außen vor. Ich würde eher auf Litzenhoff setzen und mich als erstes mit dem hübschen Bildchen hier«, Lolas Fingernägel hackten auf das Foto ein, »in Einruhr umhören. Nehmen wir an, er war als rechter Kader bei der Lambertzbomberei mit eingeplant, ehe irgendwas passierte, was ihn in Ungnade fallen ließ. Dann sollte es dort doch jemanden geben, der ihn wiedererkennt.«

Tim war skeptisch.

»Ich sag mal so«, entgegnete er, »auf Vogelsang war er nicht, als Hüppauf seine Führungen für die Faschisten aller Länder veranstaltet hat.«

»Muss das was heißen? Von den anderen Deutschnationalen war doch auch so gut wie keiner da, sagst du. Das waren nur die Feisting und die internationalen Rechtsaußen.«

Tim stutzte: Treffer.

»Was schlägst du vor? Nochmal zu Helga von Maltzheimer? Oder wo fangen wir an?«

»Ich«, sagte Lola bestimmt. »Ich fange an und mache mich auf nach Einruhr. Du hältst hier die Stellung und bittest deinen FSJler, dass er mir die Luftmatratze aufpumpt und bezieht, die ich dir gleich aus dem Auto bringe.«

»Du willst hier einziehen?«

»Wird ein bisschen eng, aber das kriegen wir schon hin. Gib dem Jungen danach am besten ein paar Tage frei. Es muss nicht jeder mitbekommen, worin wir uns hier verrennen.« Sie fingerte ein Zigarillo aus der Pappschachtel in ihrer Manteltasche, klopfte es fest und wühlte nach einem Feuerzeug. »Sag ihm, ich kümmere mich um dich.«

Im Stüffje war gerade Übergabe. Die letzten Gäste des Frühschoppens verließen die Kneipe und tauschten ihre Plätze mit durstigen Wanderern und solchen, die auf ein frühes Abendpils vorbeischauten. Lola orderte ein Radler und setzte sich auf einen Barhocker an der Theke. Dem Wirt fiel sie sofort ins Auge. Er kümmerte sich höchstpersönlich um die Bestellung.

»Was für ein Glanz in meinem Stübchen«, charmierte er und platzierte das Glas auf einen Bierfilz. »Urlaub?«

»Ja und nein«, antwortete Lola. »Ich bin auf der Suche nach jemandem, der sich im letzten Frühjahr hier im Ort herumgetrieben hat.« Sie kramte in ihrer Handtasche nach dem Ausdruck mit dem Bild von Manfred von Litzenhoff.

»Sie klingen wie jemand vom Inkassobüro«, scherzte der Wirt. »Abteilung Vermisste. Zeigen Sie mal her.«

Ein kurzer Blick auf das Foto, dann kratzte er sich ungläubig am Kopf und musterte Lola eingehend.

»Was ist?«, fing sie seinen fragenden Blick auf. »Ist was nicht in Ordnung?«

»Mit mir ist alles in Ordnung, Lady«, brummte der andere. »Bei Ihnen bin ich mir nicht sicher.« Sein Zeigefinger trommelte auf das Papier. »Wollen Sie mich veräppeln? Von wegen, der hat sich letztes Jahr hier rumgetrieben und so?«

»Hat er nicht?«, fragte Lola rhetorisch. Der Konter mit dem Veräppeln war zu offensichtlich, eigentlich blieben keine Zweifel. Natürlich kannte der Wirt den Mann auf dem Bild.

»Was wollen Sie«, kam es lauernd zurück, »wer schickt Sie?«

Lola merkte, dass es keinen Zweck hatte, ihr Inkognito aufrechtzuerhalten.

»Sagen wir«, begann sie zögerlich, »ich habe ein Interesse daran herauszufinden, was sich hier im Ort, in Ihrer Kneipe, in den Pensionen und Gästehäusern an Neonazis herumgetrieben hat. Vor einem Dreivierteljahr, als der Anschlag auf die Staumauer die halbe Nordeifel in Aufregung versetzt hat.« Sie sah den skeptischen Blick, mit dem der Wirt sie bedachte. »Und sagen wir, ich habe dieses Interesse, weil ich, na, die Sache nochmal aufrollen möchte.«

»Ich weiß nicht, ob wir in Einruhr darauf Wert legen würden«, kam es kühl zurück. »Von einer Journalistin ausgequetscht zu werden, meine ich. Alles nochmal hochkommen zu lassen und dann auch noch Fotos wie das hier gezeigt zu kriegen.«

»Ich bin keine Journalistin«, korrigierte Lola und zückte ihren Dienstausweis. Der Wirt besah sich das Dokument und stutzte.

»Einer von der Presse hätte ich ja abgenommen, dass sie vorbeikommt und mir einfach so dieses Bild unter die Nase hält«, sagte er. »Bei einer, was steht hier, Eventuality Profilerin aus dem Polizeipräsidium Köln ist das was anderes. Der kaufe ich die Naivität nicht ab.«

»Sie kennen den Mann auf dem Foto, ich kenne ihn nicht«, stellte Lola klar. »Wirklich nicht. Und ich bin auch nicht auf die Idee gekommen, mich zuerst an den Dorfpolizisten zu wenden und dort nachzuhören. Weil der ihn auch kennt, weil ihn jeder hier in Einruhr kennt. Habe ich Recht?« Der Wirt kratzte sich an der Wange, sagte aber nichts. »Ja, ich bin so naiv«, nahm sie wieder etwas Fahrt raus. »Und wir beide haben jetzt zwei Möglichkeiten. Entweder ich zahle und bin ab durch die Tür, um mir jemand anderen zu suchen, der mir weiterhilft. Oder ich lasse mir das Radler schmecken und erzähle nach meinem Urlaub allen Wandervögeln im Präsidium vom Stüffje im schönen Einruhr, wo sich die Einkehr wirklich lohnt. Und Sie machen im Gegenzug ein bisschen mehr auf.«

Mit Daumen und Zeigefinger massierte der Wirt seinen mächtigen Unterkiefer.

»Empfehlen Sie meine Kneipe gerne weiter«, rang er sich schließlich durch.

»Na also.« Lola nahm einen kräftigen Schluck. »Zapfen Sie sich auch eins, auf mich. Und dann raus mit der Sprache.«

»Danke.« Er legte den Ausdruck neben Lolas Glas, verschwand hinter der Theke und kam mit einem alkoholfreien Pils zurück.

Lola schob ihm das Bild wieder hin.

»Der wohnt hier«, sagte er.

Lolas Augenbrauen zogen sich in die Höhe.

»Wohnt, sagen Sie? Nicht wohnte?«

»Wohnt«, nickte der Wirt und hob sein Glas. »Ich heiße Hans.« Lola stieß steif mit ihm an. Mit den Gedanken war sie woanders, als sie ihm im Gegenzug ihren Vornamen nannte. Litzenhoff wohnt hier und ist zugleich tot, raste es ihr durch den Kopf. Das wird ja immer besser!

»Dann können Sie mir auch sagen, wie er heißt«, sagte sie schließlich.

»Albrecht Wollgarten. Für uns der Ali.« Er nippte an seinem Glas. »Was ist, Dolores, was guckste!?«

»Jetzt wird's wirklich wild.« Tim kaute auf den Knöcheln seiner Hand herum. »Dass der Eifeler Bauingenieur Albrecht Wollgarten einen Doppelgänger hat, der sich als Helfershelfer rechter Terrorzellen einen Namen gemacht und Ostdeutschland verlassen hat … und dass beide aus unterschiedlichen Gründen mit dem Eifelfluten zu schaffen haben, oder haben könnten . der eine, weil er in einem Doku-Thriller auftaucht, der andere, weil er ein Neonazi ist … das ist ein bisschen viel.«

»Naja, so viel ist es nun auch wieder nicht«, schaltete sich Lola ein. »Am Ende geht immer noch alles auf, oder es könnte aufgehen. Wir dürfen nur den Überblick nicht verlieren.«

»Soll heißen?«

»Sacken lassen und Abstand nehmen, alte Polizeitaktik. Also, wir haben zwei Namen, zwei Identitäten, zwei verbürgte Lebensläufe und tatsächlich existente Personen: Wollgarten und Litzenhoff. Stimmt's? Die haben entweder zu keiner Zeit etwas miteinander zu tun gehabt, und sehen sich nur zufällig sehr ähnlich. Oder ihre Lebensläufe haben sich irgendwann gekreuzt. Alternativ wurden sie gekreuzt. Egal, jedenfalls sind ihre Identitäten miteinander in Berührung gekommen. Was, glaubst du, ist wahrscheinlicher?«

»Also … an die Variante Zufallsähnlichkeit und sonst nichts, nein. Daran glaube ich nicht.«

»Ich auch nicht. Da ist einfach zu vieles zu schräg. Ein rechtsradikaler Anschlag, und auch Litzenhoff ist Neonazi – das ist kein Zufall. Dazu das, was in diesen verfluchten Fahnen steht. Ein dir und mir vollkommen unbekannter Albrecht Wollgarten, der aussieht wie der Neonazi Litzenhoff, spielt auf einmal eine zentrale Rolle. Das ist erst recht kein Zufall.«

»Sondern? Was wäre die Logik hinter all dem?«

»Gehen wir es durch, eins nach dem anderen. Wir haben die Leiche von einem von beiden, Litzenhoff. Oder sagen wir, es gibt Aussagen über die Leiche eines Mannes mit dem Preisschild Litzenhoff. Diese Angaben haben wir von Marie Breuers Mutter, die ist über jeden Zweifel erhaben. Und es gibt diesen anderen, Wollgarten, den wir nur aus einem Romänchen kennen. Dessen Existenz aber ein halbes Dorf bezeugen kann, den sie Ali nennen und mit dem sie gemeinsam großgeworden sind. Okay, der ist seit Tagen nicht mehr in seinem Haus oder in Einruhr gesehen worden. Aber nicht nur im Stüffje gehen alle davon aus, dass er über kurz oder lang wieder auftaucht.«

»Du warst auch bei Helga von Maltzheimer?«, riet Tim.

»Klar war ich bei ihr. Sie hat Wollgarten auch wiedererkannt, als ich ihr das Foto von Litzenhoff gezeigt habe. Ich habe sie gebeten, ihrem Nachbarn nichts von unserer Sucherei zu erzählen, wenn er wieder auftaucht. Sie hat es mir versprochen, und sie verständigt uns, sobald der zur Abwechslung mal sein eigenes Haus besucht.« Lola streckte den Zeigefinger in die Höhe und legte ihn über ihre Lippen. »Aber zurück zu unserem Doppelgängerpärchen. Wir haben die Leiche von dem einen und die Gewissheit über die volle Identität des anderen, mit einer Backlist bis zurück in seine Kindheit. Es muss mit dem Teufel zugehen, wenn uns das nicht reicht.«

»Für was reicht?« Tim verstand nur Bahnhof.

»Für eine saubere, von vorn bis hinten plausible Erklärung, wie die beiden Identitäten sich gekreuzt haben. Oder wie sie gekreuzt wurden. Wie und wann. Entweder der Ali aus Einruhr führt ein Doppelleben und treibt an ungeraden Tagen sein Unwesen als Teilzeitneonazi Litzenhoff, mit Facebook-Profil und allem. Oder Litzenhoff lebt das beschauliche Leben eines Eifelmenschen namens Wollgarten.«

»Das wohl kaum.«

»Sehe ich genauso. Was sagt Heisterbach? Der wollte sich doch mal den Eifeler vornehmen, von dem wir gerade reden.«

»Unauffällig, sagt er. Keine Einträge zu Albrecht Wollgarten in diesem ominösen Intra-Archiv.«

»Sonst nichts?«

Tim zuckte mit den Schultern.

»Er ist mit den Fahnen durch, sagt er, und will sich morgen früh gleich als erstes mit uns treffen. Außerdem hat er mit Bülent Haspolats Eltern telefoniert. Die sind immer noch ziemlich verbittert, dass es nach dem Mord an ihrem Sohn zu keiner Anklage kam. Irgendwann hatte man ihnen seinen Leichnam ausgehändigt, zusammen mit seinen persönlichen Dingen. Alles zusammen in einer grauen Plastiktüte: Fotorahmen von seinem Büroschreibtisch, Sakkos aus dem Spind und die Kleidung, die er anhatte, als er umkam, dazu sein Handy. Auch das war nicht sonderlich stilvoll, meint Heisterbach.«

»Keine unheimliche Begegnung der dritten Art in der Gerichtsmedizin?«

»Am Tatort war Bülents Identität wohl ziemlich schnell ziemlich klar. Also hat man den Eltern das Theater mit der ambivalenten Gewissheit erspart.«

In Düsseldorf erwachte Tim aus einem kurzen Schlaf. Die anderen Mitglieder des Krisenstabs fläzten sich in den Sesseln oder schoben sich träge zu der Anrichte mit den bereitgestellten Kaffeekannen. Nur ein paar von ihnen hockten vor den Bildschirmen, ließen sich über Videotelefon mit Neuigkeiten versorgen oder gaben Anweisungen. Evakuierungsmaßnahmen rurabwärts und Gefahrenabwehr Luft, hörte Tim aus dem gedämpften Schwall der Wörter heraus, die aus den Lautsprecherboxen drangen und in die Webcams gesprochen wurden. Nörvenich, Abruf und Stand-By.

Die Erinnerung an die fehlgeschlagene Funkzellenortung von Maries und Franka Froitzheims Handys kehrte zurück und löste einen kleinen Schub Verzweiflung in ihm aus. Er fingerte in seiner Hosentasche nach der Telefonnummer, die ihm Dolores Montizquierdo-Gíl in Brauweiler zugesteckt hatte, sah auf die Uhr und beschloss, sie trotz der vorgerückten Stunde anzurufen.

»In Köln hat der Große Staatszirkus auch seine Zelte aufgeschlagen«, gab die Profilerin Auskunft. »Wir haben Alarmstufe Rot, alle sind auf Bereitschaft in den Feierabend geschickt worden.«

»Und ich weiß nicht mehr weiter.« Tim schluchzte, dann brach es aus ihm heraus.

Einer aus dem Stab drehte sich kurz um, den anderen war sein Zusammenbruch egal.

»Kann die Staatsanwältin nichts tun?«, fragte Dolores Montizquierdo-Gíl. Sie handelte sich für den Aufmunterungsversuch nur weiteres Schluchzen ein. Auch Carola Knittel hatte getan, was in ihrer Macht stand. Jetzt war sie in einem der Nebenräume und nahm auf einem der Feldbetten eine Auszeit.

Dolores Montizquierdo-Gíl überlegte, wie sie den armen Teufel ablenken und aus seiner kleinen Depression herausholen konnte.

»Was ist mit dem Wagen, in dem Franka Froitzheim und Marie zu Hüppauf gefahren sind«, sagte sie schließlich. »Der muss doch längst sichergestellt worden sein. Wo stand der?«

Tims dumpfe Stimmung machte einer kleinen Hoffnung Platz.

»Gute Frage. Das hat hier noch keinen interessiert.«

»Dann regen Sie an, dass sich jemand kümmert.« Dolores Montizquierdo-Gíl merkte, wie Tim Auftrieb bekam. »Auch wenn es nicht viel bedeuten muss.«

»Ist schon klar. Und ich weiß auch, wo der Wagen sich befinden könnte. Die werden ihn nicht irgendwo in der Pampa geparkt haben, wenn sie für den zweiten Teil der Gudrun von Glasenapp-Festspiele zu Hüppaufs Gästehaus wollten. Aber vielleicht haben sie etwas hinterlassen in der Karre. Vielleicht hat es da eine Spur, einen Hinweis.«

»Machen Sie Betrieb, lassen Sie sich nicht abwimmeln!«, riet die Profilerin. »Und rufen Sie an, wenn ich was tun kann.«

Hauptkommissar Heisterbachs Schlaf war fester als der von Tim. Dengeldein musste ihn regelrecht durchrütteln, bis er endlich wach wurde.

»Düsseldorf nochmal«, hörte er den IT-Experten sagen und rieb sich die Augen, »der junge Mann im Rollstuhl. Wo der Dienstwagen von der vermissten Polizistin und dem erschossenen Kollegen abgeblieben ist, will er wissen. Ob wir den gefunden haben.«

Haben wir nicht, überlegte er und griff zum Handy.

»Düte, ich bin's. Entschuldige die nachtschlafende Zeit. Es geht um den Wagen, mit dem Franka Froitzheim und Bülent Haspolat zuletzt unterwegs waren. Ist der irgendwo gefunden worden?«

»Ist er«, gähnte Dütemeyer. »Und er steht jetzt bei uns auf dem Hof. Der Jankerträger an der Pforte hat mich vorhin abgefangen und gleich rübergeschickt.«

»Abgefangen?«

»Ich war den ganzen Nachmittag draußen. Wollte mir die Sache mit dem Mann mal genauer ansehen, den sie neben Haspolat gefunden haben. Als ich zurückkomme, greift mich die Pfortenstreife und meint, der Wagen sei aufgetaucht und hergebracht worden. Die Spurensicherung hat sich schon drüber hergemacht.«

»Und?«

»Unspektakulär. Bis auf die Fingerabdrücke von einem

aus der rechtsextremen Szene. Der Kerl heißt, warte … Ronneburg. Toralf Ronneburg.«

»Wo wurden die Fingerabdrücke gefunden, im Wagen?«

»Und am Türgriff auf der Fahrerseite.«

»Hat er die Karre aufgebrochen?«

»Deutet nichts drauf hin.«

»Dann hatte er die Schlüssel von unserer Frau Froitzheim«, grübelte Heisterbach laut. »Das heißt, sie ist in ihrer Gewalt. Bülent Haspolat blasen sie weg, und Franka Froitzheim haben sie auch. Entzückend.«

»Willst du nicht wissen, wie wir die Kiste gefunden haben?«

»Doch, will ich.«

»Das Ordnungsamt Schleiden hat ihn abschleppen lassen, nachdem er anderthalb Tage auf dem Parkplatz an der Rurbrücke in Einruhr gestanden hatte. Das Ticket war längst abgelaufen.«

15

»Das war glatt gelogen.« Heisterbach trommelte mit den Fingern auf den aufgeschlagenen Seiten der Druckfahne herum. »Der Schluss. Das habe ich Dütemeyer nie so gefragt. Und selbst wenn, kann das so nicht gewesen sein.«

»Aber Sie haben mit ihm telefoniert, als ich mich in der Nacht aus Düsseldorf meldete und wissen wollte, wo Frankas Dienstwagen abgeblieben war«, hakte Tim nach.

Heisterbach nickte.

»Eigentlich müsste Dütemeyer das auch beanstanden«, meinte er. »Immerhin wird ihm hier die Unwahrheit in den Mund gelegt.«

»Eigentlich«, wiederholte Tim. Es klang, als glaubte er nicht daran.

»Ein dicker Hund«, kommentierte Lola. »Der nächste dicke Hund.«

»Was genau ist daran so windschief?«, wieder Tim.

»Erstens hat kein Schleidener Ordnungsamt den Wagen abschleppen lassen«, brummte Heisterbach. »Die hatten überhaupt keine Zeit für sowas. Ich habe die am Nachmittag auf die Campingplätze geschickt, als Verstärkung für die Polizisten, um die Urlauber wegzuscheuchen. Und zweitens hat mir Dütemeyer zwar ausgiebig was von den Spuren erzählt, die sie am Dienstwagen gefunden haben, aber nichts über den Fundort.«

»So ist es auch bei mir angekommen«, erinnerte sich Tim. »Der Krisenstab hat mir in der Nacht erzählt, dass der Wagen gefunden worden sei und man die Spuren auswerte. Mehr nicht. Kein Wo, kein Wann.«

»Weil sie dir einen Schnuller verpassen wollten«, schaltete sich Lola ein. »Damit du ihnen nicht ständig mit Marie und Franka Froitzheim in den Ohren hängst.«

»Mag ja sein. Den Stab hat die Nachricht trotzdem ziemlich durchgeschüttelt, mehr als es in den Fahnen steht. Alle fragten sich, wie es sein konnte, dass die Neonazis in den Besitz der Wagenschlüssel gelangen konnten.«

»Ich erinnere mich auch, dass das in der Nacht kurz hochkochte«, warf Heisterbach ein. »Einer kam sogar und wollte wissen, was Franka Froitzheim für eine sei und ob ich meine Hand für sie ins Feuer legen würde.«

»Die haben ernsthaft erwogen, dass sie mit Rechtsterroristen unter einer Decke steckt?«, fragte Lola.

»Für einen Moment haben sie das.« Heisterbach wuchtete sich an seinen Schreibtisch und klackerte etwas in die Tastatur. »Irgendwann schwoll die Aufregung aber wieder ab. Am Morgen danach war das alles kein Thema mehr, auch ich hatte es verdrängt.« Er stierte konzentriert auf den Bildschirm.

»Und jetzt holen Sie das Verdrängte wieder hervor, da auf Ihrem Computer?«

»Na also.« Statt zu antworten, klatschte Heisterbach in die Hände. »Das hier haben sie nicht abgesaugt.« Er drehte den Schirm zur Seite, Tim und Lola schoben die Köpfe vor und sahen eine Protokolldatei. »Das digitale Fahrtenbuch unserer Dienstwagen. Mit Bewegungsprofil und allem, GPS sei Dank. Nach jeder Dienstfahrt werden die Daten automatisch an das Intra-Archiv übermittelt und dort schön säuberlich abgeheftet.«

»Achtzehnter April.« Tim schaltete am schnellsten und half Heisterbach bei der Eingabe des Datums aus, »irgendwann am späten Vormittag.«

»Das sitzt aber noch fest bei Ihnen«, staunte Heisterbach.

»An dem Morgen hatte ich das letzte Mal mit Marie Kontakt«, seufzte Tim. »Sie hat mir eine Nachricht nach Brauweiler geschickt. Ich sollte ihr die Daumen drücken für die zweite Maskerade bei Hüppauf. Ich nehme an, Franka Froitzheim hat sie in Gemünd abgeholt.«

»Hat sie«, Heisterbach tippte auf eine Zeile des Dokuments vor ihm auf dem Bildschirm. »Um neun Uhr siebenundfünfzig wurde der Tracker aktiviert, ›Dienstfahrt K'insp Froitzheim und K'anw Haspolat‹ steht hier. Um zehn Uhr dreiunddreißig war sie in Gemünd, und dann …«, er stutzte.

»Ging's weiter nach Einruhr«, nahm ihm Tim den Rest des Satzes ab. »In den Fahnen heißt es, zuerst zu Wollgarten in die Wiesentalstraße.«

»Dann lügt unser Drehbuch auch hier«, warf Lola ein, die das Dokument auf dem Schirm entzifferte.

»Von wegen Einruhr«, bestätigte sie Heisterbach. »Es ging zuerst nach Dreiborn. In eine Straße namens Holter, direkt an der Grenze zum Nationalpark Eifel.«

»Was wollten die bitteschön in Dreiborn?« Tim war baff.

»Spannende Frage«, meinte Heisterbach lakonisch. »Nach dem Halt in Dreiborn, keine zehn Minuten hat der gedauert, ging es tatsächlich weiter nach Einruhr. Aber nicht in die Wiesentalstraße oben am Waldrand, sondern ins Ortszentrum. Dann«, er zeigte auf die nächste Zeile des Protokolls, »um die Mittagszeit herum hat unsere Polizeikarre sich nochmal bewegt. Wieder zurück nach Dreiborn. Und da hat der Wagen bis zum Nachmittag des Neunzehnten April gestanden.«

»Als Sie in Heimbach rotierten«, überlegte Tim laut, »und ich in Düsseldorf dem Krisenstab vorgestellt wurde.«

»Spannende Frage Nummer Zwei: Wer hat aus welchem Grund die Kiste das zweite Mal nach Dreiborn gebracht und dort abgestellt.« Heisterbach sah sich fragend um.

»Ronneburg«, sagte Lola, »wer sonst.«

»Könnte hinkommen«, nickte Heisterbach. »Bleibt noch die Frage nach dem Grund.«

Lola zuckte mit den Schultern.

»Und es bleibt die Frage, wer den Wagen gefunden und dafür gesorgt hat, dass er nach Euskirchen geschafft wurde«, sagte sie.

»Sonderüberstellung, steht hier«, grübelte Heisterbach. »Heißt so viel wie: einer von uns. Kein Abschleppdienst, auch keine Privatperson, sondern ein Kollege. Sowas passiert zum Beispiel, wenn der Wagen irgendwo abgestellt wird, weil man zu Fuß leichter vorankommt und dann in irgendeinen Schlamassel gerät.«

»Und wer das in diesem Fall war …«

»Weiß nur das BKA«, nahm Heisterbach den Rest der Frage vorweg. »Was uns zurückwirft auf unsere eigenen bescheidenen Mittel.«

»Ab nach Dreiborn und auch dort mal herumschnüffeln?«

Heisterbach nickte, Lola tat es ihm gleich.

»Na denn. Hat Ihr digitales Fahrtenbuch eigentlich nur die zivilen Dienstwagen im Verzeichnis?«

Tims Frage stieß auf fragende Blicke. Also erläuterte er, was er meinte: den Streifenwagen, mit dem sich Franka Froitzheim und Marie am Montag davor von seiner Wohnung aus zu ihrem ersten Auftritt in Einruhr aufgemacht hatten, weil der zivile 5er BMW streikte. Die beiden hatten damals dasselbe Ziel wie an dem verhängnisvollen achtzehnten April: Albrecht Wollgartens Haus in der Wiesentalstraße.

»Das kriege ich raus!«, ging Heisterbach dazwischen. Zwei Minuten dauerte es, dann hatten er, Lola und Tim Gewissheit. »Bingo. Der Streifenwagen war auch in Dreiborn, er ist danach wieder direkt nach Einruhr downtown. Ohne Umweg über die Wiesentalstraße.«

»In Gottes Namen, schreiben Sie diesen Ronneburg zur Fahndung aus. Aber belasten Sie mir damit die Einsatzleitung in Heimbach nicht.«

Die Polizeipräsidentin war immer noch sauer auf den jungen Kerl im Rollstuhl, der ihr am Nachmittag so übel in die Parade gefahren war. Jetzt, als sich die Dinge zuzuspitzen begannen, wünschte sie ihn zur Hölle mit seinen Extrawürsten.

»Ich bin auch dafür«, sekundierte ein anderer. »Viel wird es jetzt nicht mehr bringen, außer dass wir hier ungestört weitermachen können.«

»Und ich finde es sogar zwingend«, wandte sich der Mann aus dem Innenministerium an McElliott. »Ein notorischer Rechtsextremist, der sich unerlaubt Zugang zu einem Dienstwagen der NRW-Polizei verschafft, den eine plötzlich von der Bildfläche verschwundene Kollegin gefahren hat. Das riecht nach einem sehr unerfreulichen Zusammenhang. Da müssen wir reagieren.«

»Dann raus damit«, ordnete McElliott an. »Wo ist unser Naziforscher aus Vogelsang?« Er winkte Tim herbei, lobte ihn für seinen hilfreichen Einfall und teilte ihm die Maßnahme mit.

Tim nahm es hin und dankte knapp. Natürlich zweifelte er an der Ernsthaftigkeit einer Fahndung, die zu einem Zeitpunkt wie diesem ausgelöst wurde: mitten in der Nacht und bei akuter Überlastung sämtlicher Polizeidienststellen. Wenn sie denn überhaupt zustande kam – auch daran hatte er seine Zweifel und schickte eine SMS an Dolores Montizquierdo-Gíl.

Immerhin, zehn Minuten später hatte er die Bestätigung. Die Fahndung nach Toralf Ronneburg war rausgegangen, mit Steckbrief, Foto und allem drum und dran. Die Profilerin hatte sich bei ihrer Dienststelle in Köln rückversichert.

Auf Tim wirkte die Nachricht beruhigender, als er gedacht hätte. Eine Viertelstunde später war er wieder tief eingeschlafen.

»Persson?«

»Was gibt es?«

Axel Jäger hatte die Runde verlassen und sich an den kleinen Telefontisch in der Diele des Wohnhauses zurückgezogen. Durch die offene Haustür sah er den Flammenschein der Feuerkelche, die Hemmersbach zur Feier des Tages entlang der Fischteiche drapiert hatte. Aus der großen Stube nebenan drangen die Stimmen der Weltkameraden und Nationaldeutschen. An die sechzig Mann waren es inzwischen, die in Vorfreude auf die nächsten Stunden schwelgten und dabei ihre Schlafsäcke ausrollten.

»Ich bin's, Jäger. Meine Rufnummer war unterdrückt?«

Persson bejahte. Wenigstens auf Hemmersbach ist Verlass, dachte Jäger, und auf sein Wählscheibentelefon.

»Co3 ist eingetroffen und instruiert«, gab Persson ungefragt Auskunft. »Auch sonst läuft alles planmäßig. Drei Uhr ist Wecken, wie ausgemacht. Den Kameraden Mertens schicken Sie mir vorbei?«

»Um vier Uhr ist er da und macht für euch das Stoßkommando für die Fliegerbaracke.«

»Die Bude ist heute Nacht besetzt, warum auch immer. Ein Mann von der Flugaufsicht hockt da drin.«

»Nur einer? Dann soll die Kameradin mit ran, die Co3 in Hahn abgeholt hat. Gehen Sie zu ihr und sagen, es sei …«

»Ein Jägerbefehl.« Persson musste grinsen. Der Fistelstimme verschlug es für einen Moment die Sprache. »Wird erledigt.«

Jäger ließ die Spitze unkommentiert.

»Vier Uhr fünfundzwanzig Motoren anlassen«, ratterte er den Zeitplan herunter, »und anrollen. Bis vier Uhr vierzig müssen alle Lambertzbomber in der Luft sein.«

»Wie tausendmal besprochen«, entgegnete Persson knapp.

»Und vorher nochmal einen Blick auf das Rotationsgestänge!«

»Schon geschehen. Alles geschmiert und funktionstüchtig.«

»Wir machen uns hier um drei Uhr fünfzig auf den Weg. Ich wünsche gutes Gelingen!«

Ich auch, machte sich Persson seine eigenen Gedanken.

»Ein Hakenkreuz kann ich keins fliegen«, sagte er. »Dafür wackele ich mit den Flügelspitzen, wenn ich über der Staumauer bin. Nehmen Sie das als deutschen Gruß?«

Jäger überhörte die läppische Frage.

»Denken Sie dran, die Prämie, die Sie erhalten haben, ist etwas Außergewöhnliches. Die anderen stecken sowas nicht ein, die tun es um der Sache willen.«

»Ich weiß«, antwortete Persson zögerlich. »Ich tue es auch aus Überzeugung«, zwang er sich zu sagen.

Jäger entging Perssons plötzliche Unsicherheit nicht.

»Nach dem *Unternehmen Züchtigung* ist vor der Züchtigung, wenn etwas schiefgeht«, schob er hinterher.

»Sie sagen doch selbst, die Deutschen seien mehrheitlich Weicheier«, konterte Persson. »Wenn sie mich also tatsächlich wider Erwarten kriegen sollten …«

»Besser, es geht nichts schief«, unterbrach Jäger. »Glauben Sie mir. Sagt Ihnen der Name Toralf Ronneburg etwas?«

»Muss er das?«

»Muss nicht. Sollte er aber. Fragen Sie die Kameradin mal.«

Persson kratzte sich am Kinn. Ein wohlmeinender Hinweis klang anders.

»Mache ich. Und seien Sie unbesorgt, alles geht glatt.«

»Das hoffe ich. Sieg Heil!«

Leonie Schumpeter richtete sich auf eine zweite Nacht im Krankenhaus ein. Am frühen Abend hatten Albrecht Wollgartens Augen unter den geschlossenen Lidern zu zucken begonnen, berichteten ihr die Ärzte. Was ein ziemlich untrügliches Zeichen dafür war, dass das Koma allmählich an Tiefe verlor. Eine Prognose, wie es weitergehen und wann er aufwachen würde, wollten sie nicht abgeben.

Leonie stellte ein Transistorradio auf das Nachtschränkchen, das zwischen den Infusionsständern und den Messgeräten stand, die Albrechts Kreislauf überwachten. Sie stöberte sich durch die Programme der Rundfunkanstalten und stieß auf einen belgischen Sender, der die ganze Nacht hindurch die Highlights des Rock am Ring Festivals aus dem Vorjahr spielte. Albrecht war damals zum Nürburgring gefahren und hatte begeistert von den Auftritten der großen Zugnummern erzählt. Vielleicht, hoffte Leonie, würde ihn das Wiederhören von R.E.M. und Iron Maiden im Radio etwas mehr, ein Stückchen weiter aus seinem Dämmer befreien.

Jede volle Stunde unterbrach ein kurzer Nachrichtenblock das Konzert. Leonies Flämisch war löchrig, zusammengesetzt aus zwei Semestern Volkshochschule und den Wortfetzen und Redewendungen, die sie von ihren holländischen und belgischen Ferienwohnungsgästen aufschnappte. Immerhin, solange jemand deutlich und langsam sprach oder sie um Wiederholung des Gesagten bitten konnte, bekam sie mit, worum es ging.

Die Beiträge in der Mitternachtssendung waren identisch mit denen aus den Zehn- und Elf-Uhr-Nachrichten. Von Mal zu Mal konnte sich Leonie einen besseren Reim auf das machen, was der Radiosprecher förmlich verkündete. Von einem ›noodtoestand‹ im äußersten Westen Deutschlands war die Rede, von Evakuierungen, die in Gang gesetzt worden seien, und dass ein ›stuwdam van de Roer‹ betroffen sei. Jetzt wird es heikel, dachte Leonie. Sie hoffte auf einen glimpflichen Ausgang und machte sich einen Moment lang Sorgen, ob man auch sie wegen ihrer dubiosen Gäste belangen konnte.

»Der Stab will eine erweiterte TKÜ.«

Eine halbe Stunde nach Mitternacht hatte Heisterbach die Weisung aus Düsseldorf erhalten und weckte Dengeldein, dem nach acht Stunden Extraschicht die Augen wie von selbst zugefallen waren.

»Die werden wohl langsam nervös«, murmelte der IT-Fachmann, raufte sich die Haare und wuchtete sich in die Senkrechte. »Sie wissen, was das heißt?«

»Nicht so wirklich«, gab Heisterbach zu. Und Luft dafür habe ich auch nicht, dachte er für sich.

Die Campingplatzgäste machten ihm schon genug Sorgen. Die Urlauber waren entweder nur langsam in Tritt gekommen oder hatten sich rundheraus geweigert, ihre Caravans und Zelte zurückzulassen. Vor zwei Tagen seien sie schon einmal aufgescheucht worden, hielten sie den Beamten vor, die ihnen die Räumungsaufforderung überbrachten. Und dann hatte sich herausgestellt, dass irgendwelche ausländerfeindlichen Arschlöcher hinter der Aktion steckten. Warum sollten sie also der Warnung diesmal glauben, stichelten selbst diejenigen, die dem Aufruf Folge leisteten. Darüber war es Nacht geworden und Heisterbach hatte keine Ahnung, wie viele von ihnen sich noch auf den Wiesen und Stellplätzen am Rurufer, unterhalb der Staumauer, aufhielten.

»Na kommen Sie, Heisterbach. Da müssen wir jetzt durch. Klingt sicher schlimmer als es in Wirklichkeit ist. Erweiterte TKÜ heißt, wir überprüfen sämtliche Anschlüsse, die von unseren Verdächtigen in den letzten Tagen angerufen worden sind.«

»Tun wir das nicht sowieso schon?«

»Bislang schauen wir uns nur die Verbindungen unserer Pappenheimer untereinander an. Jetzt ändern wir das. Wir bohren es auf.«

»Klingt wie das Prinzip Rasterfahndung.«

»Volltreffer.« Dengeldein klapperte etwas in die Tastatur vor ihm auf dem Schreibtisch. »Und leider ist es auch ähnlich mühsam wie eine Rasterfahndung. Weil bei jedem Verdachtsfall, den uns das System ausspuckt, einer von uns draufgucken muss. Für das nächste Stündchen sind wir beide beschäftigt.«

Dann, ungefähr um diese Uhrzeit, kreuzten sich zwei Bewusstseinszustände.

In Franka regte sich noch etwas, ganz schwach nur und längst unempfänglich für die Nachtkälte und den Modergeruch in ihrem unterirdischen Kerker. Ein Sinn für die Wirklichkeit um sie herum, für die Welt oberhalb ihres Dämmerschlafs brach sich kurz und dünn wie ein Faden Bahn. Ehe der Faden wieder riss, schoss ihr etwas durch den Kopf, eine vage Erinnerung an sich selbst auf einer Turnmatte, die stark nach Gummi roch; an einen Schreibtischstuhl in einem engen Büro, das sie mit jemandem teilte; an ein junge Frau, die verzagt und zusammen mit einem Mann im Rollstuhl dieses Büro betrat.

Das andere Bewusstsein nahm nicht ab, sondern es griff Raum, wurde deutlicher, stärker. Für ein Aufschlagen von Albrecht Wollgartens Augen reichte es noch nicht, aber für die Wahrnehmung einer Außenwelt, in der ein rhythmisch heller Ton seinen Herzschlag echote und gleichzeitig einen Kontrapunkt setzte zu der Musik, die an sein Ohr drang: Coldplay, ›Clocks‹.

Es wurde zwei Uhr, als Dengeldein auf eine Verbindung stieß, die ihm verdächtig vorkam.

»Die geben wir mal durch nach Düsseldorf«, beschloss er und notierte ein paar Stichworte, dann schickte er den Fund ab.

Ins Visier geraten war ihm der Festnetzanschluss eines Gehöfts außerhalb von Dedenborn. Im Verzeichnis war ein Fischzuchtbetrieb eingetragen.

»Schau einer an.« Heisterbach lugte auf Dengeldeins Notizen. »Bei dem hat es vor ein paar Tagen in den Teichen gerumst. Eine Explosion, angeblich ein kleiner Denkzettel aus Neonazihand. Jetzt würde ich sagen …«

»Von wegen«, sprach Dengeldein aus, was er dachte.

Die Kreuzung der Verbindungen, die Hemmersbachs Anschluss aus den mehr als fünfhundert anderen hervorstechen ließ, war nicht sonderlich kompliziert. Axel Jäger hatte in den letzten beiden Tagen zweimal angerufen. Und vor gut drei Stunden war von dort ein Anruf an eine Handynummer erfolgt, die bei einem schwedischen Anbieter registriert war. Damit schloss sich ein Kreis, denn die skandinavische Nummer war in den vergangenen Stunden mehrfach von Jäger kontaktiert worden, dazu von Behrend-Wolff und dreimal von Mertens.

Das in Schweden registrierte Handy ließ sich innerhalb der deutschen Mobilfunknetze nicht lokalisieren, was wieder eine Verzögerung mit sich brachte. Um kurz vor halb drei gelang die Ortung in Belgien, irgendwo in einer grenznahen Ortschaft mit einem Flugfeld für Fallschirmspringer und Kleinflugzeuge.

»Wieder zwei Äste bilden«, ordnete der Mann aus dem Verteidigungsministerium in Düsseldorf über McElliotts Kopf hinweg an. »Ein Trupp nimmt sich die Fischzucht vor, die Organisation übernimmt Heimbach. Den anderen stellen wir hier zusammen, sobald wir uns mit den Fritten abgestimmt haben.«

»Fritten?«, flüsterte Heisterbach.

»Er meint unsere belgischen Kollegen«, flüsterte Dengeldein zurück. »Und jetzt wecken wir den Wenzel und die Schneider und schicken sie zu diesem Hemmersbach.«

16

Dreiborn präsentierte sich als verschlafener Ort, in dem am Montagnachmittag nicht nur der Friseur zu hatte. Die schmalen Straßen und Gässchen waren durchflutet von strahlendem Sonnenschein, der nach dem Schneeschauer vom frühen Morgen die komplette Nordeifel aussehen ließ wie einen weißen Wintertraum unter stahlblauem Himmel.

Lola steuerte ihren SEAT auf einen kleinen Parkplatz, ließ Tim auf dem Beifahrersitz zurück und machte sich auf den Weg zu der kleinen Straße am Rand des Dorfes. Sie hatten ausgemacht, dass sie sich bei den Anwohnern umhören würde; Tim musste sich gedulden und schaltete die Standheizung ein.

Holter, ein merkwürdiger Name für eine Straße, dachte Lola und sah sich um. An ihrem Ende, vermutete sie, verlief die Umgehungsstraße, die Dreiborn von den Wäldern des Nationalparks Eifel trennte.

Ein fünfzehnjähriges Mädchen war die erste, der sie begegnete. Der Name Albrecht Wollgarten sagte ihr so wenig wie der von Manfred von Litzenhoff. Auch eine Beschreibung des Mannes half ihr nicht auf die Sprünge. Vielleicht, zuckte das Mädchen mit den Achseln, wüsste jemand aus der Nachbarschaft mehr.

Lola lief die Straße bis ans Ende durch und entdeckte links einen unbefestigten Weg, eine Art Wurmfortsatz vom Holter. Über eisige Matschpfützen, die breite Traktorreifen in den Schnee gefurcht hatten, ging es zu einem Schuppen, einem alten, verlassenen Gehöft und ein paar Stallungen. Da wohnt niemand mehr, mutmaßte sie und wandte sich dem letzten Wohnhaus auf der Straße zu.

Auf dem Flachdach eines Seitenbaus machte sich ein Mann zu schaffen, den Lola als nächstes ansprach. Er stellte den Schneeschieber zur Seite, mit dem er schwere Eisplatten und den Schnee vom Morgen wegschaufelte, und öffnete ihr die Haustür.

Auch ihm sagten die Namen nichts, die Lola nannte. Also beschrieb sie ihm das Äußere des Mannes. Angestrengt versuchte der Mann ihren Worten zu folgen.

»Ich merke gerade«, unterbrach sie ihn auf einmal, »es geht auch anders. Entschuldigen Sie, gleich wird es einfacher.«

Das Foto aus dem Internet. Gestern hatte sie es dem Stüffje-Wirt in Einruhr vor die Nase gehalten und danach achtlos zurück in ihre Handtasche geschoben, aus der sie es nun wieder hervorkramte.

Die Miene des Mannes hellte sich auf. Er hob die Hand und zeigte mit dem Zeigefinger auf den zugeschneiten Weg mit den Matschfurchen.

»Ganz hinten durch hat der seinen Verschlag«, sagte er. »Kommt und geht, keiner hier kennt den. Er hat sich da eine Werkstatt eingerichtet.«

»Eine Werkstatt?«

»Oder sowas. Voriges Jahr hing da mal ein Schild, Ingenieurbüro Statik und irgendwas. Das schien mir etwas hochgegriffen für die heruntergekommene Bude.«

»Seit wann gibt es die Werkstatt?«

»Schwer zu sagen, drei Jahre? Der wird das Ding von einem der Bauern gemietet haben, vielleicht auch gekauft.«

In seinen Träumen arbeitete sich Tim durch die Eindrücke des Tages. Grotesk verzerrte Bilder von Walter Lambertz stiegen darin auf, wie er auf einer Staumauer steht und Schreibmaschinenseite für Schreibmaschinenseite in den Rursee rieseln lässt. Die Mauer unter dem alten Nazi ist nassfeucht und grün vor Algenbewuchs, als sei es die Mauer eines Tiefkellers. Eine Weile schwimmen die Blätter an der Oberfläche des Sees, dann versinken sie und werden plötzlich durch eine Explosion in die Luft gewirbelt, klatschen auf das Wasser und verwandeln sich in tote Fische.

›Clocks‹ zog sich in die Länge. Wie eine Strickleiter, die jemand in sein Unterbewusstsein hinuntergeworfen hatte, baumelte das Lied in Albrecht Wollgarten. Er brauchte nur danach zu greifen und sich daran hochzuziehen.

Doch auf die unterste Sprosse zu gelangen, war schwieriger als erwartet. Er merkte, wie die Kräfte ihn im Stich ließen und seine ausgestreckte Hand an der Sprosse abglitt. Er fiel ins Bodenlose. Noch im Fallen nahm er sich vor, es wieder zu versuchen.

Und dann war ›Clocks« verschwunden, wie verschluckt von einem schalldichten Tuch, nirgends mehr zu hören. Vollkommene Stille umgab ihn. Oder besser, er meinte wahrzunehmen, dass ihn Stille umgab. Etwas Warmes näherte sich seinem Kopf, seinem Ohr. Aus der absoluten Ruhe sprach eine sanfte Stimme zu ihm.

Er erkannte die Stimme. Leonie.

Im Tiefkeller in Einruhr sank das Bewusstsein endgültig ab, kippte weg, erreichte die Nulllinie. Bei Marie war es schon länger soweit. Jetzt erwischte es auch Franka Froitzheim.

Es dauerte ewig, bis endlich einer den Anruf entgegennahm. Die Schneider rührte sich nicht und auch Wenzel ging nicht ran. Dengeldein überlegte sich bereits einen Plan B, als sich doch noch eine hörbar verschlafene Stimme meldete und einen Rückruf ankündigte.

»Jetzt können wir reden«, sprach Wenzel in sein Handy. »Ich wollte nur schnell raus aus dem Zelt. Muss ja nicht sein, dass ich alle wecke.«

»Muss es doch, jedenfalls den größten Teil«, berichtigte ihn Dengeldein. »Seid ihr nicht bei der Rurtal-Evakuierung dabei?«

»Die lokalen Kräfte sind dran«, bekam er zur Antwort. »Unsere lösen sie um vier Uhr ab.«

»Dann dafür Kommando zurück.«

Er brachte Wenzel auf den neuesten Stand, gab ihm die Adresse des Fischzuchtbetriebs durch und fragte, wie lange es dauern würde, um hinzufahren und nach dem Rechten zu sehen.

»Eine halbe Stunde. Vielleicht etwas länger, bis ich die aus den Federn habe und aufsitzen lassen kann.«

Dengeldein rechnete nach. Das hieß, drei Uhr dreißig, plus ein eventuelles x.

»Geben Sie ihr Bestes. Und seien Sie vorsichtig. Dieser Jäger ist gerissen. Wenn er den Rest der Horde um sich hat, ist er außerdem gefährlich. Da sind einige äußerst unangenehme Exemplare dabei. Die gehen nicht erst über Los, die langen direkt zu.«

Auf Jean Mertens war Verlass. Axel Jäger schob den Kopf auf den tarngrünen Schlafsack, den er sich als Kopfkissen unter den Nacken geschoben hatte, und versuchte noch einmal zu entspannen, ehe er zuerst Hemmersbach, Ronneburg, Behrend-Wolff und Silke Feisting, dann einen nach dem anderen die Weltkameraden aus dem Schlaf reißen würde.

Mertens hatte sich um punkt drei Uhr bei ihm zum Einsatz gemeldet und nach letzten Anweisungen gefragt.

Jäger hatte ihn auf den Posten in der Fliegerbaracke am Flugplatz angesetzt, den es aus dem Weg zu schaffen galt. Und er hatte ihm mitgegeben, ab vier Uhr das Handy wieder einzuschalten. Keine Minute früher, den anderen würde er dieselbe Order erteilen. Für alle Fälle, oder für den Blausäurebefehl.

Mertens hatte genickt und sich knapp verabschiedet.

Jetzt waren es noch zwanzig Minuten bis Wecken. Einmal kurz die Augen zu, mit einem vollen Glas eiskaltem Wasser auf der Brust, nur sicherheitshalber, das er mit beiden Händen umschlossen hielt. Sollte er wider Erwarten doch einschlafen, würde es umfallen und ihn aufschrecken.

Die Scheinwerfer des Geländewagens frästen Lichtkegel in die Nacht, als Jean Mertens an Kesternich vorbei auf Simmerath zuraste. Die drei Mannschaftswagen der Bundespolizei, denen er begegnet war und die sich an ihm vorbei im Konvoi auf Dedenborn zu schlängelten, bereiteten ihm Kopfzerbrechen. Trotzdem, er hatte keine Wahl. Das Kommunikationsverbot über Handy war noch in Kraft. Er konnte keinen Warnanruf absetzen.

Die Kameraden mussten selbst sehen, wie sie damit klarkamen.

Vielleicht war es auch nur falscher Alarm und die Mannschaftswagen waren leer. In der Dunkelheit hatte er das nicht ausmachen können. Oder sie hatten ein anderes Ziel, wollten woanders hin, wurden über Nacht verlegt, holten irgendwo jemanden ab.

Mertens passierte Simmerath und fuhr in südwestlicher Richtung auf die B 258 zu, auf der sich Monschau umgehen ließ. Er tippte sich durch das Menü der Cockpitanzeige. Der Tank war noch zu einem Drittel voll. Die Radiosender interessierten ihn nicht mehr, die seit Stunden monoton das Gleiche berichteten. Sonderaufgebot an der Rurtalsperre, Präventivaktion und diffuse Bedrohungslage. Die Digitaluhr zeigte drei Uhr fünfunddreißig.

McElliott blies die Backen auf und knetete seine Nasenwurzel. Der Kerl aus dem Verteidigungsministerium hatte das Kommando übernommen, gab Anweisungen und telefonierte höchstpersönlich zuerst mit der Hardthöhe, dann mit Berlin. Bis ins Büro und sogar den Schlafraum der Ministerin drang er durch mit seiner Forderung nach Unterstützung von belgischer Seite, ehe es Verzögerungen gab. Er solle es ganz oben einklinken, hörte er aus Berlin, also im korrespondierenden Ministerium bei der belgischen Regierung. Von dort würde man die Leiter wieder herunter turnen, wenn es nötig war. Was im Klartext bedeutete, dass die belgische Polizei in den grenznahen Gebieten sich mit ordentlichem Verzug auf den Weg machen würde, um die Ortungskoordinaten des schwedischen Handys zu überprüfen. Da verstrich gerade wertvolle Zeit, schwante McElliott. Zeit, die er und sein Stab nicht mehr hatten.

»Sorgen Sie dafür, dass die Fritten sich dahinterklemmen«, streifte der Wichtigtuer die lästige Aufgabe an McElliott ab. Der gab sie umgehend weiter an die Chefs der beteiligten Polizeipräsidien. So nicht, Freundchen.

»Stand bei der Evakuierung?« Nervös lief er hinter den Rücken der Männer und Frauen auf und ab, die konzentriert auf ihre aufgeklappten Notebooks starrten.

»Läuft soweit, Herr Staatssekretär. Die Sturköpfe auf den Campingplätzen lassen sich inzwischen überzeugen. Im Moment sind noch die Dorfpolizisten draußen. Allerdings braucht Heisterbach neue Order. Wenzel ist mit Schneider und seinen Leuten abgerückt, die waren vorgesehen für die Schicht ab vier.«

»Stecken Sie Heisterbach, dass seine Trachtengruppe eine Extraschicht schiebt«, drängelte McElliott. »Die Ablösung fällt aus, wegen Gefahr im Verzug, geben Sie das so durch.«

»Nörvenich!«, wieder die schrille Stimme des Aufschneiders. »Nächste Stufe. Von Stand-By auf Alarm!«

McElliott war sofort klar, was passiert war. Die Kontaktaufnahme mit ihren belgischen Pendants war der Polizeipräsidentin aus Bonn und ihrem Kölner Amtskollegen nicht gelungen. Jedenfalls nicht auf Anhieb. Der Großkotz aus dem Verteidigungsministerium verlor die Geduld und die Fassung.

»Nörvenich meldet, einsatzbereit in fünf Minuten«, gab ihm monoton eine Stimme die Bestätigung. »Abfangjäger werden bemannt und machen sich startklar.«

Lola war zu ihrem Auto zurückgekehrt und berichtete Tim bei einem Zigarillo von der Werkstatt am Ende der Sackgasse in Dreiborn.

»Diesmal nicht ohne mich«, meckerte Tim, als sie gerade wieder abziehen wollte, um sich den Verschlag genauer anzuschauen.

Und das durch den Schneematsch. Lola verdrehte die Augen. Damit würden die schmalen Felgen des Rollstuhls so gut klarkommen wie ein Fahrradreifen mit Glatteis. Dann packte sie an, schob Tim den Anstieg zum Holter hoch und bugsierte ihn mühsam durch die Traktorfurchen auf den niedrigen Holzbau zu, auf dessen Pultdach eine Satellitenschüssel angebracht war.

Von wegen Verschlag, dachten beide. Tim inspizierte die Klingel und den rechteckigen hellen Fleck neben der Holztür. Hier war mal ein Schild angeschraubt, bedeutete er Lola. Dann klappte er die Fußstützen seines Rollstuhls beiseite, wuchtete sich in den Stand und lugte durch ein schmales Holzfenster ins Innere.

Das, was er durch die schmutzige Scheibe erkennen konnte, sah nicht aus wie eine Werkstatt. Eher wie ein Kontor, mit Regalen voller Ordner und Hefter, einem Elektroradiator und einem breiten Tisch mit aufgeschlagenen Unterlagen, an dessen Kante eine Schreibtischlampe klemmte.

Und brannte.

Da war jemand drin.

Lolas Klingeln blieb unbeantwortet. Nichts rührte sich, die Tür schräg hinter dem Schreibtisch stand halb offen. Ein alter Vorhang, der oben in die Angel gespannt war, um den Raum nicht auskalten zu lassen, bewegte sich sachte vor und zurück.

Lola beugte sich zu dem Briefschlitz neben der Haustür und öffnete die Klappe.

»Herr Wollgarten? Sind Sie da drin? Lassen Sie uns rein!«

Drinnen keine Reaktion. Tim schob sich neben Lola. Jetzt war er es, der die Klappe hochhielt und sich vorbeugte.

»Oder Sie, Herr von Litzenhoff?«, brüllte er durch den Schlitz. »Machen Sie auf!«

Lola schüttelte den Kopf, Tim zuckte mit den Achseln. Wieso nicht, sagte er und lugte wieder durch den offenen Schlitz. Sekundenlang tat sich nichts. Dann hörten sie Geräusche. Irgendwo flog knarrend eine Tür auf. Der Vorhang in der Bürotür wölbte sich auf.

Dann ein neues Geräusch, hinten im Hof, an der anderen Seite des Gebäudes. Ein Anlasser leierte, ein Fahrzeug sprang an und ein Motor heulte auf.

Gedankenschnell lief Lola hinter das Gebäude, kam aber zu spät. Der Wagen war verschwunden. Ein Blick genügte und sie überriss, wohin er sich davongemacht hatte. Von wegen, hier endet der Ort und dahinter beginnt der dichte Wald. Die Umgehungsstraße von Dreiborn führte keine zehn Schritte hinter dem Grundstück vorbei.

In der Ferne, hinter einer Kurve, hörte sie das dumpfe Röhren des Auspuffs.

»Du hast ihn aufgeschreckt«, bemerkte sie spitz.

Tim, der an der Haustür gewartet hatte, hielt dagegen.

»Was willst du, wir sind einen Schritt weiter. Wir wissen jetzt, wo sich Wollgarten alias Litzenhoff aufhält, wenn er sich in Einruhr ausklinkt.«

»Wissen wir noch lange nicht«, sagte Lola. »Oder glaubst du, der zieht die lausige Holzbude hier seinem Haus in der Wiesentalstraße vor, und das gleich über Wochen?« Sie seufzte. »Außerdem weiß er jetzt, dass ihm jemand auf den Fersen ist, der über sein Maskenspielchen Bescheid weiß und was von ihm will.«

Punkt für Lola, dachte Tim und überlegte angestrengt. Dann fiel ihm etwas ein.

»Die Hintertür«, schnaubte er. »Die ist nicht zugefallen.«

»Echt nicht?« Lola klaubte ein Paar Latexhandschuhe aus ihrer Handtasche. »Warte hier.« Sie verschwand um die Ecke.

Auf der Rückseite schlüpfte sie durch eine große Fenstertür, die einen Spaltbreit offenstand. An einer Stube mit einem Feldbett, einer Kochplatte und einem kleinen Duschraum vorbei bahnte sie sich den Weg zurück zur Haustür.

»Du bleibst besser draußen«, sagte sie, als sie Tim von innen öffnete und ihr Blick auf den Matsch an seine Reifen fiel. »So einfach wie eben wollen wir es ihm nicht nochmal machen.«

»Verlier keine Zeit«, gab Tim sein Einverständnis. »Lange wegbleiben wird der nicht.«

Lola drehte ihm den Rücken zu und stöberte im Wust an Papieren, aufgeschlagenen Ordnern und Heftern, die sich im Schein der Schreibtischlampe auftürmten. Mit spitzen Fingern zog sie unter Stromrechnungen und frischen Kontoauszügen einen gebundenen Stapel beschriftetes Papier hervor.

»Überraschung«, sagte sie in Tims Richtung, der sofort erkannte, was sie dort in der Hand hielt.

»Das ist nicht wahr«, presste er heraus. »Die Druckfahnen.«

»Und jetzt gehen wir aufs Ganze.« Entschlossen wedelte Lola mit den Kontoauszügen. »Das hier und, warte.« Sie stellte sich vor eines der Regale und ging die Beschriftungen der Aktenordner durch. »Alles fein säuberlich aufbewahrt«, murmelte sie, »Rechnungen, Aufträge, Baupläne, Erbschaft Familie Wollgarten, Unteraufträge, Korrespondenzen mit dem Bauordnungsamt.« Sie schüttelte den Kopf, ging in die Knie und öffnete eine Umzugskiste. »Hier könnte was dabei sein«, raunte sie und wühlte im Pappkarton. »Na also. Das nehmen wir!«

Tim sah, wie sie sich aufrichtete und ihm ein welkes Bündel schmaler Papiere in einem kleinen Hefter wie eine Trophäe entgegenhielt.

»Wieder Kontoauszüge«, beschrieb er, was er zu erkennen meinte. »Na und?«

»Wieder Kontoauszüge«, bestätigte Lola. »Von Albrecht Wollgarten. Nur uralte, von Mai 1998 bis Dezember 2000, die nicht so aussehen, als hätte sie in letzter Zeit jemand angerührt.«

»Lass mich nicht dumm sterben«, sagte Tim bissig. »Du willst doch nicht wirklich wissen wollen, wie flüssig Wollgarten von fünfzehn Jahren war.«

»Nichts interessiert mich weniger.« Lola schob sich mit den Kontoauszügen an Tim vorbei ins Freie. »Den Hefter hier und die Auszüge, die auf dem Tisch lagen, werden wir auf Fingerabdrücke untersuchen.«

»Aha«, Tim ruckelte den Rollstuhl zurück in den Matsch. »Und du erhoffst dir was davon?«

»Klarheit«, ächzte sie und schob Tim zurück auf die befestigte Straße. »Entweder wir finden erhebliche Vorher-Nachher-Unterschiede. Oder die Fingerabdrücke sind überall identisch.«

»War das für uns nicht gesetzt?«, warf Tim ein. »Dass sich, wenn überhaupt, dann Wollgarten den Litzenhoff übergestülpt hat, und nicht umgekehrt?«

»Für mich ist hier nichts mehr gesetzt, Tim.«

»Hast du die Leiche vergessen, die Maries Eltern und Frankas Vater in der Rechtsmedizin untergekommen ist? Und an ihr Namensschildchen? Litzenhoff stand da drauf. Lit Zen Hoff!«

»Und du? Hast du nicht gerade mitgekriegt, wie der Kerl erst in dem Moment in Panik geriet, als er dich genau diesen Namen brüllen hörte? Das ist die typische Reaktion, wenn einem die Maske vom Gesicht gerissen wird. Glaub mir, Tim, in der Kriminalpsychologie ist das Erstsemesterstoff.«

Eine Viertelstunde später verstaute Lola den Rollstuhl im Kofferraum ihres Autos und setzte sich neben Tim ans Steuer.

»Was ist, warum fährst du nicht los?«

»Warte«, murmelte Lola konzentriert und zog die Stirn in Falten. Dann schnippte sie mit den Fingern. »Na klar«, strahlte sie, »das erledigen wir gleich mit.« Sie zückte ihr Smartphone, wischte sich durch ein halbes Dutzend Seiten und nickte dabei immer kräftiger mit dem Kopf. Tim kam nicht mehr mit.

»Du lässt mich schon wieder dumm sterben«, meckerte er. »Was soll das?«

»Ganz einfach. Wenn wir die Laborratten schon bemühen, um die Fingerabdrücke auf zwei verschiedenen Papierproben zu vergleichen, dann können die uns eine dritte Probe gleich mit auswerten!«

»Ganz einfach nennst du das? Ich kapier nur Bahnhof, was für eine dritte Probe?«

»Bülent Haspolats Dienstpistole.«

»Du meinst die aus Papier?«, scherzte Tim einigermaßen verzweifelt. Lola sah ihn mit ernster Miene an.

»Genau die meine ich. Schau mich nicht an wie ein Auto.« Sie wischte wieder über das Display und wurde fündig. »Da haben wir's«, speicherte sie die Internetseite ab. »Vertrau mir einfach.«

»Muss ich ja wohl. Ein winziger Hinweis an meine kleine Wenigkeit wäre allerdings nett. Um nicht zu sagen, es wäre glatt die Wucht. Damit ich mich nicht komplett abgehängt fühle.«

»Ich will Bülents Waffe, die irgendwo in Wiesbaden liegt, gleich mit erledigen.« Lola sah, wie Tim angestrengt grübelte. »Ich weiß, was du denkst. Liegt die nicht beim BKA in einer Art Hochsicherheitstrakt für Beweisstücke? Ja, tut sie. Und aus Papier ist sie nicht, nein. Das heißt, noch nicht. Lass mich nur machen. Ich schreibe für die vom BKA nicht nur Gutachten. Ich habe auch ein paar Strippen, an denen sich prima ziehen lässt.«

»Okay. Okay, okay. Bloß wie bringt uns das weiter?«

»Wir schlagen zwei Fliegen mit einer Klappe. Denk nach, was stand in den Fahnen? Wollgarten hat man die Wumme in die Hand gedrückt und dann abgezogen. Mich interessiert jetzt entweder, welcher Wollgarten sie in der Pfote hatte. Der echte oder sein Zwilling Litzenhoff.«

»Oder?«

»Oder ob wir vom Wollgartenoriginal und von der Wollgartenkopie ablassen müssen, weil sich auf der Pistole die Spuren von jemand drittem finden.«

»Was bedeuten würde «

»Dass wir wieder bei null anfangen müssten mit unseren Überlegungen.«

»Und was erwartest du?«

Lola zuckte mit den Achseln.

»Dass du mir Zeit gibst«, wich sie aus. »Bis morgen dürfte ich die Auswertung angeworfen haben. Und für dich werden wir bis dahin einen mindestens genauso spannenden Zeitvertreib finden. Weil nämlich in allernächster Zeit mein Telefönchen klingelt.«

»Aha.« Nachdenklich knetete Tim sein Ohrläppchen. »Und wieso …?«

Wieder wurde er unterbrochen, diesmal vom Klingeln an Lolas Smartphone. Die warf einen Blick auf das Display.

»Was sage ich?«, raunte sie triumphierend und nahm den Anruf an. »Ich grüße Sie, Frau von Maltzheimer. Was gibt es?«

17

»Da ist was faul!«

Fischzüchter Hemmersbach kam von den Teichen zurück, die heruntergebrannten Fackeln in der Hand, und rüttelte an Jägers Schulter.

»Was gibt's?« Jäger war sofort hellwach und sprang auf.

»Um die Teiche ist Unruhe. Da ist was im Busch, da sind welche. Sehen wir nach?«

Jäger schüttelte den Kopf.

»Abrücken«, befahl er. »Sofort. Unsere zuerst, die Weltkameraden danach. Ist die Zufahrt noch frei?«

Hemmersbach zuckte die Schultern.

»Bleibt uns was übrig, wenn nicht?«

Jäger starrte kurz vor sich hin.

»Raus hier. Los.«

»Sie haben zweifellos den undankbareren Part von uns beiden.« Dengeldein äugte zu Heisterbach hinüber, der den Hörer aufgelegt hatte und dem vom Gejammer der Polizeikräfte im Tal der Rur unterhalb der Staumauer die Ohren klangen.

»Ich habe meine Leute stramm«, entgegnete Heisterbach nach einer Weile. »Schließlich sind sie verbeamtet. Würde noch fehlen, wenn die nicht ausnahmsweise eine Doppelschicht schieben könnten.«

»Hört sich an nach einer Menge Überzeugungsarbeit«, kam von Dengeldein. »Das meinte ich mit undankbarer Part.«

»Mag sein«, brummte Heisterbach. »Schneider und Wenzel haben die Lage in der Fischzucht im Griff?«, fragte er zurück.

Statt zu antworten, schnippte Dengeldein den Kippschalter vor sich herunter. Durch den Lautsprecher flutete lautes Knistern und Rauschen den Raum. Dann Geflüster und Befehle.

»Standleitung zu Wenzels Mikro. Geht gleich los«, raunte Dengeldein.

»Die nehmen sie hoch?«

Heisterbach blinzelte, ehe ein ohrenbetäubender Knall ihn und Dengeldein aufschrecken ließen. Schüsse fielen, erst einzeln, dann als Salven aus automatischen Pistolen.

»Das sind keine von uns«, erklärte Dengeldein.

»Sie meinen die Schüsse?«

Dengeldein nickte nachdenklich.

Klingt nach einem Ausbruchversuch, dachte er.

Zwischen dem Gehöft und dem Ufer des Teichs explodierte die erste Granate. Dichte Schwaden von Staub und Pulverrauch hüllten das Grüppchen um Jäger, Ronneburg, Behrend-Wolff und Hemmersbach ein. Silke Feisting drehte durch und schoss ihr Magazin leer: sinn- und ziellos in die Luft.

»Lass die Scheiße.« Jägers Fistelstimme überschlug sich. Ronneburg griff seiner Komplizin in den Arm und schlug ihr die Waffe aus der Hand.

»Wie weiter?«, fragte der Riese, ging dabei in die Knie und hob die Pistole auf. Seine Stimme klang aufgeräumt und ruhig.

»Raus hier«, reagierte Jäger. »Jeder ein Fahrzeug, drei in Richtung Oberseebrücke. Wir beide und Kamerad Behrend-Wolff. Alle anderen in die andere Richtung. Bei der ersten Gelegenheit vereinzeln. In der Reihenfolge rechts ab, geradeaus, links ab. Verstanden?«

So kriegen wir sie abgeschüttelt, dachte er.

»Wo ist Sammeln?«, bellte Hemmersbach. »Und wann?«

Wenigstens einer, der mitdenkt. Jäger nickte anerkennend.

»Auf der Hubertushöhe in einer Dreiviertelstunde, ab jetzt. Wer es nicht schafft, keine Heldenspielchen!«

Jäger zerrte eine Handgranate aus der Manteltasche, zog den Ring ab und warf sie der ersten hinterher. Wieder wirbelte Staub auf und gab ihnen Deckung.

Hinter den Zierhecken am anderen Ende der Fischteiche hockten die Einsatzkräfte und hielten ihre Automatikgewehre im Anschlag. Durch das Visier der Helme verfolgten ihre Blicke die Schemen, die hinter dem Rauchvorhang in die Zufahrt zum Gehöft rannten.

»Blaustrich-Dreipunkt zurück zu den Fahrzeugen«, gab Wenzel über Funk Anweisung in ihre Helme. »Zuwege blockieren, in beide Richtungen. Die wollen türmen. Blaudoppelstrich-Unterpunkt über die Gewässer vorrücken, die Verdächtigen von hinten zumachen und einschließen. Gelbdoppelstrich-Unterpunkt ebenfalls vor, hinter den Gewässern ausklinken und das Gebäude klären. Bei Widerstand Schusswaffengebrauch zur Warnung, bei Gefahr scharf. Beides gedeckt.«

Persson riss das Rasseln des Handys aus dem Schlaf. Dass ich überhaupt eingenickt bin, wunderte er sich und drückte den Alarm weg.

Als er sich aufrichtete, blinzelte ihm der käsehäutige Südafrikaner entgegen. Lange vor ihm war er aufgewacht. Oder hatte gar nicht geschlafen und amüsierte sich jetzt über die Schläfrigkeit seines ersten Piloten.

Persson ignorierte das Grinsen und schob sich durch die Luke hinaus ins Freie. Die Baracke auf der anderen Seite war noch in schwarze Nacht gehüllt, nichts regte sich in ihrem Inneren, obwohl die ersten Amseln angestimmt hatten und sich gegenseitig wach zu singen begannen.

Hinter der Graspiste zum Flugfeld tänzelten zwei schmale Lichtkegel durch den Kiefernbestand. Das wird er sein, dachte er sich und schnürte die Stiefel. Hoffentlich ist der Kerl auf der Höhe und löscht rechtzeitig das Abblendlicht. Dann weckte er die junge Deutsche, die Jäger ihnen als Mädchen für alles zugewiesen hatte, und stiefelte Mertens entgegen.

Fünf Minuten später standen sie vor dem Wellblechverschlag.

Mertens wurde wieder zuversichtlich. Endlich, dachte er. Die Einsatzfahrzeuge, denen er hinter Dedenborn begegnet war, waren ihm nicht mehr aus dem Kopf gegangen. Wenn er ehrlich war, hatte er auf den letzten Kilometern der Fahrt, nachdem er das Handy um Punkt vier Uhr wieder eingeschaltet hatte, den einen Anruf erwartet. Die Aufforderung zum Abbruch. Oder den Blausäurebefehl: Abbruch *und* Beseitigung aller Spuren. Ihr wisst, was das heißt, hatte Jäger vor Tagen betont und ihn in Hüppaufs Gästehaus eindringlich gemustert.

»Gehen Sie rein, ich decke nach hinten«, forderte Persson ihn und die junge Frau auf. Mertens zückte das Fahrtenmesser, stieß die Tür zur Fliegerbaracke auf und stürmte als erster hinein.

»Schieben Sie das Radarbild auf meinen Schirm, Nörvenich.«

McElliott verdrehte die Augen. Der Unsympath vom Verteidigungsministerium war nicht nur ein Großkotz, sondern ein Kotzbrocken von einem Großkotz. Er kommandierte die Bereitschaft auf dem Fliegerhorst herum, ohne Bitte und Danke. Als ob am anderen Ende der Verbindung kein Mensch vor der Webcam hockte, sondern ein anonymer Jemand, der so anonym war, dass er ihn mit dem Namen der Luftwaffenbasis ansprach.

»Zu Befehl«, schnaufte er. »Dauert einen Augenblick.«

McElliott sah zu, wie der Uniformierte auf dem Bildschirm etwas in die Tastatur hackte. Der Ausschnitt mit dem Kopf, auf dem ein Headset klemmte, schrumpfte zusammen und schob sich nach rechts oben in die Ecke. Ersetzt wurde er von einem kreisrunden samtschwarzen Nachthimmel mit giftgrünen Punkten und winzig kleinen

Zahlen- und Ziffernkombinationen darunter: das Militärradar mit den Echtzeitbewegungen der Flugzeuge, die langsam über den Bildschirm krochen.

»Karte unterlegen«, bellte das Verteidigungsministerium. »Und auf West-Südwest gehen, Ausschnittgröße hundert mal hundert Kilometer.«

Der Nachthimmel verschob sich nach links, die Punkte wurden größer und wanderten schneller über das schwarze Firmament, unter dem jetzt ein Adergeflecht aus Flüssen und Straßen lag.

»Das deutsch-belgische Grenzgebiet, unten bis Luxemburg, oben Limburg in den Niederlanden. Rechts das helle Kreuz sind wir. Nörvenich. Momentan nur Verkehrsflugzeuge, Cargo und Passagier«, gab der Mann in Nörvenich ungefragt Auskunft. »Jeder mit Code, alle identifiziert, keiner unter siebzehntausend Fuß.«

»Im Blick behalten! Vier Augen sehen mehr als zwei. McElliott, sorgen Sie dafür, dass einer das hier übernimmt.«

Kopfschüttelnd schob sich der Krisenstabskoordinator vor den Bildschirm. Um ihn herum waren alle beschäftigt. Also resignierte er und übernahm selbst.

»Leonie …«

Sie war sofort hellwach. Nicht die Musik aus dem Radio, sondern seine Stimme hatte sie geweckt. Natürlich wusste sie nicht, wie sie sich verhalten sollte. Hatte keine Ahnung, was zu tun war. Sie sprang auf, beugte sich über Wollgartens Gesicht, seine halboffenen Augen, und lächelte unsicher.

»Leonie.« Auf einmal sahen die Augen sie an, nahmen sie in den Blick, stellten angestrengt scharf und fokussierten sie. Eine Sekunde lang, zwei. Dann fielen die Lider wieder zu: wie ein Vorhang vor eine ermattete Schauspielerin, die auf der Bühne stand und zu sterben hatte oder wirklich starb. Leonie konnte es nicht sagen.

Sie schnellte in die Höhe und rannte hinaus auf den Stationsflur.

»Er ist … er war da. Er ist zu sich gekommen, hat mich erkannt und mit mir gesprochen!«

Als der Arzt eintraf und die Werte auf den Überwachungsinstrumente musterte, hatte Albrecht Wollgarten die Augen wieder fest verschlossen.

Der Vorführeffekt, dachte Leonie.

Dann hievte er sich erneut aus seinem Koma.

»Noch da?«, brachte er heraus, oder so ähnlich. Die Frage war zu erkennen an der Hebung seiner Stimme, der Rest war schwerer zu identifizieren. Er lallte.

»Sie sind weg, Albrecht«, beruhigte ihn Leonie. »Du bist in Sicherheit, in einem Krankenhaus.« Und ich verständige gleich den Kommissar, überlegte sie weiter. Damit das mit der Sicherheit, von der sie ihm erzählte, auch wirklich stimmte.

»Jaaaa«, stöhnte Wollgarten.

Der Arzt zog halb verblüfft, halb anerkennend die Mundwinkel in die Höhe. Sein Patient würde bald wieder bei Bewusstsein sein. Ganz bei Bewusstsein.

Persson schaltete die Scheinwerfer über dem Fahrwerk ein, ließ die Motoren an und nickte entschlossen zur Seite. Na los, Buschflieger, gehen wir es an. Der Südafrikaner grinste breit und etwas verschlagen.

Übernimm du das Kommando, schien das Lächeln um seine Bartstoppeln dem Schweden zu bedeuten. Ich weiß genau, was du vorhast, erster Pilot. Und ich werde verhindern, dass du damit durchkommst, du Falschspieler!

Persson war eine Sekunde lang verunsichert.

»Geräte an Bord klar?«, fragte er über Funk die anderen Piloten in ihren Cockpits. »Switch on engines for confirmation!«

Die beiden Maschinen reagierten, indem sie ihre Motoren anließen und sich hinter ihm einfädelten.

»LB1 fächert nach rechts auf, LB2 nach links, LB3 bleibt mittig«, schob Persson nach.

Bis zum Ende der Graspiste waren es knapp dreihundert Meter, das entsprach mitsamt Eindrehen ungefähr neunzig Sekunden bis zum Start.

Im gräulichen Morgendunst entdeckte er durch die fliegendreckverklebte Scheibe Mertens und die junge Frau. Sie standen vor der Fliegerbaracke und grüßten auf ihre Weise.

Von der rechten Hand, die Mertens in die Luft reckte, tropfte ein zäher dunkler Faden herunter auf den Kies neben der Baracke.

Was wollen die, was soll das hier, was tue ich hier eigentlich, schoss es Persson durch den Kopf.

Dann griff er nach dem Bügel neben sich und schob ihn entschlossen nach vorne. Die beiden Triebwerke ratterten sich in Laune und schoben Lambertzbomber Zwei knapp vor dem Ende der Piste in die Höhe.

Zwei Minuten später stand der Fächer der drei Flugzeuge. Die Formation war gefunden. Sie drehte ab Richtung Ost-Nordost.

»Wo bist du, Silke?«

Das hatte er tatsächlich gesagt. Silke Feisting war einen Moment lang perplex. Axel Jäger wurde ihr zugleich unheimlicher und sympathischer.

Hätte sie jetzt, in dieser Lage mitten in der Nacht, in der sie hinter dem Steuer ihres Kleinwagens hockte und sich und die Weltkameraden aus Ungarn durch die nächtliche Nordeifel kutschierte, mehr Zeit zum Nachdenken gehabt, dann wäre ihre Antwort schlagfertiger ausgefallen. Und sie hätte ihn zurückgeduzt.

»Wir sind kurz vor Schleiden nach Osten ausgeschert«, antwortete sie nur. »Richtung Mechernich, wie befohlen. Wir werden uns über Feldwege zur Talsperre durchschlagen.«

»Ist jemand hinter dir?«

»Nein.« Wieder das ›du‹ in Jägers Worten. Wofür stand es, fragte sie sich jetzt deutlicher. Wie sollte sie es interpretieren? Suchte er Nähe, war er euphorisch und sprach sie deswegen so an? Oder wollte er sich nur verbrüdern, billig und ein wenig feige? Kurz vor dem Ende, das er herannahen spürte? »Im Rückspiegel ist niemand. Vielleicht verfolgen sie uns vorsichtig und mit Abstand, schwer zu sagen. Ich behalte es im Auge.«

»Bleib umsichtig. Ich vertraue dir«, sagte er.

»Wo bist du?«, entfuhr es ihr.

»Ich nehme den langen Umweg«, erwiderte er. »Ich fahre in Richtung Monschau und warte auf eine Gelegenheit, mich zu verstecken. Sie sind knapp hinter mir und ich hoffe, dass sie sich täuschen lassen.«

»Viel Glück«, antwortete sie, »und bis gleich.«

Eine Antwort blieb aus. Jäger hatte das Gespräch weggedrückt.

»Nörvenich an Krisenstab Düsseldorf. Dringend! Es tut sich was.«

McElliott zog die Augenbrauen hoch und fixierte den Bildschirm. Wie pechschwarzer Samt sah er aus, mit winzigen mattgrünen Smaragden darauf.

»Was gibt es«, fragte er ins Mikrofon.

»Drei dicke Brummer. Ohne Code«, antwortete die blecherne Stimme aus dem salzstreuergroßen Lautsprecher unter dem Monitor. »Plötzlich aufgetaucht. Im Westen über der deutsch-belgischen Grenze. Stellen Sie es durch an den Kerl mit dem Oberfeldwebelgehabe.«

McElliott suchte den Schirm ab, fand in der äußeren linken Ecke drei Punkte, denen die übliche Nummernkombination fehlte und die ein stumpfes Dreieck bildeten, das sich an Aachen vorbei in Richtung Köln bewegte.

»Ich hab's«, bestätigte er. »Klar und deutlich.« Dann drehte er sich um und suchte hektisch den Raum ab.

Der Kotzbrocken beugte sich über einen anderen Bildschirm, drei Tische weiter, streckte dann das Kreuz durch und hob den Kopf.

McElliott suchte Augenkontakt. Als sich ihre Blicke trafen, hob er beide Arme und winkte den Aufschneider zu sich.

»Habt ihr was?«, schnarrte der.

»Kommen Sie schon!«, brüllte McElliott. So laut, dass Tim sich in seinem Rollstuhl von der einen auf die andere Seite drehte und beinahe aus dem Schlaf gerissen worden wäre.

»Wichtiger als das hier?«, keilte der Kotzbrocken zurück. Vor ihm auf dem Bildschirm veranlassten die Belgier endlich eine Zellenortung des Handys mit der schwedischen Nummer.

»Drei nicht identifizierte Flugzeuge bewegen sich von Westen in Richtung Talsperre«, antwortete McElliott nüchtern. »Vielleicht nicht so wichtig«, schob er hinterher.

Das verfehlte seine Wirkung nicht.

»Bin gleich da«, schnaufte der andere und tippte der Polizeipräsidentin auf dem Stuhl vor sich auf die Schulter. »Sie bleiben hier dran. Fünf Minuten maximal, dann erwarte ich von den Fritten die Koordinaten!«

Im Laufschritt kam er zu McElliott, der bereitwillig zur Seite rückte und ihm das Mikrofon und den Blick auf den Bildschirm überließ.

»Drei Flieger ohne Kennung auf einmal«, krächzte der Mann in Nörvenich über die Webcam in der oberen Ecke. »Düsseldorf«, legte er süffisant nach. »Anweisungen?«

»Hoch mit den Abfangjägern«, statt einer Antwort. »Und Sie nennen mir Namen und Rang Ihres Vorgesetzten.«

Am Flugplatz in Belgien schubste Jean Mertens das Mädchen zu ihrem Auto und ließ sie einsteigen. Du fährst hinter mir her, gab er ihr mit und hoffte, dass er entschieden und unmissverständlich klang. Die Erfüllung seines Auftrags oben in der Fliegerbaracke ging ihm durch den Kopf und er merkte, wie er die Bilder nicht verscheucht bekam.

Um sich abzulenken und auf andere Gedanken zu kommen, suchte er in seinem Adressbuch die Nummer von Silke Feisting.

Es dauerte eine Weile, dann nahm sie ab.

»Wie lief es in Elsenborn«, fragte sie als erstes.

»Reibungslos. Bin schon auf dem Rückweg«, antwortete Mertens. »Habe den Auftrag ausgeführt. Ist der Treffpunkt Hubertushöhe noch aktuell?«

»Schaffst du es rechtzeitig?«

Mal sehen, dachte Jean Mertens und schaute in den Rückspiegel. Wenn die Kleine da hinten in ihrer Krücke Gas gibt, vielleicht.

»Es geht los.«

In seinem Bürostuhl rollte sich Dengeldein zu Heisterbach hinüber und stupste ihn in die Rippen. Der Hauptkommissar war im Gespräch mit Wenzel, der ihm über Funk die Lage nach der Aktion an den Fischteichen schilderte.

»Ich muss raus, Wenzel«, unterbrach ihn Heisterbach, »ich melde mich wieder. Halten Sie solange unsere braune Weltkundschaft in Gewahrsam. Sobald ich Luft habe, sorge ich dafür, dass uns der Krisenstab die Festsetzung legitimiert. Die haben Staatsanwälte mit am Tisch, machen Sie sich keine Sorge.«

»Was ist mit dem Besitzer der Fischzucht?«, drängelte Wenzel noch.

»Ebenfalls festsetzen. Und Kamerad Ronneburg muss direkt in den Bau, für den liegt ein Haftbefehl vor.«

»Direkt!?«

»Ohne Umweg über Gewahrsam, meine ich. Das heißt, wenn Sie Luft haben. Konzentrieren Sie sich zuerst auf die Verfolgung der anderen. Vielleicht war das Handysignal von Silke Feisting nur der Auftakt, und Jäger hat die Sperre wieder aufgehoben. Sollte uns eine Ortung gelingen, erfahren Sie es als erster!«

Heisterbach puhlte die Ohrstöpsel heraus und wandte sich Dengeldein zu. Der schob ihm seinen Bildschirm ins Blickfeld.

»Die Düsseldorfer spielen uns das Flugradar aus Nörvenich rüber. Sehen Sie die drei grünen Punkte links, im Westen? Das sind unsere Lambertzbomber. Der Krisenstab hat ein Rudel Abfangjäger hochgeschickt, da vorne.« Mit dem Zeigefinger deutete er auf sieben dünne Kreuze, die flink von rechts oben nach links unten über den Radar zogen.

»Wo werden sie aufeinandertreffen?«, fragte Heisterbach.

»Östlich von Monschau, vielleicht auch erst nordöstlich. Die drei Bomber haben die Grenze bereits passiert und befinden sich im deutschen Luftraum. Das wird verdammt knapp, wenn unsere Jagdflieger die noch vor der Talsperre abfangen wollen.«

»Und wenn es zu eng wird? Abschuss?«

Dengeldein zuckte mit den Schultern, gebannt von den zehn Punkten, die sich einander stetig näherten.

»Möglich«, raunte er. »Die Lambertzbomber werden eine weite Kurve fliegen müssen, an Einruhr vorbei Richtung Norden und hinter Rurberg dann nach Osten. Im südlichen Kalltal hätte es unbewohntes Gebiet, aber das muss dann schon ein Präzisionstreffer werden.« Er atmete tief, zwischen den Zähnen pfiff es. »Oder besser, drei.«

Heisterbach kratzte sich am Kopf. Einen Augenblick lang dachte er an seine Leute, die immer noch die Campingplätze unterhalb der Staumauer räumten. Wenn es schief ging und nicht die Jäger aus Nörvenich, sondern die Neonazis drei Präzisionstreffer landeten mit ihren Rollbomben, dann würden die Beamten einer nach dem anderen ersaufen.

Wenn er wenigstens Dütemeyer erreichen und ihm die Sache übertragen könnte, die Evakuierung des Rurtals. Aber um diese Uhrzeit?

Wer um alles in der Welt ist so hirnverschissen und ruft mitten in der Nacht an?

Dütemeyer fluchte, wälzte sich herum und knipste die Nachttischlampe an.

Vielleicht war es Heisterbach, und der Anruf war nicht nur dienstlich, sondern vor allem dringend. Er langte nach seinem Handy.

»Was gibt's«, knurrte er.

»Herr Kommissar? Albrecht wacht auf!«

Dütemeyer brauchte einen Moment, bis sich seine Gedanken sortiert hatten.

»Entzückend«, presste er hervor. »Wacht er noch auf oder ist er schon da?«

Die Frau am anderen Ende der Leitung klang eingeschüchtert.

»Wir waren doch so verblieben, dass ich …«

»Schon in Ordnung.« Dütemeyer bemühte sich um ein wenig mehr Sanftmut in der Stimme. »Er wacht also auf. Bestens, das ist eine gute Nachricht. Haben Sie einen Arzt in der Nähe, mit dem ich kurz sprechen kann?«

Fünf Minuten später warf Dütemeyer sich die Jacke über den Arm und langte nach dem Autoschlüssel. Einen Scheißauftrag hast du der blöden Kuh dagelassen, motzte er mit sich selbst.

Aber vielleicht sprang ja was dabei herum. Vielleicht war dieser Wollgarten nicht nur wieder ansprechbar, sondern konnte sich an etwas erinnern. An Gesichter oder die Namen derjenigen, die ihn so übel zugerichtet und Bülent Haspolat umgebracht hatten.

Er sah auf seine Armbanduhr. Vier Uhr fünfundzwanzig. Im Rückspiegel zeichneten sich erste helle Schleier gegen die Nacht ab. Von Euskirchen bis zum Krankenhaus brauchte er um diese Uhrzeit eine halbe Stunde.

18

Die Wintersonne verlor an Kraft, als Lola und Tim am Nachmittag das kleine Haus an der Urft verließen. Lola hob die Sporttasche in den Rollstuhlsitz, in der Tims Sachen für die Nacht verstaut waren, frische Urinbeutel und die Salben und Cremes für den Abend. Tim hängte sich das Stativ und die Tasche mit seiner Fotoausrüstung über die Schulter, griff nach den Gehhilfen und folgte ihr zum Auto.

Helga von Maltzheimer würde ihn in ihrem Atelier einquartieren, als Beobachtungsposten für den Rest des Tages und die Nacht. Die Erlaubnis dafür hatte die gedankenschnelle Lola eingeholt, als die ihr die Neuigkeit von Albrecht Wollgartens urplötzlichem Wiederauftauchen in seinem Haus mitteilte. Immer her mit dem jungen Mann, hatte die Künstlerin geantwortet und verschwörerisch beteuert, ihrem kauzigen Nachbarn gegenüber dicht zu halten.

»Für die ist das eine willkommene Abwechslung«, zerstreute Lola Tims leise Zweifel, »und ein bisschen Kitzel bringt es ihr auch. Glaubst du sonst, die hätte mich angerufen, nachdem unser aufgescheuchtes Huhn zurückgekehrt ist an seinen heimischen Herd?«

Helga von Maltzheimer selbst war es, die Tims Skepsis endgültig beseitigte. Zwischen ihren Skulpturen richtete sie ihm eine gemütliche Ecke aus Kissen, Matratzen und einem Lehnstuhl ein, drehte die Heizung auf und servierte Kaffee und selbstgebackenen Kuchen. Natürlich leistete sie ihm anfangs Gesellschaft: ein Umstand, der Tim nicht wirklich in den Kram passte, weil er ihn ablenkte von seiner eigentlichen Mission.

Durch das breite Atelierfenster hatte er einen Panoramablick auf das Nachbargrundstück und wenn er sich vorlehnte, konnte er dort den Windfang der Eingangstür und den schmalen Weg sehen, der zur Straße hinunterführte und neben dem Carport endete.

Wie ein Detektiv kam er sich vor, die Kamera mit dem Teleobjektiv griffbereit neben sich, der das Haus eines kleinen Ganoven oder großen Ehebrechers belagert. Dass Wollgarten oder der Mensch, der das Leben von Albrecht Wollgarten lebte, tatsächlich zuhause war, wusste er nur aus den Beteuerungen seiner Gastgeberin und dem kleinen Indiz des im Carport geparkten Wohnmobils. Es störte ihn ein wenig und er war froh, als Helga von Maltzheimer sich um fünf Uhr zurückzog, um ihren Volkshochschulkurs vorzubereiten, den sie am Abend abzuhalten hatte und der Tim ein paar Stunden ungestörtes Observieren garantierte.

Eine halbe Stunde verging, die Dämmerung war in eine Winterdunkelheit übergegangen, die wegen des Streulichts der Straßenlaternen keine vollständige war. Auch der Schnee reflektierte genügend Licht, um mit bloßem Auge erkennen zu können, wenn sich nebenan etwas regte.

Überraschenderweise kam nicht von dort Bewegung in die Sache, sondern von der Straße. Ein Mann schlug sich den Kragen seines Mantels hoch und schob auf eine seltsam vertraute, fast mechanische Art das niedrige Gartentor auf. Der Griff saß blind, der kennt sich hier aus, der ist nicht zum ersten Mal hier, dachte Tim und langte nach der Kamera.

Der Bewegungsmelder, der die Lampe über der Haustür angehen ließ, erleichterte ihm die Arbeit. Mitte Fünfzig, das Haar schon etwas kahl, die Wangen so voll wie die Statur kräftig war, beobachtete Tim. Dann schoss er seine Aufnahmen: erst von dem Besucher alleine, dann von ihm und dem Mann im Haus, der hinter der durchsichtigen Scheibe im Windfang auftauchte und den anderen hereinließ. Dieser Mann sah aus wie der Albrecht Wollgarten, den in Einruhr alle kannten. Und er sah aus wie der Manfred von Litzenhoff, auf dessen Abbildung dieselben Einwohner von Einruhr ihren Ali wiedererkannten.

Als sich die Haustür schloss, spähte Tim nach dem Fahrzeug, mit dem der Besucher gekommen war. Ein VW Transporter, hinten blickdichte dunkle Scheiben und ein ziviles Kennzeichen, das verriet, dass der Besucher nicht aus der Gegend stammte. LM stand für Limburg.

Die beiden Männer waren jetzt eine Viertelstunde in das Innere des Hauses eingetaucht, nichts tat sich. Tim zog die Aufnahmen von den beiden Männern auf sein Smartphone, vergrößerte bei der einen die Frontansicht des Besuchers und zoomte in dem anderen auf das Gesicht des echten oder vermeintlichen Wollgarten. Dann schickte er die Auswahl an Heisterbach und Lola: schon mal zur Sicherheit und als kleines Zwischenergebnis.

Der Hauptkommissar antwortete umgehend.

Das ist Dütemeyer!!!, schrieb er.

Tim irritierten zuerst die drei Ausrufezeichen. Dann verwirrte ihn die Information selbst. Die bekam er so schnell nirgendwo unter in dem brüchigen Fragment, zu dem alles sich gerade … tja was, entwickelte? ›Entwickelte‹ passte überhaupt nicht. Eher ›verknäuelte‹.

Seine Grübeleien ließen Tim beinahe verpassen, wie der Mann, den Heisterbach als seinen ehemaligen Kollegen identifizierte, das Haus wieder verließ. Tim drückte auf den Auslöser, um wenigstens über die Kamerauhr festzuhalten, wie viel Zeit Dütemeyer im Haus verbracht hatte. Vierzig Minuten.

Persson flog die linke Flanke. Schräg rechts von ihm führte LB3 die Formation an. Beim Übertritt in den deutschen Luftraum hatte er ihn nach vorne beordert.

Jetzt wartete er darauf, dass sich durch das Glas des Cockpitseitenfensters die frühmorgendlichen Lichter von Monschau zeigten und von dem algenschwarzen Grund ablösten, den er und die beiden anderen Bomber wie eine kleine Schule Lambertzfische überflogen.

»Get ready, mynheer.« Schnall dich ab und mach dich auf an die Rotationsvorrichtung.

Mürrisch und ohne den Befehl zu erwidern, kletterte der Südafrikaner nach hinten, in den Bauch des Bombers. Gern wäre er länger im Cockpit sitzen geblieben, um den Anflug über dem Stausee mitzuerleben. Das Heruntergehen der Lancaster bis knapp über die Wasseroberfläche, das Auftauchen der Staumauer, das Ausklinken der ersten Rollbombe aus LB3, den Aufprall auf den Stausee und den Vortrieb durch die Rotation.

Nur war dafür keine Zeit.

»Auf Posten«, meldete er über Bordfunk ins Cockpit.

Der kommt mir nicht mehr in die Quere, dachte Persson. Rechts neben sich sah er den ersten hellen Streifen des neuen Tages. Der 20. April brach an, an dem seine Auftraggeber den Geburtstag ihres Idols feierten, Adolf Hitler.

Der Tag, den sie sich auserkoren hatten für ihr *Unternehmen Züchtigung.*

Und hoffentlich der Tag, an dem es ihm gelang, sich gesundzustoßen mit der Kohle, die er für seinen Part dabei einstrich. Natürlich, ein wenig schmutzig war es schon, wenn er sich mit seiner Lancaster in letzter Sekunde aus dem Staub machte und die Geburtstagsüberraschung den beiden anderen Lambertzbombern überließ.

Aber na und?

Links rissen Lichtpunkte die Dunkelheit unter dem Bombertrio auf. Das muss es sein, Monschau.

Sobald sie hinter Rurberg und Woffelsbach auf den Rursee einschwenkten, würde er die Formation verlassen. Statt die Rechtskurve vor Schmidt mitzufliegen und an der Insel Schwammenauel vorbei auf die Talsperre zuzuhalten, würde er auf nördlichem Kurs bleiben, seine Lancaster hochziehen und Funkkontakt mit einem Fliegerhorst aufnehmen, der Nörvenich hieß und der Bundeswehr unterstand.

Nachdem er ausgeschert war, musste alles schnell gehen. Sein Co-Pilot würde Lunte riechen, ins Cockpit zurückgestürmt kommen – und ihm direkt ins Schussfeld geraten.

Mit der Linken zog er einen Revolver aus dem Gumminetz neben seinem Sitz und schob den Entsicherungsriegel zurück.

Der Schlaf war längst nicht mehr der alte, sondern unruhiger und flacher. Tim meinte Stimmen zu hören, die ihm in seinen Traum hineinredeten. Die Stimmen klangen dramatisch. Etwas passierte, irgendetwas ging vor sich. Trotzdem reichte es nicht, um ihn aus seinem Dämmer zu heben.

Den Dämmerschlaf hatte Franka Froitzheim nach unten weg verlassen, ihrer Begleiterin Marie Breuer hinterher. Sie war endgültig ins Leblose abgeglitten.

Dolores Montizquierdo-Gíl dagegen merkte auf und wurde wach, wenn auch nur kurz. Das Piepsen ihres Smartphones weckte sie. Eine Aktualisierung des Ermittlungsstandes, verkündete ihr die Nachricht.

Toralf Ronneburg war festgenommen worden, meldete der auf automatische Botschaften abonnierte Bereitschafts-Ticker. Die Fahndung war erfolgreich gewesen, die Suche konnte eingestellt werden. Dolores Montizquierdo-Gíl ließ sich erleichtert zurück ins Kissen sinken. Niemand, weder sie noch einer aus dem Kreis der Kripobeamten, musste dranbleiben, alle waren raus und erlöst. Keiner musste mehr aufmerksam bleiben.

Hoffentlich erreichte Tim Rhiel die Nachricht auch, dachte sie. Dann sackte sie zurück und schlief wieder ein.

»Einsatzzentrale an alle Kollegen rurabwärts.« Heisterbach stierte auf das Radar, Schweißperlen standen ihm auf der Stirn. Trotzdem, so viel Zeit musste sein. »Abbruch der Aktion und sofort das Tal verlassen. Die Verdächtigen nähern sich mit Flugzeugen der Staumauer. Ich wiederhole, alle Mann raus da unten!«

»Das nenne ich mal einen verantwortungsvollen Vorgesetzten«, fiel Dengeldein dazu ein. »Nichts für ungut, Heisterbach. Ich wünschte, ich hätte auch so einen. Hier, die Lokalisierung von Feisting.«

Heisterbach warf einen Blick auf das Display, das Dengeldein ihm hinhielt. Liegen wir mit unserer Einsatzzentrale nicht auch viel zu tief, musste er plötzlich denken. Und er war eine Sekunde lang verblüfft, dass ihm das nicht früher eingefallen war.

»Was wird eigentlich aus uns?«, wandte er den Kopf zur Seite.

»Helden«, kam von Dengeldein zurück. »Was sonst? Das hier geht gut, keine Bange. Und uns werden sie feiern.«

Heisterbach wischte den Spruch weg.

»Was war mit der Feisting?«, fragte er mürrisch.

»Die TKÜ hat sie gepinnt. Nördlich von Gemünd wurde sie aufgestöbert, auf der B 265 in Richtung Vlatten. Und ihren Gesprächspartner haben wir auch identifiziert. Mertens, an der deutsch-belgischen Grenze. Der hat wohl in Elsenborn geholfen, die Mühlen in die Luft zu kriegen.«

»Aktuelle Ortung?«

Dengeldein aktualisierte die Angaben auf dem Display.

»Die riskiert es tatsächlich«, sagte er, »mit weggewischt zu werden. Sie nimmt in diesem Moment den Weg runter nach Heimbach. Kommt uns wohl besuchen.«

Heisterbach verdrehte die Augen. Wenn es losgeht, ist die wieder auf dem Berg und wird sich ein hübsches Plätzchen suchen, um sich das Spektakel anzuschauen.

Hektisch zog er die Karte auf seinen Bildschirm und zoomte das nördliche Rurseeufer heran. Dann funkte er wieder Wenzel an und stellte ihm die aktuellen Koordinaten von Silke Feisting durch.

»Ziehen Sie ein Fahrzeug von der Verfolgung der anderen ab«, drängte er, »und setzen Sie es auf einen weißen Opel Corsa an. Amtliches Kennzeichen SLE – SF 1888.«

Auf dem Monitor verfolgten sie, was die Kamera unter dem Leitjäger dem Krisenstab in Echtzeit nach Düsseldorf übertrug. McElliotts Kontrahent aus dem Verteidigungsministerium hielt die Arme vor dem aufgeblähten Brustkorb verschränkt. Pass mal auf, sollte das ausdrücken. Pass mal auf, was jetzt kommt. Und schau dir an, was meine Jungs auf der Pfanne haben. Eine Direktübertragung aus der kleinen Box vor dem Fahrwerksschacht, was sagst du jetzt? Die Bildauflösung, die Lichtstärke des Objektivs: kein Vergleich zu der Zeit vor der Jahrtausendwende, vor dem Elften September und den Drohnen.

McElliotts Blick pendelte zwischen dem Monitor mit der Liveübertragung aus der Bauchperspektive des Abfangjägers und dem Radar mit den sieben grünen Pünktchen. Wie eine Silvesterrakete fächerten sie in diesem Moment aus und passierten die drei Flecken ohne Code, die immer noch einen Winkel bildeten und sich behäbig auf Kurs Nordost hielten. Drei der sieben Abfangjäger flogen eine enge Kurve, begaben sich kurz in ein Verfolgungsrennen, zogen dann auf gleiche Höhe mit den Bomberpunkten. Die anderen vier Jäger blieben dahinter und lauerten auf einen Fehltritt, auf Widerstand, auf ein Missachten der Signale, die die drei mit Gesten und über Funk in die Bombercockpits schickte.

Die Leitkamera zog auf eine Großaufnahme des rechten der Terrorflieger. Von hinten sah man einen trägen, schwer beladenen Bomber, der stur auf seinem Kurs blieb und stetig nach rechts einschwenkte: in Richtung Osten auf den grauenden Tag zu, dessen frühes Licht in einem Kessel aus dunklen Baumbestand die dunkle glatte Oberfläche des Stausees erahnen ließ.

Das Jagdflugzeug daneben ließ erneut eine Warnung ab, über Funk und durch Gesten durch das Cockpitfenster. Umsonst, der Bomber machte keine Anstalten, seinen Kurvenflug zu korrigieren. Also gab der Pilot aus Nörvenich das Zeichen an die vier Jäger im Hintergrund.

Zuerst traf eine Salve den Bomber in der Mitte, dann schoben sich zwei Geschosse von den Flügelspitzen der Abfangjäger vor und rammten sich in den Treibstofftank.

In einem gleißenden Knall aus explodierendem Flugbenzin ging der Bomber in Flammen auf, kippte zur Seite weg und schlug auf einem Acker westlich von Schmidt auf.

Der Lärm des Aufpralls verklang und wandelte sich zu einem lautlosen Geruch nach verbrennendem Gummi.

Auf seiner Fahrt in die Klinik hatte Dütemeyer Gemünd und den Kreisverkehr vor Vogelsang passiert. Bis zur Brücke am Obersee waren es noch fünfhundert Meter, als er direkt über sich das bedrohliche Geheul von Flugzeugmotoren und Düsenjets hörte, die viel zu tief über das obere Rurtal hinweg donnerten.

Um diese Uhrzeit fliegt niemand Manöver, dachte er. Das wird mit den Neonazis zu tun haben.

Hinter der Brücke, auf den Serpentinen zum nördlichen Seeufer übertönte wieder dumpfes Grollen das Geräusch seines Fahrzeugs. Dann sah er vor sich einen Feuerschein am nördlichen Himmel.

Da brannte was, fluchte er. Eine von den Kisten ist abgestürzt.

Hoffentlich hatten Heisterbach und seine Leute das im Griff.

Hinter der zweiten Haarnadelkurve hörte er die zweite Explosion. Das Dröhnen wölbte sich durch das Morgengrauen. Ihm folgte ein heller Lichtschein.

Kein Blitz, sondern erneut ein Flammenstreifen, der sich über die lockere Wolkendecke hinzog. Beides kam aus derselben Richtung wie vorhin, vielleicht fünf Kilometer entfernt von ihm.

Persson blickte durch das seitliche Cockpitfenster, nahm für eine kurze Sekunde beide Hände vom Steuer und machte dem Abfangjäger Zeichen, der neben ihm auf gleicher Höhe flog.

Den ersten Abschuss hatte er noch aus dem Augenwinkel mitbekommen: ein Feuerball, der sich kurz aufwölbte und dann nach hinten aus seinem Sichtfeld verschwand.

Den Abschuss von LB3 direkt danach verpasste er. Zeitgleich mit dem Volltreffer in den Treibstofftank des Leitflugzeugs löste sich der Schuss aus seinem Revolver und machte einen Höllenkrach in der engen Bomberkanzel.

Keine schöne Lösung, fand Persson, aber zwingend.

Jetzt ließ er die Lancaster mit den Flügelspitzen träge zu der einen, dann zur anderen Seite wippen. Das Zeichen, sich zu fügen und den Anweisungen der Düsenjägereskorte zu folgen.

Das Kippen der Maschine bewirkte, dass die Lache auf dem Cockpitboden langsam bis unter seinen Sitz vorankroch. Wie eine rote Zunge, die sich um seine Stiefel schloss. Aus dem Einschussloch unter dem Ohr des Südafrikaners sickerte Blut.

In Schmidt erreichte Jörn Behrend-Wolff als erster den Feldweg, der in einen Pfad zur Hubertushöhe mündete. Er hatte seinen Wagen seitlich in den Graben rollen lassen, wo ihn dichtes Frühjahrsbuschwerk beinahe verschluckte und von der Landstraße aus nicht mehr erkennen ließ.

Am Aussichtspunkt angekommen, stierte er auf den See, der sich unten ausbreitete, und erkannte die Stelle, wo vor ein paar Tagen ein Hakenkreuz aus Amaranthpulver die Oberfläche geziert hatte. Er sah auf und entdeckte den hellgrauen Streifen, der die Talsperre einfasste. Die Staumauer.

Lange Zeit wandte er den Blick nicht ab. Auch nicht zur Seite, wo Axel Jäger sich eingefunden hatte: die Schultern vornübergebeugt in seinem viel zu weiten Trenchcoat, die Kaumuskeln über dem Unterkiefer in ständiger Bewegung, die Gläser seiner Brille stumpf und aus dieser Warte blickdicht. So undurchsichtig wie das, was hinter ihnen in seinem Kopf vorging.

Jäger sagte kein Wort, rührte sich nicht und trotzdem war er nicht reglos. In ihm arbeitete es, drückte und presste und füllte die Augenhöhlen mit kalten Tränen.

Dann wandte er sich ab. Wie ein Handgriff, der die Blockade in Behrend-Wolff löste, wie ein stummer Befehl. Auch Behrend-Wolff drehte sich langsam um.

Hinter ihren Rücken, vielleicht dreihundert Meter entfernt auf offenem Feld, fraßen die Flammen sich noch immer in die Höhe. Es war Lambertzbomber 1, der dort brannte. Die Formation angeführt hatte Lambertzbomber 3, der war anderthalb Kilometer weiter oberhalb heruntergeholt worden. Von Lambertzbomber 2 gab es keine Spur.

Bis zuletzt hatte Jäger gehofft, dass wenigstens einer es schaffte und über dem Anleger Eschauel auf die Seeoberfläche einschwenkte, um seine Rollbombe auszuklinken.

Nichts davon war geschehen. Das Dröhnen der Lancastermotoren hatte er noch eine Weile hören können, begleitet von einem schneidenden Sirren aus Düsentriebwerken. Dann schoben sich kleine Explosionen und das Knacken und Knistern der brennenden Maschine in den Vordergrund.

Die Hände in den Manteltaschen vergraben, schritt Jäger wortlos von der Aussichtsplattform zurück in den kahlen Schutz der wenigen Bäume.

Behrend-Wolff folgte ihm.

»Jemand hat uns verraten«, schnarrte Jäger.

Oder wir waren nicht gut genug, hielt Behrend-Wolff für sich dagegen. Noch nicht reif genug. Wir nicht, oder der ganze Plan nicht.

»Das Pilotenschwein, der Schwede! Oder einer von den Ausländern«, keifte Jägers heisere Stimme weiter. »Stehst du an meiner Seite?« Er drehte sich ansatzlos auf dem Absatz um und starrte Behrend-Wolff mit kalten Augen an.

Der hielt seinem Blick stand und nickte.

»Ich will, dass das so bleibt«, kreischte Jäger. »Wir müssen abtauchen.«

Wieder nickte Behrend-Wolff, dann schritten sie dem brennenden Bomber und ihren beiden Autos entgegen.

Das Flackern von Blaulichtern schob sich aus der Ferne neben den Feuerschein und wurde langsam, ganz langsam kräftiger.

Die Feuerwehr, dachte Jäger. Die Feuerwehr, dachte Behrend-Wolff.

Beide lagen richtig damit. Aber nicht richtig genug.

Von rechts schoss ein weißer Opel die Landstraße entlang und kam ihnen genau entgegen, gefolgt von einem Transporter.

In dem Kleinwagen saß Silke Feisting. Ihre drei ungarischen Mitfahrer hatte sie am Abzweig nach Hasenfelde, dreihundert Meter vor der nördlichen Taleinfassung der Staumauer aussteigen lassen.

Den Transporter hatte Einsatzleiter Wenzel von der Verfolgung Behrend-Wolffs abgezogen und auf die L 218 zwischen Hasenfelde und Schmidt beordert. Blaue Stroboskopblitze schossen zwischen Nummernschild und Schweinwerfern in den anbrechenden Tag.

Die Löschzüge hinter ihm näherten sich erheblich langsamer.

An dem Opel erlosch das Abblendlicht. Mit einem waghalsigen Manöver bremste er ab und nahm die Kurve in den Feldweg hinein. Genau auf Jäger und Behrend-Wolff zu, die seitwärts in den Schutz der Sträucher sprangen.

Der Wagen war noch fünfzig Meter von ihnen entfernt, als er zur Seite ausbrach und in den Graben stob. Blech knarrte, der Motor erstarb. Eine Weile war Ruhe, dann sahen Jäger und sein Helfer, wie sich die Türe an der Fahrerseite langsam aufschob und die Kameradin aus dem Wrack kroch, benommen auf dem Feldweg herumirrte und schließlich zu Boden sank.

Der Einsatzgruppe im Transporter wäre die Finte beinahe entgangen. Erst hinter der Einmündung zum Feldweg stieg der Fahrer auf die Bremse, kreischend kam der Transporter zum Stehen und schob sich rückwärts bis an den Abzweig zurück, bog dann ein.

Das grelle Blaulicht zuckte über den Asphalt und blendete Feisting, die den Arm vor die Augen riss und bewegungslos dahockte.

Bis auf zwanzig Meter fuhr der Einsatzwagen heran, dann stoppte er. Die Vordertüren flogen auf und gaben zwei Scharfschützen Deckung. Sie nahmen Feisting mit den Zielfernrohren ihrer Automatikgewehre ins Visier, während aus dem Fahrzeuginneren eine Lautsprecherstimme ertönte und sie zum Aufgeben aufforderte.

19

»Nörvenich meldet vollzählige Rückkehr der Staffel.«

Im Jubel des Krisenstabs ging der Zusatz unter, dass auch eine Museumsmaschine aus Großbritannien sicher zur Landung gebracht worden sei. Den Piloten des alten Weltkriegsbombers hole man in diesem Moment aus dem Cockpit. Er leiste keinen Widerstand und habe als Zeichen seines Aufgebens eine Handfeuerwaffe auf das Flugfeld geworfen und gemeldet, dass ein zweiter Pilot während der Abfangaktion ums Leben gekommen sei.

»Bravo! Ein Riesenkompliment an den gesamten Fliegerhorst«, bedankte sich McElliott als erster.

Und einziger.

Das Verteidigungsministerium wandte sich zur Seite und sprach hinter vorgehaltener Hand in sein Mobiltelefon. Als er die Ministerin persönlich in der Leitung hatte, schilderte er knapp die Lage und vergaß nicht hervorzuheben, wem der glimpfliche Ausgang der Terroraktion an der Rurtalsperre zu verdanken sei. Dann huschte ein Lächeln über sein Gesicht. Dezent, aber dennoch so breit, dass es die Hand vor dem Mund nicht ganz verdecken konnte.

Auch die Bonner Polizeipräsidentin telefonierte. Am Morgen würde es eine Pressekonferenz zu der Anti-Terror-Aktion geben, die, das war jetzt schon absehbar, für eine Weile das Thema Nummer Eins in den Medien sein würde. Üblicherweise, frohlockte die Präsidentin, fanden solche Pressekonferenzen immer dort statt, wo das Verbrechen verhindert wurde: also in Euskirchen. Und weil es da zu eng und klein war für sowas, würde man in ihr Präsidium nach Bonn ausweichen müssen.

Tim schreckte aus seinen wirren Träumen auf und blickte in die freudestrahlenden Gesichter von Ministerialbeamten, Behördenleitern und Militärs. Carola Knittel brachte ihn auf den Stand: der Anschlag auf die Talsperre war dank seiner Geistesgegenwart verhindert worden, gratulierte sie ihm. Alle drei Lambertzbomber seien am Abwurf ihrer Sprengladung gehindert worden, zwei waren abgestürzt, einer hat von sich aus kapituliert. Und das Beste sei, auch die Fahndung nach Toralf Ronneburg, die ohne Tims Beharrlichkeit kaum ausgelöst worden wäre, hatte Erfolg gehabt. Ein Einsatzkommando konnte ihn verhaften, nachdem es die übrigen Neonazis um vier Uhr ausgehoben und in die Flucht geschlagen hatte.

»Und die anderen?«, fragte Tim. Von der allgemeinen Begeisterung ließ er sich nicht anstecken. Der Polizeipräsidentin aus Bonn, die ihr Telefonat gerade beendet hatte, blieb das nicht verborgen.

»Kriegen wir auch noch«, grätschte sie dazwischen. »Und Sie mit Ihrer besserwisserischen Meckerei haben jetzt Sendepause.«

»Was ist mit den Geiseln?« Tim ließ nicht locker.

»Was für Geiseln?«, fuhr ihn die Bonnerin an. »Nach Ihren Vermissten wird gesucht. Mit Hochdruck. Nach wie vor. *Reicht Ihnen das jetzt mal?*«

Tim starrte der Frau entgeistert hinterher, die ihn stehen ließ, um sich mit einem frischen Kaffee und einem Biskuit bewehrt zur ersten Großen Lage nach der Vereitelung des Anschlags zu begeben.

Silke Feisting richtete sich auf, hielt sich aber nicht lange im Stand. Aus der Deckung des Transporters beobachteten die Einsatzkräfte, wie sie im Kegel eines Suchscheinwerfers vergeblich auf die Beine zu kommen versuchte. Die kurze Verfolgungsjagd und das abrupte Ende im Graben des Feldwegs waren zu viel für sie gewesen, ohne Orientierung und hilflos starrte sie in das grelle Licht.

Jäger und Behrend-Wolff kauerten keine zwanzig Meter entfernt von ihr auf dem Waldboden. Noch hatten die in dem Transporter sie nicht entdeckt. Im Hintergrund zogen die Löschfahrzeuge vorbei zum brennenden Wrack von Lambertzbomber 1.

»Nehmen Sie die Hände in die Höhe und stehen Sie auf!«, befahl eine Megaphonstimme aus dem Transporter.

Verängstigt warf Feisting den Kopf nach rechts und links. Ihr Blick suchte die Kameraden, die sie hier treffen sollte. Niemand zeigte sich, außerdem blendete sie der Suchscheinwerfer.

Also rief sie nach Jäger, nach Ronneburg und Behrend-Wolff. Laut und vernehmlich. Der nächste Fehler. Wie bei der überhasteten Flucht aus der Fischzucht hatte sie ihre Nerven nicht im Griff.

Im Transporter schalteten sie schnell, ließen den Scheinwerfer ein weiteres Sichtfeld ausleuchten. Immer noch gleißend, weitete sich der Lichtkegel, fräste sich in den grau anbrechenden Tag, erfasste die Ränder des Feldwegs, die schmalen Stämme und das dichte Aprilblätterwerk der Bäume, den Waldboden.

Jäger wartete nicht ab, bis das Licht ihn erfasste. Er sprang auf, suchte Deckung hinter dem dürren Stamm einer Birke, zerrte seine P 38 aus dem Gürtel und feuerte blind in den Lichtstrahl hinein.

Behrend-Wolff zögerte kurz, tat es ihm dann gleich. Er wuchtete sich in die Höhe, griff nach seiner Waffe und zielte mit beiden Händen ins Ungewisse. Breitbeinig stand er ohne Deckung zwischen den Bäumen.

Der Schütze hinter der Fahrertür des Transporters hatte leichtes Spiel. Ein Treffer in den Brustkorb streckte Behrend-Wolff nieder, ehe der einen einzigen Schuss abfeuern konnte.

Jägers schrilles Fluchen übertönte das laute Schluchzen Feistings, die mit aufgerissenen Augen den Schusswechsel verfolgte.

Dann schoss Jäger, diesmal gezielt und kalt.

Die Kameradin auf dem Asphalt präsentierten sie ihm wie auf einer Theaterbühne. Perfekt ausgeleuchtet und unfähig, sich zu bewegen. Wenn es schon vorbei ist, warum nicht die Gelegenheit nutzen?

Silke Feisting sackte zu Seite weg. Jägers Kugel traf sie in den Hals, Blut schoss aus der Schlagader hervor, unwirklich hell im Scheinwerferlicht.

»Jäger?«, brüllte das Megaphon. »Das Spiel ist aus. Werfen Sie die Waffe auf den Weg und kommen mit erhobenen Händen vor. Zwei Sekunden, dann machen wir ernst.«

Axel Jäger hob den Lauf seiner P 38 vor den Mund und schürzte die Lippen um das kalte Metall. Gerade halten und leicht nach oben, war sein letzter Gedanke. Genau auf den oberen Halswirbel, durch den Spinalkanal, ins Hirnwasser.

Wenzel bat Dengeldein um eine Durchsage an die Einsatzkräfte. Als alle zugeschaltet waren, griff er zum Mikrofon und verkündete persönlich die Neuigkeiten.

»Drei der Drahtzieher des Anschlags sind aus dem Spiel. Eine Frau, zwei Männer, einer davon der Größe und Statur nach Axel Jäger. Er hat sich selbst gerichtet. Vorher hat er Silke Feisting erschossen. Den Dritten haben unsere Scharfschützen gekriegt, dem Aussehen nach ist es Behrend-Wolff.«

Der Krisenstab in Düsseldorf jubelte als erster und am lautesten. Die Polizeipräsidentin ordnete an, den Ort der erfolgreichen Aktion weiträumig abzusperren. Genaueres zum Ablauf wollte sie selbst präsentieren, höchstpersönlich, auf ihrer Pressekonferenz.

Heisterbach und Dengeldein gratulierten knapp und nickten einander zu. Die erweiterte TKÜ und ihre Geistesgegenwart, als Feistings Handy plötzlich wieder zu orten war, hatten das, was Wenzel sich gerade ans eigene Revers heftete, überhaupt erst möglich gemacht.

Umgehend reagierten die Beamten des Einsatzfahrzeugs, in dem der Fischzuchtbetreiber Hemmersbach kauerte, um zur Kreispolizeibehörde nach Euskirchen gebracht zu werden. Sie hielten an und durchsuchten den Verhafteten erneut. Hemmersbach trug keine Waffe bei sich.

Aggressiver als Hemmersbach reagierte Toralf Ronneburg, den die Einsatzkräfte in einem anderen Fahrzeug abtransportierten. Als er mitbekam, was Wenzel über Polizeifunk in das Wageninnere meldete, zettelte er ein Handgemenge an und traf mit gefesselten Händen von hinten den Kopf des Fahrers.

So rekonstruierte es die Spurensicherung später. Der Mann am Steuer hatte keine Zeit mehr gehabt, über Funk einen Hilferuf abzusetzen. Sein Fahrzeug krachte kurz vor Mechernich in die Leitplanke der Schnellstraße, überschlug sich und blieb schließlich auf dem Dach liegen. Blutüberströmt und benommen bargen die von Passanten verständigten Rettungskräfte ihn und seinen beiden Kollegen aus dem Autowrack.

Toralf Ronneburgs Leiche fanden sie neben dem Heck des Fahrzeugs. Er hatte den Unfall als einziger bei Bewusstsein überstanden, war aus dem Blechhaufen herausgeklettert und hatte es trotz angelegter Handschellen geschafft, einem der Beamten die Kleinkaliberpistole aus dem Holster zu ziehen, sie zu entsichern und anzulegen.

Über die IntraComs von Polizei und Sondereinsatzkommando verbreitete sich die Nachricht über den Tod der Rädelsführer in Windeseile. Die Streifen auf den Höhen rechts und links des Rurtals erfuhren durch Heisterbach von den Suiziden Jägers und Ronneburgs und der Tötung von Feisting und Behrend-Wolff. Um kurz vor sechs Uhr meldete sich bei Dolores Montizquierdo-Gíl in Köln das Smartphone. Der Bereitschafts-Ticker verkündete lapidar den Zwischenstand der Fahndung nach den Hintermännern des Anschlagskomplotts. Von den Hauptverdächtigen war nur noch Jean Mertens auf der Flucht. Dütemeyer erreichte dieselbe Nachricht, als er vor dem Klinikgebäude auf den Chefarzt wartete, den der diensthabende Stationsarzt angefunkt hatte. Dütemeyer wollte sich nicht damit zufriedengeben, an Albrecht Wollgartens Krankenbett vorgelassen zu werden, der inzwischen stabil bei Bewusstsein war. Er wollte ihn befragen. Offiziell befragen. Heisterbach würde dasselbe tun, wenn er hier wäre.

Leonie Schumpeter, der Dütemeyer von den brennenden Flugzeugen und den Explosionen oberhalb der Talsperre berichtet hatte, suchte vergeblich die Radiosender ab nach Meldungen, die den Absturz bestätigten. Alles, was sie fand und Albrecht mithören ließ, war die Meldung, dass in der Nacht ein Terroranschlag auf eine Talsperre in der Nordeifel vereitelt worden sei. Weitere Informationen und Hintergründe lägen nicht vor, so die Nachrichtensprecherin. Für acht Uhr sei eine Pressekonferenz in Bonn anberaumt worden, bei der Einzelheiten zu der geplanten Tat und den erfolgreichen Gegenmaßnahmen durch Bundes- und Landesbehörden sowie das zuständige Polizeipräsidium bekannt gegeben werden sollten.

Auch Persson, den die Feldjäger im Cockpit seiner Lancaster festgenommen hatten und der jetzt in Handschellen auf einem Stuhl im Hangar in Nörvenich hockte, reimte sich die Neuigkeiten aus dem zusammen, was er beim Kreuzverhör auf dem Fliegerhorst aufschnappte.

Zuerst sei er mit Geld geködert worden, hatte er zugegeben. Der Luftwaffenoberst, der ihn befragte, hob interessiert die Augenbrauen.

Persson blieb das nicht verborgen. Er habe aber direkt wieder aussteigen wollen, schob er hinterher. Als ihm klarwurde, mit wem er sich eingelassen hatte, wollte er seinen Dienst quittieren. Daraufhin hätten seine Auftraggeber die Gangart gewechselt. Der andere Mann im Bomber, den er während des Anflugs mit einem gezielten Schuss niederstrecken konnte, habe ihn über Tage und Wochen in seiner Gewalt gehabt. Ein ungehobelter Kerl mit Herrenmenschenallüren und übelsten rassistischen Ansichten. Ein südafrikanischer Neonazi, für den er, Persson, nur eines war, nämlich Mittel zum Zweck und Werkzeug: der Pilot, der sich auskannte in der Kanzel einer Weltkriegs-Lancaster, und der noch fehlte für den Terrorangriff.

»Die anderen Flieger waren auch mit zwei Mann Besatzung unterwegs?«, wollte der Luftwaffenoberst wissen.

»Einer in der Kanzel, der andere für die Rollbomben und das Ausklinken«, nickte Persson. »Wie ist die Sache eigentlich für die ausgegangen?«

Als Antwort zuckte sein Gegenüber mit den Schultern. Er hob die rechte Hand, deutete einen Absturz an und schlug ein Kreuz.

»Hintermänner?«, fragte er.

»Keine, mit denen ich direkt Kontakt hatte«, log Persson. »Der Südafrikaner hat das alles geregelt. Ich habe nur einmal mitbekommen, dass auch Deutsche aus der Gegend um die Talsperre mit drinstecken.«

»Steckten«, korrigierte der Mann vom Fliegerhorst und grinste.

Persson horchte auf und atmete leise durch.

Die Einwohner von Schmidt blendete das stumme Blaulicht der Feuerwehrfahrzeuge. Jetzt, um kurz nach sechs, standen sie auf ihren Terrassen und Balkonen und beobachteten mit bloßem Auge, durch Feldstecher und mit Ferngläsern, wie die beiden Lancaster-Bomber in Löschschaum gehüllt langsam auskokelten. Feine Rauchfäden stiegen in die Höhe eines Tages, den in diesem Augenblick auch die über der Staumauer aufgehende Sonne auszuleuchten begann.

Einsatzkräfte der Polizei, die Heisterbach von den Höhen des Rurtals unterhalb der Talsperre abkommandiert hatte, riegelten den Zugang zu den beiden Flugzeugwracks ab. Ein paar Anwohner standen an den Plastikbanderolen, die an den Rändern der Felder flatterten und dafür sorgten, dass die Löschkräfte in aller Ruhe ihre Arbeit verrichten konnten.

Ein Stück weiter in Richtung Stausee sperrten die gleichen Banderolen den Zugang zum Aussichtspunkt Hubertushöhe ab. Zivilfahrzeuge der Polizei und zwei Transporter bogen von der L 218 auf den Weg ab. Zwei Polizisten hievten den Plastikstreifen in die Höhe und ließen die Kollegen von der Spurensicherung passieren. Zehn Minuten später waren die Leichen von Jäger, Feisting und Behrend-Wolff verstaut und die Fahrzeuge zogen wieder ab.

Zur gleichen Zeit bargen Feuerwehrleute die erste Brandleiche aus dem ausgebrannten Cockpit der Lancaster, die auf dem Feld nahe Schmidt niedergegangen war. Zwei Kilometer weiter war das schon erledigt. Hier ließen die Feuerwehrmänner die noch heißen, zu grotesken Schaufensterpuppen festgebrannten Figuren des Piloten und seines Assistenten aus Lambertzbomber Nummer Drei in Zinksärge sinken. Es hallte wie festgebrannter Ton, der auf Wellblech prallt.

In der Einsatzzentrale goss Dengeldein heißes Wasser über zwei kleine Häufchen Instantkaffee und reichte Heisterbach einen der Becher. Viel bringen wird es nicht, sagte sich der Hauptkommissar und schlürfte das Gebräu.

»Bis acht Uhr halten wir noch durch«, erriet Dengeldein seine Gedanken. »Bis zur Pressekonferenz. Und danach ab in die Freischicht. Düsseldorf braucht uns nicht mehr und wird nichts dagegen haben.«

Der Krisenstab löste sich auf. Jacketts und Uniformjacken wurden übergeworfen, Papierstapel wurden gestoßen und in Laufmappen verstaut, Notebooks heruntergefahren.

McElliott klinkte Nörvenich mit ein paar dankenden Worten aus und tuschelte beim Verlassen des großen Raumes mit der Polizeipräsidentin.

Tim bat um Hilfe und verschwand mit einem Betreuer

in den Toilettenräumen. Als er in das Foyer vor dem provisorischen Krisenzentrum zurückkehrte, stellte sich ihm McElliott in den Weg.

»Wir sorgen dafür, dass der Fahrdienst Sie zurück nach Hause bringt«, sagte er.

In Tims Ohren klang das wie eine Ausbootung.

»Die Dame aus Bonn will ihren Triumph ohne Störgeräusche auskosten?«, antwortete er bissig.

»Das kannst du nicht machen, Marc.« Carola Knittel hatte McElliotts Worte mitbekommen. »Herr Rhiel war mit seiner Entdeckung in dem Typoskript von Lambertz der Auslöser dafür, dass die Anschlagspläne aufgeflogen sind. Und jetzt willst du ihn der Öffentlichkeit vorenthalten?«

»Nicht ich, Carola.« McElliotts Blick hielt dem der Staatsanwältin nur kurz stand, dann sah er zur Seite. Mit dem Kopf nickte er zu der gläsernen Drehtür, durch die sich die Polizeipräsidentin gerade ins Freie schob, um in einer wartenden Dienstlimousine zu verschwinden.

»Und wenn ich …?«

McElliott wurde bestimmt.

»Wenn du was?«, fuhr er Carola Knittel in die Parade. »Ihn mitnimmst? Für ihn auf deine Teilnahme verzichtest? Ich sage es nicht gerne, und deswegen sage ich es nur einmal. Nein. Nimm es so hin. Und Sie bitte auch, Herr Rhiel. Im Anschluss an die PK wird es ausreichend Gelegenheit geben, Ihre Rolle bei all dem zu würdigen.«

Ohne eine Antwort abzuwarten drehte er sich um, durchquerte das Foyer und verschwand hinter der Drehtür, um den nächsten Wagen der Fahrbereitschaft heranzuwinken.

Jean Mertens legte den Gang ein und schob den Geländewagen vom Parkplatz an der Abtei Mariawald zurück auf die Straße.

Eine halbe Stunde nach dem Telefonat mit Silke Feisting war ein Kombi mit verdunkelten Scheiben in seinem

Rückspiegel aufgetaucht. Das Auto hatte zwischen Gemünd und Wolfgarten den Kleinwagen der jungen Kameradin überholt und sich direkt hinter ihm eingefädelt.

Um den Verfolger abzuschütteln, musste er das Mädchen opfern.

Über die Freisprechanlage wählte er ihre Nummer. Irgendwann ging sie ran.

»Die haben es auf uns abgesehen. Wir müssen was tun, ehe sie Verstärkung rufen und uns einzeln hochnehmen«, brüllte er. »Hörst du mich?« Keine Reaktion von der Kleinen. Also redete Jean Mertens weiter. »Du musst dich zu mir durchschlagen. Hinter den Kurven halten wir an. Du steigst aus, nimmst die Wumme mit und hältst sie in Schach, wenn du an ihnen vorbeimusst. Ich lasse den Motor laufen, du springst rein und wir hängen sie ab. Hast du verstanden?«

»Verstanden«, antwortete die junge Frau unsicher.

»Dann los. Wird schon klappen.«

Mertens steuerte den Wagen in eine Parkbucht und hielt an. Der Kombi hinter ihm bremste und blieb lauernd auf der Fahrbahn stehen, auch der Kleinwagen dahinter kam zum Stehen.

Los, mach schon, fluchte er und verfolgte im Außenspiegel, wie das Mädchen ausstieg und sich dem Kombi näherte. Als sie die Pistole zückte und zielte, legte er den Gang ein und fuhr mit quietschenden Reifen los.

Den Schusswechsel bekam er schon nicht mehr mit.

Wenn es Spezialkräfte waren, wird die Kleine keine Chance gehabt haben, dachte er, als er kurz darauf das Abblendlicht ausschaltete, an der Abtei einbog und auf dem hinteren Teil des Parkplatzes anhielt. Wenige Augenblicke später raste der Kombi vorne auf der Straße heran und an ihm vorbei, jetzt mit Blaulicht und Sirene.

Verarscht, grinste Mertens, bog vorsichtig auf die Straße ein und fuhr zurück in Richtung Kermeter. Er nahm die Abzweigung am Lorbachsgarten und folgte vor dem Kermeterparkplatz der Straße in Richtung Heimbach.

Als kleines Rechteck auf einer Ortungskarte näherte er sich der Einsatzzentrale auf exakt demselben Weg wie anderthalb Stunden zuvor Silke Feisting. Dann zog er wie sie über Hasenfeld auf die andere Seite des Rurtals und schlängelte sich zum Weiler Scheidbaum hoch.

»Hier kommt doch nochmal Arbeit.« Heisterbach horchte auf. »Kamerad Nummer fünf trudelt ein.«

Dengeldein warnte die Einsatzkräfte im abgeriegelten Bereich an der Hubertushöhe und überließ es deren Leiterin, sich um den letzten noch flüchtigen Strippenzieher des *Unternehmens Züchtigung* zu kümmern.

Einsatzleiterin Schneider ließ sämtliche Scheinwerfer löschen und die Blaulichter der Fahrzeuge von Einsatzkommando und Spurensicherung ausschalten. Flankiert von zwei Scharfschützen legte sie sich wieder die kugelsichere Weste an und lief der L 218 entgegen, um Jean Mertens in Empfang zu nehmen.

Dütemeyer bekam seine Wut kaum mehr in den Griff. Endlich hatte der Stationsarzt seinen Chef erreicht. Der war mit einer kurzen Befragung von Albrecht Wollgarten einverstanden. Er selbst wollte dabei sein und kündigte an, in der nächsten Stunde im Krankenhaus zu erscheinen.

Und dann ging diese Leonie Schumpeter hin und machte alles wieder kaputt. Sie schaltete das Radio ein und wartete mit dem immer aufmerksamer lauschenden Wollgarten auf die Morgennachrichten. Als es soweit war, verdrehte er die Augen und ließ den Kopf ins Kissen sinken.

Sein Patient war wieder weggetreten, stellte der Stationsarzt fest. Zwar nicht tief, seine Pupillen bewegten sich nach wie vor. Aber doch so, dass er auf Ansprache gar nicht mehr reagierte und auf kräftige Berührung nur ein paar Reflexe zeigte.

»Danke auch für die wunderbare Scheiße!«, tobte Dütemeyer.

Dem Chefarzt würde er was erzählen, wenn er eintraf. Von wegen Besuchsregelungen auf der Komastation.

»Wir geben ihm jetzt die Zeit, die er braucht, um wieder zu sich zu kommen«, meinte der Stationsarzt. »Und dann sehen wir weiter.«

20

Lola erwischte die Nachricht von Dütemeyers plötzlichem Auftauchen in der Wiesentalstraße nicht so kalt wie Tim. Nüchtern setzte sie neu zusammen, was neu zusammenzusetzen war. Dütemeyer, der vom BKA geräusch- und spurlos von seinem Posten als Kommissar in Euskirchen abgezogen worden war, hatte einen neuen Job.

Und zwar offensichtlich einen, der zu tun hatte mit gewaltbereiten Personen aus der rechtsextremen Szene. Die Heimlichtuerei nach seinem Abgang, das ›streng vertraulich‹ auf seinem Namen und die Wegberufung zu einem Zeitpunkt, als ein mit knapper Not vereitelter Neonazianschlag publik wird und dieselben Neonazis einen Polizistenmord begehen: für Lola waren das lauter Anzeichen für Dütemeyers zweite Karriere als Bundeskriminaler im Sondereinsatz.

Oder als emsiger Mitarbeiter beim Verfassungsschutz.

Oder Nachrichtendienstler im operativen Geschäft mit denen von Rechtsaußen.

Irgendetwas in der Richtung.

Ein Job jedenfalls, der ihn jetzt das Haus von Albrecht Wollgarten aufsuchen lässt, von dem aus wiederum eine Spur ins rechtsextreme Milieu führt, weil es diesen Doppelgänger gibt, den NPD-Karrieristen und beim Auffliegen des NSU von der Bildfläche verschwundenen Manfred von Litzenhoff. Der ist zwar längst tot, aber wer weiß das schon? Im Internet jedenfalls hält jemand nicht nur seine Legende am Leben.

»Dütemeyer hatte den Auftrag, sich um Wollgarten zu kümmern«, fasste sie zusammen. Tim hörte sie über die beiden Knöpfe in seinen Ohren. In den Händen hielt er die Kamera mit dem Teleobjektiv und beobachtete die zwei Männer, die eine Stunde nach Dütemeyer in der Wiesentalstraße vorgefahren und kurz ausgestiegen waren, ehe sie sich in ihren Fahrzeugen auf die Lauer legten. »Besser, er hat den Auftrag. Und den erfüllt er, die Schlapphüte vor der Tür hat er dahingestellt. Mit Sicherheit!«

Tim brummte etwas wie Zustimmung. Langsam gewöhnten sich auch seine Gedanken an die neue Lage. Der Mann nebenan im Haus hatte S.O.S. gefunkt, nachdem ihn in seiner Hütte in Dreiborn jemand mit seinem richtigen Namen und seinem Alias gerufen hatte. Und Dütemeyer kümmerte sich. Er sah Gefahr in Verzug, als klar war, dass ein Dritter von dem heiteren Doppelspielchen Wind bekommen hatte, und ließ jetzt das Haus verdeckt überwachen.

»Was könnte der Grund sein?«, überlegte Tim laut.

»Der Grund für die zwei Nachtwächter?« Lola überlegte. »Gute Frage. Herr Rhiel und Frau Montizquierdo-Gíl sind es jedenfalls nicht.«

»Sicher?«

»Sicher. Wer wir sind, wissen die nicht. Dafür war Wollgarten alias Litzenhoff vorhin in Dreiborn nicht cool genug. Und Dütemeyer dürfte uns auch nicht auf dem Schirm haben.«

»Und warum sonst die Sonderbewachung?«

»Wenn du mich fragst, ich tippe auf Dütemeyers neuen Kundenkreis. Die mit der Vorliebe für Springerstiefel und ganz kurze Haare.«

»Neonazis? Warum sollten die nebenan anklopfen?«

»Wem sonst sagt in der abgelegenen Nordeifel der Name Litzenhoff was? Vielleicht haben sie was dagegen, dass sich Wollgarten mit den fremden Federn ihres toten Kameraden schmückt, und wollen ihm ans Leder.«

Das machte Sinn. Lolas flottes Kombinieren gab Tim Vertrauen. Wenn er selbst schon den Wald vor lauter Bäumen nicht mehr sah, dann war wenigstens auf die Spezialistin Verlass.

»Ich bleibe dran?«, fragte er aufgeräumt.

»Du bleibst dran. Uns kann die Situation gerade nur recht sein. Dütemeyer tappt im Dunkeln, seine Männer hat er postiert und wir haben sie im Blick. Solange die sich vor dem Haus rumlümmeln, sind Dütemeyer und Wollgarten ratlos und zum Abwarten verdonnert. Wo gibt es das heute noch, zwei Polizeibeamte als lebendige Ampelanlage, die in der Wiesentalstraße unseren Verkehr regeln und uns für den Moment grün geben. Ich wünschte, die bleiben bis morgen da stehen.«

Tim horchte auf den Unterton und fragte, wie es bei ihr voranging. Sie bilde sich gerade weiter zur Papierwissenschaftlerin, antwortete Lola. Ein Abend voller spannender Lektüre stehe ihr bevor, sagte sie und legte kurz danach auf.

Eine Handvoll quergelesener Fachaufsätze später zog Lola ein erstes Fazit. Fingerabdrücke auf Pergament, Papier und Kartonage waren weitaus flüchtiger und instabiler als sie es nach der erfolgreichen Rekonstruktion der Abdrücke auf der Personalakte aus dem eingestürzten Kölner Stadtarchiv für möglich gehalten hatte. Dass es dort trotz der Durchnässung des Papiers so rasch und umstandslos geklappt hatte, lag an der verhältnismäßig kurzen Zeit, die das Konvolut in seinem feuchten Grab in der U-Bahn-Baugrube gelegen hatte. Und das hieß, dass auch der aktuelle Kontoauszug, den sie in dem Holzhäuschen in Dreiborn sichergestellt hatte, kaum Scherereien bereiten würde.

Das Problem waren die älteren Kontoauszüge, fünfzehn Jahre alt waren die. Dort Fingerabdrücke sichtbar zu machen, könnte schwierig werden.

Bei Bülents Dienstpistole gab es ebenfalls ein Problem, ein erhebliches sogar. Hier waren die Fingerabdrücke zwar noch frisch, gerade mal ein Dreivierteljahr alt. Nur kam man an das Asservat nicht ran. Lola musste hoffen, dass ihr beim BKA in Wiesbaden jemand weiterhelfen würde: wenn schon nicht mit dem Originalasservat, dann vielleicht mit dem virtuellen Duplikat, von dem sie wusste, dass es mit NanoTrace© angefertigt worden war. Und sie musste einen Kniff finden, wie sich die Fingerabdrücke auf der Dienstwaffe auch in der digitalen Ausfertigung oder, wenn nötig, auf dem 3D-Ausdruck der Pistole nachweisen ließen.

Lola schnaufte durch: Das klang nach jeder Menge Hirnarbeit. Und das ohne Garantie, dass sie am Ende etwas Verwertbares in den Händen hielt.

Das konnte ja heiter werden.

Dann meldete sich die Eventuality Profilerin in ihr. Was ist los, Mädchen, hörte sie sich selbst zureden. So kenne ich dich gar nicht. Wenn eine weiß, dass Probleme keine Probleme sind, sondern bestenfalls Herausforderungen, dann du. Und dass Herausforderungen danach schreien, Lösungen zu finden, das weißt du auch. Selbstverständlich wirst du tüfteln und experimentieren müssen: na und? Das ist auch sonst dein Job.

Du hast ja Recht, hörte Lola sich sagen. Ich hab ja Recht, korrigierte sie sich und machte sich über den letzten Aufsatz her, der ungelesen auf ihrem Schreibtisch lag.

Die Studie der beiden Professoren für Forensische Chemie hatte sie sich instinktiv bis zum Schluss aufbewahrt. Irgendetwas in ihr sortierte die Beiträge aus Forschung und Entwicklung, die sie zu lesen hatte, nicht nur nach Relevanz, sondern auch nach einem Spannungsbogen. Das war in ihrem Job der Fall, und hier verhielt es sich genauso: die informativen und weniger erkenntnisreichen zuerst, als seien sie die Grundlage für ein intellektuelles Besäufnis, einen Rausch, bei dem sie nicht abstürzen durfte. Denn zum Schluss kamen die Aufsätze an die Reihe, mit denen sich unter Zugabe von ein wenig Kreativität und Geistesgegenwart das meiste herausholen ließ.

Joseph Almog und Daniel Mandler von der Hebrew University in Jerusalem hatten ihre Forschungen zur invertierten Sichtbarmachung von Fingerabdrücken auf Zellulose im November 2012 in Angewandte Chemie publiziert. Die Idee, die dahinter steckte, war so genial wie einfach. Statt die Spuren selbst sichtbar zu machen, die von der Zusammensetzung des Schweißes an den Fingerkuppen – den Lipiden, Aminosäuren und weiteren Bestandteilen – abhing und bei ungünstiger Mischung dazu führen konnte, dass ein Abdruck nicht mehr rekonstruierbar war, machten hier die Goldnanopartikel, die wie üblich auf die Papieroberfläche gepudert wurden, durch Abscheiden von elementarem Silber die Maserung zwischen den Abdruckmustern kenntlich. Die Rillenmuster des Fingers kamen gewissermaßen wie ein Negativ des herkömmlichen Abdrucks zum Vorschein.

Dabei nutzten die Wissenschaftler aus, dass bei Abdrücken auf Papier ein bestimmter Bestandteil des Schweißes immer haften bleibt, und zwar über einen langen Zeitraum und sogar dann noch, wenn das Papier mit abdrucklöslichen Stoffen wie Wasser in Berührung kommt: Hautfett. An den Stellen, an denen der Finger mit dem Papier in Kontakt kommt, sorgt das Fett für eine Schutzschicht auf dem Papier und verhindert bei dem Verfahren von Almog und Mandler, dass sich eine Acylpyrizadin-Gruppe im Fingerabdruckpulver an die Zellulose binden kann.

Dieses Anbinden, verstand Lola beim zweiten Durchlesen, fand also nur in den Zwischenräumen der Papillarmuster statt, die ein Fingerabdruck auf einem papiernen Gegenstand hinterließ. Interessant und vor allem absolut idiotensicher, überlegte sie. Also genau das Richtige, um auch die Abdrücke auf den älteren Kontoauszügen sichtbar zu machen, sollte es mit den herkömmlichen Pülverchen nicht reichten.

Ob der Zauberpuder schon in Umlauf war?

Sie wusste es nicht. Aber sie kannte jemanden, der ihr die Frage beantworten konnte. Nur wollte sie den um diese Uhrzeit nicht mehr behelligen. Stattdessen stöberte sie in ihrem Handy nach der Nummer von Morten Jannicke.

Morten Jannicke war für Lola das, was man einen Ziehvater nennt: der Mann, der sie im Polizeipräsidium Köln auf den Posten als Eventuality Profilerin gehievt hatte. Beim BKA in

Wiesbaden war er bestens vernetzt, Lola erinnerte sich nur zu gut an die Sache mit der heimlichen Atombombenexplosion in Namibia. Da hatten seine exzellenten Verbindungen mehr als einmal wunderbar funktioniert.

Danach allerdings, hatte sie erfahren, war er wegen derselben undurchsichtigen Atomgeschichte in Ungnade gefallen. Seine Vorgesetzten behandelten ihn wie einen Whistleblower, der der Presse Nachteiliges über das Amt durchgesteckt hatte. Feuern konnten sie ihn als Beamten zwar nicht, und auch die Journalisten waren zu sehr auf seiner Seite, als dass man eine unehrenhafte Entlassung ohne weiteres hätte durchziehen können. Also versetzten sie ihn auf unbestimmte Zeit in den Innendienst.

»In die Eisbox haben sie mich verfrachtet, schön an einen Schreibtisch mit Eingangskörbchen links und Ausgangskörbchen rechts«, fasste er seine Gefühlslage zusammen. »Und das ist ganz und gar nicht mein Ding. Aber die Sache war es wert. Bei einigen hier im Haus genieße ich sogar Heldenstatus. Die würden mich am liebsten als Mitarbeiter des Monats dauerabonnieren. Denen hat das mächtig imponiert, wie wir vor nichts und niemandem gekuscht haben.«

Lola dachte zurück, erinnerte sich an die Tage und Wochen im Januar vor zwei Jahren, als sie eine hieb- und stichfeste Indizienkette zusammengebaut hatten. Und plötzlich sprangen alle ab und verkrochen sich in ihre Löcher, statt Rückgrat zu beweisen und ihren Teil zur Beweisführung beizutragen – alle außer einer. Der gelang es, die Öffentlichkeit auf die Nuklearsauerei aufmerksam zu machen.

»Das ist doch immerhin etwas«, antwortete sie Jannicke. »Der Held der kleinen Leute vom BKA. Wenn uns das mal nicht zugutekommt.«

»Uns?«

Lola lieferte eine geraffte Version von dem, was sie und Tim umtrieb. Sie erinnerte Jannicke an ihr gemeinsames Konto, auf dem sich Gefälligkeiten und Hilfeleistungen angehäuft hatten. Da war er deutlich im Minus, und sie im Plus. Außerdem zeigte sie ihm auf, dass auch der Gefallen, um den sie ihn jetzt bat, einer Vertuschung entgegenwirken würde: jedenfalls ging sie inzwischen fest davon aus. Warum sonst kassierte man Beweismittel ein und hielt sie beim BKA unter Verschluss, warum riss man einen Fall an sich und zog Kriminalkommissare von einem auf den anderen Tag ab?

Jannicke versprach, dass er die ihm zu Füßen liegenden Kollegen diskret um ein wenig Unterstützung bitten würde.

»Morgen früh direkt?«

»Morgen früh, als allererstes. Nur eins müssen Sie sich gleich aus dem Kopf schlagen, Frau Montizquierdo-Gíl. An die Dienstpistole selbst kommt hier keiner ran. Die ist sicherer aufgehoben als das Gold in Fort Knox. Machen Sie sich darauf gefasst, dass es wenn überhaupt, dann nur das Duplikat wird. Können Sie mit Nano-Trace© umgehen?«

»Mir schien es nicht sonderlich kompliziert, als Ihre Kollegen uns das vorgeführt haben.«

»Dann ist es ja gut«, meinte Jannicke süffisant. »Für einen 3D-Ausdruck wird es sicher reichen. Hat Köln inzwischen so einen Drucker?«

»Köln hat. Und Brauweiler bestimmt auch.«

»Brauweiler?«

»Der Landschaftsverband Rheinland hat dort eine Werkstatt für Papierrestauration, in der hat man uns das Typoskript von diesem Lambertznazi getrocknet. Ich bin mir sicher, die haben da auch so einen Drucker stehen. Und da ich ohnehin vorhabe, morgen Vormittag bei denen auf der Matte zu stehen, kann ich gleich zwei Fliegen mit einer Klappe schlagen. Schaffen Sie mir nur die Dienstpistole in NanoTrace© ran. Bis elf Uhr wäre gut, bis zehn Uhr wäre besser. Und für jede Minute, die Sie es noch früher schaffen, gibt es Bonusmonate in meinem Herzen.«

»Klingt ja entzückend. Ich tue mein Bestes. Halb zehn hieße dann?«

»Dreißig Monate. Sie wären ganze zweieinhalb Jahre mein ganz persönlicher Mitarbeiter des Monats. Also strengen Sie sich an!«

N24 und Phoenix hatten als erste ihre Kamerateams ins Polizeipräsidium nach Bonn geschickt. Die Live-Übertragung der Pressekonferenz ergänzten sie mit Einblendungen aus den Nachrichtenstudios, wo Rechtsterrorismus-Experten darauf warteten, interviewt zu werden. Auch eine Standleitung an die Rurtalsperre hatten sie eingerichtet.

Reporter waren bis an die Plastikbanderolen gelangt und berichteten halb entrüstet und halb beleidigt, dass es wenig zu berichten gab. Die Nachrichtensperre an den Absturzstellen der Lambertzbomber und an der Zufahrt zum Aussichtspunkt Hubertushöhe verhinderte, dass nähere Informationen zu ihnen durchdrangen. Und dann geschah doch etwas. Offensichtlich hatte es vor wenigen Minuten einen weiteren Zugriff gegeben. Auch ein Schuss sei gefallen, der deutlich zu hören gewesen sei. Ein offizielles Statement darüber war so wenig zu bekommen wie eine Bestätigung für das Gerücht, dass drei verdächtige Personen aus Mittelosteuropa seitlich der Staumauer aufgegriffen worden seien.

»Meine Damen und Herren.« In Bonn schaltete die Polizeipräsidentin das Tischmikrofon ein und ergriff das Wort. »Ich darf sie alle zu einer außergewöhnlichen Pressekonferenz begrüßen. Heute Nacht ist es den Polizeikräften aus meiner Behörde und der in Euskirchen zusammen mit Vertretern aus Bundes- und Landesministerien, mit den Kollegen des Landes- und Bundeskriminalamts und einer Reihe von weiteren Einrichtungen gelungen, einen Terroranschlag zu vereiteln, den Rechtsextremisten aus aller Welt … jawohl, Sie haben richtig gehört, den rechtsgerichtete Attentäter aus aller Welt in der Nordeifel verüben wollten. Ziel des Angriffs war die Staumauer der Rurtalsperre. Im Zuge der Abwehr dieses Terroraktes konnten wir eine Reihe von aktiv an der Vorbereitung und Durchführung der Tat Beteiligten festnehmen. Andere konnten wir unschädlich machen. Es handelt sich bei den Attentätern um Mitglieder von sogenannten Kameradschaften mit Wohnsitzen auf dem Gebiet des westlichen Nordrhein-Westfalens und in einem Fall in der Region Eupen in Belgien. Zwei von ihnen entzogen sich nach unserem aktuellen Kenntnisstand der Festnahme, indem sie Suizid begangen haben.«

Die Polizeipräsidentin hielt inne und kostete die Verblüffung der ahnungslosen Journalisten aus. McElliott nutzte ihre Kunstpause, um das Wort zu ergreifen und sich und die anderen Vertreter auf dem Podium vorzustellen: vollständig mit Namen, Dienstrang und den Behörden, die sie abgestellt hatten. Dann fasste er das Geschehen der Nacht kurz zusammen, sprach von der erfolgreichen und reibungslosen Zusammenarbeit seines Krisenstabs mit den im Lauf der letzten Stunden in die Gefahrenabwehr einbezogenen Einrichtungen in Heimbach und Nörvenich und erwähnte in zwei knappen Sätzen einen Hinweis aus der Bevölkerung, der zur Aufdeckung des Terrorkomplotts geführt hatte. Er bat um Verständnis, wenn aus Sicherheitsgründen nicht auf alle Fragen der anwesenden Journalisten mit der notwendigen Ausführlichkeit eingegangen werden könne. Die Anti-Terror-Aktion sei schließlich, Stand jetzt, noch nicht beendet. Dann eröffnete er die Fragerunde.

Unter dem Rascheln der Fotokameras fragte die Vertreterin einer Presseagentur, ob es Erkenntnisse gebe, inwiefern der Tag der vereitelten Terroraktion eine besondere Rolle gespielt habe.

McElliott schaute sich nach rechts um, dann nach links, blickte aber nur in fragende Gesichter auf dem Podium. Niemand schien mit der Frage etwas anfangen zu können.

»Sie meinen, weil es ein Freitagmorgen war?«, fühlte die Polizeipräsidentin vor und klang dabei so, als fühle sie sich nicht wohl. »Wegen der größeren Zahl an Tagestouristen im Vergleich zu unter der Woche?.«

»Das auch«, versuchte die Journalistin eine Brücke zu bauen. »Ich meine aber vor allem die Tatsache, dass es der 20. April war … ist. Führers Geburtstag. Ein Tag, der Neonazis besonders wichtig ist.«

Die Runde auf dem Podium schaute irritiert. McElliott rang sich stellvertretend für die anderen eine Antwort ab.

»Da wird es sicher einen Zusammenhang gegeben haben«, sagte er. »Unsere Leute prüfen das. Weitere Fragen?«

Ein starkes Stück, entrüstete sich Dolores Montizquierdo-Gíl.

Tim war am anderen Ende der Leitung nicht mehr zu beruhigen. Ohnmacht und Enttäuschung über das Gebaren der Profilneurotiker aus dem Krisenstab wechselten sich ab.

Sein Notebook stand auf dem Küchentisch und übertrug die Pressekonferenz. Tim schaute angewidert hin, ehe seine Augen etwas suchten, das Ablenkung verhieß. Die flach vor sich hinströmende Urft vor dem Fenster lenkte ihn einen Moment lang ab. Dann wanderten die Gedanken zurück zu den Machern aus Berlin und Bonn, aus Düsseldorf und Wiesbaden, und die Wut stieg erneut in ihm hoch.

Marie und Franka Froitzheim interessierten niemanden mehr, regte er sich auf. Niemanden.

»Naja doch«, entgegnete Dolores Montizquierdo-Gíl. »Die Staatsanwältin wird nicht locker lassen. So wie ich die einschätze. Die hat im Moment nur einen schweren Stand, jetzt wo sich die da oben selber feiern. Sie wird in den nächsten Stunden keinen finden, der ihr zuhört. Aber dann, ganz sicher.«

»*Dann* kann es zu spät sein.«

»Es wird nicht mehr lange dauern, bis ....« Sich die Lage entspannt, wollte sie sagen. Das Vibrieren ihres Smartphones und ein Klopfen im Lautsprecher unterbrachen sie. »Augenblick.«

Sie nahm das Smartphone vom Ohr und knipste das Signal aus, mit dem ihr eine frische Meldung auf dem Bereitschafts-Ticker angekündigt wurde.

»Na wer sagt's denn«, meldete sie sich zurück, als sie die Nachricht geöffnet hatte. »Den Einsatzkommandos sind noch zwei ins Netz gegangen.«

»Dann dürftet ihr ja so langsam alle haben«, meinte Tim. »Bis auf Marie und Franka.«

Dolores Montizquierdo-Gíl überhörte seinen Sarkasmus.

»Sogar alle plus eine«, sprach sie seelenruhig weiter. »Eine Neunzehnjährige aus Alsdorf, die bislang niemand auf der Rechnung hatte. Die war mit vorgehaltener Waffe auf zwei Kollegen vom SEK los. Finaler Rettungsschuss an der B 265 in der Nähe von Wolfgarten, steht hier.«

»Toll. So alt wie Marie.«

»Dazu ein gewisser Jean Mertens.«

»Der Belgier?«

»Stimmt. Kennen Sie ihn?«

»Hüppauf hatte ihn erwähnt, als Marie ihn das erste Mal traf.«

»Der Name stand auf der Fahndungsliste, die uns gestern Abend in die Bereitschaft zugetickert wurde. Jetzt wurde er in der Nähe vom Fundort der Leichen von Jäger und Komparsen gestellt und hat sich umgebracht. Suizid Nummer drei, wenn ich richtig zähle.«

»Gratuliere«, sagte Tim. »Und was heißt das jetzt für Marie und Franka?«

Dolores Montizquierdo-Gíl fragte sich, wie sie jemanden aufbauen sollte, der sich partout nicht aufbauen ließ.

»Dass sich die Lage jetzt schnell entspannen wird«, versuchte sie es mit Zuversicht. »Und dass wieder Polizeikräfte frei werden.«

»Frei, ja. Genau. Nach den ganzen Sonderschichten kriegen die jetzt erst mal frei.«

Statt einer Antwort hörte er nur resigniertes Seufzen.

Gib es auf, sagte sich Dolores Montizquierdo-Gíl. Mit dem ist im Moment überhaupt nichts anzufangen.

Und überleg mal für deinen Kopf allein, was sich machen lässt.

»Mir reicht es«, stöhnte Heisterbach, dem nach anderthalb Stunden Pressekonferenz-Stream die Augen förmlich zufielen. »Ich bin raus. Okay?«

Dengeldein nickte. Auch er war längst auf der letzten Rille. Den Leitern der Kommandos vor Ort, Wenzel und Schneider, hatte er durchgegeben, dass die provisorische Einsatzzentrale in Heimbach ab sofort nicht mehr besetzt sei. In den nächsten Stunden seien er und Heisterbach nur noch in Ausnahmefällen und über Mobiltelefon zu erreichen. Die Koordination der weiteren Aktivitäten übernähmen nach der Pressekonferenz die Kollegen vom Polizeipräsidium in Bonn.

»Machen wir den Laden zu. Wie kommen Sie nach Hause?«

Einen Augenblick lang dachte Heisterbach daran, sich jemanden von der Kreispolizeibehörde schicken zu lassen, der ihn abholte. Dann fiel ihm ein, dass eine solche Extravaganz alles andere als gut ankäme. Und dass sie in Euskirchen sowieso niemanden mehr hätten, den sie ihm als Chauffeur abstellen konnten nach dem tagelangen Dauereinsatz.

Außer Dütemeyer vielleicht, aber den wollte er nicht privat anrufen.

»Mit dem Taxi«, sprach er zu Dengeldein.

Dütemeyers Wut verflog nur langsam. Leonie Schumpeter bekam draußen auf den Stationsflur eine Breitseite nach der anderen von ihm ab. Sie war froh, als gegen elf Uhr der Chefarzt der Anästhesie im Krankenhaus eintraf und Dütemeyer endlich von ihr abließ.

Eine halbe Stunde später hatten sich der Stationsarzt und sein Chef ausgetauscht, ehe es ihnen gelang, Albrecht Wollgarten aus seinem zweiten Dämmerschlaf zu wecken.

Danach atmete Dütemeyer auf.

Die Ärzte ordneten vierundzwanzig Stunden vollkommene Ruhe an: für den Patienten und auch, schoben sie mahnend hinterher, für alle um ihn herum, die etwas von ihm wollten.

Und eine Befragung über Dinge, die so sensibel waren, dass akute Rückfallgefahr bestand, wäre erst nach zweiundsiebzig Stunden drin. Also frühestens am Montag.

»Die könnte dann hier stattfinden?«, fragte Dütemeyer.

»Könnte, ja«, antwortete der Chefarzt. »Wobei es für die Klinik Angenehmeres gibt als eine polizeiliche Zeugenvernehmung am Tag nach dem Wochenende. Wenn wir hier sowieso schon genug Hektik haben.«

»Soll heißen?«

»Dass wir am Montagfrüh nochmal die komplette Routine bei dem Patienten durchführen werden. Hirnfunktion, Atmung, alles. Wenn wir es aus medizinischer Sicht vertreten können, kommen Sie vorbei und nehmen ihn mit. Vorsichtshalber im KTW. Und bringen ihn abends zurück.«

21

In Köln in ihrer Wohnung surfte Dolores Montizquierdo-Gíl auf den einschlägigen Seiten im Internet und in den Polizeidatenbanken.

Am Nachmittag stieß sie auf eine Standardsoftware zur Lokalisierung von Mobiltelefonen, die ihre besten Tage schon hinter sich hatte.

Sie ging die Ereignisse der vergangenen Nacht noch einmal durch. Nach einem Zigarillo und zwei starken Espressi war sie sicher, dass die Funkzellenortung der Handys von Franka Froitzheim und Marie Breuer mit einem anderen Ortungsprogramm durchgeführt worden war. Und nicht mit *MobiPhoneSearch*.

»Die Programme, mit denen wir Einsatzkommandos und Sondereinheiten heute ausstatten, sind neuer und ausgereifter. Aber sie helfen in einem Fall wie unserem nicht weiter«, erläuterte sie Tim.

»Muss ich das verstehen?«, kam von Tim zurück. »In der Nacht wurde von der Einsatzzentrale in Heimbach aus eine Ortung veranlasst. Und die hat nicht geklappt. Nur auf meine vergeblichen Anrufe sind sie gestoßen, weil der Anbieter die aufgezeichnet hatte. Das war alles.«

Dolores Montizquierdo-Gíl entschied sich seufzend für einen Crashkurs in digitaler Ortungstechnik.

Was *MobiPhoneSearch* von anderen Verfahren zur Handylokalisierung unterschied, war sein Gedächtnis. Das Programm speichert die Lokalisierungsdaten von Mobiltelefonen, bis ihnen der Saft ausgeht, weil der Akku nichts mehr hergibt.

Das konnten die leistungsfähigeren Ortungsprogramme, die nach *MobiPhoneSearch* entwickelt wurden, zwar auch: aufzeichnen, wo sich wann ein Mobiltelefon befand. Nur war der Wert solcher Daten im Polizeialltag kein allzu großer. Was nützt es dem Gendarm zu wissen, wo sich Räuber und Handy gestern aufgehalten haben, wenn der Ganove heute längst woanders ist. Oder wenn der Akku leer ist, oder herausgenommen wurde. Die meisten IT-Spezialisten verzichten aus diesem Grund auf die Archivfunktion in ihrer Echtzeit-Ortungssoftware, deaktivieren sie oder programmieren sie gar nicht mehr mit ein.

Bei Franka Froitzheim und Marie Breuer verhielt es sich aber mit großer Wahrscheinlichkeit anders. Sie hatten sich tagelang an ein und demselben Ort aufgehalten, vermutete Dolores Montizquierdo-Gíl, ehe die Akkus in ihren Handys den Dienst versagten.

»Die spannende Frage ist, ob auch *MobiPhoneSearch* in den Sack gehauen hätte. Oder besser, in den Sack *haut*. Ich brauche die Handynummer von Marie Breuer!«

Tim schöpfte Hoffnung.

»Wenn außer Telefonnummernliefern sonst was anfällt, ich stehe zur Verfügung. Der ASB hat mich heute Mittag wieder übernommen, komplett mit neuem Assistenten und vollgetanktem BTW.«

»Ich melde mich, sobald ich was rausgefunden habe.«

Dann ließ sie das Programm über ihren Profilerinnen-Zugang freischalten, lud es herunter und gab die Nummer von Marie Breuer ein.

Fünf Minuten später hing sie wieder am Telefon. Am anderen Ende der Leitung verschlug es Tim die Sprache, als sie ihm das Ergebnis der Ortung mitteilte.

Also rief sie Carola Knittel an.

Die Staatsanwältin war zwar auch perplex, reagierte aber nüchterner als Tim. Sie setzte sich mit der Kreispolizei in Euskirchen in Verbindung und ließ sich mit dem Apparat von Hauptkommissar Heisterbach verbinden.

Nach dem Ende der spektakulären Pressekonferenz ließ sich ein Ortstermin nicht verhindern.

Wenn sie ehrlich war, war der Polizeipräsidentin an einer Verhinderung auch nicht gelegen. Wann sonst begleitet einen eine Pressemeute von zweihundert Fernseh- und Radioreportern, Kameraleuten, Tontechnikern und Printjournalisten von überregionalen Tageszeitungen einmal quer durch ihr Revier bis an den Ort, wo vor acht Stunden die Sprengung der Staumauer der größten Talsperre Westdeutschlands verhindert worden war!

Auch McElliott war in seinem Element, die Müdigkeit nach der langen Nacht wie weggeblasen. Professionell sprach er in jede Kamera, die sich auf ihn richtete, und beantwortete bereitwillig die Fragen der Journalisten.

Lediglich der Großkotz aus dem Verteidigungsministerium hielt sich zurück und gab nur ein sparsames Lob auf die Luftwaffe von sich, deren Schlagkraft und sekundenschnelle Reaktionsfähigkeit in den frühen Morgenstunden wesentlich zum erfolgreichen Ausgang der Anti-Terror-Aktion beigetragen hatten.

Er wusste, seiner Chefin wäre es nicht recht, wenn sich andere aus ihrem Ressort in den Vordergrund drängelten.

In Berlin setzte die Verteidigungsministerin zusammen mit dem Bundesminister des Inneren eine eigene Pressekonferenz an und sprach von einem so wichtigen wie vernichtenden Schlag gegen die Strukturen des Rechtsextremismus in Deutschland. Nach ihren Erkenntnissen und denen ihres Ministerkollegen war bei der Vereitelung des von den Attentätern so bezeichneten *Unternehmens Züchtigung* mit einem Schlag die komplette Führungsriege der Neonaziszene im Westen Deutschlands ausgelöscht worden. Oder besser, sie hatte sich selbst ausgelöscht.

Erstaunt über die Handlungsfähigkeit und Gewaltbereitschaft der deutschen Neonazis zeigte sich in den Abendstunden das Ausland. Politiker und die Kommentatoren der Hauptnachrichtensendungen brachten ihre Anerkennung darüber zum Ausdruck, wie effektiv die deutschen Behörden der Gefahr begegnet waren.

Die öffentlich-rechtlichen deutschen Fernsehsender bereiteten Sondersendungen für die Zeit nach den Abendnachrichten vor.

Der vereitelte Anschlag in der Nordeifel war *das* Tagesthema. Er wurde zum großartigen Triumph für die deutschen Sicherheitskräfte.

An Heisterbachs Platz nahm niemand ab. Also ließ sich Carola Knittel die Nummer seines Stellvertreters geben.

»Der Hauptkommissar hat Freischicht«, entschuldigte ihn Dütemeyer. »Und mich erwischen Sie an einem Freitagabend auch eher zufällig.«

Er hatte sein Büro aufgesucht, um sich Fotos von Axel Jäger, Toralf Ronneburg, Silke Feisting und den anderen Drahtziehern des *Unternehmens Züchtigung* zu beschaffen: Porträtaufnahmen und aktuelles Bildmaterial von den Leichen, die er bei der Befragung von Albrecht Wollgarten benötigte.

»Den Einsatz von Hauptkommissar Heisterbach habe ich mitbekommen«, meinte die Staatsanwältin, »imponierend. Seine Pause hat er sich mehr als verdient. Dann muss ich Sie bitten, mir zu helfen.«

Sie erläuterte in knappen Sätzen, was *MobiPhone-Search* herausgefunden hatte. Dütemeyer verstand sofort.

»Ich kümmere mich persönlich darum«, antwortete er.

»Ein Einsatzkommando war gestern Abend schon in genau dem Anwesen drin gewesen und hat es durchsucht«, brachte ihn Carola Knittel auf den Stand, den sie im Krisenstab mitbekommen hatte. »Sie haben den Alten auf dem Dachboden aufgeknüpft vorgefunden. Diesen Hüppauf.«

»Sonst nichts?«, fragte Dütemeyer. »Gefunden, meine ich. Niemanden?«

»Der Einsatzleiter hat das Haus nach der Durchsuchung mit seinen Leuten wieder verlassen. Ob es inzwischen eine Beweisaufnahme in den Gästezimmern gegeben hat, weiß ich nicht.«

»Kann sein, dass die noch dabei sind.« Dütemeyer kratzte sich am Kopf. »Bei dem, was hier los war, ist auch die Spurensicherung mit ihrer Arbeit hinterher. Ich klemme mich dahinter.«

»Tun Sie das.«

»Ich fahre als allererstes selbst mal hin. Bleiben Sie auf Empfang.«

Weil er es in seinem Häuschen in Gemünd nicht mehr aushielt, hatte Tim sich nach Einruhr bringen lassen. Vor dem Café zur Post saß er in seinem Rollstuhl an einem der Terrassentische und stierte auf den Parkplatz. Hier, vor der Oberseebrücke, hatte Franka Froitzheim den BMW abgestellt, als sie mit Marie zu Hüppaufs Gästehaus gezogen war.

Vor dem Gästehaus hinderten Plastikbänder und zwei unleidliche Polizeibeamte, bei denen der Dauereinsatz der letzten Tage deutliche Spuren der Müdigkeit hinterlassen hatte, Passanten wie ihn am Nähertreten. Innen drin herrschte hektische Betriebsamkeit. Taschenlampen leuchteten den Schankraum und die Wohnstuben im oberen Geschoss aus, ihr Lichtstrahl zuckte durch die Fenster in die einbrechende Nacht.

Gegen zwanzig Uhr weckte Heisterbach das Klingeln seines Telefons. Zu seinem Erstaunen kam der Anruf aus dem Polizeipräsidium Bonn. Für den späteren Abend, teilte ihm jemand aus dem Referat Presse und Kommunikation mit, hätten sich Journalisten und ein Kamerateam für ein paar Aufnahmen in Heimbach an der provisorischen Einsatzzentrale angemeldet. Die Polizeipräsidentin wünsche, dass auch er bei dem Pressetermin erscheine. In einer Stunde soll es losgehen. Bis dahin war es bereits stockdunkel, überlegte Heisterbach. Für diese Art Aufnahmen sei Dunkelheit besonders effektiv, erriet die Stimme aus Bonn seine Gedanken, deswegen der spätabendliche Termin.

Heisterbach brummte etwas, legte auf und rief in der Kreispolizei an, um sich in die Bereitschaft zurückzumelden. Düte macht das schon, sagte er sich, als er erfuhr, dass es Hinweise auf den Aufenthaltsort der Kollegin Froitzheim und ihrer jungen Begleiterin gebe.

Hoffentlich findet er sie rechtzeitig.

Ein Schwall schlechten Gewissens schwappte in ihm hoch. Franka Froitzheim war ihm in den letzten dreißig Stunden immer wieder in den Sinn gekommen. Nur um sie gekümmert hatte er sich nicht, hatte sie nicht suchen lassen. Vor lauter Neonazijagen war dafür keine Zeit gewesen … oder doch?

Noch so ein unruhiger Geist, der an einem Tag wie heute nicht schlafen kann.

Leonie Schumpeter lief mit verschränkten Armen durch die Gassen von Einruhr. Mit den Gedanken war sie woanders, in der Klinik bei Albrecht.

Tim fiel ihr vor dem Café auf, wie er mutterseelenalleine dasaß und ziellos in die Nacht starrte. Sollte sie ihn ansprechen? Sie überlegte kurz. Dann sah sie das große Rad unter seinem Sitz, und vorne das kleinere. Wer weiß, was ihn betrübt, dachte sie sich und ließ von ihrem Vorhaben ab.

Nicht alle waren wegen des Terrorangriffs nachdenklich, sagte sie sich. Der hier hatte vielleicht ganz andere Sorgen als sie, die Gästehauswirtin, bei der Neonazis übernachtet hatten und die fast ihren Jugendfreund verloren hatte, weil die braune Brut zuschlug, wo und wie es ihr passte.

Stumm querte sie den Parkplatz und lief auf die Brücke zu. Der Obersee zog sich vor ihr in die Breite wie ein nächtliches Flussdelta. Auf der linken Seite, keine zweihundert Meter von der Brücke entfernt, lag die Kleinkaliberpistole auf dem Grund des aufgestauten Sees, die Leonie Schumpeter vor zwei Tagen dort losgeworden war.

Schon wieder der Typ mit dem Rollstuhl, stöhnte einer der Polizisten. Der lässt nicht locker, selbst um halb elf in der Nacht nicht.

Er wuchtete sich in die Höhe und ging auf die Banderole zu, um Tim abzufangen.

Der reichte ihm nur wortlos sein Handy.

»Montizquierdo-Gíl, Kripo Köln«, stellte sich eine Stimme dem Beamten vor. »Ich weiß, das hier ist nicht gerade der Dienstweg. Trotzdem, eine Bitte. Der Mann, der da vor Ihnen steht, heißt Tim Rhiel. Hören Sie ihm bitte einen Augenblick zu. Und geben Sie die Informationen, die Sie von ihm erhalten, an unsere Kollegen in Bruno Hüppaufs Gästehaus weiter. Herr Rhiel hat diese Informationen von mir. Und ich habe sie von einem ziemlich idiotensicheren Lokalisierungsprogramm. Also hören Sie sich an, was Herr Rhiel Ihnen zu sagen hat.«

»Und ich verspreche Ihnen«, fügte Tim hinzu, als er an dem verwirrten Gesichtsausdruck des Beamten merkte, dass Dolores Montizquierdo-Gíl zu Ende gesprochen hatte, »ich verspreche, dass ich mich danach aus dem Staub mache und Ihnen nicht weiter auf den Wecker gehe.«

Der Polizist überlegte kurz, hielt dann Rücksprache mit seinem Kollegen.

»Lassen Sie hören«, sagte er schließlich zu Tim und reichte ihm sein Handy zurück.

Zuerst befremdete Heisterbach die Schau, zu der das Polizeipräsidium ihn gedrängt hatte. Irgendwann aber hatte er sich gefangen und ließ vor ihren Notizblöcken, den Mikrofonen und Kameras routiniert die letzte Nacht Revue passieren. Er plauderte vor der inzwischen leergeräumten Einsatzbaracke in Heimbach über die effiziente Abstimmung mit dem Krisenstab in Düsseldorf, dem Fliegerhorst Nörvenich und dem Polizeipräsidium Bonn. Auch zu einem kurzen Lob für die Polizeibeamten aus der Gegend reichte es.

Gegen Mitternacht war er zurück in seinem Haus. Aufgekratzt und längst nicht mehr müde, ließ er sich auf den neuesten Stand bringen.

Dütemeyer hatte in Bruno Hüppaufs Gästehaus einen Tiefkeller gefunden. Ein modriges und kaltes Verließ unterhalb des Souterrains, das vor Jahrzehnten, vor der zweiten Aufstauung der Rur als normaler Keller gedient hatte.

In diesem zweiten Keller hatten Dütemeyer und seine Leute zwei tote Frauenkörper entdeckt. An rostige Gartenstühle gefesselt und längst leichenstarr, handelte es sich bei der einen mit an Sicherheit grenzender Wahrscheinlichkeit um ihre gemeinsame Kollegin, die Kriminalinspektorin Franka Froitzheim.

»Scheiße«, flüsterte Heisterbach. »Scheiße, scheiße.«

Tims Träume waren so unruhig und grotesk wie die aus der vergangenen Nacht in Düsseldorf. Irgendwann war er in seiner Wohnung in Gemünd eingeschlafen. Bruno Hüppauf riss das Maul auf und hauchte eine zur Nazibraut zurechtgemachte Marie an, die sofort zu Eis erstarrte. Die tastenklackenden Hände von Walter Lambertz hoben sich von der Schreibmaschine in die Höhe, spreizten und vergrößerten sich zu Riesenpranken, griffen flink in den Nachthimmel hinein und erwischten drei Bomberflugzeuge, als seien es träge Stubenfliegen, die plötzlich zu brennen beginnen. Ein junger Mann mit tiefen Schmissen unter den leeren Augenhöhlen nähert sich ihm; seine Visage grinst ihn hämisch an, dann platzt sie von innen auf, durch Wangen und Lippen spritzt ihm Naziblut entgegen und bedeckt ihn. Von oben bis unten. So sehr, dass er Angst hat, in dem dickflüssigen roten Schwall zu ersticken, und er schweißgebadet aufwacht.

Ich sollte ihn anrufen, haderte Dolores Montizquierdo-Gíl mit sich, als sie die Nachricht über ihren Bereitschafts-Ticker erreichte. Jemand muss es tun, jemand muss ihn in Kenntnis setzen, dass seine junge Freundin tot war.

Andererseits, vielleicht schläft er gerade und kommt ein wenig zur Ruhe. Ein paar Stunden später, am Morgen wäre auch noch Zeit dafür.

Carola Knittel dachte zur gleichen Zeit dasselbe.

»Wir können es nicht mehr ändern«, meinte Dütemeyer lakonisch.

Heisterbach schlug auf seine Schreibtischplatte ein. Kurz und heftig. Das Wochenende hatte für ihn etwas von Katzenjammer gehabt nach einem Freitagabend voller kleiner, aber rauschhafter Triumphe vor den Leuten von der Presse.

»Können wir nicht, Düte«, donnerte er. »*Ich weiß!*«

»Hör zu«, antwortete Dütemeyer, »ich habe mein Bestes gegeben.«

»Ich weiß«, Heisterbach jetzt sanfter. »Sorry.«

»Und ich habe auch nicht wirklich viel Zeit.« Dütemeyer dachte an den Krankentransport, der ihn in der nächsten halben Stunde erwartete. »Lass uns am Nachmittag nochmal reden.«

Teilnahmslos nickte Heisterbach, drehte sich dann in seinem Bürosessel zur Seite weg.

Dütemeyer nahm das als Zeichen, den Raum zu verlassen. Mit einer Akte voller großformatiger Bilder unter dem Arm wartete er im Foyer auf Albrecht Wollgarten.

Hoffentlich, sagte er sich, schafften sie ihn her, ohne dass Leonie Schumpeter von der Vorladung zur Fotoidentifikation der Attentäter Wind bekam.

Die brauchte er kein weiteres Mal mit dabei. Die sollte bleiben, wo sie herkam.

Tim ließ sich bis auf Weiteres krankschreiben. Er verpasste die Bestattung von Marie Breuer vier Tage später.

Auch Dolores Montizquierdo-Gil fehlte bei der Trauerfeier, ebenso wie Carola Knittel, die sich als erste entschuldigen ließ. Dolores Montizquierdo-Gíl hatte für ihr Fernbleiben den besseren Grund.

Die Identifizierung der Fingerabdrücke auf den Durchschlägen der Akte, die in das Schmutzwasser der Einsturzgrube des Kölner Stadtarchivs geworfen worden waren, war von Anfang an ein Wettlauf gegen die Zeit. Die Gültigkeit von Personalentscheidungen in den Leitungsposten der Kölner Stadtverwaltung hing davon ab. Am Morgen nach der Bestattung, einen halben Tag vor Ablauf der Einspruchsfrist gegen die Indienststellung, gelang Dolores Montizquierdo-Gíl endlich der Nachweis.

Dennoch fühlte sie sich unwohl, als sie ihre Teilnahme an Maries Trauerfeier absagen musste.

Heisterbach und Dütemeyer wohnten dem Begräbnis ihrer Kollegin Franka Froitzheim bei, die wie Bülent Haspolat in Anwesenheit eines Vertreters aus dem Innenministerium in Düsseldorf beerdigt wurde.

Maries Bestattung am selben Donnerstagmorgen war trotz der vielen Ausfälle und Absagen gut besucht. Die Mitarbeiter vom Arbeiter Samariter Bund erschienen vollzählig und versicherten nach der Trauerfeier, die Tote in ehrendem Gedenken zu halten durch Kranzniederlegungen an ihrem Grab und kleine Feierlichkeiten in der Geschäftsstelle des ASB.

Für die Gestaltung des ersten dieser Anlässe hofften sie Tim Rhiel zu gewinnen.

Albrecht Wollgarten erholte sich stetig und ohne erneuten Rückfall. Die Befragung in Euskirchen war eine ziemliche Strapaze gewesen, hatte aber für sich, dass er sich zum ersten Mal in bewusstem Zustand mit dem auseinandersetzen musste, was ihm widerfahren war.

Und dass er diese Probe bestand.

Er hatte seinen Peinigern in die Augen sehen können, jedenfalls in die aus der Zeit gelösten und deswegen leblosen

Augen auf den Fotos. Hilfreich war außerdem, dass dieselben Augen jetzt ein für alle Mal gebrochen waren. Lediglich der Anblick von Toralf Ronneburg, der ihm die Pistole in die Hand gedrückt und damit den jungen Kommissaranwärter erschossen hatte, verfolgte ihn noch eine Weile.

Nach zwei Wochen konnte er das Krankenhaus verlassen und kehrte zurück in sein Haus in der Wiesentalstraße. Es folgten ambulante Nachbehandlungen und eine Psychotherapie, die er auf Anraten der Krankenhausärzte begann.

Nach drei Monaten hatten die Sitzungen ein Ende, und er fühlte sich gut. Befreit. *Wieder* frei.

Anders als Leonie Schumpeter.

Ihre Sorge um Albrecht und ihre Identifikation mit allem, was er durchgemacht hatte, hatten sie zunehmend Kraft gekostet. Was wiederum Albrecht Wollgarten nicht verborgen blieb. Er machte sich Sorgen um die Frau, die ihn in seiner Küche vorgefunden hatte, leblos neben dem toten Körper eines anderen Mannes und mit einer Pistole in der Hand.

Ein doppeltes Helfersyndrom könne er in seiner Situation am allerwenigsten gebrauchen, fand seine Therapeutin. Sie riet ihm, den Kontakt zu Leonie Schumpeter einzuschränken.

Oder, wenn das nicht half, ganz abzubrechen.

Also zog er sich von Leonie Schumpeter zurück, ohne sich ganz zurückzuziehen.

Nach Maries Bestattung brauchte Tim Rhiel zweieinhalb Wochen, um die ganz düsteren Gedanken loszuwerden. Und nur noch die düsteren zuzulassen.

Grußlos und mit dunklen Rändern unter den Augen erschien er am Internationalen Platz Vogelsang, rollte kurz in sein Büro und verschwand auf seinem Elektro-Quad in Richtung der Tagesbesucher, die im Adlerhof auf ihre Führung warteten.

An einer Beschäftigung mit Walter Lambertz' *Wehrhaftem Volk* hatte er jedes Interesse verloren. Auch wenn er anfangs nicht ausschließen wollte, dass er seine Meinung nochmal änderte, wenn der Schmerz irgendwann abklang. Der Schmerz, den das verwitterte Dokument über ihn und Maries Familie, über Franka Froitzheims Eltern und Bülent Haspolats Angehörige gebracht hatte.

Das getrocknete Typoskript landete auf einem Stapel mit Informationsbroschüren und Gedenkstättenrundschreiben in einem Büroregal. Nach und nach lagerten sich neue Schichten bedruckten Papiers darauf ab – Gehaltszettel, Anfragen von Hobbyhistorikern, weitere Informationsbroschüren – und sorgten dafür, dass Tim die Hetzschrift des körperversehrten Adolf-Hitler-Schullehrers zuerst aus den Augen und dann aus dem Sinn verlor.

TEIL IV

22

Um acht klingelte Lolas Handy. Tim meldete sich wie verabredet aus Einruhr von seinem Beobachterposten in Helga von Maltzheimers Haus.

»Morgenlage gefällig?«

»Morgenlage, ja«, forderte Lola energisch. »Schieß los.«

Im Nachbarhaus sei nachts alles ruhig geblieben, begann Tim. Kein Besucher, der aus dem Nichts auftauchte und dem die Tür geöffnet wurde. Vor einer Stunde war einer der beiden Polizisten, die die ganze Nacht über in dem PKW vor dem Haus ausgeharrt hatten, ausgestiegen und in Richtung Ortskern verschwunden. Als er zurückkam, hatte der andere schon zum Handy gegriffen und zwei Minuten später ging die Haustür auf. Die Polizei übernahm sogar den Frühstücksservice, brachte frische Brötchen vorbei und legte sie im Windfang ab. Wollgarten – oder der Mann, der hier unter dem Namen Wollgarten logierte – klaubte sie auf und schloss die Haustür wieder.

Auch die wissen also voneinander, resümierte Lola, die Nachtwächter draußen und der mysteriöse Herr Wollgarten. Und Dütemeyer hat in der Zwischenzeit in Dreiborn nach dem Rechten gesehen, vermutete sie. Viel herausgefunden haben wird er nicht: weil sie die Hintertür, die nach dem überstürzten Abgang des Mannes offen geblieben war, nach ihrem kurzen Besuch zugezogen hatte. Und weil kaum anzunehmen war, dass Dütemeyer genau im Kopf hatte, wo welche Kontoauszüge lagen, so dass ihm die fehlenden auffielen. Auch um den Mann mit der Schneeschaufel, bei dem sie sich nach dem Holzhäuschen am Ende der Stichstraße erkundigt hatte, machte sie sich keine Gedanken. Dem wird Dütemeyer kaum begegnet sein. Und selbst wenn, was wüsste Dütemeyer dann? Dass eine zierliche Brünette mit Pagenschnitt ein paar Fragen gestellt hatte und wieder abgezogen war. Vielleicht noch, dass sie kurz danach mit einem Mann im Rollstuhl zurückgekehrt war. Das Eindringen in die Bürohütte konnte er von seiner Warte aus nicht mitbekommen haben.

»Kein Grund zur Besorgnis, soweit ich das sehe«, meinte sie. »Lass dir das Frühstück bringen, und halt ansonsten deine Gastgeberin bei Laune und die Augen offen.«

»Wie schaut's bei dir aus?«

»Ich würde meinen, in Papierwissenschaften habe ich über Nacht graduiert. Ich mache mich gleich auf nach Brauweiler. Der Chefrestaurator hat mir versprochen, sich die Kontoauszüge vorzunehmen.«

»Sieh mal einer an. Bestell ihm schöne Grüße von der Nervensäge auf vier Rädern.«

»Und wenn ich schon mal da bin und mein alter Chef in Wiesbaden mich nicht im Stich lässt, könnte sich auch was tun mit der Spurensicherung auf Bülent Haspolats Dienstpistole.«

»Könnte?«

»Könnte. Ich sag mal so, das Blitzdiplom in Papierwissenschaft will ich nicht umsonst gemacht haben. Ob es ausreicht, um uns so viel an die Hand zu geben, dass wir im Hause Wollgarten vorstellig werden können mal sehen. Um die Mittagszeit weiß ich mehr.«

Mit dem Rücken gegen die Werkstattbank gelehnt und einen Styroporbecher heißen Kaffee in der Hand, wartete Lola auf das Ergebnis. Dem Chefrestaurator in der Abtei Brauweiler hatte sie mit einem Stück Bienenstichkuchen aus dem Café um die Ecke nachhelfen müssen, ehe er stumm nickte und sich die Plastiktüten mit den Kontoauszügen griff.

Zwanzig Minuten später lagen zwei Blätter Papier vor ihr: Vergrößerungen der Fingerabdrücke auf den Kontoauszügen.

»Keine Übereinstimmung«, sagte der Restaurator.

Wow, dachte Lola. Das hieß, der Wollgarten von 1998 bis 2001 und der Wollgarten von heute sind nicht dieselben. Und es war der Beweis – nicht mehr nur ein Indiz, sondern der Beweis –, dass der aktuelle Wollgarten ein falsches Spiel spielte.

»Das sind die Abdrücke auf den alten Kontoauszügen?«, fragte sie und beugte sich über eines der beiden Blätter. »Kompliment! Ich hatte schon befürchtet, dass dafür andere Mittel nötig wären.«

»Sie meinen?«

Lola erzählte von den Lesefrüchten des vorigen Abends: Almog und Mandler, die Technik des invertierten Fingerabdrucks, bei dem das Muster hervortritt, indem man die Rillen in den Zwischenräumen sichtbar macht.

»Es hätte Sie zwar eine Menge mehr an Kuchen gekostet, aber zur Not hätten wir auch darauf zurückgreifen können.«

»Jetzt sagen Sie nur, Sie wenden das Verfahren hier schon an!«

Der Restaurator schmunzelte über Lolas Erstaunen, zuckte mit den Schultern und erzählte, wie er mit den Israelis ins Geschäft gekommen war. Bei einer Tagung, auf der sich Praktiker aus der Anwendung mit Tüftlern aus den Experimentierstuben der Unis trafen, hatte er den tragischen Fall des eingestürzten Stadtarchivs in Köln zur Trumpfkarte gemacht und auf diese Weise ein Pröbchen abgestaubt. Für das Überlassen der Wundersubstanz hatte die Werkstatt in Brauweiler im Gegenzug einen Tauglichkeitsnachweis zu erbringen, der an einem der unter dem Kölner Waidmarkt versunkenen Papierdokumente durchzuführen war: komplett mit Publikation, Pressetermin und allem.

Lola musste gestehen, dass sie von der Berichterstattung darüber nichts mitbekommen hatte. Sie fing sich einen Rüffel ein und versprach, wenigstens den wissenschaftlichen Fachaufsatz zu lesen, der demnächst in Forensic Methodology erscheinen würde: verfasst von dem Mann, der vor ihr stand und ihr jetzt eine Ampulle vor die Nase hielt.

»Das ist der Rest des Pröbchens, das Zeugs wirkt wahre Wunder«, bemerkte er. »Ich konnte damit gestochen scharfe Fingerabdrücke auf einer Urkunde aus dem 14. Jahrhundert ausmachen, die über zwei Monate lang im Schlick der Baugrube gelegen hatte.«

»Spektakulär«, raunte Lola staunend. Ihrem Gegenüber gefiel das. »Das könnten wir aber noch toppen«, sagte sie, plötzlich wieder kühl. »Mit ein bisschen Glück jedenfalls.«

»So?«, schnappte der Restaurator zurück. »Was immer da noch zu toppen ist.«

»Sie haben doch sicher einen 3D-Drucker«, ignorierte Lola die beleidigte Antwort. »Ich habe hier eine digitale Ausfertigung eines Beweisstücks.« Sie flippte ihr iPad an und hielt es ihm hin. Die Animation einer Handwaffe war zu sehen, die sich mit ein paar geschickten Wischern über das Display von allen Seiten betrachten ließ. »Gerade frisch reingekommen von einem Kollegen aus Wiesbaden. Das Original ist unter Verschluss, aber ein dreidimensionaler Ausdruck tut es je nachdem auch. Vielleicht sogar besser als die richtige Waffe.«

»Ich weiß beim besten Willen nicht, worauf sie hinauswollen.« Die Stimme klang plötzlich nicht mehr nur ein wenig beleidigt. »Außer an meinem Job rumzumeckern.«

Lola merkte, den musste sie wieder einbremsen. Also stellte sie ihm eine neuerliche Publikation in Aussicht, die an die erste perfekt anschlösse, weil es darin um dasselbe Verfahren des invertierten Fingerabdrucknachweises gehe, allerdings nun nicht mehr an einem beeindruckend alten, historischen Gegenstand. Sondern um den Einsatz des Verfahrens in einem anderen Zusammenhang, bei dem der unbestreitbare Fortschritt gegenüber herkömmlichen Methoden verknüpft wird mit den neuesten Techniken forensischer Beweisstücksicherung.

»Wir drucken das digitale Asservat in 3D aus und unterziehen es der Behandlung aus Israel«, brachte sie es auf den Punkt, als sie das Stirnrunzeln und die Skepsis in den Augen des Restaurators entdeckte. »In der Version, die ich hier auf dem Tablet habe, sind keine Fingerabdrücke zu erkennen. Jedenfalls zeigt mir die Software, die sie in Wiesbaden zur Konservierung von Spuren auf den digitalisierten Beweisstücken verwenden, nichts an. Aminosäuren: Fehlanzeige. Die sonstigen üblichen Verdächtigen bei menschlichem Schweiß: nichts. Lipide ja, ein paar: aber die reichen bei den konventionellen Methoden nicht für ein vollständiges Bild eines Abdrucks. Also zeigt NanoTrace© mir unterm Strich an, ›fingerprints: not detectable‹. Vermutlich wurden sie weggewischt, hier: ›fluid/liquid/textile wash-off/wipe-off: some‹.«

»Das mag für das virtuelle Modell auf Ihrem Bildschirm ja alles zutreffen. Bloß wie kriegen Sie die Spuren auf dem 3D-Ausdruck abgebildet? Wie simuliert die Software die chemische Zusammensetzung von Hautfett an den Stellen auf dem Ausdruck, die denen auf dem Original entsprechen?«

Lola merkte, der Restaurator kam wieder mit, konnte folgen.

»Exzellente Frage. Zum Glück haben die Programmierer von NanoTrace© mitgedacht und eine Treibersoftware für 3D-Drucker entwickelt, die für eine originalgetreue Spurenübertragung sorgt. Und zwar ganz ohne Simulation. Voraussetzung ist lediglich, dass die richtigen Werkstoffe für das Modell beigegeben werden. Den für unsere Zwecke richtigen Mix aus Werkstoffen. Also keine Kunstharze oder Keramikpulver, wie sonst üblich, sondern erstens ein Druckmaterial auf Zellulosebasis. Was verwenden Sie hier?«

»Ich bitte Sie. Bei uns in der Papierrestauration ist man selbstverständlich materialtreu«, versicherte Lolas Gegenüber mit gespieltem Ernst.

»Perfekt«, gab sie zurück »Und zweitens brauchen wir Hautfett.«

Sie zog ein rundes Döschen mit Hautcreme aus ihrer Handtasche, rieb sich damit großzügig die Innenflächen ihrer Hände ein und schabte die Schicht mit einem Messerrücken vorsichtig ab. Ein dünner Faden schmutzweißer fettiger Substanz blieb an der Messerkante haften.

»Und damit wollen Sie jetzt unseren 3D-Drucker kontaminieren …«

»In den Werkstofftank damit«, nickte sie. »Die Verunreinigung, die dadurch entsteht, hält ein halbwegs vernünftiges Gerät spielend aus. Sind Sie dabei?«

Der Papierrestaurator murmelte so etwas wie Einverständnis und wies ihr den Weg in einen kleinen Verschlag am Ende der Werkbänke.

»Hier steht das Ding«, meinte er. »Ich weiß nicht, ob der Drucker sich wirklich freut, die Bekanntschaft Ihrer Pfoten zu machen. Beziehungsweise von dem, was sie sich da gerade abgekratzt haben. Aber versuchen wir's.«

Lola schraubte den Werkstofftank des 3D-Druckers auf, schabte den Wulst von der Messerkante und ließ ihn hineinfallen.

»Top, die Wette gilt«, grinste sie. »Die gesamte Forensik ist aus dem Häuschen über dieses NanoTrace©, weltweit. Und wir beide probieren jetzt mal aus, wie gut es den Sprung zurück in die gute alte Zellulose- und Papierwelt schafft.«

Dann kramte sie ein USB-Kabel hervor, schloss ihr Tablet an den Drucker an und schaltete die Treibersoftware frei.

Mit ihrem rechten Fuß stand Lola auf dem Gaspedal. Ihren betagten SEAT bekam sie damit zwar nicht mehr zu den Höchstleistungen von früher angetrieben, doch für ihr inneres Gleichgewicht war die Raserei wichtig. Sie hatte die Werkstatt in der Abtei in Brauweiler verlassen, ohne sich von dem Chefrestaurator vernünftig zu verabschieden. Gerade mal ein hastiges

»Das wird der Knaller in der Fachwelt« hatte sie ihm über die Schulter hingeschleudert, »setzen Sie sich hin und schreiben eine erste Rohversion!« Dann war sie mit drei Ausdrucken unter dem Arm ab durch die schwere Tür und über das Kopfsteinpflaster des Innenhofs in Richtung Parkplatz.

Unterwegs, zwischen Pulheim und Frechen, meldete sie sich bei Tim und kündigte ihr Kommen an. Die Ausdrucke lagen neben ihr auf dem durchgesessenen Polster des Beifahrersitzes. Immer wieder zog es ihren Blick auf das obere der drei Blätter: so als könne sie nicht glauben, dass es sich bei dem, was sich gräulich und an einigen Stellen etwas schemenhaft auf dem Papier abzeichnete, um einen Fingerabdruck handelte.

Und dass es ein Fingerabdruck war, der alle Unklarheiten beseitigte.

Schicht für Schicht hatte der 3D-Drucker aus Zellulosepulver und dem Abrieb ihrer eingecremten Hände eine Sauer P6 entstehen lassen: in Originalgröße und bis ins kleinste Detail authentisch. Sogar die charakteristische Farbgebung, ein Anthrazit mit ins Silbrige spielenden Gebrauchsspuren am Griff und dem Magazin für die Munition spuckte das Ding aus. Nur ein Abdruck war mit bloßem Auge nicht zu erkennen.

Vorsichtig hatte der Chefrestaurator das Modell aus den Gussgraten gelöst und es dem ersten Teil der Prozedur unterzogen. Auf herkömmliches, mit dem Zerstäuber aufgetragenes Silbernitrat reagierte nichts auf dem frischgedruckten Artefakt. Ein paar Schlieren und verwischte Spuren, das war alles.

Ganz anders das Ergebnis nach der Anwendung der israelischen Methode. Wer immer mit dem Stoff seines Ärmels, einem samtenen Tuch oder einem feuchten Lappen versucht hatte, die Fingerabdruckspuren ein für alle Mal zu beseitigen – in den Goldnanopartikeln und den künstlich fabrizierten Molekülringen der Acylpyrizadin-Gruppe fand er seinen Meister. Lolas Hautfett markierte unsichtbar die Stellen, an denen im wahrsten Sinn des Wortes zuletzt Hand an die Waffe gelegt worden war, ehe die Kunststoffverbindung die Rillen zwischen dem Muster ihrer Fingerpapillen zum Vorschein brachte. Ein Abbild davon, auf DIN A 4 vergrößert und über die beiden Abdrücke von den Kontoauszügen gelegt, und es gab keine Zweifel mehr. Der Abdruck auf dem ausgedruckten NanoTrace©-Modell war identisch mit demjenigen, den der Restaurator auf dem jüngeren der beiden Bankpapiere gefunden hatte.

Der Mann, der die Holzhütte in Dreiborn überstürzt verlassen hatte und sich seitdem in der Wiesentalstraße aufhielt, war identisch mit der Person, die Bülent Haspolats P6 zuletzt in den Händen gehalten hatte.

Damit konnte man ihn jetzt konfrontieren, und nicht nur damit.

»Nichts anderes steht in den Druckfahnen«, warf Tim ein, als Lola ihm eine dreiviertel Stunde später bei Kaffee und selbstgebackenen Vanillekipferln aus Helga von Maltzheimers Backofen den Plan für die nächsten Schritte erläuterte. »Die Fingerabdrücke auf der Waffe sind von der Person aus dem Haus nebenan. Diese Person nennt sich Albrecht Wollgarten. Dass der ein Ingenieurbüro in einer Hütte im Nachbarort hat, steht zwar nicht in den Fahnen drin, aber muss es das für ihn und seine Legende? Die stimmt auch so, und auf die wird er sich berufen. Axel Jäger hat ihm dermaßen eine überziehen lassen, wird er sagen, dass er bewusstlos wurde. Ganz gleich ob hier in Einruhr oder in Dreiborn. Und Toralf Ronneburg hat ihm dann die Waffe in die Hand gedrückt, ehe er sie auf Bülent richtete und abzog. Deswegen die identischen Fingerabdrücke.«

»Darauf würde er sich berufen, da magst du Recht haben.« Lola blieb die Ruhe selbst. »Aber ich habe nicht vor, ihm vorzuhalten, was alles nicht stimmt bei der Sache. Leonie Schumpeter, die versenkte Pistole, der Fundort des Polizeiwagens, die verschwiegene dritte Leiche aus dem Tiefkeller. Ich habe nicht vor, ihn auf die Tour mürbe zu machen, nur um ihm ein kleines Geständnis abzuringen. Ich will das große Geständnis. Und dafür gehen wir jetzt ins Risiko.«

»Du willst zu ihm rein?«, schrie Tim. »Und uns auffliegen lassen?«

Lola ließ sich nicht aus dem Konzept bringen.

»Ich mache mich jetzt da rüber«, kündigte sie an, »schön vorsichtig durch den Garten, damit die beiden Babysitter vorne auf der Straße nichts merken. Heisterbach weiß Bescheid, den habe ich aus dem Auto angerufen. Dem geht Dütemeyer nicht mehr aus dem Kopf. Der will auch wissen, was hier läuft.«

Tim blinzelte, schob den Kopf zur Seite und schüttelte ihn sanft. Dann ließ er die Schultern sacken: Zeichen dafür, dass er Lolas Plan zwar noch nicht verstand, ihm aber auch nicht im Weg stehen wollte.

»Und mein Job bei deinem Ausritt?«, fragte er.

»Du gibst mir Rückendeckung. Ich stelle das Handy auf Vibrationsalarm, du lässt genau dreimal klingeln, wenn sich draußen irgendwas tut, dann legst du auf. Und noch was, ich gebe mir genau anderthalb Stunden. Das heißt, ab Minute einundneunzig bist du dran und rufst in Euskirchen an.«

23

Lola kletterte die verschneite Hangwiese hinauf bis zum Saum des Waldes, der sich oberhalb von Einruhr bis zur Dreiborner Höhe hinzog. Sie erreichte den Wanderweg, der Teil des Eifelsteigs war, und schnaufte durch. Unterhalb von ihr, keine hundert Meter Luftlinie entfernt, duckten sich die letzten Häuser der Wiesentalstraße an den Hang: rechts das von Helga von Maltzheimer mit dem Atelier im Anbau, daneben das von Albrecht Wollgarten. Eine hüfthohe Hecke schloss das Grundstück zur Wiesenseite ab, dahinter erkannte Lola zwischen den in der Mittagssonne schmelzenden Schneeflecken ein Stück Rasen und einen Kiesweg, der zu einem Wintergarten an der Rückseite des Hauses führte.

Sie gab sich einen Ruck, sah auf die Uhr und stapfte den schneebedeckten Hang wieder herunter.

Die Scheiben des Wintergartens waren blind von Kondenswasser, das innen in dicken Tropfen am Glas hing. Sie klopfte kräftig gegen die Scheibe und wartete. Dann erschien eine Figur hinter dem trüben Glas, rieb in Kopfhöhe einen Kreis auf die Glasscheibe und starrte sie an.

Albrecht Wollgarten. Oder Manfred von Litzenhoff.

Lola faltete ihren Dienstausweis auf und hielt ihn vor das Guckloch: lang genug, um dem Mann Gelegenheit zu geben, das Siegel, ihr Foto und das Wort Profilerin lesen zu können. Und zu kurz, um die Details zu erfassen: die ausstellende Behörde und die Unterschrift eines Polizeipräsidenten.

Der Mann schob den Türgriff in die Horizontale, zog die Glastür auf und fragte, was sie wolle.

»Ich gehöre zu Dütemeyers Team«, antwortete sie und sah in ein finster grübelndes Gesicht. »Wenn Sie mich da oben am Wanderweg wirklich noch nicht bemerkt haben, fasse ich das als Kompliment auf. Schließlich sollen wir observieren ohne aufzufallen.«

»Was Sie wollen, habe ich gefragt.«

»Erstens, kurz reinkommen. Um von der Bildfläche hier draußen zu verschwinden. Stichwort unauffällig bleiben«, gab sie freundlich zurück und schob sich an ihm vorbei in ein überheiztes Wohnzimmer. Ein Klappsofa war ausgefahren, am Kopfende türmten sich Kissen und eine Wolldecke. Vor dem Sofa stand ein breiter Plasmabildschirm, mit der Rückseite zu ihr, und plärrte ein Gewirr aus schreienden und heulenden Stimmen in den Raum, ehe sich eine sonore Männerstimme darüberlegte und von einer Entscheidungsschlacht und notwendigen Truppenverschiebungen redete. Der Mann bemerkte Lolas neugierigen Blick.

»Da vorne durch geht's zur Küche«, drängelte er. »Da haben wir mehr Ruhe.« Ein Griff zur Fernbedienung, und das Plärren hörte auf.

Lola ging voran, durch einen düsteren Flur mit einer Garderobe und einem Abstelltischchen, auf dem ein Telefon stand, in einen Raum, den sie sich nach der Lektüre der Druckfahnen ganz anders vorgestellt hatte: einladender, freundlicher, heller. Nur die Eckbank erkannte sie wieder, auf der Bülent angeblich tot zusammengesackt war, neben sich den Mann, der jetzt hinter ihr die Küche betrat. Unaufgefordert nahm sie Platz, schaute sich um und bat um etwas zu trinken.

Der Mann, der hier wohnte, hatte nur Milch anzubieten, und auch die musste er erst aus dem Keller heraufholen.

Darauf hatte Lola spekuliert. Sie schlich zurück in den Flur und hob das Telefon aus der Ladeschale. Dann tippte sie zwei Tasten an, riss eine Ecke aus einem Papiertaschentuch und legte sie zwischen die Steckkontakte. Einem Anruf zur Unzeit, womöglich von Dütemeyer, war damit vorgebeugt: zumindest einem Anruf über den Festnetzanschluss. Ein Handy sah sie weit und breit nicht. Wenn der Mann, der jetzt die knarrenden Holztritte aus dem Keller wieder heraufgestiegen kam, eines besaß, dann trug er es direkt am Körper. Das Risiko würde sie eingehen müssen.

»Ich komme wegen Ihres Verschwindens aus dem Zweitwohnsitz in Dreiborn gestern«, erklärte Lola und setzte das schmierige Glas Milch wieder ab. »Ich nenne es einfach mal Zweitwohnsitz«, setzte sie lächelnd hinterher. »Nachdem Sie dort verschwanden …«

»Haben Sie endlich raus«, wurde sie unterbrochen, »wer die beiden waren?«

Lola sah auf, schüttelte den Kopf und machte sich ihre Gedanken. Entweder er lotet mit der Frage aus, ob er mir trauen kann. Oder er hat es schon gefressen und ist nur neugierig.

»Es gibt einen Hinweis«, antwortete sie nüchtern. »Jemand aus der Nachbarschaft hat ein Pärchen beobachtet, das zur fraglichen Zeit zuerst die Straße auf und ab ging, ehe es in der

Stichstraße verschwand. Das werden die beiden gewesen sein. Leider ist die Personenbeschreibung sehr vage.«

»Wie kann die vage sein, wenn einer von denen im Rollstuhl saß?«

Das hatten sie also herausbekommen! Lola stutzte.

»Ich würde sagen, das hat sich inzwischen erledigt«, log sie und lauerte.

»Woher sonst die Spuren im Matsch!?«, kam es zurück.

»Die waren nicht von einem Rollstuhl«, entgegnete sie und suchte nach einer anderen Erklärung.

»Sondern?«

»Von einem Handkarren.«

»Einem Handkarren, so so.« Die Stimme verriet, dass er ihr nicht glaubte. Noch nicht. Lola musste nachlegen.

»Einem Handkarren aus einem der Schuppen neben Ihrer Ausweichbleibe«, sagte sie so bestimmt es ging. »Sie wissen doch, die Unterstände wo die Bauern ihre Eggen und Pflüge stehen haben.«

»Und das soll ich Ihnen abnehmen?«

»Seit einer Stunde sind wir uns sicher: ein Handwagen, kein Rollstuhl. Ich kann verstehen, dass Sie das irritiert, und ich würde Ihnen sofort den Chef ans Telefon holen, damit der's Ihnen bestätigt.« Sie stockte, erstaunt darüber, wie weit sie sich gerade aus dem Fenster lehnte. »Leider ist der beschäftigt, deswegen tauche ich hier auf. Sehen Sie, mit dem Handkarren haben die beiden Personen Sachen aus Ihrem Versteck abtransportiert. Die waren bei Ihnen in der Bude drin und haben mehr Dinge entwendet, als wir bislang wussten. Verstehen Sie? Alte Dokumente, Papierkram: Dinge, deren Fehlen uns nicht auf den ersten Blick aufgefallen ist. Die sind da unverhofft fündig geworden!«

Lola hielt inne und lauerte auf die Reaktion des Mannes. Es kam nichts außer nachdenklichem Schweigen. Ihre spontane Erklärung verfing.

»Unverhofft …«, presste der Mann schließlich heraus.

»Warum sonst sollten sie sich den erstbesten Handkarren klauen? Wenn sie von vornherein gewusst hätten, was sie alles finden würden, wären sie besser vorbereitet gewesen.«

»Was wollen Sie?« Zum ersten Mal klang die Frage nicht feindselig, sondern besorgt.

»Weil wir keinen blassen Schimmer haben, wer die beiden waren, ist es umso wichtiger, dass Sie verinnerlicht haben, was man Ihnen für die Zeit, in der dieser Roman spielt, auf den Leib geschrieben hat. Deswegen bin ich hier.«

Lolas Gegenüber kratzte sich am Kinn. Er vermied es, ihr in die Augen zu sehen, und stierte stattdessen durch das Küchenfenster in den Vorgarten.

»Na, und?«, grunzte er schließlich. »Wie stellen Sie das an? Wollen Sie mich abhören wie in der Schule!?«

Lola schmunzelte, um zu signalisieren, dass sie die Idee charmant fand, ihn zum Vokabeltest über seinen neuen Lebenslauf zu bitten. Und in sich hinein, weil sie merkte, wie sie sich ihrem Ziel mit Riesenschritten näherte.

»Wenn es wirklich nötig wäre, würde ich Sie abfragen«, lachte sie. »Aber mal im Ernst. Wir können nicht ausschließen, dass den beiden Eindringlingen in Dreiborn auch der ›Eifelfluten‹-Text ins Auge gefallen ist. Zumindest lagen die Fahnen aufgeschlagen auf dem Schreibtisch …«

»Weil ich darin am lesen war«, entgegnete der Mann.

»Das ist gut zu wissen.« Lola gab vor, angestrengt zu grübeln. »Durch die Seiten geschnüffelt haben sich die zwei Eindringlinge dann wohl nicht.«

»Dütemeyer hat das bereits prüfen lassen«, sagte der andere bestimmt. »Und rausgekommen ist dabei … na!?«

Lola parierte die kleine Prüfung souverän. Nichts, gab sie kühl zurück. Fingerabdrücke: Fehlanzeige, die Eindringlinge trugen Gummihandschuhe.

»Trotzdem müssen Sie begreifen, dass es wichtig ist, die Details aus dem Text parat zu haben, solange wir nicht wissen, wer uns da auf die Schliche gekommen ist. Vor allem auf die kleinen Abweichungen von der Wahrheit kommt es an. Für alle Fälle!«

Dann listete sie die Unstimmigkeiten auf.

»Gegen die Wahnsinnsidee mit dieser Leonie Schumpeter habe ich mich gleich gewehrt«, entgegnete von Litzenhoff, als Lola fertig war. »Am Ende haben sie mich dann einfach überstimmt. Dass es ohne die nicht geht. Dann haben sie diesem Schriftsteller grünes Licht gegeben.«

Lola brauchte einen Moment, um das zu verarbeiten. Dass es ohne Leonie Schumpeter nicht geht, hatte man ihm entgegengehalten. Um Bülents Waffe zu entsorgen, gut. Wozu noch?

»Ich sehe zwei Gründe, diese Leonie Schumpeter in die Story hinein zu erfinden«, tastete sie vor. »Wichtige Gründe. Sie wirft die Tatwaffe in den Obersee und beseitigt damit in der offiziellen Version, als die der Roman mal gelten wird, das Corpus delicti. Außerdem bezeugt sie, dass Sie während der neuralgischen Stunden im Koma lagen.«

»Zusammen mit Dütemeyer bezeugt sie das«, bekam Lola zu hören. »Macht drei Gründe, denn so wird ihm ein plausibel verbrachter Nachmittag am Tag Minus Eins verschafft. Trotzdem stört es mich.«

Die nächste Überraschung, dachte Lola und zwang sich, am Ball zu bleiben.

»Was stört Sie genau? Dass Sie demnächst im Dorf angesprochen werden auf eine Person, die niemand kennt, obwohl sie angeblich hier großgeworden ist?«

»Das auch.«

»Wir werden Ihnen dafür schon was an die Hand geben, keine Sorge. Sie werden einfach nur sagen, dass Leonie Schumpeter ein Deckname war für eine Iris oder eine von den Hüpgens – den Rest besorgen wir.«

»Sie meinen, sie kaufen den Rest ein«, kam es vielsagend zurück.

»Wir kaufen uns eine Iris«, nickte Lola, »die es im Übrigen wirklich gibt. Oder die Hüpgens. Kaufen uns ihr Schweigen und das Mitspielen. Aber das scheint nicht alles zu sein, was Sie stört.«

»Es wird mir einfach zu viel.« Es klang weniger aufbrausend als verzweifelt. »In ein Leben kann ich noch reinschlüpfen, solange es ein wahres ist und sich in der Wirklichkeit abspielt. Wenn die Wirklichkeit aber in dem Buch, das alle lesen und für bare Münze nehmen werden, nicht mehr wirklich ist, weil es da noch mehr falsche Fünfziger gibt ...«

»Ich kann das verstehen.« Lola spielte auf Zeit, suchte nach der richtigen Formulierung für die eine wichtige Frage. »Wir kümmern uns um eine Lösung, versprochen.« Ihr fiel nichts ein, jedenfalls nicht auf die Schnelle. »Wünschen Sie sich Ihr altes Leben zurück?«, fragte sie. In ihren Ohren klang es, als redete sie um den heißen Brei herum, und sie fürchtete, dass es auch dem Mann, der vor ihr an der anderen Seite des Küchentischs saß und sie jetzt schweigend musterte, irgendwann auffiel.

»So kenne ich euch gar nicht«, verblüffte er sie mit seiner Antwort. »Sowas fragt sonst niemand von euch Brüdern. Da heißt es immer nur, vergessen Sie sich. Vergessen Sie, was vorher war, blenden Sie's aus, lassen Sie es nicht an sich ran.«

Lola fühlte sich plötzlich unwohl in ihrer Haut. Sie war sich nicht sicher, ob er das als Vorwurf meinte oder als eine Art Einladung, auf dieser Klaviatur weiter zu spielen. Eher als Vorwurf, entschied sie sich und entschuldigte sich für die Frage.

Der Mann vor ihr hörte ihr nicht zu.

»Mein altes Leben habe ich mir nie abtrainiert«, sinnierte er laut. »Jedenfalls nicht so total, wie ihr das gerne hättet. Und das neue Leben passt mir auch nicht so, wie ihr euch das vorstellt.«

»Wieso nicht?«, fragte Lola leise.

»Weil das hier nicht mehr mein Revier ist. Die Leute sind anders als ...« Er fing sich wieder ein, biss sich auf die Zunge.

Da hat er auf mein Menscheln hin kurz zurückgemenschelt, überlegte Lola. Und jetzt kriegt er kalte Füße und macht dicht. Oder versucht dichtzumachen. Aber ich weiß inzwischen genug.

Gib dir Mühe, Lola, und sag es mit aller Kaltschnäuzigkeit.

»Die Leute hier sind Ihnen natürlich nicht so vertraut wie die in Thüringen«, gab sie zurück. »Was für eine Binsenweisheit! Seien Sie ehrlich, von Litzenhoff, Sie quält was ganz anderes.«

Halte ihm weiter das Stöckchen hin, und warte einfach nur ab.

»Richtig«, hörte sie ihn sagen. »Mich quält eure kalte Hundeschnauze. Dass ihr an alles gedacht habt, von Anfang an, an alles, als ihr mich auf eure Seite gezogen habt. Sogar seine Leiche habt ihr zweieinhalb Jahre lang aufbewahrt, um sie im richtigen Moment parat zu haben. Ihr macht immer so gerne auf nah. Dütemeyer, die Coachs vom Verfassungsschutz damals, und jetzt Sie. Und seid doch so weit weg.«

Eine beklommene Stille setzte ein, zäh und langanhaltend. Jeder von ihnen, spürte Lola, war mit den eigenen Gedanken beschäftigt. Von Litzenhoff, darauf vertraute etwas in ihr, würde ihren Beitrag zu der Stille missverstehen als Geste der Empathie.

Dabei hatte ihr Stillsein einen anderen Grund. Ihr wacher Verstand setzte aus, kurz nur, aber dennoch. Dann mühte sie sich zu begreifen, was sie gerade gehört hatte. Und es kam ihr wie eine Ewigkeit vor, bis sie überrissen hatte, was von Litzenhoffs Worte bedeuteten.

»Wir sind alles andere als weit weg«, raffte sie sich auf zu sagen. »Wir sind nicht die mit den Fäden in der Hand und der totalen Kontrolle über alles und jeden. Wenn es so wäre, hätten wir die beiden Schnüffler längst eliminiert. Stattdessen bin ich hergekommen, um Sie auf den Text einzuschwören. Auf Ihren Text in diesem Text. Nur das, mehr nicht!«

Von Litzenhoff nickte, blieb aber immer noch stumm.

»Ich will woanders hin«, presste er nach einer Weile heraus, tonlos und ohne jeden Nachdruck. »Ich kriege das hier nicht mehr lange hin.«

»Hören Sie mit dem Gejammer auf«, konterte Lola und fühlte sich dabei fast wie eine, die tatsächlich zu Dütemeyers Team gehörte und seine Denke verinnerlicht hatte. »Behalten Sie gefälligst die Nerven und lassen uns machen. Die zwei Einbrecher aus Dreiborn gehen uns früher oder später ins Netz, gar keine Frage, die Screenings sind längst gelaufen, und um Sie zu beruhigen: ja, sie waren erfolgreich. Schnüffeljournalisten gibt es so viele nicht. Dasselbe gilt für die Personen, die für das Leck im Apparat verantwortlich sind, aus dem was rausgesickert sein muss. Ein Dutzend Personen, mehr nicht. Es ist nur eine Frage der Zeit, bis wir die haben. Bis dahin, um kein Risiko einzugehen, bleiben Sie mit Leib und Seele der Albrecht Wollgarten, den Sie kennen und als der Sie seit zweieinhalb Jahren leben. Der kurz vor dem Unternehmen Züchtigung von Toralf Ronneburg ins Koma gestreckt wurde und erst zwei Tage danach wieder aufgewacht ist. Haben Sie mich verstanden!?«

»Und wenn das ausgestanden ist?«, von Litzenhoffs Stimme klang wieder fester.

»Dann reden Sie mit Dütemeyer.« Lola sortierte sich. »Wir haben eine Verpflichtung gegenüber denen, die wir in Zeugenschutzprogramme übernehmen. Oder als V-Leute führen.« Sie hielt kurz inne und überprüfte mit einem raschen Blick in von Litzenhoffs Gesicht, ob ihr Probeballon flog. Er tat es. Kein Zucken, kein Zögern, kein Anzeichen von Irritation in seinen Zügen, nachdem sie die Wörter Zeugenschutzprogramm und V-Leute hatte fallen lassen. »Und diese Verpflichtung nehmen wir ernst. Auch Dütemeyer. Der wird einschätzen können, ob wir Ihnen nach Wollgarten noch eine weitere Identität an einem anderen Ort «

Verschaffen können, wollte sie sagen. Von Litzenhoff unterbrach sie.

»Herbeimorden können«, sagte er abschätzig. »Ja, ja.«

Lola schluckte und unterdrückte ein Husten, als der Speichel ihr in die Luftröhre zu laufen begann. Herbeimorden, flatterte es ihr durchs Hirn.

Herbeimorden. Der richtige Albrecht Wollgarten war nicht nur das Opfer seiner zufälligen Ähnlichkeit mit von Litzenhoff geworden. Von interessierter staatlicher Seite hatte man ihn kaltgemacht wegen seines Aussehens. Und hatte ihn gleichzeitig am Leben gehalten durch seine Identität, die ein abgeworbener Neonazi übernahm. Außerdem hatte man seine Leiche aufbewahrt, zur Sicherheit oder für alle Fälle.

Lola spürte, wie ein Schwindel in ihr herauf kroch, hoch in Richtung Kopf. Sicher, da waren noch viele Fragen offen, die sie klären wollte, die sie geschickt verpackt hätte stellen können. Nur war sie dazu nicht mehr in der Lage, von jetzt auf gleich nicht mehr fähig. Die Schlussfolgerung, dass Wollgarten von Ihresgleichen kaltblütig ausgesucht und aus dem Weg geräumt worden war, von Staatsdienern aus den hermetisch abgeriegelten Zirkeln der Abschirmdienste, Verfassungsschutze und Kriminalämter, nur weil er aussah wie ein Neonazi, dem man ein neues Leben versprochen hatte – dieser Schluss setzte sie schachmatt.

»Es wird sich zeigen«, nahm sie fahrig den Faden wieder auf. »Wenden Sie sich an Dütemeyer.« Sie sah auf ihre Armbanduhr und staunte, dass kaum eine halbe Stunde vergangen war, seit sie sich über die verschneite Wiese Wollgartens Haus genähert hatte.

»Sie verstehen, was ich damit sagen will«, entgegnete von Litzenhoff spitz. »Wir sitzen alle im selben Boot. Sie wissen alles über mich, und ich weiß vieles über euch.«

Lola hatte sich erhoben und steuerte auf den Flur zu, als sie die kleine Drohung begriff, die in seinen Worten steckte.

»Auch das wird Dütemeyer bewusst sein«, antwortete sie. »Ihre netten Spitzen lassen Sie bitte auf den los. Ich muss zurück auf meinen Posten.«

Der Weg zur Wintergartentür und über den Gartenpfad bis zu der Hecke kam ihr vor wie eine kleine Flucht.

24

Schweigend starrte Tim durch das Fenster in die einsetzende Dämmerung. Da drüben, keine fünfzehn Meter entfernt im Haus nebenan, hockte ein Neonazi, den der Staatsschutz auf seine Seite gezogen hatte, und lebte das Leben eines Fremden. Albrecht Wollgarten, diesem armen Teufel, war sein Äußeres zum Verhängnis geworden, seine Ähnlichkeit mit einem Mann, der mit richtigem Namen Manfred von Litzenhoff hieß. Um die Ecke gebracht worden war Wollgarten, wenn Lola gerade eben die Wahrheit erfahren hatte, auf Anweisung von ganz oben.

Ein ziemliches Kaliber war das, Mord im Auftrag des Staates. Was konnte so viel Einsatz wert sein?

Lola war zurückgekommen. Sie hatte Tim auf den Stand gebracht und ging jetzt mit einem merkwürdigen Glanz in den Augen auf Helga von Maltzheimer zu, die in den Anbau geschneit kam und eine Flasche Schlehenlikör mit kleinen Schnapsgläsern auf den Tisch stellte.

Sie bot Lola eine Klappliege an und ein paar Decken für die Nacht, und verabschiedete sich zu einer Ausstellungseröffnung in Bonn. Lola hob das Gläschen, prostete Helga von Maltzheimer hinterher und tippte eine Nummer in ihr Handy.

Heisterbach war sprachlos. Ob er vorbeikommen solle, fragte er irgendwann. Wäre nicht das Schlechteste, grübelte Lola. Nur vorsichtig musste er sein, wegen der beiden Wachposten auf der Straße.

Das setzt sich gerade zu einem komplett neuen Muster zusammen, überlegte Tim. Die Staatsdienste steckten mit drin. Hatten sie beschlossen, Manfred von Litzenhoff Schutz und eine neue Identität zu gewähren? War es nur das?

Eher nicht. Das passte nicht zu der Maßnahme einer vorsätzlichen Tötung Wollgartens. Um Litzenhoff abtauchen zu lassen, hätte man auf andere, weniger brachiale Lösungen setzen können. Ein neuer Name, neue Papiere, dazu ein neuer Wohnort, fern von seinem alten in Thüringen: das hätte ausgereicht.

Nein, hier steckte mehr dahinter.

Eine besondere Gefahrenlage für Litzenhoff zum Beispiel. Dass seine Kameraden ihm gedroht hatten, wir finden dich überall, egal wo dich verkriechst. Das käme schon eher hin.

Aber nochmal, war das schon alles? Kaum, grübelte Tim. Es war kein Zufall, dass ein abgeworbener und seitdem mit unfassbarer behördlicher Hingabe umsorgter Ex-Neonazi genau in der Gegend neue falsche Wurzeln schlägt, in der seine ehemaligen Brüder im Geiste einen Riesenanschlag planen und fast zur Durchführung bringen.

Konnte von Litzenhoff vom Unternehmen Züchtigung gewusst haben?

Andersherum gefragt, konnte er davon nicht gewusst haben? Wenn er von Leuten geführt wurde, die um die Verfassung zu schützen im rechten Sumpf herum waten und sich dort bestens auskennen?

»Trauen wir uns, es auszusprechen.« Lola hatte sich die gleichen Gedanken gemacht. »Natürlich war von Litzenhoff im Bilde. Vermutlich sogar mehr als das, viel mehr. Er hat das Eifelfluten-Komplott von Anfang an begleitet, gedeckt, vielleicht sogar mit initiiert.«

»Ich dachte, er sei aus der Szene raus? Ein für alle Mal, ein abtrünniger Rechtsextremist, der beim Staatsschutz unterkriecht.«

»Wer sagt denn, dass die Verratenen wussten, dass er sie verraten hat?« Lolas Augen funkelten; die beiden Gläschen Schlehenlikör waren dafür nicht alleine verantwortlich. »Litzenhoff kann mit denen genauso gut ein doppeltes Spiel gespielt haben: als V-Mann, dem seine Pappenheimer nach wie vor trauen. Und die ihn deswegen an der Vorbereitung der Lambertzbomberei teilhaben ließen. Und das schön an der Leine der Firma Dütemeyer und Co.«

Tim fand das alles unheimlich – aber es machte Sinn. Zumindest wenn man nach einem Grund für den hohen Einsatz suchte, der Albrecht Wollgarten hieß und für diesen einen Zweck herbeigemordet worden war.

»Das Unternehmen Züchtigung sollte von vornherein beinahe klappen. Meinst du das?«

Lola stierte auf das leere Glas in ihrer Hand. Dann sah sie auf.

»Rückblende, Tim«, sagte sie. »Versuch mir zu folgen. Herbst 2011. Der NSU fliegt auf, es stellt sich heraus, dass Neonazis mordend durchs Land gezogen waren und ein Dutzend Menschen mit Migrationsbiografie kaltgemacht haben. Allen vom Verfassungsschutz bis zu den fetten Katern in den Innenministerien schwant, das läuft auf eine unfassbare Blamage hinaus. Zu lange hatte man die Mörder im Umfeld der Opfer gesucht, von Familienfehden und dunklen Geschäften der Mordopfer schwadroniert, und zu lange hatte man andere Möglichkeiten ausgeschlossen.«

»Auf dem rechten Auge waren sie blind.«

»Und plötzlich standen sie blank da, mit heruntergelassenen Hosen. Schön peinlich. Was machst du in so einer Situation, wenn du schon weißt, was für ein Fiasko auf dich und deinen Staatsschutz, dein Ministerium, dein großes oder kleines Amt, deine Behörde zukommt?«

»Du glaubt im Ernst«, schob Tim kopfschüttelnd ein, »dass das Eifelfluten von langer staatlicher Hand in die Wege geleitet wurde?«

»Selbstverständlich nicht«, entgegnete Lola ihm kühl. »Nicht in die Wege geleitet. Aber vielleicht wohlwollend begleitet, um am Ende dazwischen gehen zu können und sich dafür feiern zu lassen, dass man doch noch zu was taugt. Dass man Anschläge von Rechtsextremisten effektiv zu vereiteln versteht. Um gute Presse just zu dem Zeitpunkt zu kriegen, als alles über den Prozess gegen Zschäpe und Konsorten redet.«

In seinem Rollstuhl sackte Tim zusammen und brauchte eine Weile, bis er das Kreuz wieder durchdrückte und sich auf das Gedankenspiel einlassen konnte.

»Das hieße also«, überlegte er laut, »dass wir ihnen die ganze Zeit ohne es zu wissen ins Handwerk gepfuscht haben. Mit dem Typoskript von Lambertz, mit dem Alarm, den Franka und ich bei der Staatsanwältin gemacht haben «

»Dem großen Generalstab, den man in Düsseldorf zusammengetrommelt und ein wenig für euch inszeniert hat«, schob Lola ein. »Sicherlich nicht nur für dich und Frau Knittel, es werden auch noch andere nicht gewusst haben, was wirklich abging «

»Nicht zu vergessen die wunderbare, weil gründlich Spuren verwischende Veröffentlichung eines ganz bestimmten Dokumentarthrillers, die demnächst ansteht.«

»Bei dem wir zwei und Heisterbach als die nützlichen Idioten vorgesehen sind, die den Wahrheitsgehalt der Geschichte besonders glaubhaft verbürgen«, schloss sich Lola an.

Beide schwiegen, Tim hing seinen Gedanken nach und Lola ihren.

»Wir haben nicht viel Zeit …«, unterbrachen sie gleichzeitig und mit identischen Worten die Stille.

»Wir haben sogar zweimal nicht viel Zeit«, lachte Lola die Zufälligkeit weg. »Siehst du die beiden Nachtwächter?« Sie zeigte durch das Fenster auf die matt beleuchtete Straße. »Die teilen sich auf, einer wird den hinteren Bereich des Hauses übernehmen. Damit nicht noch mal jemand bei von Litzenhoff aufkreuzt und ihm weismacht, sie observiere das Haus vom Waldrand aus. Eine Patrone haben wir also schon verschossen: Dütemeyer weiß, dass ich seinem Schützling auf den Leib gerückt bin.«

»Was schlägst du vor?«

»Wir brauchen starke Männer«, wich Lola aus. »Ganz besonders einen starken Tim Rhiel.«

Sie griff wieder zu ihrem Handy. Heisterbach war schon unterwegs. Ihren Vorschlag fand er riskant, aber gut. Und noch mehr starke Männer als Verstärkung – warum nicht? Sie rief bei Froitzheim an, dem Vater der toten Polizistin.

Lola setzte noch einmal auf von Litzenhoffs Arglosigkeit. Tim war nicht ganz wohl bei der Sache, trotzdem ließ er sich darauf ein. Er griff nach der Dienstwaffe, die Lola auch im Urlaub bei sich führte, kramte sein Handy heraus, stellte die Verbindung her und schob es in die Brusttasche seiner Weste. Dann kurbelte er seinen Rollstuhl in die Dunkelheit, die inzwischen eingesetzt hatte, vorbei an den Schneeflecken in Helga von Maltzheimers Garten. Lola schlich mit hinaus und half ihm durch das Geäst der Grenzhecke auf die andere Seite, wo er sich im Schlagschatten der Straßenlaternen und der Lampe über dem Eingang zu Wollgartens Haus auf die Lauer legte und wartete, dass Lola den Aufpasser vorne auf der Straße ansprach.

»Verzeihung, kennen Sie sich hier aus?«, knarrte Lolas Stimme in seiner Brusttasche, dann die undeutliche Antwort einer männlichen Stimme. Er schaltete das Handy auf stumm, löste die Bremse und schob sich vor den Eingang.

Es dauerte eine Weile, bis hinter der Haustür das Licht anging. Tim klingelte erneut und vergewisserte sich, dass die Waffe zwischen seinem Oberschenkel und der Rollstuhllehne nicht zu sehen war.

Von Litzenhoff schob die Tür einen Spaltbreit auf, lugte nach draußen und ließ Tim wissen, dass er verschwinden solle.

»Jetzt mach keinen Zirkus, Onkel Albrecht«, rief Tim. »Der Typ vorne auf der Straße hat mir schon gereicht. Ich muss dich sprechen. Beate von den Frankfurter Wollgartens ist tot. Und du hast geerbt.«

Immer noch misstrauisch, schob von Litzenhoff die Tür weiter auf und äugte über Tim hinweg in Richtung Straße.

»Ich bin auf dem Sprung«, brummte er. »Komm die Tage wieder.«

»Hast du sie noch alle? Glaubst du, ich reiße die ganzen Kilometer ab, bloß um von dir wieder heimgeschickt zu werden? Hilf mir gefälligst rein und wir erledigen das jetzt. Dauert keine fünf Minuten.« Entschlossen drehte Tim sich im Rollstuhl um. »Na los, mit beiden Händen an den Griffen ziehen, bloß bis in den Flur. Mach schon!«

Zögerlich packte von Litzenhoff an. Als er die Haustür hinter Tim schloss, wurde ihm klar, dass das nicht sein Tag war. Zum zweiten Mal wurde er überrumpelt. Diesmal mit vorgehaltener Waffe. Tim ließ nichts anbrennen und zwang ihn, sich bäuchlings auf den Fußboden und die Hände auf den Rücken zu legen.

Lola hatte das Ablenkungsmanöver auf der Straße zu Ende gebracht. Über Handy bekam sie mit, wie Tim sich aus dem Sitz wuchtete und auf von Litzenhoff fallen ließ, um ihm mit Kabelbindern die Handfesseln zu fixieren. Ein kurzer Aufschrei, ein Zurren und das Klackern der Plastikschnalle, ein angestrengtes Stöhnen, und Tim hatte sich zurück in den Rolli gehievt.

»Keine Mätzchen«, fauchte er, »und schön die Beine zusammen. Na los!«

Tim ignorierte von Litzenhoffs Gefluche, kurbelte den Rollstuhl bis über die Oberschenkel vor und zog die Handbremsen an den Reifen an.

»Du Arschloch«, keifte von Litzenhoff. »Steckst mit dem kleinen Luder von vorhin unter einer Decke und …«

»Wird sich zeigen, wer das Arschloch ist.« Tim hob den Arm und richtete die Waffe von der Seite auf von Litzenhoff. »Für die nächsten paar Minuten würde ich dran denken, dass wir beide nicht alleine sind. Sondern zu dritt. Nummer drei ist aus gehärtetem Stahl und sehr aufmerksam. Außerdem hat sie dich im Visier.« Er zielte auf von Litzenhoffs Kopf, der mit weit aufgerissenen Augen mitbekam, wie Tim ›peng!‹ sagte. »Nur so als Gedankenstütze.«

Lola hörte mit, wie Tim sein Gegenüber auf den Stand brachte. Die Vermutung, dass von Litzenhoff über Jahre als V-Mann in der Neonaziszene unterwegs gewesen war, stellte er als Fakt in den Raum. Als Antwort kam eisiges Schweigen.

»Ein Dementi klingt anders«, sprach Tim. »Nächster Punkt: die Kameraden aus der Nordeifel. Von einem Albrecht Wollgarten hatten die keine Ahnung, für die hast du weiter den Manfred von Litzenhoff gegeben. Wie lief das ab, wer hat die ganz lange Legende gestrickt und wie sah die aus?«

Von Litzenhoff drehte den Kopf in den Nacken, äugte zu Tim herauf und verzog den Mundwinkel zu einem verächtlichen Grinsen. Wieder blieb er eine Antwort schuldig.

»Dann nochmal dasselbe Spielchen. Ich mache einen Vorschlag und du kannst mich korrigieren. Oder weiter schweigen.« Langsam fuhr Tim mit dem Zeigefinger der freien Hand den Lauf der Waffe entlang. »Dütemeyer war schon zu seiner Euskirchener Zeit für deine Führung verantwortlich. In der Kreispolizeibehörde war er als stinknormaler Kommissar eingeklinkt worden, um in deiner Nähe zu sein. Deinen, wie soll ich sagen … deinen Vereinswechsel hat er nicht alleine gedeichselt, sondern die Herrschaften vom Verfassungsschutz in Thüringen mit ins Boot geholt. Die haben dich ausgeguckt und auf ihre Seite gezogen. Was Albrecht Wollgarten zum Verhängnis wurde, den sie dir schon übergestreift hatten, bevor es eigentlich notwendig war. Mit Vorlauf, als Vorschuss, warum auch immer. Gleichzeitig, damit du in der Szene glaubwürdig bliebst, wurde deinen alten Kameraden von der Braunen-Scheiße-Partei vorgegaukelt, dass du dich nach Westdeutschland abgesetzt hast, um hier das Unternehmen Züchtigung vorzubereiten. Als Zeichen, dass es den Untergrund noch gibt und mit ihm nach wie vor zu rechnen ist. Deine Profile in den sozialen Netzwerken wurden eingefroren, aber nicht gelöscht: auch das, um glaubwürdig zu bleiben. Und hier in der Eifel waren Axel Jäger und Komplizen fanatisch genug, um sofort mit einzusteigen und auf die Legende reinzufallen. Ein Fanal hast du Jäger versprochen, ein grandioses Feuchtdurchwischen, das so schnell keiner vergessen würde, schön international mit jeder Menge Weltkameraden als Staffage. Dementi?«

Von Litzenhoff zog den Rotz in seiner Nase hoch und spuckte zur Seite weg. Der Fleck auf der Fußleiste an der Flurwand war alles, was er von sich gab.

»Klappt doch«, kommentierte Tim nüchtern. »Und jetzt wechseln wir mal die Saiten. Damit nicht immer nur ich rede.«

Er kam auf von Litzenhoffs alias Wollgartens erste Begegnung mit Franka Froitzheim und Marie zu sprechen. In den Druckfahnen, erinnerte er sich, war von einem Durchsuchungsbeschluss die Rede, mit dem Franka und Bülent Haspolat den Tiefkeller von Bruno Hüppaufs Gästehaus durchsuchen wollten. Dann kam alles anders und Bülent blieb mit Tim in Gemünd. Franka hatte Marie an das Steuer des Dienstwagens gelassen, weil sie selbst mit ihrem Knie noch nicht wieder fahren konnte, und beide machten sich auf den Weg nach Einruhr – wo sie Wollgarten abholten.

»Wie ist das gelaufen?«, drängte Tim. »Du musst gewusst haben, dass jemand von der Kreispolizeibehörde bei dir auftauchen würde. Dütemeyer hat es dir von Euskirchen aus gesteckt. ›Achtung, V-Mann, in ein paar Minuten kommt ein Streifenwagen vorbei.‹ Dein Schutzpatron war jedoch auf Zack und hat die Streife zur Holzhütte geschickt. Damit in der Wiesentalstraße niemand Verdacht schöpft. ›Du machst dich jetzt husch-husch auf nach Dreiborn und nimm den Streifenwagen in Empfang‹, hat er dir befohlen. ›Drin sitzt eine Frau Froitzheim, die sich die Tiefkeller von Einruhr anschauen will. Sei erst mal freundlich zu ihr, V-Mann, und spiel den hilfreichen Bauingenieur.‹ Und dann?«

Keine Antwort. Im Haus nebenan kam es Lola so vor, als sei die Verbindung unterbrochen. Nichts war zu hören, Tim hatte ausgeredet und von Litzenhoff schwieg beharrlich. Lola aktivierte die Lautsprecherfunktion an ihrem Handy und vernahm als erstes das metallene Geräusch einer strammen Feder, die gelöst wird: die Bremse an Tims Rollstuhl. Dann ein Stöhnen, begleitet von Tims Ächzen, und ein Aufschrei. Von Litzenhoff brüllte vor Schmerz.

»Und dann, habe ich gefragt«, donnerte Tim. »Lange halten gewöhnliche Schienbeine es nicht aus, wenn ein Rollstuhl samt Fahrer darauf seine Pirouetten dreht. Kniegelenke erst recht nicht. Also überleg dir gut, was du tust. Und dann?«

»Dann was?«, schrie von Litzenhoff.

»Na also, geht doch.«

»Wir sind zum Gästehaus«, kam es keuchend von unten, »in meinem Wagen.«

»Um keinen Verdacht zu wecken«, assistierte Tim. »Auch das auf Anweisung von Dütemeyer.«

»Wenn du Arsch sowieso schon alles weißt«, explodierte von Litzenhoff, »was fragst du dann?«

»Rein in den Tiefkeller, das Typoskript suchen und finden, und wieder raus.« Tim ließ sich nicht aus der Ruhe bringen. »Die beiden Frauen waren kurz darauf ein zweites Mal da unten. Wurden eingesperrt und sind grausam verreckt. Und du hattest dabei deine Finger mit im Spiel. Das meine ich mit und dann.«

»Und dann, und dann«, äffte ihn von Litzenhoff nach. »Hör zu, du Scheißkrüppel, ich hab keinen Schimmer, was du …«

Ein Griff, und Tims Rollstuhl drehte sich ein winziges Stück nach rechts. Genug, um von Litzenhoffs Tirade in einem Aufschrei enden zu lassen.

»Das Eifelfluten-Buch schreibt dir ein perfektes Alibi auf den Leib, Litzenhoff. Wollgartens Koma. Jenseits der Buchdeckel ist Wollgarten allerdings schon längst tot. Seine Leiche fand man mit denen der beiden Frauen im Tiefkeller. Sie wird kurzerhand umetikettiert und gelangt als Manfred von Litzenhoff in die Gerichtsmedizin.«

»Okay«, keuchte von Litzenhoff. »Okay, okay.« Sein Brustkorb pumpte, dann beruhigte er sich. Als er schluckte, war die Luft wieder weg und das Pumpen fing von vorne an. »Was habe ich davon, was ist für mich drin?«, fragte er schließlich.

»Wenn du auspackst?«

»Und wir hier rauskommen«, setzte von Litzenhoff nach. »Ungeschoren, ohne dass …«

»Dütemeyer uns jagt? Mach dir darüber keine Gedanken«, bluffte Tim. »Wenn meine Partnerin und ich es richtig durchziehen und wir deine Mithilfe ins rechte Licht rücken …« Tim überlegte. »Ein Drittel weniger Knast.«

Soviel Rabatt würde ich ihm geben, wenn ich Richter wäre, dachte er.

»Bei fünfzehn Jahren, ein glatter Zehner«, lachte von Litzenhoff verächtlich.

Tim erriet seine Gedanken.

»Du meinst, weil die Zschäpe auch nicht mit weniger davonkam? Ich wäre da etwas zuversichtlicher. Unterschätz die Bombe nicht, die mit deiner Hilfe hochgehen würde. Dütemeyers Firma meine ich. Außerdem bedeutet es das Ende deines kleinen Rollenspielchens, da dürfte auch dir dran gelegen sein. Du würdest als Manfred von Litzenhoff verknackt.«

Wieder eine lange Stille.

»Fahr ein Stück zurück, runter von meinen Knochen«, keuchte von Litzenhoff.

25

Ein Schlag, donnernd und dumpf, an die Fensterfront.

Im Anbau hinter dem Haus fuhr Lola herum und starrte auf die Scheibe. Einen Augenblick lang war sie bewegungslos, wie gelähmt.

Dann erkannte sie Heisterbach, der mit der rechten Hand in der Luft herumfuchtelte, mit der anderen auf den Griff der Terrassentür zeigte.

»Erschrocken?«, meinte er kühl, als sie ihn hineinließ. Er schob die Hände ineinander und hauchte sich warme Atemluft in die Höhle zwischen den Handflächen. »Sorry, falls ja. Ging nicht anders, der Wachhund vorne auf der Straße hätte mich sonst aufs Radar bekommen.«

Lola fing sich wieder und nickte.

»Schon okay. Setzen Sie sich. Tim ist nebenan und nimmt ihm den Rest der Beichte ab.« Sie zeigte auf ihr Handy, aus dem von Litzenhoffs Stimme plärrte. Heisterbach runzelte die Stirn und hörte zu.

»Froitzheim ist noch unterwegs?«, fragte er.

»Dürfte im Anflug sein«, nickte Lola.

»Dann übernehme ich für einen Moment alleine«, antwortete Heisterbach. »Sie müssen ihn anrufen und ihm sagen, wie er unbemerkt an dem Kerl auf der Straße vorbeikommt. Die Straße von oben herunter, dann scharf an der Hauswand entlang bis hier vors Fenster. Wichtig ist, von oben! Sonst fliegt er auf.«

Heisterbach reichte ihr sein Handy und nickte auffordernd.

Von Litzenhoff packte aus, was er über das Verschwinden von Albrecht Wollgarten wusste. Dütemeyer hatte sich bemüht, seinen V-Mann über die genauen Umstände im Unklaren zu lassen. Erst nach ein paar Monaten ließ er durchblicken, dass Wollgarten während eines Urlaubs um die Ecke gebracht worden war. Das reimte sich auf die Legende, mit der von Litzenhoff die Bühne in Einruhr zu betreten hatte: als gut erholter und vor lauter Urlaubsbräune ein wenig fremd ausschauender Heimkehrer, der seiner Nachbarin Helga einen Bildband über die Kunst der Basarwa und Köcherbaum-Likör mitbrachte, um sich für das Tränken der Gartenblumen zu bedanken. Die Frage, wer Wollgarten aus dem Verkehr gezogen hatte, konnte von Litzenhoff nicht beantworten.

»Angeblich die Tarea Caucásica«, sagte er.

»Angeblich wer?«

»Du hast keinen Schimmer, wer das ist!?«

»Raus mit der Sprache.«

»Sagen wir, ein spanischer Geheimbund.«

»Vorsicht, Litzenhoff, Vorsicht!«

»Ich bin vorsichtig, keine Sorge …«

Lola flüsterte dazwischen. Sie hatte Froitzheim erreicht, in einer halben Stunde wären sie zu dritt. Heisterbach nickte stumm und legte den Zeigefinger auf die Lippen. Obwohl Lola entschuldigend die Hände in die Höhe warf und ihm bedeutete, kein Wort mehr zu sagen, verpasste er, was es mit diesem Geheimbund auf sich hatte. Tim und von Litzenhoff waren bereits woanders.

»Sagt Ihnen das was«, murmelte Heisterbach, »so als Halbspanierin meine ich?«

Lola schüttelte den Kopf. »Na egal. Kriegen wir schon noch raus.« Mit dem Zeigefinger deutete er auf das Handy. »Zeichnen Sie das eigentlich auf?« Wieder Kopfschütteln von Lola. »Dann sollten wir uns jetzt besser konzentrieren. Die Dienste haben einen schnellen Draht zu den Mobilfunkanbietern, schneller als wir in Euskirchen. Und die lassen garantiert löschen, was ihnen nicht in den Kram passt.«

Er legte den Zeigefinger nochmal auf die Lippen.

»Nach der Expedition in den Tiefkeller änderten die Kameraden die Tonart. Axel war plötzlich misstrauisch.«

Tim hatte den Rollstuhl zurückgekurbelt und hörte mit der Waffe im Anschlag von der Haustür aus zu. Von Litzenhoff lehnte aufrecht gegen die Flurwand, die Handfessel hinter seinem Rücken machte ihm zu schaffen.

»Jäger wird Wind bekommen haben von deinem Doppelspiel.«

»Ich wüsste nicht, woher«, ächzte von Litzenhoff und wälzte sich in eine neue Sitzposition. »Trotzdem habe ich Dütemeyer verständigt. Den alarmierte das, er sagte, es seien Vorrichtungen zu treffen.«

»Vorrichtungen?«

»So hat er das genannt.«

»Klingt technisch.«

»War es auch. In der zweiten Nacht nach der Suchaktion im Tiefkeller tauchte er bei mir in Dreiborn auf. ›Im Transporter wartet jemand auf dich‹. Er scheuchte mich an die Rückseite seines VWs. Von innen ging die Hecktür auf und ein anderer Bulle half mir rein. ›Ich meine den Kollegen‹, sagte Dütemeyer, als die Innenraumbeleuchtung anging und ich die lange Zinkwanne mit Trockeneis auf dem Wagenboden sah. ›Der da drin wartet nicht mehr‹, zeigte er auf die Wanne.«

»Wollgarten?«

»In Plastikfolie eingeschlagen und tiefgekühlt. ›Für alle Fälle‹, meinte Dütemeyer. Dann verkabelte mich der andere, der Techniker. Eine Wanze, winzig klein mit einem feinen Drahtbügel für den Hemdkragen.«

»Ab da war Dütemeyer also auf Empfang.« Tim sah auf die Uhr, fünfundzwanzig Minuten war er schon zugange. Er musste aufs Tempo drücken. »Spul mal vor. Was hat er mitgehört, und wann?«

»Dass Axel mich am Wickel kriegte. Oder besser Toralf, der den Jägerbefehl ausführte. Am Tag Minus Zwei haben sie mich in das Gästehaus zitiert, früh am Morgen nach der Auszettel-Aktion.«

Als ich in Brauweiler darauf wartete, dass das verdammte Typoskript trocken wurde, glich Tim für sich ab. Und als ich das letzte Mal mit Marie gesprochen habe.

»Weiter«, drängelte er, »und dann?«

»Toralf, Axel und Silke nahmen mich in Empfang.« Mit vorgehaltener Waffe zwangen sie ihn, im Schankraum neben Bruno Hüppauf Platz zu nehmen und sich nicht zu regen. Stundenlang hockten der Alte und von Litzenhoff da und warteten darauf, dass diese Gudrun von Glasenapp auftauchte, von der Hüppauf erzählt hatte.

»Das heißt, Franka Froitzheim hat dich an dem Tag gar nicht abgeholt? Auch in Dreiborn nicht?«

Tim runzelte die Stirn, ein paar Meter weiter taten Lola und Heisterbach das Gleiche. Alle drei stutzten über dasselbe. Das digitale Fahrtenbuch des Polizeiwagens hatte einen Schlenker über Dreiborn verzeichnet.

»Ich war in dem Scheißgästehaus, sonst nirgends«, beharrte von Litzenhoff.

Dann waren Franka und Bülent und Marie umsonst in Dreiborn vorbeigefahren, folgerte Tim, und sind von dort ohne ihren Tiefkellerspezialisten weiter nach Einruhr. Dütemeyer, der Franka geraten haben muss, Wollgarten auch beim zweiten Besuch in Hüppaufs Gästehaus ins Vertrauen zu ziehen, war einen Moment lang selbst nicht auf der Höhe des Geschehens gewesen.

Oder?

Oder die drei waren von sich aus nach Dreiborn zu dem Büroverschlag gefahren, ehe sie unten in Einruhr auftauchten. Und Dütemeyer wusste nichts davon. Genauer, er wusste in dem Augenblick nichts davon und hat es erst später rekonstruiert ... Franka, Bülent und Marie suchen zuerst Wollgarten auf, ehe Gudrun von Glasenapp ihren zweiten Auftritt hat: das war die perfekte Vorlage für den Dokumentarthriller. So bekam von Litzenhoff sein Alibi, und Bülent konnte man in der Fiktion bei ihm zwischenparken und dann abschlachten.

Tims Gedanken rasten.

»Hüppauf wurde immer nervöser«, redete von Litzenhoff weiter. »Und mir ging's nicht anders. Das Mikro unter der Kragenspitze, dachte ich. Hoffentlich funktioniert es, sonst ist hier ganz schnell Schicht.«

»Irgendwann fuhr ein BMW auf den Parkplatz ...«

»Silke entdeckte ihn als erste. ›Das Gudrunchen ist im Anmarsch‹, sagte sie, also Vorhang auf. Hüppauf bekam seinen Einsatz.«

»Die anderen beiden …«

»Blieben im Wagen sitzen. Die Ringerin und der Türke.«

»Wer hat sich um die beiden gekümmert? Ronneburg?«

Von Litzenhoff zuckte gleichgültig mit den Schultern, dann rang er sich ein kurzes Kopfschütteln ab. Während Hüppauf die Kleine ins Haus lockte, griffen Ronneburg und Feisting auf dem Parkplatz zu. Dann ging alles ganz schnell. Die beiden Frauen wurden entwaffnet, gefesselt und in den Tiefkeller geworfen. Auch Bülent entwaffneten sie.

Silke Feisting blieb im Schankraum zurück und hielt Hüppauf in Schach. Ronneburg packte sich von Litzenhoff und folgte Jäger, der Bülent vor sich her in den Garten schob.

»Vor der Hecke drückte Toralf mir die Knarre von dem Türkenbullen in die Hand. Der Döner stand vor mir und sah mir direkt in die Augen. Panisch und ohne einen Ton zu sagen. Axel drängte, drückte mir sein Schießeisen in die Seite. Also bof. Was sollte ich machen?«

Nix.

»Nix.« Tim spürte den Puls in seinen Schläfen pochen. »Nix, einfach nix!«, schrie er.

Lola und Heisterbach sprangen auf. Sollte Tim sich nicht mehr einkriegen, würden sie reagieren müssen. Rüber ins Nachbarhaus und ihn rausholen. Und damit alles auffliegen lassen.

Über das Handy hörten sie ihn vor Wut keuchen. Niemand sprach.

Dann, irgendwie, bekam Tim sich wieder in den Griff.

»Weiter«, fauchte er. »Los, weiter.«

»Geht dir an die Nieren, was?«

»Weiter!«

»Was denn noch? Ist doch alles klar ab hier.«

»Nix ist klar, weiter.«

»Auf dem Dachspeicher waren wir und haben Hüppauf aufgeknüpft. Zu viert, nicht zu dritt, wie es in der Story heißt, die Dütemeyer draus gemacht hat.«

»Hat machen lassen«, korrigierte Tim. Und zwar für dich, dachte er zu Ende. Extra für dich, du Arschloch.

»Danach haben wir den kalten Türken in seine Bullenkarre verfrachtet. Und sind Kolonne nach Dreiborn gefahren.«

»Kolonne?«

»Ich die Bullenkarre. Vermutlich wegen der Fingerabdrücke. Ich also den Leichenwagen und Toralf dahinter, in Silkes Opel. Getrennte Autos, dafür war die Ansage von Axel umso klarer. Eine falsche Bewegung, und Toralf macht dich alle. Außerdem hatte ich den toten Kanaken an der Backe.«

»Mit einem BMW unterm Hintern hättest du es trotzdem wagen können, gegen einen Opel …«

»Hätte ich, hatte aber alle Hände voll zu tun. Außerdem hatte die Bullenschleuder noch einen ganz anderen Vorteil.«

»Das Bereitschaftsblaulicht!«

»Das Ding aufgepflanzt und ab durch die Mitte zur nächsten Polizeidienststelle? Also, Fantasie haste! Wäre vielleicht sogar den Versuch wert gewesen. Aber nee, wir waren noch raffinierter.«

»Wir?«

»Dütemeyer und ich. Über die Wanze hatte er alles mitgehört und setzte sich mit mir in Verbindung. Direkt im BMW, über Polizeifunk. Kleines großes Ganovenstück, wenn du mich fragst.«

Wenn du wüsstest, dachte Tim, wie wir dich hier gerade abzapfen. Über Polizeihandy, jedenfalls zur Hälfte. Auch ein Bubenstück.

»Und weiter?«

»Er hat mich angewiesen, auf Zeit zu spielen. Nicht zu schnell in Dreiborn aufzutauchen. Anzuhalten, auszusteigen und Toralf hinter mir zu bedeuten, dass am Morgen auf dieser Strecke kontrolliert worden sei. Wegen der vielen Weltkameraden in der Gegend, das klänge plausibel. Toralf ließ sich darauf ein und wir fuhren einen Riesenumweg. Dütemeyer bekam dadurch die Zeit, die er brauchte.«

»Um sich in seinen Transporter zu setzen, von Euskirchen nach Dreiborn zu rasen und alles zu präparieren.«

»Die Tür an der Rückseite würde er nehmen, gab er durch.« Wegen der Landstraße, überlegte Tim, die nur ein paar Meter hinter dem Verschlag verlief und die sich ideal eignete zur unbemerkten Anlieferung, zum unauffälligen Warten und schnellen Abhauen. »Ich sollte durch den Ort in die Stichstraße reinfahren und die Vordertür benutzen.«

»Und Ronneburg hat sich linken lassen.«

»Der kannte nur den Zugang vorne rum. ›Heil Holter‹, sagte er. Der wusste nicht, dass die Umgehungsstraße direkt hinter dem Grundstück verläuft. Das war unser Glück.«

»Na denn. Scheinbar hat auch der Rest geklappt?«

»Als wir den Kanaken reinschleppten, war Dütemeyer gerade abgezogen. Im Badezimmer legten wir ihn ab, Toralf merkte nichts und wir sind vorne wieder raus. Dann kam der kitzlige Teil der Nummer. Ich musste ohne ihn wieder rein.«

»Wo hatte Dütemeyer deinen kalten Doppelgänger deponiert?«

Von Litzenhoff zog die Mundwinkel zu einem Lächeln hoch.

»Stimmt, du kennst dich ja aus in der Bude. Du und die dreckige Schickse von vorhin … okay, okay«, beruhigte er sich und Tim. Der hatte die Waffe gehoben und zielte auf seinen Kopf. »Ist ja gut. Keinen Stress.« Tim ließ die Pistole langsam wieder sinken. »In der kleinen Kammer neben dem Bad lag er. Die Tür war angelehnt und ich hatte Sorge, Toralf könnte was merken, als wir drin waren.«

»Hat er nicht. Weiter!«

»Ich sagte, ich müsse nochmal rein. Toralf stutzte, der wollte das nicht. Und überhaupt, wieso? Ich sagte irgendwas und kriegte ihn schließlich rum, als ich ihm meine Papiere, mein Geld und meine Jacke in die Hand drückte.« Von Litzenhoff grinste. »Das war durchaus, wie sagt man, zu beiderseitigem Nutzen. Toralf hatte sein Pfand, und ich weniger Zeug, das ich dem toten Wollgarten im Badezimmer in die Taschen stopfen musste. Dütemeyer hatte im BMW zwar wissen wollen, was ich anhabe und dann dafür gesorgt, dass der Bursche zumindest eine dunkle Jeans und ein passendes Hemd mit Kragen trug. Meine Papiere konnte er auf die Schnelle aber nicht fälschen, für den Fall dass Toralf oder Axel misstrauisch wurden.«

»Du schließt wieder auf …«

»… ich drücke Toralf Ronneburg auch den Schlüsselbund in die Hand …«

»… und bist rein und in die Kammer.«

»Zum Leichentausch. Wollgarten lag auf dem Rücken und war perfekt präpariert. Nicht zu kalt und nicht zu aufgetaut, den rechten Arm vor dem Kinn angewinkelt, auch der Maskenbildner hatte gute Arbeit geleistet. In der Mundhöhle steckte ein Beutelchen Schweineblut, ich zog das Plastik ab, schob es zurück und ließ das Zeug über aus seinen Mundwinkeln rinnen. Dann zog ich ihm meine Schuhe und meinen Gürtel an. Zerrte die Pistole heraus, die Dütemeyer in seiner Hosentasche platziert hatte, drückte sie ihm in die rechte Hand, schob den Lauf zwischen seine Lippen und ballerte. Einmal, zweimal. Das restliche Schweineblut spritzte vorne aus seinem Mund heraus.« Von Litzenhoff atmete tief, die Augen verklärt auf Tim gerichtet. »Bis in den hinteren Raum fünf Schritte. Bis zur Tür zum Garten nochmal … acht? Nicht wenig, wenn vorne auf der Fußmatte einer vom Kaliber Toralfs steht, der nicht lange braucht, um sich wieder zu fangen.«

»Aber es reichte.«

»Knapp. Aber ja, es reichte. Ich war gerade draußen, als ich sah, wie innen die Bürotür aufflog und Toralf von vorne reingejagt kam und meinen Namen brüllte. Zum Glück rannte er als erstes blindlings zum Bad, sah die offene Tür daneben und entdeckte das kleine Kammerspiel.«

Nicht nur Tim wischte sich mit dem Rücken der freien Hand über die Stirn. Auch Heisterbach kratzte sich an den Augenbrauen, immer noch perplex über den Kollegen, für den er meinte, Dienstvorgesetzter gewesen zu sein – und der in Wahrheit ihn an der langen Leine gehalten hatte. Wo war er zu dem Zeitpunkt gewesen, er selbst, als das in Dreiborn geschah? Als von Litzenhoff auf den letzten Drücker seinen braunen Kameraden entkam, die ihm ans Leder wollten, weil er sie im Auftrag des Staates gelinkt hatte? In Heimbach, stimmt, oben am Ortsausgang hatte Heisterbach in der Einsatzzentrale zu koordinieren versucht, was von vornherein nicht zu koordinieren gewesen war, und was trotzdem seine ganze Kraft in Anspruch nahm.

Lola hatte die Hände gefaltet, hielt sie vor die Lippen und schwieg. Erst das Klingeln von Heisterbachs Handy riss sie aus ihrer Lethargie. Sie schnappte sich das Gerät und verschwand in den Flur.

Als sie zurückkehrte, hatte sie Franka Froitzheims Vater im Schlepptau.

»Der sanfte Riese«, flüsterte Heisterbach anerkennend und drückte dem Mann die Hand. »Wurde auch langsam Zeit.«

»Dass wir uns kennenlernen?«

»Das tun wir schon, zumindest vom Sehen. Bei der Bestattung Ihrer Tochter war das. Heisterbach mein Name.« Er sah auf seine Armbanduhr. »Es sind jetzt anderthalb Stunden, seit Frau Montizquierdo-Gíl ihren Auftritt bei von Litzenhoff hatte und Dütemeyer Bescheid weiß. Von Wiesbaden bis hier sind es maximal zweieinhalb Stunden, von Limburg zwei …«

»Immerhin, bislang sprudelt die Quelle«, mit dem Daumen zeigte Lola auf das Nachbarhaus. »Und viel kann nicht mehr kommen. Dann sind Sie und Herr Heisterbach gefragt.«

»Haben Sie sich einen Plan zurechtgelegt?« Froitzheim zog die Jacke aus.

»Von Litzenhoff wird uns keine Scherereien machen«, improvisierte Lola. »Tim hat ihm einen Kabelbinder um die Handgelenke geschnallt. Bleiben die beiden Wachhunde. Der eine steht oben am Waldrand und kriegt von da nichts mit, den können wir außen vorlassen. Und der vorne auf der Straße, wäre das nicht ein Fall für den Meisterringer?«

»Ehemaligen Meisterringer«, korrigierte Froitzheim. »Übernehme ich, klar.«

»Prima. Herr Heisterbach erledigt den Rest. Er geht rein, zieht den Rollstuhl raus und schiebt Tim rüber zu uns.«

»Wo ist das Arschloch mit seiner Beichte gerade?«

»Sssscht«, brummte Heisterbach, der sich nicht noch einmal die Blöße geben wollte, etwas von dem zu verpassen, was im Nachbarhaus vor sich ging. Lola nahm Froitzheim zur Seite.

»Von Litzenhoffs Tarnung als V-Mann flog auf«, flüsterte sie, »kurz bevor Ihre Tochter und Fräulein Breuer in den Tiefkeller gesperrt werden. Sie zwingen ihn, den jungen Haspolat zu erschießen, er kann flüchten. Dütemeyer nimmt ihn aus dem Spiel und steckt ihn in Euskirchen in ein Hotel mit der Durchsage, sich nicht zu rühren bis alles vorbei ist.«

Und aus Albrecht Wollgarten wurde wieder Manfred von Litzenhoff, sinnierte Tim. Zum zweiten Mal, diesmal als Toter. Nicht schlecht.

Von Litzenhoff hatte nichts zu sagen, wurde auch nichts gefragt und wälzte sich nur von der einen auf die andere Seite. Tim war es, der sich und ihm die Dinge zusammenreimte. Es kam alles hin oder klang zumindest sehr wahrscheinlich. Ronneburg wird überlegt haben, was er mit dem zweiten Toten in der Dreiborner Bürohütte machen sollte. Dass er den einen, den Türken im Badezimmer, hier zurücklassen würde, war klar: dafür waren er und von Litzenhoff schließlich hier rausgefahren. Aber die andere Leiche, die deutsche, was sollte er mit der anfangen? Auch hier liegenlassen und einfach abhauen?

Im Nachhinein wäre es die einzig sinnvolle Lösung gewesen. Die Fingerabdrücke auf der Pistole, mit der Bülent ermordet worden war, waren die von Litzenhoff, der mausetot einen Raum weiter lag und nicht mehr in der Lage war, den Fakten zu widersprechen, die der Tatort hergab: erst Mord, dann mit einer anderen Waffe – scheißegal, wo die plötzlich herkam – Selbstmord.

Ronneburg entschied sich anders. Vielleicht, weil er Jäger nicht ohne einen Beweis unter die Augen treten wollte. Den Beweis, dass das, was er ihm berichtete, auch stimmte. Vielleicht, weil er in Panik geriet, die Situation nicht mehr kühl bewertete und auf die beste Lösung nicht kam. Weil der bizarre Gehorsam, den ein Muskelpaket wie er einem fistelstimmigen Hänfling wie Jäger entgegenbrachte, ihm einen Streich spielte.

Er schleppte die Leiche des vermeintlichen Kameraden in den Opel und rauschte ab, zurück nach Einruhr zu den anderen. Unbemerkt. Kein Anwohner der nächsten größeren Straße, kein Passant, niemand konnte bezeugen, was sich am frühen Nachmittag des 18. April in der Dreiborner Stichstraße Holter abgespielt hatte. Zurück blieben der ermordete Bülent Haspolat und ein

BMW aus dem Zivilfahrzeugpark der Kreispolizei Euskirchen. Die Waffe, mit der sich von Litzenhoff gerichtet hatte, nahm Ronneburg mit.

Diese Waffe und Bülents Dienstpistole landeten im Tiefkeller. Zusammen mit der alten Leiche Albrecht Wollgartens, die man dort für die frische Leiche von Litzenhoffs hielt, landeten sie bei den gefesselten und zu diesem Zeitpunkt mit Sicherheit noch nicht bewusstlosen Franka Froitzheim und Marie Breuer.

Die beiden starben neben einem Toten ihrem eigenen Tod entgegen.

»Wir sind durch, Litzenhoff.« Mit Daumen und Zeigefinger rieb Tim sich die Augen, sah dann auf. »Wird auch Zeit.«

Der andere brach sein Schweigen.

»Was passiert mit mir?«

»Wenn ich hier raus bin, dauert es nicht lange, bis du gefunden wirst. Dein Herrchen am anderen Ende der Leine wird längst was in die Wege geleitet haben. Bis dahin hast du Zeit und überlegst dir, was du ihm sagst, und was nicht. Und dann sehen wir weiter. Es wird dir nichts anderes übrigbleiben, als uns zu vertrauen. Ich verspreche, wir lassen nichts unversucht. Als erstes wenden wir uns an eine Staatsanwältin, die wir kennen und schätzen.«

Und jetzt das Codewort, sagte Tim sich. Laut und deutlich, und den Kopf gesenkt zur Hemdtasche. Dann hielt er plötzlich inne.

Eine Frage hatte er noch.

26

In der Dunkelheit bog der graue Transporter von unten in die Wiesentalstraße und hielt. Zwei Männer mit Sturmhauben, kugelsicheren Westen und grauen Schutzhelmen stiegen aus. Sie schlichen geduckt am Lattenzaun vor Helga von Maltzheimers Haus vorbei, gingen hinter dem Caravan im Carport vor der Hausnummer 36 in Deckung und entsicherten ihre automatischen Gewehre. Einer von ihnen herrschte den Posten an, der seit Stunden das Anwesen observierte.

Lola, Heisterbach und Froitzheim bekamen nichts davon mit.

»Wie ist Jäger dir eigentlich auf die Schliche gekommen?«, wollte Tim wissen. »Woher wusste er am Morgen des 18. April, dass mit dir was nicht stimmte und du ein doppeltes Spiel spieltest?«

Von Litzenhoff sah ihn müde an, zog den Mundwinkel hoch, lächelte verächtlich.

»Man merkt, du bist kein Bulle. Ein gescheiter Krimileser bist du auch nicht«, warf er Tim an den Kopf.

Sie wiesen den Posten an, im Carport in Deckung zu gehen. Dann schlichen sie auf den Windfang zu, die Gewehre im Anschlag. Der hintere von ihnen sicherte die Seite und drehte sich routinemäßig alle paar Meter um. Der andere stob die Hecke zum Nachbargrundstück entlang auf die Haustür zu.

Erst in diesem Moment wurden sie gesehen. Froitzheim war es, der Lola und Heisterbach von ihren Stühlen riss und dabei Tims Kamera vom Tisch wischte, die mit einem dumpfen Knall auf den Fußboden fiel. Das Zoomobjektiv sprang ab, kullerte quer durch den Raum und kam zwischen zwei Stahlskulpturen zur Ruhe.

Alle drei schleppten sich über den Fußboden bis vor das Gartenfenster. Dann fuhr Heisterbach in die Höhe.

»Scheiße«, fluchte er, rannte zu seiner Jacke, griff nach dem Holster und entsicherte seine Waffe.

»Gehen wir dazwischen.« Lolas Antwort hing doppeldeutig in der Luft, war irgendwas zwischen Aufforderung und Frage.

Heisterbach zögerte.

Froitzheim machte weniger Aufhebens, riss die Terrassentür auf, sprang ins Freie und rollte sich ab.

In dem Moment fiel im Nebenhaus der erste von zwei Schüssen.

Das Intervall dazwischen war zu lang für einen nervösen Schützen, der sein Ziel nicht trifft und sofort einen Nachschuss braucht. Und es war lang genug, um einen erfahrenen Schussleser wie Heisterbach das Schlimmste befürchten zu lassen.

Dass Ziel Nummer eins getroffen worden war, wie es der Schütze gewollt hatte, und auch Ziel Nummer zwei nicht mehr entkommen konnte.

Auch Lola kannte die Fuge des doppelten Todes, die der Könner einer auf Einzelschussautomatik arretierten Schusswaffe entlockt. Ein Schuss, Stille, dann der zweite. Wie zwei schwarze Einschüsse irgendwo auf derselben Höhe zwischen den fünf Linien eines Notenblatts.

Gebannt klebte sie neben Heisterbach hinter der Scheibe der Terrassentür. Instinktiv hatte sie etwas zwischen sich und das Geschehen nebenan gebracht und dabei vergessen, dass es bloß Glas war. Durchsichtiges Glas, das keiner Gewehrkugel standhielt. Eine Deckung, die gleich zweimal keine war.

Froitzheim robbte sich vor bis in den Schatten der Hecke zum Nachbargrundstück, um unentdeckt zu bleiben, wenn die Killer ihre Aufführung beendet hatten und den Rückzug antraten.

Heisterbach fiel die Fehlbarkeit der Glasscheibe früher auf als Lola. Er sprang zurück ins Halbdunkel des Raumes, warf die Tür des Anbaus auf, rannte an halbfertigen Skulpturen, Holzstößen und gebogenen Eisenstangen vorbei in das Vorderhaus, suchte sich seinen Weg bis in das stockfinstere Esszimmer, das auf die Vorderseite zur Straße heraus ging. Vorsichtig zog er an dem Gurt neben dem Fenster, lüftete Schlitze in die Rollladen, die langsam von oben nach unten purzelten und ihm den Blick auf die Straße freigaben. Spärlich beleuchtet von den Pritschenlaternen zog sie sich ins Tal herunter und auf der anderen Seite den Hang hinauf. Niemand rührte sich auf dem gefrorenen Schnee. Noch niemand.

Sie müssen sich ihrer Sache ziemlich sicher sein und bringen es ohne Schalldämpfer hinter sich. Entweder haben sie den Aufpasser vorne an der Straße kaltgemacht. Oder stecken mit ihm unter einer Decke. Wahrscheinlich ist es das.

Nach dem Herbeimorden lassen sie das Wegmorden folgen.

Lola fing endlich an, die Situation zu begreifen. Weg von der Scheibe, schoss es ihr durch den Kopf.

Froitzheim lag regungslos auf dem gefrorenen Boden unter der Hecke, keinen halben Meter von dem Gehweg entfernt, auf dem die beiden grauen Schützen während ihres Rückzug vorbeimussten. Sein Puls raste, trotzdem atmete er so flach er konnte. Wenn es soweit war, musste er die Luft anhalten. Seine Atemwölkchen würden ihn verraten.

Sie hatten sich versprengen lassen, ärgerte sich Lola. Wie aufgescheuchte Hühner waren sie aufgeflogen und steckten nun in drei verschiedenen Ecken fest: Froitzheim lag ungedeckt unter der Hecke, sie selbst kauerte auf dem Fußboden im Anbau und Heisterbach war einfach weggelaufen. Und Tim? Díos, el pobre. Tim …

Nicht mal absprechen konnten sie sich, amateurhaft war das.

Heisterbach gingen ähnliche Gedanken durch den Kopf. Er hatte den Wachposten erspäht, der hinter Wollgartens Caravan auf und ab tigerte und wartete, bis das Kommando fertig war mit der Exekution.

Würden sie die Leichen zurücklassen? Oder mitnehmen, zumindest eine?

Hinter dem Windfang bewegte sich etwas. Froitzheim sah gebannt zu, wie der erste Killer heraustrat, sich umsah und den anderen mit einem Handzeichen aufforderte zu folgen. Beide standen sie einen Moment lang nebeneinander auf der letzten Treppenstufe und lauerten. Froitzheim schloss die Augen, die Luft in seinen Lungen wurde knapp, er kämpfte mit sich. Lange würde er es nicht mehr aushalten.

Auf der vereisten Straße näherte sich der graue Transporter, wendete auf der vereisten

Fahrbahn und blieb stehen. Heisterbach erkannte das Limburger Kennzeichen. Sie sind zu dritt, schoss es ihm durch den Kopf. Der hier sammelt die beiden anderen ein. Er musste was tun.

Das Esszimmerfenster ließ sich geräuschlos öffnen. Sekunden später schlich er gebückt und mit entsicherter Waffe durch den kleinen Vorgarten. Obwohl der graue VW direkt zwischen Helga von Maltzheimers Garageneinfahrt und dem Caravan hielt, bemerkte ihn der Fahrer nicht. Von hinten näherte er sich der Beifahrerseite und streifte an der Schiebetür vorbei nach vorne.

Die beiden Männer in ihren grauen Schutzwesten, die langsam auf den Transporter zukamen, konnte er nicht sehen.

Lola schob die Terrassentür auf und schlüpfte lautlos zu der Hecke, unter der Froitzheim lag und leise ein und ausatmete.

»Geht's?«, flüsterte sie.

»Muss«, raunte Froitzheim zurück. »Wer sind die?«

Lola schob den Kopf vor und lugte durch das Astwerk der Hecke, den Männern hinterher, die fast die Straße erreicht hatten.

»Der Aufmachung nach welche von uns«, sagte sie kühl. »Keine wilden Killer.«

»Polizisten?«

»Eher SEK. Egal. Die dürfen uns nicht entkommen, los.«

Mit gezogener Waffe sprang sie hoch, schlich auf den Weg und setzte den beiden Männern nach. Froitzheim überlegte nicht lange und folgte ihr.

Heisterbach hielt die Waffe mit beiden Händen im Anschlag und riskierte einen Blick durch die Seitenscheibe in den Innenraum des Transporters. Langsam schob er sich in das Blickfeld des Fahrers. Der hatte den Kopf zur anderen Seite gedreht und beobachtete durch das linke Seitenfenster, was sich an Wollgartens Haus tat.

Trotzdem erkannte Heisterbach ihn sofort wieder: Dütemeyer.

Die beiden Männer hatten die Fahrerseite des grauen Transporters erreicht. Instinktiv sprang Lola nach rechts in den Schutz der Hecke vor Helga von Maltzheimers Garage und ging in die Hocke, Froitzheim tat es ihr gleich. Sie sahen, wie die beiden vor ihnen die Helme und Sturmhauben abnahmen und zu dem Fahrer sprachen, der die Seitenscheibe heruntergelassen hatte. Dann traten die Männer vor den Transporter und der Mann am Steuer fuhr die Scheibe wieder hoch. Einen Augenblick lang sah es aus, als wollten sie auf der Beifahrerseite einsteigen.

Jetzt wird es brenzlig, dachte Heisterbach auf der anderen Seite des Transporters. Er hob die Waffe an und zielte auf den rechten vorderen Blinker. Jeden Moment erwartete er den ersten der beiden Bewaffneten, wie er um die Ecke biegt. Ein Duell, er war alleine und die anderen zu dritt, wenn er Dütemeyer dazu zählte. Keine guten Voraussetzungen. Trotzdem, für einen Rückzug blieb keine Zeit mehr.

Auf dem hellen Schnee an der anderen Seite des Transporters stand jemand, bemerkte Lola aus dem Schutz der Hecke heraus. Sie sah genauer hin und erkannte die Fußstellung, das eine Bein leicht nach vorne gezogen, das andere federnd dahinter, wie der zum Standbild gefrorene Schritt eines Fechters. Oder wie ein Polizist, der lehrbuchmäßig dasteht, seine

Waffe im Anschlag hält und wartet, dass jemand vor ihm auftaucht. Die beiden Männer in Grau zum Beispiel. Erleichtert schob Lola sich in die Höhe. Das musste Heisterbach sein. Von dort, wo er stand, musste er jetzt die Männer erkennen können, die sich auf den Carport zubewegten und hinter dem Caravan verschwanden.

Heisterbachs Griff lockerte sich für einen kurzen Augenblick, legte sich dann wieder fest um die Waffe. Er würde den zwei Männern folgen und sie zu stellen versuchen, ohne die Sturmhauben waren sie verwundbar. Nur hätte er dann Dütemeyer im Rücken.

»Sie machen sich hinten um den Wagen rum zu Heisterbach«, raunte Lola. Froitzheim nickte. »Ich halte den Fahrer in Schach. Das Kommando kommt von euch!«

Durch den Rückspiegel an der Beifahrerseite warf Heisterbach einen Kontrollblick auf den Fahrersitz. Dütemeyer schien ihn nicht zu bemerken. Die Männer waren hinter dem Caravan verschwunden, er hörte gedämpfte Stimmen.

Ganz auf das Geschehen vor ihm fokussiert, bemerkte er nicht, wie jemand um das Heck des Transportes schlich und sich ihm von hinten näherte.

»Keine Sorge, ich bin's.«

Der vereiste Schnee unter seinen Sohlen knirschte, als er herumfuhr. Dann erkannte er Froitzheim, der ihm in drei Sätzen Lolas Schlachtplan unterbreitete und geduckt zurück ans Heck des Wagens schlich. Mit beiden Händen gab Froitzheim den Countdown gleichzeitig in Lolas und Heisterbachs Richtung, zählte von fünf herunter auf null.

Lola machte den Anfang, rammte die Unterkante ihrer Waffe in die Scheibe und hielt den Lauf in das Innere des Wagens. Die Glaskrümel fielen Dütemeyer in den Schoß, überrumpelt und erschrocken nahm er die Hände hoch.

»Vorsicht, Kindchen. Ihren Komplizen im Rollstuhl hat es schon erwischt«, zischte er, als er sich gefasst hatte. Lola ließ sich nicht provozieren.

»Langsam aussteigen, die Arme oben lassen und keine falsche Bewegung.«

Mit dem Klirren der Seitenscheibe sprangen Heisterbach und Froitzheim auf den Carport zu. Einer der Männer kam ihnen entgegengerannt, das Automatikgewehr im Anschlag. Auf dem Schneeboden vor dem Caravan geriet er kurz ins Schlittern. Ganz kurz.

Und trotzdem den entscheidenden Moment zu lang. Heisterbach hob die Pistole, zielte genau auf den Kopf.

»Waffe fallen lassen!«, brüllte er. Keine Gegenwehr, das Gewehr sackte zu Boden. »Hände in die Luft und umdrehen.« Wieder gehorchte der Mann in Grau. »Nummer zwei und Nummer drei da hinten, eine dumme Aktion und euer Kollege schaut sich das hier aus dem Jenseits an.«

Der andere Killer und der Posten verschanzten sich hinter dem Caravan. Heisterbach näherte sich dem entwaffneten Schützen und nahm ihn kurzerhand als Geisel: hielt ihm den Lauf seiner Pistole an die Schläfe und gab das Zeichen. Froitzheim griff sich die Hände der Geisel, zog sie auf dem Rücken in einen kräftigen Schraubstock, überhörte das Winseln und schob den Mann als Deckung vor sich her. Zu dritt gingen sie auf das Halbdunkel hinter dem Caravan zu.

»Die Wumme auf den Boden«, rief Heisterbach. »Schieb sie auf die Straße. Wird's bald!«

Lola hielt die Luft an. Sie hatte Dütemeyer entwaffnet, der mit dem Rücken zu ihr stand, die Beine gespreizt und die Arme auf das kalte Blech des Transporterdachs gelegt.

»Wir sind gleich durch«, presste sie heraus, »mit dem ersten Akt.«

Fünfzehn Meter weiter schlitterte das zweite Gewehr über die Eisplatten auf der Fahrbahn. Mit erhobenen Händen traten der zweite Schütze und hinter ihm der Wachposten in das fahle Licht der Pritschenlaterne neben dem Carport. Froitzheim winkte den Posten zu sich. Er befahl ihm, die Arme auf den Rücken zu legen und die Hände an den Gelenken zu kreuzen. Mit links packte er zu, riss die Arme mit einem Ruck nach oben.

»Doppelschraubstock«, sagte er ernst, »stufenlos verstellbar.« Er schob beide Griffe ein Stück höher, provozierte damit neues Gejaule. »Den dritten müssen Sie alleine in Schach halten, Hauptkommissar. Ich habe keine Hand mehr frei.«

Heisterbach streifte sich ein Paar Gummihandschuhe über, die er in Helga von Maltzheimers Garage gefunden hatte, und klaubte damit zuerst das eine, dann das andere Automatikgewehr vom Eis. Er setzte sich auf den Fahrersitz des Transporters und rangierte ihn durch das hochgezogene Tor in die Garage.

Froitzheim hockte hinter ihm im Fond. Er hatte Dütemeyer und seine Männer mit Kabelbindern zusammengebunden. Mit den Armen auf dem Rücken kauerte das Quartett zwischen den Radkästen und der Heckklappe.

Nach einer Weile stieß Lola dazu. Blass präsentierte sie ihre Dienstwaffe, die sie Tims starrer Hand entwunden hatte.

»Mierda«, der Blick gesenkt. »Zweimal Kopfschuss. Da drinnen sieht's aus …«

Sie verstummten.

»Weiter«, raunte Heisterbach irgendwann. »Steigen Sie ein.«

»Wie weiter?«, fragte Froitzheim von hinten.

»Sie hätten den meisten Grund « Heisterbach unterbrach sich, kaute auf der Unterlippe und spürte die Wut in sich hochsteigen. »Alles kann, nichts muss«, setzte er neu an. »Ich glaube, ich würde alles mit ansehen wollen. Und doch nichts gesehen haben. Wenn Sie verstehen, was ich meine.«

Lola schwieg, auch in ihr arbeitete es. Wenn Froitzheim den Drang verspüren sollte, dem dreckigen Glücksklee im Heck des Transporters eins nach dem anderen die Blättchen auszurupfen, dann bitteschön.

Im nächsten Moment war sie überrascht über den Gedanken. Überrascht, nicht entsetzt.

Lola und Heisterbach trieben die beiden Schützen und den Wachposten in das Haus mit den beiden Toten. Froitzheim blieb mit Dütemeyer im Wagen und übte sich in Geduld und der Kontrolle seiner Affekte. Der Mann, der am Tod seiner Tochter eine Mitschuld trug, mindestens, wenn nicht die alleinige Schuld – dieser Mann saß gefesselt vor ihm. Leichte Beute, zu leichte Beute für einen Kampfsportler wie ihn, der immer noch gut im Saft stand. Also sah er weg und mied den Anblick des gefesselten Ex-Kommissars.

Als Lola und Heisterbach den Windfang erreichten, entdeckten sie an die Hauswand gekauert den zweiten Wachposten. Vom Waldrand hatte er sich heruntergeschlichen, als er die Schüsse hörte und weder sein Pendant vor dem Haus noch Dütemeyer auf seinen Anruf reagierten. Heisterbach hielt ihm die Waffe vor das Gesicht, zwang ihn vorzutreten und band seine Handgelenke mit einem Kabelbinder zusammen.

»Und jetzt?«, wollte Lola wissen.

»Lassen wir als erstes die Presse antanzen«, murmelte Heisterbach. »So viele wie möglich, einmal das Adressbuch rauf und wieder runter. Damit das Vertuschen ein Ende hat.«

Er knöpfte einem der beiden Wachposten das Mobiltelefon ab und befahl den vier Männern, sich in die Blutlachen zu hocken, die aus den leblosen Körpern Tims und von Litzenhoffs leckten und sich vor einem alten Heizkörper vereinigt hatten. Dann zog er das letzte halbe Dutzend Plastikschnallen aus seiner Jackentasche und band zuerst die beiden Todesschützen, dann die zwei Posten an die Heizungsrohre.

»Na los schon.« Er reichte Lola das konfiszierte Mobiltelefon. »Sie rufen Ihre Spezis an, und ich die von mir.« Er zog sein Handy aus der Tasche und wählte den Nummernspeicher. »Und verstellen Sie Ihre Stimme, bleiben Sie anonym. Sicherheitshalber. Worauf warten Sie?«

Den ersten Reporter verpassten sie, weil Helga von Maltzheimer im selben Moment mit ihrem Wagen in die Garageneinfahrt geschossen kam, den grauen Transporter entdeckte, der dort nichts zu suchen hatte, und gerade noch abbremsen konnte. Fluchend stieg sie aus und wollte den Fahrer zur Rede stellen. Lola war es, die ihr entgegenstürzte.

Bestürzt über den Mord an Tim und die Offenbarung, dass im Nebenhaus ein abgetauchter Neonazi monatelang das Leben ihres Nachbarn Albrecht Wollgarten gelebt hatte, verschwand sie in ihrem Haus, schloss sich ein und wollte für die nächste Zeit mit nichts und niemandem zu tun haben.

Ihr Vorhaben scheiterte nach zehn Minuten. Der Lokalreporter der Aachener Zeitung klingelte Sturm, eine Freie vom Rundfunk neben sich, beide mit Mikrofonen im Anschlag. Im Eingangsbereich des Nachbarhauses zuckten Blitzlichter. Spitze Schreie und Beleidigungen wechselten sich ab mit lauten Fragen an die vier Gefesselten, die unbeantwortet blieben.

Als von weitem das erste Martinshorn zu hören war, legte Heisterbach den Gang ein und fuhr los, herunter in den Ort. Hinter dem Kreisverkehr am Walberhof vor der Zufahrt nach Vogelsang hielt er an und meldete seiner Dienststelle, dass bei dem tödlichen Zwischenfall in Einruhr eine verdächtige Person entkommen sei. Ein Mann, Mitte Fünfzig und das Haar schon etwa kahl. Er sei ihm auf den Fersen, gab er durch, ehe er die Verbindung wegdrückte und Froitzheim nach Dütemeyers Handy suchen ließ.

»Akku raus, SIM-Karte auch. Aus dem Fenster mit der Karte, los. Den Akku geben Sie her.«

Heisterbach wendete den Transporter und fuhr zurück nach Einruhr. Über die Brücke querte er den Obersee, schlängelte sich die Kurven hinauf und schleuderte den Akku kurz vor Rurberg in den Straßengraben.

»Jetzt noch die Karre«, sagte er. »Dafür brauchen wir erstens gute Nerven und zweitens eines unserer Privatautos.«

Im Uhrzeigersinn fuhren sie einmal um den Rursee. Über die Talsperre bei Heimbach lenkte Heisterbach den Transporter zur Urftstaumauer, dann auf den Uferwanderweg an Jägersweiler vorbei zurück nach Einruhr, wo er Froitzheim aussteigen ließ. Vorsichtig näherte der sich seinem Auto, während Polizei und Spurensicherung keine fünfzig Meter entfernt die Wiesentalstraße sperrten und Flutlichtlampen auf hochgekurbelten Masten die Szenerie zwischen dem Carport und dem Windfang vor Wollgartens Anwesen ausleuchteten.

»Bestens. Nächster Akt.« Hintereinander fuhren der Transporter und Froitzheims Kombi zurück in den Ort. Sie steuerten wieder über die Brücke in Richtung Rurberg. In der Zufahrt zum Hof Rösberg hielten sie an. Unter ihnen zog sich hinter einer Schutzhütte ein breites Stück schneebedeckter Wiese bis ans Ufer des Obersees. Heisterbach ließ Lola und den gefesselten Dütemeyer aussteigen und in Froitzheims Wagen verschwinden. Dann lenkte er den grauen Transporter vorsichtig an den oberen Rand des Abhangs, zog die Handbremse an, riss die Tür auf, löste die Bremse und sprang heraus.

Die Reifenspuren im Schnee zogen sich schnurgerade bin ans Ufer, erst dort brach der Transporter aus und kippte über die Seite in den See.

»Das wird sie einigen Aufwand kosten.« Heisterbach stieg hinten in den Kombi ein, direkt neben Dütemeyer, der sich zwischen seinem ehemaligen Vorgesetzten und Lola wiederfand, als Froitzheim den Motor startete. »Nicht wahr, Kollege? Bis deine Dreckskumpane das alles geortet und geborgen haben, sind wir mit dir durch.«

»Und wie weiter?«, fragte Lola.

Heisterbach sah auf seine Armbanduhr.

»Suchen wir uns ein ruhiges Plätzchen«, sagte er. »Sie und Herr Froitzheim werden noch Fragen haben. Und unser Kronzeuge wird die gerne beantworten. Was, Düte? Bis Mitternacht gebe ich uns, dann muss ich mich bei meinen Leuten blicken lassen.«

27

Dütemeyer blieb einsilbig. Nur bei Belanglosigkeiten und allem, was ohnehin offen auf dem Tisch lag, brummte er Zustimmung oder schüttelte den Kopf. Sobald heikle Fragen kamen, verfiel er in tiefes Schweigen.

Heisterbach beobachtete angewidert das Schauspiel. Auch Froitzheim hatte die Nase voll und fuhr rechts ran.

»Ziehen wir andere Saiten auf.« Er stieg aus und stampfte mit tief in den Hosentaschen vergrabenen Händen im Lichtkegel der Scheinwerfer seines Opels hin und her.

»Und? Welche Saiten?«, musterte Heisterbach ihn, als er zurück hinter das Steuer gefunden hatte. »Mein stillschweigendes Einverständnis haben Sie immer noch. Für alles, was Ihnen gerade durch den Kopf gehen könnte.«

»Wird Zeit, dass da mehr kommt.« Auch Lola machte sich Luft. »Mehr außer das mit der Panne in Aachen.«

Dütemeyer hatte sich aus der Nase ziehen lassen, dass seine Leute nach der Entdeckung des Tiefkellers einen Moment lang nicht aufmerksam gewesen waren. Der tote Wollgarten hatte zum Zeitpunkt der Identifizierung der anderen beiden Leichen nichts mehr in der Gerichtsmedizin zu suchen: schon gar nicht mit dem Namensschild, das von seinem dicken Zeh baumelte. Dass der Name Manfred von Litzenhoff der Mutter von Marie Breuer aufgefallen war, hätte nicht passieren dürfen.

»Sie können mir noch so viele Angebote machen, Herr Hauptkommissar«, sagte Froitzheim jetzt seelenruhig. »In die Mangel nehmen werde ich ihn nicht. Nicht mit den bloßen Händen. Die mache ich mir an so einem nicht schmutzig.«

»Sondern?«

»Decken Sie ein kleines Leihgeschäft?«

Heisterbach lächelte feinsinnig.

»Selbstverständlich. Was haben Sie vor?«

»Sagen wir, Kraftsporttraining. Für unseren schweigsamen Fliegengewichtler.«

»Fahren Sie fort!«

»Ich dachte an eine Übung für seine Nackenmuskeln …«

»Nein, ich meine, fahren Sie. Fahren und machen Sie. Ich bin gespannt.«

Froitzheim ließ die Kupplung schnappen und fuhr mit quietschenden Reifen los.

In Heimbach nahm er sich die erste Tankstelle vor, in Gemünd an der Bundesstraße in Richtung Euskirchen die nächste. Seine Ausbeute: ein tragbares Reifendruckgerät, komplett mit Manometer, Schlauch, Griff und Ventilanschluss für Fahrzeugreifen. Die Tankstelle in Gemünd hatte ihr Gerät über Nacht an den Druckluftstutzen in der Wand festgekettet: für die Kneifzange aus Froitzheims Kofferraum kein Problem. Heisterbach runzelte die Stirn, sagte aber nichts und merkte sich den Standort der Tankstelle. Bis Euskirchen organisierte Froitzheim sich zwei weitere Geräte, dann lenkte er den Wagen über den Ring in Richtung Kreispolizeibehörde.

»Wollen Sie Ihre Leihgeschäfte gleich selbst anzeigen, oder warum fahren Sie hier lang?« Heisterbach war unwohl bei dem Gedanken, einen Mitfahrer neben sich hocken zu haben, den viele Kollegen noch kannten – und vielleicht erkannten, wenn Froitzheim gleich den Polizeiparkplatz ansteuerte.

»Keine Sorge«, brummte Froitzheim. Er fuhr an Heisterbachs Dienstgebäude vorbei und bog an der nächsten Kreuzung rechts ab. »Wir gehen turnen.«

Vor der Jahnhalle am Emil-Fischer-Gymnasium zog er die Handbremse, kramte in dem unbenutzten Aschenbecher in der Konsole nach einem Schlüsselbund und bat Lola und Heisterbach um einen Augenblick Geduld. Er stieg aus, hievte den Ersatzreifen und die erbeuteten Druckluftgeräte aus dem Kofferraum, drehte das Reifenventil auf und ließ die Luft entweichen. Dann hantierte er solange mit einem Schraubenzieher an der Felge, bis er den Schlauch herausziehen konnte.

»Was wird das?«, wollte Heisterbach wissen.

»Sehen Sie gleich.« Froitzheim zeigte auf die Rückseite der Turnhalle. »Dort entlang durch die Fluchttür. Sie nehmen den Kerl in die Mitte und folgen mir.« Die drei Druckluftgeräte hielt er mit einer Hand an den gebogenen Ladestangen gegriffen, in der anderen baumelte der Schlauch. Er ging voran.

In der Sporthalle roch es nach Bohnerwachs, Schweiß und dem Gummiaroma der Wandpolster. Das Licht Pritschenlaternen vor der Halle streute durch das Foyer und die offenen Türen ins Innere. Froitzheim strebte auf die Sprossenwand zu, löste die Verriegelung und schob das Klettergerüst ein Stück in die Halle hinein.

»Was wird das?«, fragte Heisterbach wieder.

Froitzheim arretierte die Sprossenwand und zeigte auf den schlaffen Reifenschlauch, den er auf dem Schwingboden zu einem Kreis ausgebreitet hatte.

»Lassen Sie ihn in die Mitte steigen und ziehen Sie ihm den Schlauch hoch.« Lola nahm Heisterbach die Arbeit ab, raffte den Schlauch über Dütemeyers Knie und Becken in die Höhe.

»Hinten unter den Armen hoch«, gab Froitzheim Anweisung, »das Ventil an die Seite. Wenn Sie ihn bis unter den Achseln haben, ziehen Sie den Schlauch vorne über seinen Kopf, in den Nacken. Ich bin gleich wieder da.«

Jetzt wehrte Dütemeyer sich, das erste Mal seit sie die Halle betreten hatten. Froitzheim ließ den Turnkasten, das Magnesium und die Flasche Holzpolitur stehen, die er in der Hallenwartkabine aufgetrieben hatte, und packte mit an. Gemeinsam zerrten sie den engen Schlauch über Dütemeyers Stirn und rissen beim Überstreifen ein Büschel Kopfhaare aus.

»Liegt ziemlich eng an«, bemerkte Heisterbach, als der Schlauch endlich in Dütemeyers Nacken lag. Über die Schultergelenke spannte er sich nach vorne und von dort am Brustkorb vorbei zurück unter die gefesselten Oberarme, wie die Riemen eines Schulranzens. »Und jetzt wollen Sie das Ding noch aufpumpen?«

»Keine Sorge, er hat den Hals frei und kann atmen, wir schnüren nichts ab.« Froitzheim nestelte das Schlauchventil unter Dütemeyers rechter Achsel hervor, griff nach dem dünnen Metallstab des ersten Druckluftgerätes und schob die Düse auf das Ventil. Dann sah er herab auf das Manometer der Druckluftpumpe und zielte mit einer Schuhspitze vorsichtig auf einen der beiden schwarzen Plastikknöpfe neben dem Manometer. Zischend presste Luft in das Schlauchinnere, der Zeiger des Manometers zitterte und bewegte sich um zwei Striche in die Höhe. Dütemeyer schob langsam das Kinn auf sein Brustbein, schweigend ließ er die Prozedur über sich ergehen.

In seinem Nacken und unter den Armen blähte sich die schwarze Gummiwulst zur Hälfte auf, dann versiegte die Druckluft allmählich. Froitzheim zog das Stabende vom Ventil an Dütemeyers Hals, schob das Gerät mit den Füßen zur Seite, kniete sich hin und zog dem Gefesselten Schuhe und Strümpfe aus. Dann langte er in die Schale mit Magnesium, puderte ihm Fußsohlen und die Innenflächen der Hände und schob schließlich den Turnkasten vor die Sprossenwand.

»Rauf da!« Er hielt eine Räuberleiter für Dütemeyer, dem nichts übrig blieb als auf das Podest zu klettern. Froitzheim drehte ihn mit dem Rücken zur Kletterwand. »Mit beiden Füßen nach hinten auf die Sprosse. Und oben gut festhalten, sonst wird das nichts. Los, los.« Unsicher drehte Dütemeyers die rechte Hand in der Fessel zur Seite, langte nach einem Holm und umfasste ihn. Dann tasteten sich seine Fersenballen auf die nächste Sprosse hinter seinen Füßen. Als sie Halt fanden, sprang Froitzheim herunter und wuchtete den Kasten zur Seite. Dütemeyer klemmte in einem Meter Höhe über dem Hallenboden an der Sprossenwand.

Froitzheim goss die Politur auf den Boden vor der untersten Sprosse, schob den Kasten neben die Pfütze und kletterte hinauf. Von der Seite musterte er Dütemeyers hängenden Kopf.

Wie Jesus am Kreuz, dachte Lola unten. Nur mit den Armen auf dem Rücken gefesselt.

»Hören Sie gut zu, Meister«, sagte Froitzheim. »Das hier wird eine Ausdauerübung. Eine mit Steigerung bis weit in den anaeroben Bereich, wenn Sie nicht spuren. In Ihrer Halskrause ist noch reichlich Luft. Luft für Luft. Rutschen Sie mit den Füßen nicht ab und lassen Sie mit der Hand nicht los, sonst landen Sie auf der Fresse, gleiten fies auf dem Zeug da unten aus, brechen sich die Arme, reißen sich die Schultergelenke auf: malen Sie es sich aus.«

»Sing uns lieber dein Lied«, kam es von Heisterbach.

»Es ist ein ziemlich seltener Griff«, erklärte Froitzheim. »Aber er kommt vor. Ich stehe vor meinem Gegner, greife ihm mit Rechts unter seinem rechten Arm hindurch in den Nacken und stabilisiere diese Klammer, indem ich an der Griffseite einen Satz um ihn herum mache. Man nennt sowas einen Halbnelson.« Er holte den Turnkasten zurück, schob ihn vor der Sprossenwand bis auf einen kleinen Spalt an die weißgepuderten Füße heran, schleifte die beiden anderen Druckluftgeräte auf den Kasten und richtete sich neben Dütemeyer auf. »Bin ich einmal im Rücken meines Gegners und es gelingt mir, das auch mit seinem anderen Arm zu machen, reden wir von einem Doppelnelson.«

»Klingt merkwürdig«, bemerkte Lola. »Erst halb, dann gleich doppelt?«

»Ist nun mal so. Unserem Auskunftsverweigerer haben wir einen Doppelnelson aus Gummi angelegt. Und jetzt heißt es, auspacken oder aufblasen.«

»Darf ich?«, drängelte sich Heisterbach vor. »Viel Zeit habe ich nicht mehr, ehe ich mich im Büro blicken lassen muss.« Froitzheim nickte.

»Nur zu«, sagte er.

»Düte, wir beiden Ganoven kennen uns, seit du damals zu mir nach Euskirchen versetzt wurdest. Drei Jahre haben wir Tür an Tür gearbeitet, du schienst mir nicht die hellste Kerze auf der Torte gewesen zu sein, und der Flinkste warst du auch nicht. Ist alles nur Fassade gewesen, okay. Nur, warum ausgerechnet ich? Warum unsere Kreispolizei, warum Euskirchen? Bloß wegen von Litzenhoffs Ähnlichkeit mit Wollgarten?«

Dütemeyer verzog die Mundwinkel zu einem Lächeln, trotz der Schweißperlen auf seiner Stirn wirkte es spöttisch. Froitzheim zog den Druckluftstab aus der Halterung neben dem Manometer des zweiten Geräts und setzte ihn auf das Ventil.

»Deswegen.«

Mehr ließ Dütemeyer sich nicht entlocken. Heisterbach wollte präziser werden, doch Froitzheim schüttelte den Kopf.

»Zeit für ein bisschen Deutschunterricht. Die halbfertigen Sätze werden wir ihm austreiben«, sagte er und ließ Druckluft in den Schlauch strömen, bis die Wulst im Nacken und unter Dütemeyers Armen soweit anschwoll, dass es seinen Oberkörper langsam nach vorne presste. »In den Schultergelenken fängt es zuerst an zu ziehen, und irgendwann drückt der Unterkiefer dann doch auf den Kehlkopf. Das Zauberwort lautet ›Freio‹. Oder dreimal blinzeln, falls die Worte schwerfallen.«

Pfeifend drang weiter Luft in den Schlauch, wölbte ihn jetzt auch vor den Schlüsselbeinen.

Zehn Sekunden hielt Dütemeyer das aus, dann klimperte er angestrengt mit den Augendeckeln. Froitzheim zog den Stab ab und drückte mit dem Fingernagel auf den Stift in der Ventilöffnung. Aus der Düse schoss ihm Pressluft entgegen.

»Wir hören.«

Mit heiserer Stimme legte Dütemeyer los, schwadronierte vom Kompetenzwirrwarr zwischen Landes- und Bundesebene, ließ sich dann endlich ein auf Heisterbachs Frage. Ja, er war von Anfang an wegen Wollgarten zur Euskirchener Kriminalpolizei versetzt worden. Eine Woche nachdem Litzenhoff von der Bildfläche verschwinden musste, weil nach dem Tod von Böhnhardt und Mundlos eine nicht mehr nur milde Form von Paranoia die Thüringer Rechten ergriffen hatte und der Staatsschutz nichts riskieren wollte, kam sein Marschbefehl in die Nordeifel. Die Gegend war wegen ihrer lebhaften Neonaziszene vorher ins Visier der Verfassungsschützer geraten: wegen ihres schrillen, aber alles andere als tumben Sprachrohrs Axel Jäger und der zahlreichen Kameradschaften.

Dütemeyers verdeckter Auftrag bestand darin, gezielt Personen aufzusuchen und auszuhorchen, die von Litzenhoff ähnlich sahen. Zweitrangig, aber nicht unwichtig war, dass sie vor Ort gut verwurzelt waren und viele sie kannten, aber keine allzu engen familiären oder gesellschaftlichen Bande besaßen. Ideal war ein als Waisenkind aufgewachsener eigenbrötlerischer Single, nicht so gut ein Schützenkönig oder Karnevalsprinz.

Bereits in der zweiten Woche kam aus einer der Behörden der Hinweis auf Wollgarten. Dütemeyer nahm sich den Mann vor, traf ihn in der Kneipe, bändelte an und unterhielt sich mit ihm. Dann fütterte er seine Auftraggeber mit den Angaben, die sie brauchten.

Im späten Frühjahr, nach den Hochwassern in der Eifel und den zahlreichen vollgelaufenen Tiefkellern, die er zu inspizieren hatte, plante Wollgarten eine Reise ins südliche Afrika: eine Selbstfahrertour von Botswana quer durch die Kalahari zum Fischflusscanyon in Namibia. In Bethanien, einem kleinen Nest an der Schotterpiste hinauf zum Sossusvlei, nahm ihn eine Delegation aus Geheimdienstlern und Verfassungsschützern in einem kleinen Café neben der einzigen Tankstelle im Ort in Empfang. Sie parkten seinen Leihwagen vorne und hinten zu, knebelten Wollgarten und flogen ihn über eine Graspiste aus ins Nachbarland Südafrika, wo er als Tourist einen tragischen Unfalltod starb. Die Leiche wurde herabgekühlt und, mit den nötigen Papieren aus der deutschen Botschaft versehen, mit einer Militärmaschine in die Bundesrepublik gebracht.

Eine Woche später kam es zum Austausch.

Dütemeyer führte von Litzenhoff in Einruhr als Albrecht Wollgarten ein und ließ ihn die Legende auswendig lernen, die ihm von den Kriminalämtern und Geheimdiensten zuerst als Dossier und dann als umfangreiches Konvolut zusammengestellt worden war. Zunächst Abend für Abend, später dann zweimal die Woche hatten sie Kontakt: telefonierten miteinander oder trafen sich auf Wanderparkplätzen, an den Informationstafeln an den Staumauern von Urft und Rur oder in den Schutzhütten des Kermeter. Nach einem Jahr, als in München der NSU-Prozess begann, hatte Dütemeyer den Verschlag in Dreiborn besorgt: ein als Ingenieurbüro getarnter Rückzugsort für von Litzenhoff alias Wollgarten, von dem in Einruhr niemand zu wissen brauchte. Dütemeyer sorgte dafür, dass das zu Papierkram gewordene Vorleben Wollgartens eines Nachts vom Haus in der Wiesentalstraße nach hier geschafft wurde. Kontoauszüge, Rechnungen, Behördenschreiben: alles zog um, damit von Litzenhoff sich noch tiefer einarbeiten konnte in sein neues Dasein. Außerdem wurde er angehalten, den Caravan zu nehmen, wenn er sich nach Dreiborn aufmachte: um den Nachbarn vorzugaukeln, dass er wieder mal unterwegs sei, die Welt zu erkunden.

Zur gleichen Zeit begann die systematische Überwachung der Planungen zum Unternehmen Züchtigung, die ein naiver Bruno Hüppauf den jungen Kameraden um Jäger schmackhaft machte und die in einem Typoskript seines Mentors, eines alten Ordensburg-Nazis, nachzulesen waren. Unter von Litzenhoffs doppelt kräftiger Mithilfe zogen sich die Vorbereitungen ein Jahr lang hin.

»Die Thüringer Rechten und die Freien Kameradschaften aus der Nordeifel wussten nichts voneinander?«

Spöttisch verdrehte Dütemeyer die Augen.

»So naiv, Heisterbach?«, stöhnte er.

Selbstverständlich kannten die sich über ihre Netzwerke! Und vermutlich wäre es brenzlig geworden, wenn Jäger in Thüringen den Namen von Litzenhoff hätte fallen lassen.

Nur ist das nicht passiert. Von Litzenhoff war in der Thüringer Szene nicht der einzige, der auf doppelte Rechnung unterwegs war. Ein Informant aus Sömmerda hatte bis zum Schluss ein Auge auf solche Kurzschlüsse. Beim geringsten Verdacht hätte der den roten Knopf gedrückt.

»Und dann ging es los. Tim Rhiel wäre Ihnen beinahe im letzten Moment noch dazwischen gegrätscht. Doch der Alarm, den er und Staatsanwältin Knittel auslösten, wurde wieder kassiert.«

In der Turnhalle übernahm Lola die Befragung. Heisterbach hatte einen Anruf aus der Kreispolizei erhalten und konnte nicht länger auf Tauchstation bleiben. Aufmunternd klopfte er Froitzheim auf die Schulter und verließ die Jahnhalle.

›Kassiert‹ sei das falsche Wort, presste Dütemeyer heraus. Eher eingehegt. Der Alarm wurde mit einem Zaun versehen und einfach umbenannt in eine Sonderaufführung für die ahnungslosen, aber einflussreichen Vertreter all jener Behörden und Institutionen, die von den Hintergründen nichts wissen durften. Das Krippenspiel namens Krisenstab dauerte eine lange Nacht und einen Morgen lang, man führte es zeitgleich in Düsseldorf und Heimbach auf, wo Heisterbach hockte und mit Dengeldein, dem IT-Fachmann, eine Wanze untergeschoben bekam. Und alles ging glatt.

Oder ließ sich wieder glattbügeln.

Zum Beispiel die Suche nach dem Dienstwagen, mit dem Franka Froitzheim und Bülent Haspolat Marie Breuer nach Einruhr begleitet hatten. Lola hatte die Aktion von Köln aus angeregt, als Tim sie spätabends aus Düsseldorf anrief, und der Krisenstab hatte sie in Gang gesetzt. Eine heikle Angelegenheit war das: nicht nur, weil es Kräfte band. Der BMW musste so rasch wie möglich gefunden, sprich in Sicherheit gebracht werden. Dütemeyer kümmerte sich persönlich darum, dass das Fahrzeug aus

Dreiborn zurück nach Euskirchen gelangte. Gleich nach von Litzenhoffs Flucht aus den Fängen Ronneburgs hatte er die Sicherstellung des Wagens in die Wege geleitet und dabei einen charmanten Einfall gehabt. In den BMW wurden einfach ein paar Fingerabdrücke von Toralf Ronneburg hinein behauptet, und schon war aus der Schererei, die Lola und Tim ihm mit der Frage nach dem Verbleib des Wagens gemacht hatten, ein hübsches Ablenkungsmanöver geworden. Es geschah etwas, man hatte eine Spur und verfolgte sie – man war nicht untätig. Das war die Botschaft, die hinter der Fahndung nach Ronneburg steckte.

»Außerdem«, Lola sah Froitzheim von der Seite an, »ließen sich auf diese Weise elegant ein paar unschöne Zweifel an der Integrität Ihrer Tochter streuen.«

Sie erinnerte sich, wie Heisterbach und Tim ihr erzählt hatten, dass während der Nacht auch Franka Froitzheim ins Visier der Ermittler geriet: weil sie laut digitalem Fahrtenbuch den BMW gefahren hatte, in dem nun plötzlich die Fingerabdrücke des Neonazis aufgetaucht waren.

»Eine Frage hätte ich noch«, schob sie hinterher. »Vielleicht zwei. Geht das in Ordnung, Herr Froitzheim? Danach haben Sie die Gummihalskrause für sich alleine.«

Froitzheims Kiefermuskeln mahlten kurz und heftig, er ließ die Finger aber von dem Ventil an Dütemeyers Hals.

»Nur zu«, brummte er.

»Erstens, warum der Zirkus mit dem Dokumentarthriller. Was soll das, geht es bloß um Legendenbildung? Die offizielle Geschichte, jetzt auch als Buch? Wem nützt es? Wen sollte es schützen, wo es keinen einzigen Zeugen mehr gibt, der eurem ganzen Komplott hätte gefährlich werden können?«

Dütemeyers Kopf stemmte sich gegen die Last in seinem Nacken, er sah sie verächtlich an. Was für eine idiotische Frage, sagte dieser Blick.

»Und warum«, flüsterte er, »lassen Sie die eine Figur, der das Buch hätte nützen sollen, am Ende doch eliminieren?« Er räusperte sich spöttisch. »Das wollen Sie vielleicht zweitens wissen …«

Lola schluckte. Der Kerl da oben an der Sprossenwand schien ihre Gedanken zu lesen.

»Das will ich, ja«, gab sie beherrscht zurück. »Also, warum?«

Dütemeyer verzog die Lippen zu einem schmalen Lächeln.

»Was kann uns jetzt noch an seiner Prognose als unauffälliger Einwohner eines Eifelkaffs gelegen sein? Ich bitte Sie! Nachdem Sie und ihr kleiner eifriger Freund dazwischengefunkt sind …«

Und von Litzenhoff den Floh von wegen zweitem Versuch ins Ohr gesetzt haben, dachte Lola. Den Floh von wegen woanders nochmal ganz von vorne anfangen, mit einer dann dritten Identität. Den fatalen Floh vom Zeugenschutzprogramm 2.0.

»Wegen seiner sentimentalen Ader?«, hakte sie nach. »Dem Unwohlsein als Wollgarten? Seinem kleinen Durchhänger, weil er sich vor mir ein wenig ausgeheult hat?«

»Mir hat er das alles auch auf den Tisch geknallt. Sie waren kaum raus, als er mich anrief und sich über sein herbeigemordetes Dasein beschwerte.«

»Beschwerte?«

»Ja. Nicht jammerte, mir nicht drohte, sondern sich einfach nur beschwerte. Auf Ihren Rat hin.«

»Und damit war er ...« Ein unsicherer Kantonist geworden, wollte Lola sagen. Dütemeyer kam ihr zu vor.

»Nicht mehr zu halten.«

Was blieb, grübelte Lola. Unterm Strich, was blieb?

Ein Buch, das umsonst geschrieben wurde.

Vielleicht sogar – am Ende des Tages, am Ende dieser ganzen Geschichte – eins, das nie geschrieben worden war.

»Herr Froitzheim, von meiner Seite war es das. Sie können. Wenn was ist, ich bin bei Heisterbach.«

28

Aus dem Geräteraum schleppte Froitzheim eine Ringerpuppe in die Halle. Er begann, sie in die Höhe zu stemmen. Dütemeyer sah, wie der alte Meisterringer im Halbdunkel der Sporthalle die mannshohe Lederpuppe von sich warf wie den Torso einer zentnerschweren Leiche.

Frotzheim reagierte sich ab.

Nach einer Weile stand er wieder vor ihm an der Sprossenwand, die Puppe im Schlepptau.

»Was«, fauchte Froitzheim außer Atem, »hat meine Tochter sich zuschulden kommen lassen?«

»Zuschulden kommen lassen?« Dütemeyer tat, als verstünde er die Frage nicht. Froitzheim erzürnte das. Er klemmte sich den Trainingsdummie vor den Oberkörper und legte einen Doppelnelson an. Unter den Stummelärmchen hindurch fasste er der Puppe mit beiden Händen ins Genick und drückte den Lederkopf von sich weg wie einen Medizinball. Schweiß lief ihm in dünnen Fäden über das Gesicht. Dennoch ließ er nicht nach, sondern hielt den Griff, und das ausdauernd.

»Was hat sie falsch gemacht?«, keuchte er.

»Nichts. Nichts, was Sie oder ich ihr vorwerfen könnten.«

Froitzheim überhörte den Affront.

»Was hat sie falsch gemacht?«, brüllte er. »Was?«

Dütemeyer lächelte das Geschrei weg.

»Sie wollte zum falschen Zeitpunkt an den falschen Ort«, sagte er. »Sie hatte diesen Durchsuchungsbeschluss für Hüppaufs Anwesen erwirkt und wollte in den Tiefkeller, um die Lambertzschrift herauszuholen. Heisterbach informierte mich rechtzeitig, später tobte er über ihren Alleingang mit dem Streifenwagen. Ich wusste sofort, gegen den Beschluss komme ich nicht an. Also habe ich sie und Haspolat zu mir ins Büro gerufen, ehe sie losmachten, und habe ihnen Wollgarten aufgeschwatzt. Der kennt sich aus mit Tiefkellern, habe ich ihnen erzählt, der ist Sachverständiger für sowas und wird euch alles zeigen.«

Und er wird hoffentlich dafür sorgen, dass Jäger und seine Leute nicht mitkriegen, wie ausgerechnet die Polizei unter ihrem Hauptquartier herumschnüffelt.

»Franka ging darauf ein«, wieder Froitzheim. »Sie holte den falschen Wollgarten ab, den du rechtzeitig auf den Stand bringen konntest, weil sie sich erst den Streifenwagen organisieren musste. Und damit zappelte sie in der Falle. In deiner Falle. Nicht in der Nazifalle, in deiner!«

»Ich habe dabei von Litzenhoff riskiert«, fuhr Dütemeyer ungerührt fort, »seine Legende. Aber es ging gut. Vergessen Sie das nicht, es ging gut. Ihre Tochter ist mit ihrer Gehilfin und von Litzenhoff wieder abgezogen, und zwar mit dem Dokument, das sie suchten. Mit dieser Abschrift. Wenn ich ihr tatsächlich eine Falle gestellt habe, wie Sie sagen, dann ist sie nicht drin hängen geblieben. Sie und die junge Breuer sind heil wieder rausgekommen.«

Froitzheims Griff um den Hals der Lederpuppe wurde fester, er fletschte die Zähne. Seine Oberarmmuskeln und der Schultergürtel gingen langsam zu, dennoch legte er alle Kraft in den Schiebegriff, als wolle er der massiven Ringerpuppe das Genick brechen und ihr den Lederkopf abreißen.

Der Drecksack, raste es in seinem Kopf. Der Drecksack zieht hier gerade seinen Kopf aus der Schlinge. Und ich kann ihm nicht das Gegenteil beweisen.

Dütemeyer las Froitzheims Schweigen richtig.

»Vergessen Sie nicht, dass sie entkommen sind«, sagte er. »Und geben Sie Ihren Voodoozauber dran. Lassen Sie die Puppe in Frieden, mit der Sie eigentlich mich meinen. Machen Sie das Ding um meinen Hals ab und holen mich endlich hier runter.«

Wortlos ließ Froitzheim die Ringerpuppe auf den Boden gleiten. Beinahe unmerklich schüttelte er den Kopf. Dann wandte er sich ab und schlich aus der Turnhalle.

»Setzen Sie sich, Herr Froitzheim. Hier, schauen Sie. Das wird Sie ablenken.«

In seinem Büro in der Kreispolizei zog Heisterbach einen Laptop aus seiner Schreibtischschublade und fuhr ihn hoch. Er suchte nach einem Livestream und drehte den Bildschirm zu dem Mann hin, an dem nichts mehr an den beherrschten Kerl erinnerte, der vor zwei Stunden entschlossen die Initiative ergriffen hatte, um Dütemeyer zum Reden zu bringen.

»Die Medien überbieten sich gegenseitig«, übernahm Lola. »Eine Liveschalte jagt die andere. Mitten in der Nacht. Und was Sie hier sehen, sind nur die Nachrichtensender. Die Zeitungen gehen nochmal extra, die haben auch ihre Leute vor Ort. Frau von Maltzheimer haben sie aus dem Haus geklingelt und vor die Kameras gezerrt. Ständig spielen sie ihre Statements ein, wie in einer Endlosschleife. Sie hat ihre Sache sehr gut gemacht. Kein Wort über uns, dafür die richtigen Stichworte. Mein Nachbar, der untergetauchte Neonazi. Der V-Mann mit Dreck am Stecken. Der Rollstuhlfahrer hatte ihn gerade gestellt, als es zum Blutbad kam. Die vier Gefesselten hängen mit drin, zwei von ihnen schlichen tagelang um das Haus und haben geschnüffelt.«

»Wir sind aus dem Schneider«, ergänzte Heisterbach. »Erst mal jedenfalls. Die Interviews mit der Maltzheimer, dazu die Bilder von dem Quartett, allesamt schöne Porträtfotos, die die Zeitungsfotografen geschossen hatten, ehe die Streife eintraf. Das ist mehr als genug Futter für die Presse, die werden nicht lockerlassen und rausfinden wollen, wer die vier sind.«

»Dütemeyers Transporter wurde inzwischen auch gefunden«, wieder Lola, »scheinbar sind es Landeskriminaler, die ihn aus dem Obersee bergen. Mindestens Landeskriminaler. Die Kreispolizei hat jedenfalls nichts zu melden. Die schotten nicht nur den Fundort ab, sondern auch sich selbst.«

»Wenn ich die Unverschämtheiten sehe, die sie meinen Männern an den Kopf geworfen haben, sind sie mächtig nervös.« Heisterbach stützte die Hände auf den Tisch und musterte Froitzheim, auf dessen Niedergeschlagenheit er sich keinen Reim machen konnte. »Warum, ist klar. Sie haben keinen blassen Schimmer, was mit Dütemeyer ist und wo er steckt. Ersoffen hinterm Steuer seines Wagens ist er nicht, das werden sie inzwischen wissen. Über sein Handy anzufunken er auch nicht. Und dort, wo sie ihn das letzte Mal geortet haben, erzählen ihnen die glorreichen Vier was von einem Überfall und einer Entführung in seinem eigenen VW Transporter.«

»Bevor Sie fragen«, übernahm wieder Lola, »Frau von Maltzheimer haben die Fahnder offensichtlich auch noch nicht auf dem Schirm. Als ich sie vorhin im Fernsehen sah, habe ich kalte Füße gekriegt und sie angerufen. Sie sagt, außer den Reportern habe niemand sie gelöchert. Und sie verspricht uns, dicht zu halten. Solange wir sie nicht mit reinziehen, ist sie auf unserer Seite.«

»Was uns zu Ihnen bringt, zu Dütemeyer und der Frage, wie weiter.« Heisterbach richtete sich auf und knetete abwechselnd die Handgelenke. »Ich bin vorhin hier rein und habe meinen Kollegen erklärt, dass ich einen Anruf von Tim Rhiel erhalten und mich daraufhin nach Einruhr aufgemacht hätte. Bis dahin entspricht es den Tatsachen, danach beginnt das Notmärchen. Ich hätte Dütemeyer erkannt, habe ich ihnen erzählt, der aus irgendeinem Grund dort aufgetaucht war. Hätte ihn eine Weile verfolgt, ehe ich ihn aus den Augen verlor. Auf diesem Märchen ist der Deckel noch nicht drauf. Mein Wagen steht noch oben in der Wiesentalstraße, ebenso der von Frau Montizquierdo-Gíl. Diese Kuh muss vom Eis, außerdem mache ich mir Sorgen um Sie.«

»Um ehrlich zu sein, ich auch«, sagte Lola. »Und ich habe für meinen Teil auch keinen blassen Schimmer, was wir mit Dütemeyer anstellen sollen.«

Froitzheim seufzte, den Blick leer auf den Bildschirm vor sich gerichtet, die Hände gefaltet, mit hängenden Schultern und eingefallenem Gesicht.

»Laufen lassen«, sagte er heiser. »Wir sind durch mit ihm, er hat sein Training gehabt, und er hat es überstanden.«

»Hängt er immer noch auf der Wand?«

In Froitzheims Schultern zuckte es kurz, dann fielen sie wieder herunter.

»Wenn er nicht gesprungen ist, hängt er noch da.« Die Tür nach draußen habe ich zugeworfen, aber nicht abgeschlossen, wollte er hinzufügen. Ließ es aber bleiben.

»Immer noch im Doppelnelson?«

Froitzheim nickte müde.

»Ich kann ihm nichts«, sagte er, »er argumentiert wasserdicht. Franka war ihm zwar in die Falle gegangen, aber auch wieder rausgekommen. Also habe ich nichts gegen ihn auf der Hand. Das Ding ist ausgekämpft. Zeit, um sich aufzurichten und die Matte zu verlassen. Wenn Sie verstehen, was ich meine. Jeder für sich, und jeder, wohin er will.«

Heisterbach zog die Stirn in Falten.

»Hören Sie, Herr Froitzheim« sagte er. »Auch wenn ich nicht genau verstehe, was Sie mit ›Falle‹ meinen, und mit ›rausgekommen‹. Wir sollten Dütemeyer nicht vom Haken lassen. Noch nicht. Wir brauchen noch etwas, wie soll ich sagen, etwas Einwirkzeit. Wenn es hell wird, werden ein mysteriöser Doppelmord in der Nordeifel und vier gefesselte Schlapphüte direkt neben den Toten die Schlagzeilen beherrschen. Und diese Schlagzeilen lesen dann nicht nur die Nachteulen.« Heisterbach legte den Zeigefinger senkrecht über die Lippen und dachte nach. Dann klang er plötzlich resolut und beschwörend. »Die Presse hat alles, was sie braucht. Sie wird sich dranhalten. Wir sollten ihr nicht dazwischenfunken, wir sollten sie ihre Arbeit machen lassen und ihr den Rücken freihalten. Indem wir Dütemeyer noch eine Weile aus dem Spiel nehmen. Auch wenn Sie ihm nichts können, Herr Froitzheim. Er ist der Eckstein, das entscheidende Teil in dem Puzzle. Wenn wir ihn jetzt laufen lassen und er sein Wissen über unsere kleine Intervention ausplaudern kann, wird …«

»Uns im Handumdrehen die Hölle heiß gemacht«, schob sich Lola dazwischen.

»Unseren Freunden in den Redaktionsstuben wird von jetzt auf gleich der Maulkorb umgehängt. Kriminalämter kennen da nichts, Innenministerien auch nicht, und Polizeipräsidentinnen erst recht nicht.«

»Also halten wir ihn lieber noch eine Weile unter der Decke«.

»Und schicken ihn dann in eine bestens ausgeleuchtete Arena.« Heisterbach beugte sich vor, die Hände auf die Tischplatte gestützt. »Vertrauen Sie mir, effektiver geht es nicht.«

Froitzheim nahm die Hände auseinander, legte sie mit den Innenflächen rechts und links neben den Laptop und straffte den Brustkorb, atmete zögerlich ein. Entschieden sah das noch nicht aus, aber wenigstens weniger niedergeschlagen.

»Was schlagen Sie vor?«, fragte er.

Als Heisterbach ausgeredet hatte, nickte er stumm und wuchtete sich entschlossen in den Stand.

Um halb vier löschte Heisterbach das Licht in seinem Büro, schloss ab und machte sich zu Fuß auf den Weg zur Jahnhalle. Den Diensthabenden am Eingang grüßte er knapp und gähnte: dasselbe Ablenkungsmanöver wie vorhin, um Mitternacht, als er beim Betreten der Kreispolizeibehörde mit aufgerissenem Mund Müdigkeit simulierte und den Blick des Beamten weglenkte von den beiden Beulen in seiner Jackentasche.

Den Zeitpunkt und die Umstände, unter denen die Automatikwaffen der beiden Todesschützen wieder auftauchten, wollte er selbst bestimmen.

An der Seitentür zur Halle wartete er auf Froitzheim und Lola, dann kletterten sie zu viert in den Opel und nahmen dieselben Plätze ein wie auf der Hinfahrt. Dütemeyer sagte kein Wort, wand dafür den Kopf und legte ihn tief in den Nacken. Froitzheim hatte ihn aus dem Doppelnelson befreit, der Reifenschlauch baumelte ihm schlaff wie eine defekte Rettungsweste von den Schultern.

Froitzheim steuert die beiden Tankstellen an, sah sich um und hängte die leeren Druckgeräte zurück auf die Stutzen, wo sie sich pfeifend aufluden. Um viertel nach vier erreichten sie Einruhr, und Lola und Heisterbach schlichen sich zu ihren Fahrzeugen. Um viertel vor fünf kamen sie auf dem Parkplatz vor dem Bergbaumuseum in Mechernich an, ließen die Standheizungen laufen und wechselten sich mit der Nachtwache in Froitzheims Opel ab, bis es hell wurde.

In einer Bäckereifiliale besorgte Heisterbach eine Tüte Brötchen und Kaffee in Pappbechern. Um viertel nach acht erreichte ihn der Anruf aus Euskirchen. Er gab vor, vom Klingeln des Telefons geweckt worden zu sein, und bat um

Verständnis. Bis halb neun würde er es nicht schaffen, sagte er und versprach, so schnell wie möglich dazu zu stoßen.

Die Landrätin des Kreises Euskirchen erwarte, hörte er, dass Heisterbach mit vor die Mikrofone trete. Der Andrang sei enorm, an die zweihundert Journalisten, der Konferenzsaal platze aus allen Nähten, sogar das Morgenmagazin wolle sich um kurz vor neun live dazu schalten.

»Ich beeile mich.« Zwanzig vor neun, schätzte er.

Auf dem Podium schwitzten zwei Männer und zwei Frauen im gleißenden Licht der Scheinwerfer. Den leeren Platz zwischen der Pressesprecherin und den beiden Vertretern der Kriminalämter in Düsseldorf und Wiesbaden reservierte ein Namensschild für den ermittelnden Hauptkommissar der Kreispolizeibehörde Euskirchen. Als Behördenleiterin würde die Landrätin als erste das Wort ergreifen. Sie musterte jeden einzelnen der gut fünfzig Journalisten und Fotoreporter, die sich in vier Sitzreihen vor ihr verteilt hatten, und blickte entschlossen in die Objektive der TV-Kameras, die den Mittelgang säumten.

Die vier Männer, die mit Kabelbindern gefesselt am Tatort vorgefunden wurden, seien wohlauf. Monoton schnurrte die Landrätin ihr Statement herunter. Eine eingehende Befragung habe noch nicht stattgefunden. Zu sehr hätten sie die Ereignisse mitgenommen; ein Teil der anwesenden Pressevertreter habe das während der Nacht im Übrigen selbst feststellen können: »die ganz Flinken, meine ich, die noch vor unseren Leuten in Einruhr waren und uns sicher einige Spuren vernichtet haben.« Selbstverständlich bestehe ein besonderes Interesse an den Beobachtungen der vier Zeugen. Sobald diese vorliegen und zur Klärung des Geschehens beitragen, werde die Öffentlichkeit über die neuen Erkenntnisse informiert. Es handele sich bei den Zeugen um Beamte der auf dieser Pressekonferenz vertretenen Einrichtungen. Aus Gründen der Sicherheit und des Personenschutzes seien keine weiteren Auskünfte über die Männer möglich. Keine Namen, keine Dienstgrade, keine genaue Zuordnung zu den einzelnen Behörden, auch keine Fragen darüber, was sie in der Wiesentalstraße 36 zu suchen hatten: dies mit der ausdrücklichen Bitte um Verständnis.

Um wen es sich bei dem Toten im Rollstuhl handelt, wollte eine Reporterin aus Aachen wissen. Sein Anblick, hatte sie von den Kollegen erfahren, die nachts als erste am Tatort gewesen waren, sei besonders grausam gewesen.

Um einen Mitarbeiter von der alten Ordensburg Vogelsang, antwortete die Landrätin. Was der in dem Haus zu suchen hatte, bliebe zu klären. Es gebe Anzeichen dafür, dass er sich unbefugt Zutritt verschafft hatte, genau wie eine Frau um die Mitte dreißig, die zwei Stunden vorher eingedrungen und den Hausbesitzer bedrängt haben soll. Das geht aus einem Telefonat hervor, das das zweite Todesopfer, Albrecht Wollgarten, mit einem Kollegen aus den Behörden geführt hatte …

… mit der Polizei?

… mit einem Kollegen. Der Mann klang besorgt, ein Notruf war es zwar nicht, aber er klang besorgt. Der Anruf war das letzte Lebenszeichen, das uns von Albrecht Wollgarten vorliegt.

»Und hier ist der Kollege, den die Frau Landrätin meint.«

Durch die Doppelflügeltür im Rücken der Journalisten schob Heisterbach erst Dütemeyer, dann sich selbst in den Raum. Er nahm sich einen Moment Zeit, um den Fotoreportern und Kameraleuten Gelegenheit zu geben, ihn und seinen Ex-Kollegen ins Bild zu nehmen. »Vorwärts, Dütemeyer«, packte er den Gefesselten am Oberarm und drängte ihn in den Mittelgang, »sie haben meinen Platz freigehalten. Den werde ich dir jetzt anbieten.«

Verdutzt rückte die Sprecherin mit ihrem Stuhl vor, um Heisterbach durchzulassen, der mit Dütemeyer im Anschlag das Podium enterte und der Landrätin knapp zunickte. Er griff nach dem Mikrofon vor seinem Platz, auf den er Dütemeyer niederdrückte, und wandte sich im Stehen an die versammelte Presseschar.

»Heisterbach mein Name, Hauptkommissar Heisterbach. Der hier«, er zeigte auf das Namensschild vorne auf dem Tisch. »Ich weiß, Sie werden mit meinem Auftreten fremdeln. Dennoch bitte ich Sie, mir zwei Minuten lang zuzuhören. Den Kerl hier«, er zeigte auf Dütemeyer, »habe ich heute Nacht dingfest gemacht. Es ist ein ehemaliger Kollege von mir, der seit Jahren verdeckt für den Laden arbeitet, den der Herr hier neben mir vertritt.« Er sah den Mann aus Wiesbaden von oben herab an, der seinem Blick auswich und ein kaltes, ernstes Gesicht aufsetzte.

»Mein alter Gefährte Dütemeyer war nicht ohne Grund der letzte, mit dem der eine der beiden Toten zuletzt gesprochen hat. Der, den die Frau Landrätin gerade als Albrecht Wollgarten identifiziert hat. Leider handelt es sich nicht um Albrecht Wollgarten, jedenfalls nicht wirklich. Der Tote heißt in Wirklichkeit Manfred von Litzenhoff und war bis vor ein paar Jahren ein ziemlich namhafter Neonazi in Thüringen. Dann wurde er umgedreht, sprich zum V-Mann gemacht. Und Dütemeyer war sein Führungsoffizier, wenn Sie verstehen, was ich meine. An seiner langen Leine hat von Litzenhoff alias Wollgarten den vereitelten Anschlag auf die Rurtalsperre vor neun Monaten mitgeplant. Von Anfang an sollte der Anschlag in die Hose gehen und den Staatsschützern zur Abwechslung mal eine richtig tolle Presse bescheren. Was ja auch geklappt hat.«

Heisterbach hielt kurz inne. Er ließ das totale Schweigen der Leute im Saal wirken: auf sich, auf die Landrätin und die anderen vier am Tisch, auf die Presseleute selbst. Ein leises Piepsen einer der Kameras war alles, was zu hören war, eine kurze Rückkopplung an einem der Mikros, sonst nichts. Alle starrten ihn an.

»Was nicht geklappt hat, war das mit der falschen Identität des Herrn von Litzenhoff. Die ist aufgeflogen, eher zufällig zwar, aber immerhin. Der andere Tote, der junge Mann im Rollstuhl, hat aufgedeckt, dass der wahre Albrecht Wollgarten sein Leben lassen musste, damit Litzenhoff an seine Stelle treten konnte. Und just als der Mann im Rollstuhl Litzenhoff ebenfalls zur Rede stellen wollte, nachdem eine, sagen wir, eingeweihte Mitstreiterin das vorher bereits getan hatte, wie wir gerade vorhin von der Frau Landrätin erfahren haben just in dem Augenblick taucht Dütemeyer mit zwei Killern auf und lässt sie von der Leine. Zwei der vier Herren, die so mitgenommen waren von dem Anblick der Toten in der Wiesentalstraße in Einruhr – zwei dieser Herren waren es, die den Anblick zuallererst ermöglicht haben. Mit diesen beiden Waffen.«

Heisterbach zog ein Taschentuch heraus und fingerte damit in der Tasche seines Mantels. Er zog zuerst ein, dann das zweite Automatikgewehr hervor und legte sie vor die Landrätin auf den Tisch.

»Die Fingerabdrücke dürften noch brauchbar sein«, sprach er leise neben das Mikrofon. »Wenn nicht: eine unserer Kolleginnen aus Köln wartet draußen vor der Tür. Die hat mir auf der Fahrt hierher von einem neuen Verfahren erzählt, da bleibt Ihnen die Spucke weg, so brillante Spuren liefert das. Mit 3D-Druckertechnik, man glaubt es kaum.«

Die kurze Unterbrechung löste das Schweigen der Journalisten, Unruhe machte sich breit.

»Drei Sätze noch, dann können Sie«, riss Heisterbach das Wort wieder an sich. »Sie werden wissen wollen, wie ich der Sache auf die Spur gekommen bin. Eine längere Geschichte ist das, also für den Augenblick nur so viel. Ich wurde nach Einruhr gerufen, kam aber zu spät und konnte die Exekution der beiden Männer nicht vermeiden. Auch mein alter Spezi Dütemeyer war mir durch die Lappen gegangen. Einzig die beiden Killer und zwei weitere Männer, die er um das Haus postiert hatte, konnte ich kriegen. Das heißt, konnten wir kriegen und Ihnen, verehrte Damen und Herren von der Presse, auf den Präsentierteller legen. Und dann kam Kommissar Zufall dazu und spielte uns beiden Ex-Kollegen, Dütemeyer und mir, ein neues Blatt zu. Ein Transporter raste just in dem Moment, als ich auf dem Rückweg war und den Ort verließ, mit einem Affenzahn auf der Brücke zum Obersee an mir vorbei. Einen halben Kilometer weiter hatte ich ihn eingeholt, doch sein Fahrer ließ nicht locker. Er steuerte den Transporter auf einen Feldweg, dann an den Hang einer Wiese, die abschüssig auf den See zuging. Er gab Gas, sprang an der Fahrerseite heraus und ließ den Wagen in den Obersee rollen. Dann rannte er davon, versuchte zu Fuß zu flüchten. Ich sag mal so, er kam nicht weit. Ich habe Dütemeyers Handy vom Netz genommen, um ihn vom Radar zu nehmen, und dann mit ihm die Nacht abgewartet, bis es dämmerte und ich zu dieser Pressekonferenz gerufen wurde. Das mit dem VW Transporter im Obersee wird Ihnen die Landrätin sicher näher erläutern … nein. Verzeihung, das wird sie nicht können. Dafür aber die beiden Herren von den Kriminalämtern. Wenn Sie also Fragen haben, aber erst mal die neuen Informationen sortieren müssen, die ich Ihnen gerade um die Ohren gehauen habe, dann fangen Sie klein an. Mit einer einfachen Frage … «

»Können Sie das bestätigen«, ließ sich ein Radioreporter nicht zweimal bitten. »Wie äußert sich das LKA dazu, und wie das BKA?«

Die zögerliche Antwort vorne auf dem Podium wurde begleitet von einer Stimme im Hintergrund, die um Fassung rang. Ausgerechnet jetzt, dachte sich die junge Korrespondentin, der die Stimme gehörte. Sie blickte in die Kamera, die sie in Nahaufnahme heranholte.

»Eins steht fest«, sortierte sich die Korrespondentin wieder, »mit so einem Knaller hört das Morgenmagazin nicht jeden Tag auf. Wir schalten uns gerade im richtigen Moment dazu. Nur weiß ich nicht, ob ich mit den dreißig Sekunden, die ihr mir im Studio gebt, auskommen werde.«

29

»Kommen Sie.« Lola verabschiedete sich von Carola Knittel, der Staatsanwältin. Sie hakte sich bei Heisterbach unter und beide stapften über die weißgefleckte Wiese davon. Klirrend kalt und wolkenverhangen war es, jeden Moment würden dicke Flocken fallen und das Gras, die Hecken, Wege und Gräber unter sich begraben. Ein letztes Mal, bevor auch dieser Winter kapitulieren musste. »Wir haben keine Einladung und ich für meinen Teil, ehrlich gesagt, auch keine Lust.«

Heisterbach nickte stumm, vergrub die Fäuste in den Taschen seines Mantels und ließ sich zu Lolas SEAT führen. Auf den Leichenschmaus, wie man es in der Eifel lapidar nannte, konnte auch er verzichten. Tims Kollegen aus Vogelsang waren da, Schmottlich und die anderen, jede Menge Verwandte und Jugendfreunde. An die zweihundert Trauergäste. Und Tims Eltern, deren Anblick Lola heute eher das Herz zerriss, als dass sie wieder von Schuldgefühlen übermannt wurde. So wie in den letzten Tagen. Ertragen ließ sich beides nicht.

»Bringen Sie mich nach Euskirchen?« Heisterbachs Stimme klang nicht so, als sei es eine Bitte. Eher wie eine Befürchtung. Der Mann, verstand Lola, wollte jetzt nicht alleine sein, direkt nach der Bestattung und überhaupt. Das Disziplinarverfahren, das man nach seiner Extratour auf der Pressekonferenz gegen ihn angestrengt hatte, machte ihm zu schaffen. Der Maulkorb, die Anfeindungen und die Einbestellung bei der Landrätin, die ihm die Bloßstellung vor den Journalisten auf Heller und Pfennig zurückzahlte.

Auch Lola hatte einiges abbekommen. Ihr Ex-Chef wollte nichts mehr wissen von dem krummen Ding mit NanoTrace©, der Wundersoftware, die er ihr heimlich aus Wiesbaden hatte zukommen lassen. Aber das war nichts im Vergleich zu Heisterbach. Den hatten alle auf dem Kieker.

»Ich glaube nicht, dass das eine gute Idee ist«, sagte sie und schob den Schlüssel in die Tür an der Beifahrerseite. »Was halten Sie von einem Aufwärmkaffee? Oder einem Grog?«

Heisterbachs Miene hellte sich auf.

»Gute Idee«, meinte er. »Nur bitte nicht hier in Gemünd.«

»Mir fällt da was ein, wo ich noch im Wort stehe.« Lola startete den Motor und fuhr los.

»Dolores!«

Der Kerl erinnert sich tatsächlich noch an meinen Vornamen, dachte Lola und kramte in ihrem Gedächtnis. Sie hatten sich am Ende geduzt, stimmt, und er hatte damit angefangen.

»Ein großer Betriebsausflug in dein Stüffje ist das noch nicht«, sagte sie und zeigte auf Heisterbach, der als einziger Gast an einem der Tische Platz genommen hatte und die Speisekarte durchging. »Mehr so ein Vorauskommando. Den großen Schwung schleppe ich demnächst an … Hans.« Da war er wieder, sein Name. Der Angesprochene lächelte, seine Augen funkelten begeistert. Und das trotz der schummrigen Thekenbeleuchtung. »Versprochen, Señorita?«, fragte er neckisch.

»Sí, Juan«, scherzte Lola. Sie lächelte zurück und sah ihm entspannt in die Augen. Bei ihrer ersten Begegnung war die Atmosphäre nicht so locker gewesen, erinnerte sie sich. Da wollte sie von ihm wissen, wer der Mann auf dem Foto sei, das Tim von Litzenhoffs Facebookseite heruntergeladen hatte, und er fühlte sich auf den Arm genommen: Albrecht Wollgarten, für uns der Ali.

Jetzt, hier war das anders.

»Hat die Küche auf? Kann ich eine Kleinigkeit zu essen bestellen?«, platzte Heisterbach aus dem Hintergrund dazwischen.

»Vor siebzehn Uhr nur kalte Küche. Belegte Brote, oder warten Sie ein Gulaschsüppchen wäre auch noch drin«, antwortete Hans, ohne den Blick von Lola zu nehmen.

»Wenn Sie den heißen Grog dazutun, den mir die junge Frau in Aussicht gestellt hat, die Sie gerade so unverschämt anschmachteten, nehm ich die Suppe«, fauchte Heisterbach. »Wo steckt eigentlich Marlene?«

»Marlene?«, wiederholte Hans, immer noch ohne das sanfte Beäugen dranzugeben. Auch Lola stutzte, konnte sich im ersten Moment keinen Reim auf Heisterbachs Frage machen und sah zu ihm herüber.

»Ja, Marlene. Frau Montizquierdo-Gil, Sie müssen sich doch erinnern.«

Dann holte er aus. Dass er seine Ausfertigung der Druckfahnen nochmal genau gelesen habe. Der Dokumentarthriller, den sich der Verfassungsschutz und seine Helfershelfer in den Kriminalämtern zusammen mit einem Lohnschreiber ausgedacht hatten, war spätestens mit den Recherchen der Journalisten nach der Pressekonferenz mit einem lauten Knall geplatzt. Das alles nochmal zu lesen, mit dem Wissen von jetzt, sei eigenartig und befremdend gewesen. Wie ein schlechter Krimi, der nicht deswegen schlecht ist, weil er unglaubwürdig ist. Sondern, es klinge paradox, zu glaubwürdig. Zu sehr auf Glaubwürdigkeit frisiert.

Hans verstand kein Wort.

»Er meint deine Kellnerin«, beendete Lola Heisterbachs Monolog. »Gibt es die? Eine Marlene?«

Hans runzelte die Stirn und schien für einen kurzen Augenblick an der Zurechnungsfähigkeit seines Gastes zu zweifeln.

»Hier gibt es keine Marlene«, sagte er schließlich. »Gab es nie, gibt es nicht. Dolores, wird das wieder so ein Spielchen wie letztens das mit Alis Foto?«

»Was sag ich«, platzte Heisterbach dazwischen, »auf glaubwürdig frisiert, von vorne bis hinten.« Mit dem Finger zeigte er auf Hans. »Weil Sie Albrecht Wollgarten kannten … zu kennen meinten, und weil Sie wissen mussten, dass er sich kurz vor dem vereitelten Anschlag nicht mit Neonazis angelegt hatte, schon gar nicht hier in Ihrer Kneipe, hat man Sie aus dem Spiel genommen. Und durch eine fiktive Marlene ersetzt. So dass in dieser einen Szene nur erfundene oder inzwischen tote Personen mitspielen, von Wollgarten mal abgesehen. Aber sowas darf man ja, habe ich mir sagen lassen. Sowas fällt unter literarische Freiräume, selbst bei Doku-Thrillern …«

»Also keine Marlene. Und Schluss.« Lola lächelte und nickte Hans aufmunternd zu. »Ich erklär dir das in Ruhe«, flüsterte sie, dass Heisterbach es nicht mitbekam. »Später. Versprochen, von der Señorita.«

»Ich kümmer mich um die Suppe«, Hans zog die Augenbrauen hoch und verschwand in der kleinen Küche. »Du auch was, Dolores?«, dröhnte er hinterher.

»Für mich auch einen Grog«, antwortete Lola und setzte sich zu Heisterbach an den Tisch.

»Sie haben die Fahnen nochmal gelesen?«, nahm sie den Faden auf.

»Es ist ziemlich viel auf mich eingeprasselt in den letzten Tagen«, antwortete Heisterbach. »Aber das habe ich mir nicht nehmen lassen. Sogar eine Kopie habe ich mir ziehen lassen. Für alle Fälle, sollte wer kommen und das Ding einkassieren wollen.«

Tim hatte in den letzten Tagen vor seinem Tod immer wieder diesen ganz besonderen Wert auf die Fahnen gelegt, erinnerte sich Lola. Für ihn war es ein Stück Text, das nicht überall, aber doch an vielen Stellen unzuverlässig war. Diese Stellen galt es herauszufinden, um sie neben die eigenen Hypothesen über das, was wirklich geschehen ist, zu legen und damit das Gelogene von der Wahrheit zu scheiden. Jetzt, im Nachhinein, ist die Lektüre eine andere. So wie Heisterbach es schildert. Aber damals, vor nicht mal vierzehn Tagen, als Tim noch lebte …

»Wissen Sie noch«, murmelte sie in Heisterbachs Richtung, »als Tim schon fast durch war mit von Litzenhoff. Als wir alle schon auf das Codewort warteten, um ihn da rauszuholen …«

»Kleiner Gedankensprung, was?«, brummte Heisterbach und zog die Untertasse mit dem Glas Grog heran, das Hans ihm und Lola wortlos vorsetzte. Er ließ einen langen dicken Strahl Zucker dazu gleiten, rührte um und legte die Innenflächen seiner Hände um das Glas, wärmte sie auf.

Dann sah er Lola an, die gedankenverloren nickte und an ihrem Glas nippte.

»Tim hatte Litzenhoff noch eine Frage gestellt«, knüpfte sie wieder an.

»Ich ahne, worauf Sie hinauswollen.« Heisterbach blinzelte Sie unvermittelt an. Er hob das Glas mit beiden Händen an den Mund und nahm einen kleinen Schluck. »Und wer weiß, vielleicht kann ich Ihnen sogar weiterhelfen.«

»Woher wussten Jäger und seine schmutzige Truppe plötzlich, dass sich von Litzenhoff nicht nur den Kameraden gegenüber verpflichtet fühlte. Sondern ein doppeltes Spiel spielte.«

»Genau das hat Tim Rhiel als letztes von Litzenhoff wissen wollen«, Heisterbach beugte sich über die kleine Terrine, die Hans ihm zusammen mit einem Körbchen Graubrot hinschob. »Und Litzenhoff hat ihm eine direkte Antwort verweigert.«

»Litzenhoff ist ausgewichen«, entgegnete Lola. »Und er wurde herablassend. Dass Tim nicht nur kein Bulle sei, hat er gesagt, sondern auch kein ordentlicher Krimileser.«

»Was glauben Sie, Frau Montizquierdo-Gil? Wie ist es um Ihre Lesekompetenz bestellt?«

Heisterbach tauchte den Löffel in die dampfende braune Brühe, fischte nach einem dicken Stück Rindfleisch und schob es sich in den Mund.

»Sie meinen …«

»Dass die Frage, warum Jäger von jetzt auf gleich von Litzenhoffs doppeltem Spielchen wusste, tatsächlich in dem Text beantwortet wird, den man uns als Druckfahnen zum Absegnen untergejubelt hat.« Heisterbach kaute das Fleischstückchen klein. »Litzenhoff hat Recht, der Text sagt zu der Frage die Wahrheit. Geradezu leutselig ist er. Man muss nur den Wald der Wahrheit durch all die Bäume der Unaufrichtigkeit erkennen.«

»Sehr lyrisch, fantastisch.« Ungeduldig nippte Lola an ihrem Grog. »Noch fantastischer wäre es, wenn Sie mich jetzt nicht dumm sterben lassen würden.«

Heisterbach setzte ein feinsinniges Lächeln auf, schaufelte sich einen zweiten Löffel Gulaschsuppe in die Mundhöhle und musterte Lola belustigt.

»Als Franka Froitzheim und Fräulein Breuer das erste Mal an Hüppaufs Gästehaus auftauchen, erinnern Sie sich? Da verschafft ihnen Wollgarten alias Litzenhoff Zugang zum Tiefkeller. Dütemeyer hatte ihm das aufgetragen, wie wir heute wissen. Und dann läuft was schief. Im Text, heißt es, kommen Jäger und seine rechte Bande den beiden jungen Frauen auf die Schliche, weil einer von ihnen, vermutlich Ronneburg, hinter dem Fenster steht und Fotos von ihnen macht. Heimlich, unbemerkt. Jäger zwingt Hüppauf, sich mit Gudrun von Glasenapp zu treffen, Marie Breuer geht drauf ein, der Anfang vom Ende.«

Heisterbach nahm den letzten Schluck Grog und wischte sich mit der Serviette die Lippen trocken.

»Und weiter?«, bohrte Lola.

»In Wahrheit ist da noch was ganz anderes schiefgelaufen. Litzenhoff war mit auf den Bildern! Jäger, Feisting, Mertens, Behrend-Wolff: allen war ab da klar, der Kerl spielt nicht nur ein Spiel. Also haben sie ihn in den Schwitzkasten genommen. Abblasen konnten sie ihr Unternehmen Züchtigung nicht mehr, also haben sie ihn auf einen kleinen Loyalitätsbeweis festgelegt. Den Mord an Kommissaranwärter Bülent Haspolat.«

Dem er sich nicht entziehen konnte, wusste Lola.

Und trotzdem war sie perplex.

Seelenruhig löffelte Heisterbach die Porzellanterrine leer, schob sie von sich, winkte Hans herbei und bat um die Rechnung.

»Alles zusammen. Und bitte rufen Sie mir ein Taxi.«

Lola, die protestieren wollte, beschied er mit einem Kopfschütteln, legte ihr die Hand auf den Arm und drückte freundschaftlich zu. Die erste Geste dieser Art nach mehr als zwei Wochen.

»Sie wollen mich hier …«, versuchte es Lola, schwach und nicht wirklich überzeugend.

»Sie wollen es doch auch. Frau … darf ich auch Dolores sagen?«

Lola nickte verwirrt.

»Dürfen Sie«, sagte sie tonlos.

»Du«, korrigierte Heisterbach. »Darfst du.« Er warf sich in den Mantel, stand auf, ging zur Theke und zahlte.

»Taxi kommt«, sagte Hans.

»Ich warte draußen. Ach, und Señor Juan«, hob Heisterbach verschmitzt die Stimme. »Ich würde mal sagen, die junge Frau dort hat ein wenig Aufmerksamkeit nötig.«

»Woher …?«, stotterte Lola.

»Dolores, glaub mir, ich bin weder blind noch taub«, winkte Heisterbach beim Herausgehen.

Nasse weiße Flocken stöberten durch Einruhr, und er verschwand.

Bruno Laberthier ist das Pseudonym eines Literatur- und Sprachwissenschaftlers an der RWTH Aachen University. Er ist Autor der Fußballkrimis »Alle Heiner freu'n sich«, »Alle Löwen feiern« und »Alle Böcke beißen«. Die Ermittlerin Dolores Montizquierdo-Gíl war bereits in seinem Buch »Abi-Gag« aktiv.

4. Jan. 2025
15 €